江两岸

JIANG

LIANG AN

纪念中国人民志愿军
出国作战 70 周年

丁宗皓　刘玉玮　主编

辽宁人民出版社

ⓒ丁宗皓　刘玉玮　2023

图书在版编目（CIP）数据

　　江两岸：纪念中国人民志愿军出国作战 70 周年／丁
宗皓，刘玉玮主编 . — 沈阳：辽宁人民出版社，2023.10
　　ISBN 978-7-205-10870-0

　　Ⅰ . ①江… Ⅱ . ①丁… ②刘… Ⅲ . ①新闻报道—作
品集—中国—当代 Ⅳ . ① I25

　　中国国家版本馆 CIP 数据核字（2023）第 182948 号

出版发行：辽宁人民出版社
　　　　　地址：沈阳市和平区十一纬路 25 号　邮编：110003
　　　　　http://www.lnpph.com.cn
印　　刷：辽宁新华印务有限公司
幅面尺寸：185mm×260mm
印　　张：27.5
插　　页：10
字　　数：405 千字
出版时间：2023 年 10 月第 1 版
印刷时间：2023 年 10 月第 1 次印刷
责任编辑：娄　瓴
装帧设计：丁末末
责任校对：吴艳杰
书　　号：ISBN 978-7-205-10870-0

定　　价：128.00 元

编委会

主　编

丁宗皓　　刘玉玮

副主编

李增福　　张小龙

主创团队

徐晓敬　张晓丽　贾知梅　赵　雪　张　颖

张春红　张　威　王晨同　郑　磊　隋文锋

许　科　杨　东　方　亮　刘　爽　田　勇

邓婷婷　高智勇

视　频

王　研　张　昕　窦芳平　郑新煜　韩卓航

刘芋彤　王歆瑶

序言

正义的光芒，闪耀寰宇。70 年过去了，依然绚烂夺目。

奔腾不息的鸭绿江水流淌在中国与朝鲜之间，波光粼粼，飞鸟翔集。

70 年前，中国人民志愿军"雄赳赳，气昂昂，跨过鸭绿江"，打响了举世瞩目的抗美援朝战争。

辽宁，丹东。

浪头机场，志愿军空军从这里起飞。一场场惊心动魄的对敌空战，以以少胜多、以弱胜强的惊人战绩，打破了侵略者空军不可战胜的神话。

英华山上，中国人民志愿军指挥所旧址犹存。全国唯一全面反映抗美援朝历史的专题纪念馆坐落于这里，以宏大的篇章讲述着 70 年前那场气壮山河的战争。

1950 年 10 月 25 日至 1953 年 7 月 27 日，两年零九个月。首战两水洞，激战云山城，会战清川江，鏖战长津湖……290 万中国人民志愿军浴血奋战，创造了世界军事史上的奇迹。

祖国和人民把一个崇高的称号——最可爱的人，送给了志愿军全体将士。伟大的抗美援朝精神，标注在中华民族的精神坐标上。

东北军事后勤史馆里，两个数字格外醒目：60.60 万吨和 8772 万吨，这是中国和美国 1950 年钢产量对比，相差 143 倍多的经济实力。当时，百废待兴的新中国正在集中精力恢复生产。但面对侵略军的狂轰滥炸，中国人民勇敢地承担起保卫和平、反抗侵略的历史重任。

正义的呼声响彻神州大地。鸭绿江两岸，澎湃着民族精神的洪流。

彼岸，铁军铁流滚滚向前。

此岸，支前洪流浩浩荡荡。

宽甸满族自治县长甸镇河口村，5 月桃花烂漫。鸭绿江畔的这个小村落，曾经开辟了一条支援抗美援朝前线的生命线。中国铁路抗美援朝军列从这里过江，通过车辆 2 万余辆；志愿军口岸医院在这里设立，成千上万名伤病员得到救治和转运治疗……

与朝鲜一江之隔的辽宁，尽显共和国长子情怀。这片广袤的土地上掀起了如火如荼的抗美援朝运动。

32.2 万人踊跃参军参战，父母送儿子、妻子送丈夫、兄弟争相入伍的动人场景一幕又一幕，感天动地。

订立爱国公约，捐献飞机大炮，"建昌号""旅大长山号""抚顺工人号"……235 架战斗机光荣地署上了"我们"的名字。

"工厂就是战场，机器就是武器"，轰轰烈烈的爱国增产运动，为恢复经济作出了重大贡献，有力支援了抗美援朝战争。

包耕助耕、捐献慰问品……有着拥军优属光荣传统的辽宁人民，尽一切力量帮助志愿军的烈属军属解决生活和生产上的困难。

修建机场，抢修铁路，抢建公路，组织担架队、医疗队、运输队，筹备粮食，保证供给，转运、救护伤员……辽宁，义不容辞承担起了后方基地的重任。

志愿军从这里跨江而过，志愿军后勤运输车队从这里驶向战场，全国各地组成的担架队、医疗队从这里奔赴前线，志愿军后勤兵站在这里建立，志愿军英雄儿女也从这里凯旋……

在那激情燃烧的岁月里，后方基地源源不断地支援，前方将士英勇顽强地战斗，汇聚成了强大的力量，一个个战斗传奇由此诞生。

在不到一年的时间里，志愿军连续进行 5 次大的战役，将侵略军从鸭绿江边打回到三八线，并将战线稳定在三八线附近地区。

凤城大堡机场，击落美军"双料王牌"飞行员费希尔的，是中国年仅 19 岁的飞行员韩德彩，在战斗机上总共飞行不到 100 小时……

　　抗美援朝战争的伟大胜利，是中朝两国人民和军队团结战斗的伟大胜利，是维护世界和平与人类进步事业的伟大胜利。

　　为纪念中国人民志愿军抗美援朝出国作战 70 周年，辽宁日报策划大型主题报道《江两岸》，报道组自 2020 年 4 月开始，采访了国内及省内多位抗美援朝历史研究专家，并实地走访反映抗美援朝历史的展馆、遗址遗迹，查阅了数百万字的史志档案资料、历史书籍。2020 年 9 月 15 日，推出大型主题报道《江两岸》，以纪念这场伟大的胜利。

　　不忘初心，方得始终。流淌在中华民族血液里的伟大的抗美援朝精神，必将在实现中华民族伟大复兴的征程中，迸发出排山倒海般的磅礴伟力。

目录

第五章 见证

第六章 独家记忆

第七章 专家说

秦永发 王宝福 阎克俭 戴子强 郑思喜
郝志新 梁庆友 王庆琳 刘继和 唐凤喜
朱殿林 乔云山 任洪富
佟金祥 李玉满
赵玉海
陈焕文
李长兴 孙同福 李玉满 申英杰 朱德金
李守仁 叶成章 刘述尧 李玉章 王贵铭
裴玉坤 马云腾 柏喜峰 冯振华 吕凤军

长子情充盈天地山河

英雄是民族最闪亮的坐标。

1950 年 10 月至 1953 年 7 月，伟大的抗美援朝战争，展示了中华民族的英雄品格。

"雄赳赳，气昂昂，跨过鸭绿江！"雄壮的歌声回荡在人们的耳畔。290 万中国人民志愿军告别祖国、告别亲人，奔赴朝鲜战场。

"捐躯赴国难，视死忽如归！"历经两年零九个月的浴血奋战，中国人民取得了抗美援朝战争的伟大胜利。

沈阳北郊，抗美援朝烈士陵园。烈士英名墙上，庄重地刻上了英雄的名字，长达上百米。葫芦岛连山区，无名烈士合葬大墓。310 名志愿军烈士长眠于此。他们，连名字都没有留下。

长子情怀，忠诚担当。与辽宁有关的这几个数字，彪炳在共和国的史册上。

辽宁籍指战员 32.2 万人，占志愿军总数 10% 左右；辽宁籍指战员牺牲 13774 人，占志愿军牺牲人数 7% 左右；辽宁籍指战员荣获全国一级、二级战斗英雄称号 17 名，占志愿军荣获战斗英雄称号人数 8% 左右……

辽宁儿女"血染沙场气化虹"的历史画面扑面而来，悲壮、激昂。这些"最可爱的人"，让我们清晰地看到了他们的品格底色。

英雄

256.2 高地，鲍清芳多次负伤仍坚持不下火线，最后冲入敌群拉响手榴弹，与敌人同归于尽；唐凤喜孤身坚守阵地两昼夜，打退敌人 7 次进攻；吴儒林在胸部和两腿负伤的情况下，忍着剧痛爬着把手榴弹集中起来，继续战斗……

寻访健在的志愿军老兵，听他们讲述战斗历程，其大无畏的英雄气概带给我们强烈的心灵震撼。161 高地，孙景坤带领 9 名战士，冲破十几道封锁线，将 10 箱弹药送到阵地；差 1 米，韩殿勉用双手握住电话线的两头，以身体做导线；在阵地，蒋庆泉和战友齐声高喊"向我开炮"……

他们，以精忠报国的鲜明品质，在祖国和人民最需要的时候挺身而出；他们，以不畏强敌、血战到底的英雄气概，以一当十；他们，以百折不回、坚韧不拔的必胜信念，一往无前……他们，书写了气壮山河的英雄篇章。

有着光荣革命传统的辽沈大地，孕育了无数英雄。他们热烈燃烧的忠魂里，蕴藏着一种以爱国主义为核心的民族精神。他们是民族英雄、国家荣光，更是民族脊梁！

天地英雄气，千秋尚凛然。和平年代也需要英雄情怀。2020 年是决胜全面建成小康社会、决战脱贫攻坚，实现"十三五"规划收官之年，更需要崇尚英雄、捍卫英雄、学习英雄、关爱英雄。

无论是医务工作者、教师、人民警察，还是快递员、农民、工人……只要埋头苦干、默默奉献，把非凡的英雄精神体现在平凡岗位上，那么，他就是时代的英雄！

英雄不老！英雄气激荡天地山河！

辽宁籍指战员覆盖 27 个军

参军参战　32.2 万人

入朝时间　1950 年 10 月

获英模称号和荣立特等功　29 人

———

总后方基地——辽宁

三十二万人参军参战气如虹

　　抗美援朝战争是新中国成立后的第一场战争，保卫和平、反抗侵略，中国人民历经艰苦、浴血奋战，取得了战争的伟大胜利。

　　辽宁作为抗美援朝战争的最前沿基地，作出了哪些突出贡献？本报记者为此采访了中国人民解放军军事科学院原军事历史研究部副部长齐德学。

———

东北边防军集结地和临战训练基地

　　齐德学介绍，辽宁当时分为辽东和辽西两个省，另有沈阳、旅大、鞍山、抚顺、本溪 5 个市。东北边防军组成后，于 1950 年 8 月上旬全部到达指定地区完成集结，第三十八军位于铁岭，第三十九军位于辽阳、海城，第四十军位于安东[①]，第四十二军位于通化、柳河，特种兵位于凤城、本溪、通化、安东等地。

　　①安东，今丹东，1965 年"安东市"改名为"丹东市"。后文出现"安东"或"安东市"，不另作说明。

这些地区不仅是边防军的集结地，也是边防军进行临战训练的基地。东北边防军的全部训练和各种参战准备都是在辽宁地区进行的。

东北边防军改为中国人民志愿军，开赴朝鲜战场，也都是从安东、长甸河口、辑安①口岸渡江的。

志愿军总后方基地核心地区

1950年10月，毛泽东在组成中国人民志愿军的命令中这样规定：中国人民志愿军以东北行政区为总后方基地。

齐德学说，东北行政区当时辖6个省和5个直辖市，即黑龙江省、松江省、吉林省、辽东省、辽西省、热河省和沈阳市、旅大市、鞍山市、抚顺市、本溪市。

因为东北人民政府和东北军区机关都设在沈阳，所以志愿军总后方基地的工作主要是在以沈阳为中心的辽东省、辽西省以及沈阳市、旅大市、鞍山市、抚顺市、本溪市5个市展开的。这是辽宁独特的贡献。

这些工作包括：

为志愿军在朝鲜作战筹集运送作战物资；在锦州、辽阳等地训练全国各地准备补入志愿军部队的新兵；为空军参战前训练和技术兵种（地面炮兵、高射炮兵、坦克部队）训练提供场地；为志愿军空军参战提供基地；为后续入朝部队和从朝鲜回国部队途经辽宁地区时提供各种保障；接收和安置伤病员治疗；接收和安排志愿军部分烈士遗体的安葬；接收和安排朝鲜难民；为朝鲜人民军部队整训提供场地和各种保障。

①辑安，今吉林省集安市，1965年"辑安"改名为"集安"。后文出现"辑安"或"辑安县"，不另作说明。

空军基地设在安东

抗美援朝战争中，安东是志愿军的空军基地，志愿军空军从安东浪头机场起飞。

空军基地为何设在安东？齐德学说，当时中央军委也曾试图将志愿军的空军基地设在朝鲜境内，但是有几个原因不可行：

一是当时朝鲜境内机场已经全部被敌军轰炸破坏，无法使用。

二是经与朝方协商，1951年在朝鲜境内修复和新建几个机场，但是刚刚修复好和建好，敌军飞机就来轰炸破坏，然后再修复，敌机再炸……如此反复，朝鲜境内机场在战争期间一直未得使用。

三是志愿军空军的歼击机主要是米格-15飞机，作战半径小，空军基地设在安东，有利于战机到北起鸭绿江、南至平壤南北地区作战。

抗美援朝运动如火如荼

辽宁独特的地理位置为抗美援朝战争作出了突出贡献，辽宁的抗美援朝运动开展得如火如荼。据不完全统计，仅1952年两省五市组织报告会、座谈会等各种会议就达7500余次，听众达250余万人次。1950年冬至1951年底，辽东省、沈阳市、抚顺市动员2.25万名青壮年参军或参战。在动员民工前往战地服务中，仅辽东省安东市就组织民工220947人次、担架7347副、大车41814台。在捐献飞机大炮运动中，两省五市的捐献可供购买235架战斗机。此外，还动员组织大批医务工作者、汽车司机等前往战场担负勤务工作，开展订立爱国公约、拥军优属活动，组织赴朝慰问团慰问志愿军将士和朝鲜军民等。

▲《江两岸》报道组在丹东采访

几个月来，《江两岸》报道组采访了国内及省内多位抗美援朝历史研究专家，并实地走访反映抗美援朝历史的展馆、遗址遗迹，查阅了数百万字的史志档案资料、历史书籍。在专家的讲述中、在数万件珍贵的档案资料中，抗美援朝的辽宁故事逐渐丰富、清晰。

辽宁英模榜

据不完全统计，抗美援朝战争中获得英雄、模范称号和荣立特等功的辽宁籍指战员有29人。

一级英雄1人

赵宝桐　**抚顺市人**　空战中击落击伤9架敌机。

二级英雄16人

刘继和　**黑山县人**　马良山防御战中47天击落击伤敌机7架。

郝志新　**海城县人**　临津江东岸守备战中带领全排坚守272高地45天，3次负伤不下火线。

鲍清芳　**营口市人**　坚守256.2高地时多次负伤坚持不下火线，最后冲入敌群拉响手榴弹与敌人同归于尽。

王庆琳　**抚顺市人**　第四次战役中顽强守备阵地16天，第五次战役中以模范行动指挥连队完成守备和出击任务。

乔永生　**庄河县人**　夺取砥平里以北凤尾山敌人阵地，在全班只剩下他和另一名负伤的战士时仍坚持战斗，头部负伤仍毙敌20余人。

孙克荣　**辽源县人**　抱着机枪当冲锋枪用的英雄。在第二次战役的军隅里和第三次战役的加平，他和机枪组共毙伤敌军90余人。

许长友　**东沟县人**　带领爆破小组冲到敌人阵地前沿，破坏敌人铁丝网，负伤后又炸毁敌人3个地堡。

邢连富　**台安县人**　在280高地，被敌人投放的磷火弹烧伤，脸被烧黑，强忍疼痛坚持战斗，一个人消灭 20 多个敌人。

冷树国　盖县人　第三次战役中，带领一个突击组向前猛插，将准备逃跑的敌人截住，为全歼济宁里之敌作出了贡献。

张万荣　辽宁人　洪川江守备战中，在身负重伤的情况下来回运送和包扎伤员 40 余人。

赵志恒　铁岭县人　在临津江东岸坚守 320.0 高地的战斗中带领全排歼敌 100 余人。

唐凤喜　庄河县人　在秋季防御战中，孤身坚守阵地两昼夜，歼敌 120 余人。

栗学福　宽甸县人　在夏季反击战役三打马踏里战斗中，带领全班炸毁敌人十多个地堡，在联络不通、弹尽援绝的情况下，仍与敌人拼搏。

董恒志　东沟县人　带领护理人员从已着火的病房里把 50 多名伤病员抢救到安全地点，一人救了 20 多名伤病员。

于占和　凤城县人　在朝鲜马踏里西山阻击战中身负重伤，右胳膊和左腿被炸断，仍坚持指挥战斗，坚守阵地。

李国珩　西丰县人　在敌机疯狂封锁下机智地完成运输任务。

二级模范 5 人

于凤泉　新金县人　敌机轰炸驻地，他奋不顾身从大火中抢救出 1 名伤员、8 门山炮和 18 匹驮马。

苏志明　海城县人　冒着敌机轰炸的危险，带领全排连续安全行车 7 个月，多次完成抢救运送任务。

杨再先　大连市人　反复实践摸索出保护汽车弓子的好办法，极大地提高了出车率。

杨殿超　沈阳市人　顶着敌人的炮火多次接通电话线，在新兴里一昼夜连续多次完成查线任务。第五次战役穿插作战时，不顾身边爆炸的炮弹，坚持完成接线任务。

赵金贵　西丰县人　坪洞作战中被手榴弹炸伤，忍痛把扑上来的两个敌人消灭，

并指挥全班迅速占领有利地形。

荣立特等功 7 人

王兴邦　抚顺市人　夜月山防御战中，带领全班打退敌人 11 次冲击，歼敌 300 余人。

牟世清　沈阳市人　在坚守夜月山的战斗中，带领全班连续打退敌人 3 次冲击，
　　　　　　　　　歼敌 100 余人。

李　满　义县人　在坚守 123.9 高地的战斗中，带领第八连打退敌人一个营 12
　　　　　　　　次进攻，歼敌 250 余人。

吴儒林　沈阳市人　在坚守 579 高地的战斗中，阵地上只剩他一人，在胸部和两
　　　　　　　　　腿负伤的情况下仍坚持战斗，最后壮烈牺牲。

赵连山　清原县人　汉江守备战中，坚守 350.3 高地时打退敌人 7 次进攻，最后
　　　　　　　　　提着没有子弹的驳壳枪把冲上来的敌人吓得滚下山去。

郭金升　沈阳市人　1952 年，拆卸定时炸弹和普通炸弹 63 枚，并教会 37 人拆卸
　　　　　　　　　定时炸弹。

梁庆友　桓仁县人　在朔宁东上浦防南山防御战中，带领全班歼敌 300 余人。

将军军衔 11 人

高存信　开原县人　志愿军炮兵指挥所司令员

罗　文　凌源县人　志愿军后方勤务司令部副参谋长、参谋长

郭维城　义县人　志愿军新建铁路指挥局局长

廖仲符　开原县人　志愿军第四十二军副军长

李伯秋　辽阳市人　志愿军第四十军政治部主任、副政治委员

吴　涛　沈阳市人　志愿军炮兵政治部主任

金振钟　海城县人　志愿军第五十军第一四九师政治委员、师长

杨有山　辽阳县人　志愿军第六十六军第一九六师师长

张　英　盖县人　志愿军炮兵第一师政治委员

王希克　义县人　志愿军后勤第二分部部长兼政治委员

罗　杰　海城县人　志愿军装甲兵指挥所副主任

飞行员赵宝桐　2003 年去世

参战年龄　23 岁
起飞地点　安东浪头机场
所属部队　空三师

抚顺人赵宝桐获"一级战斗英雄"称号

"九星战机"百战群敌啸长空

"我看不见你们了。"在向敌机群一俯冲一爬升的操作后，驾驶着战斗机的赵宝桐看不到志愿军空三师七团机群编队的其他战友了，担心地在无线电里大声呼喊。这是他第一次与敌机群在空中对战。

就在这一天——1951 年 11 月 4 日，时年 23 岁的赵宝桐独自一人击落了两架美 F-84 战斗机。此后一年间，他的战鹰涂上了 9 颗红星，成为创下志愿军空军击落击伤敌机最高纪录的一级战斗英雄。

2020 年 4 月 23 日，东北航空历史纪念馆创办人张宝库向记者讲述赵宝桐时，自豪地介绍着这位辽宁老乡。

实战训练半个月便参加空战

在沈阳市法库县财湖通航一街的东北航空历史纪念馆内，悬挂着赵宝桐的一张经典照片：身穿空军战服，倚靠在米格 -15 战斗机的机舱内，炯炯有神的双眼仰望着蓝天，雄姿勃勃……

在 1952 年前后，这张照片曾出现在全国大大小小的报纸上，家喻户晓。

战争需要英雄，也锻造出了英雄。

据抚顺市社会科学院副院长王平鲁介绍，赵宝桐出生在抚顺，父亲早逝，他很早就与祖父一起给地主扛活。后来又到抚顺钢厂当学徒，干过旋盘工。

1945 年，17 岁的赵宝桐参加了东北人民自治军（后改为东北民主联军），1948年 7 月加入中国共产党。他当过警卫员、武工队员、班长，参加了东北解放战争多次战斗以及南下解放武汉三镇等地战斗。

1949 年，赵宝桐从陆军调到了空军，进入第四航空学校学习，成为新中国第一批飞行员。只上过小学一年级的赵宝桐非常珍惜学习机会，拿出战斗的精神拼命学

习，成为全班第一个单飞的学员。

抗美援朝战争期间，赵宝桐先后担任过飞行中队队长、大队长、团长等职。

1951 年 10 月 20 日，赵宝桐所在的空三师开赴安东浪头机场，担负掩护朝鲜北部新建机场和平壤至安东一线交通运输的任务。

空三师首先根据敌我双方的情况，制订了实战锻炼计划，熟悉战区，训练战法。由于战情紧急，仅仅半个月后，赵宝桐就参加了第一次空战。

独战 20 多架敌机

东北航空历史纪念馆里，关于赵宝桐的介绍占了很大一部分。他是抗美援朝战争中获得"一级战斗英雄"称号的唯一一位辽宁籍指战员。

1951 年 11 月 4 日，赵宝桐第一次参加空战。10 时左右，志愿军空军地面雷达报告：敌机 6 批共 128 架，进犯清川江、定州、博川等地区。

已经担任空三师七团副大队长的赵宝桐和战友们分别驾驶米格 -15 战斗机升空。从飞机上望下去，地面上清澈的清川江和被敌人炸毁的城镇、村庄清晰可见。飞至朔州上空后，在师指挥所的引导下，飞机组成战斗队形，搜索前进。赵宝桐所在的大队在高空担任掩护任务。

"注意，前面有敌机！"赵宝桐从耳机里听到大队长的声音。大队长命令各机投下副油箱，加大速度爬高向敌机飞去。敌机近在眼前，共有 24 架。大队长迅速下令"二中队掩护，一中队攻击"，并率先冲向敌机，赵宝桐和僚机紧随长机组跟了上去。

敌机被志愿军的飞机打了个措手不及，四散逃离，而赵宝桐因冲得太猛，一下子掉进了 20 多架敌机中间。几架敌机马上围拢过来，都把机头对准了他的飞机。赵宝桐毫不迟疑，猛地一拉操纵杆，飞机像离弦的箭，向斜上方冲去。

他独自一人驾驶着战斗机，看到前方上空六七百米处的 4 架敌机，一个俯冲半滚、一个左转把其中一架敌机套进射击具的光环，这时，他想起此前空四师首次击落敌机纪录者李汉告诉他的诀窍：要回头看。果然，有其他敌机机头已对准了他。

机警的赵宝桐先敌开炮，三炮齐发，随即一个跃升，敌机的子弹已同时打来，紧擦着赵宝桐的机尾飞过去。赵宝桐加大飞行速度，突然，飞机失速进入螺旋，像一片落叶，旋转着快速坠向地面。但赵宝桐保持镇静，终于在 300 米高度改出螺旋，飞机又向高空冲去，被他打下的那架敌机已扎进江湾的泥滩里。

此时，敌机掉头向西南方向飞去。赵宝桐盯住一架紧跟上去，500 米、400 米、300 米，他稳稳地将敌机套住，按下炮钮，"咚！咚！咚！"炮弹正中敌机机翼。敌机冒着浓烟摔在小山坡上，爆炸了！

首次空战，赵宝桐取得了骄人的战绩，击落敌人两架 F–84 战斗机，开创了在抗美援朝战场上志愿军空三师首次实战歼敌的纪录。

遇上对手

1951 年 11 月底，敌军在朝鲜战场进一步加大了轰炸强度和密度，空战规模日益扩大。

12 月 2 日下午，敌军 8 批 120 余架飞机准备对我方交通线予以重点轰炸。志愿军空三师全师出动，升空迎敌。赵宝桐参加了敌我双方首次达 300 架战机的大型空战，首战美军 F–86 "佩刀"战斗机。该机型是当时美军在朝鲜战场上最先进的喷气式战斗机，与我军米格 –15 战斗机在性能上可谓旗鼓相当，势均力敌。胜负较量就看空中飞行员的技战术水平发挥了，这是硬碰硬的较量。

当空三师飞至顺川、清川江口上空时，与美军 20 架 F–86 "佩刀"战斗机迎面相遇，双方在空中展开厮杀。赵宝桐毫不畏惧，上下冲杀，接连击落两架"佩刀"，成为空三师击落 F–86 "佩刀"战斗机的第一人。但在返航途中，已成单机的赵宝桐不幸被偷袭的敌机击中，他被迫跳伞。

1952 年 7 月，空战英雄赵宝桐参加志愿军归国代表团，到北京出席全国第二届

▲ 东北航空历史纪念馆创办人张宝库向记者讲述赵宝桐的事迹

记者手记

在抗美援朝英雄中，赵宝桐的特殊不言而喻。寻迹这位拥有"九星战机"的空战英雄，煞费精力。他已去世，为了能生动还原这位一级战斗英雄的空战雄姿，记者多方寻找、联系他的至亲，还寻踪每一处与他相关的史料与史迹。通过在各个纪念馆中听到的讲解、通过熟悉他的人的口述、通过历史史料的详细记载……赵宝桐的形象一步步地还原，一点点地鲜活起来。

英模代表大会，受到了全国人民的热烈欢迎。

对于击落敌机的经验，赵宝桐曾总结说，他根据敌机的弹道来判断射击方位，敌机还没有过来，就按下了炮钮，敌人闯到火网前面就来不及逃脱了。每次升空作战，他总要把炮弹打光打净，火力凶猛，让敌人无处可逃。

在抗美援朝战争中，赵宝桐创下了志愿军空军个人击落击伤敌机的最高纪录，共击落敌机 7 架，击伤 2 架，他所率领的中队击落击伤敌机 17 架，成为"英雄中队"；他所率领的大队击落击伤敌机 30 架。他本人先后 5 次受通令表彰，2 次荣立特等功，被授予"一级战斗英雄"荣誉称号，并获朝鲜民主主义人民共和国二级自由独立勋章、三级国旗勋章各 1 枚，军功章 3 枚。

抗美援朝战争结束后，赵宝桐曾先后担任过航空兵团长，航校参谋长、副校长等职，1983 年 9 月从北京军区空军副参谋长的职务上离职休养。2003 年 12 月 12 日，赵宝桐因病在北京逝世。

如今，英雄的事迹仍在广为流传，除了东北航空历史纪念馆，在国内有关抗美援朝的纪念馆内，都能看到赵宝桐的英雄事迹和照片。

相关
链接

中国空军从安东浪头机场起飞

一年成军，三年成名。

朝鲜战场上，中美进行了一场实力相差悬殊的大空战，也正是在这场战争中，刚刚诞生的中国空军从安东浪头机场起飞，雏鹰展翅，浴火生长，成为一支令世界瞩目的空中力量。

中国空军在抗美援朝战争的空战中创造了许多奇迹，涌现出一大批像王海、刘玉堤、张积慧、韩德彩和赵宝桐等那样的战斗英雄。

"抗战结束后，我们党在东北建立了新中国第一所航空学校，就是后来人们所称的人民空军的摇篮——东北老航校。"东北航空历史纪念馆创办人张宝库介绍说。空军是解放军三军序列中最晚成立的军种，1950 年 6 月 19 日，空军第四混成旅成立，这是空军第一支拥有正式番号的战斗部队。

截至 1950 年 10 月底，中国人民志愿军空军共有各型战斗机近 200 架，这是空军始建初期的全部"家底"。有新组建的两个歼击航空兵师、一个轰炸机团、一个强击机团。1950 年 12 月，中国人民志愿军空军开始以大队为单位进驻前沿机场，开始实战练习。

在志愿军空军大规模参战之前，改装米格-15 歼击机的训练才刚刚开始，大多数飞行员只飞行了十几个小时，仅完成了中队、大队编队和单、双飞机空战课目，可以说对空战毫无经验。张宝库说，抗美援朝初期空军敌我兵力对比为 10∶1 至 15∶1。

从 1952 年 6 月至 1953 年 7 月，中央军委确定空军歼击航空兵部队采取"加打一番"的作战方针，投入一线兵力为 4 至 6 个师 8 至 11 个团，敌我兵力对比为 7∶1 或 8∶1。

在抗美援朝第三个阶段时，志愿军空军已成长壮大：由不会打仗到学会打仗，由打小仗到打大仗，由单一机种作战到多机种联合作战，由只能在昼间作战到昼夜都能作战。

中国人民志愿军空军"从实战中锻炼，在战斗中成长"，共出动 2.6 万多架次，完成了掩护交通运输线、保卫重要目标、配合地面部队作战等任务，共击落敌机 330 架、击伤 95 架。

词条

中国空军王牌飞行员

赵宝桐	9架（击落7架、击伤2架）
王海	9架（击落4架、击伤5架）
刘玉堤	8架（击落6架、击伤2架）
孙生禄	7架（击落6架、击伤1架）
蒋道平	7架（击落5架、击伤2架）
范万章	6架（击落5架、击伤1架）
鲁珉	5架（击落5架）
韩德彩	5架（击落5架）
吴胜凯	5架（击落4架、击伤1架）
张积慧	4架（击落4架）

浴血沙场百战回
忠武丹心万古思

在抗美援朝战争中，曾有千千万万无名烈士，因为种种原因，有的只有墓碑，没有名字；有的连墓碑都没有，只有一座坟茔……

墓冢无声，将士无语，这些无名烈士都曾是朝鲜战场上奋勇杀敌的战士，以生命换取胜利。

如今，那场战争已过去 70 年。这些烈士虽然无名，但永远不会被人们忘记，他们的精神在每个人心中永存。

他们牺牲时连名字都没留下

▼ 连山：310 位佚名英雄合葬一墓

"二十世纪中叶，在抗美援朝战争中，无数先烈血染疆场，马革裹尸，舍生取义，以身许国。烈士们的英雄壮举惊天地泣鬼神，在连山人民的心中树起一座不朽的丰碑。纵使光阴流逝，英雄佚名，但人民不会忘记，祖国不会忘记……"

这段碑文被清晰地镌刻在葫芦岛市连山区烈士陵园内的革命烈士纪念碑上。

陵园里有一座抗美援朝无名烈士合葬墓。5 月 11 日，记者手捧鲜花特地前来祭扫。无名烈士大墓在革命烈士纪念碑的后方，集中安葬了 310 位

▲ 记者向抗美援朝无名烈士合葬墓敬献鲜花

　　这里合葬着抗美援朝烈士，现在我们仍不知道他们的姓名，只知道合葬的人数——310 人。5 月 11 日，心怀敬意，记者来到葫芦岛市连山区烈士陵园，为这里的抗美援朝无名烈士合葬墓献上了鲜花。在陵园内，记者还看到，年近七旬的张玉强守护着烈士陵园。他说，已经守护 6 年了，6 年来经常有人来祭奠这些无名英雄。让无名烈士有名，让英雄故事传颂，这也是我们报道的目的之一。

在抗美援朝战争中牺牲的志愿军烈士遗骸。

连山区退役军人事务局局长刘玉革介绍："这个陵园始建于1952年，当时连山区称锦西县，是战争后方，接收了不少从战场上回来的重伤员。"

陵园后方不远处，是当时设立的战勤医院，负责抢救伤病员。部分伤员因医治无效牺牲，当地政府将牺牲在这里的志愿军烈士集中安葬在现今连山区烈士陵园这个区域内。知道名字的，就会竖一块墓碑，还有很多重伤员没能留下姓名就不幸牺牲了。

时间流逝，最早的墓碑已风化损毁。"上世纪80年代，这里是散落的坟茔地。"连山区退役军人服务中心主任刘峰说，2003年，连山区政府将310位烈士遗骸合葬在一起，立碑纪念。2011年和2014年又分别对烈士陵园进行修缮建设。

如今，每到清明，一些战士和学生会来祭扫。

张玉强已在陵园守护了6年，他说："这些年，除了省内，还有黑龙江、浙江等外省的志愿军烈士家属前来寻亲，也有一些找不到亲人的烈士家属，每年都到有无名烈士墓的陵园祭扫。"

时隔近70年，连山区烈士陵园里310位烈士的英名已无人知晓，但是他们英勇杀敌彪炳史册的功勋，永远铭刻在人民的心中。

▼ 虎庄：烈士中只有一位找到家人

在营口大石桥市虎庄镇虎庄社区四街的西山上，有一个占地598平方米的抗美援朝烈士陵园，44位志愿军烈士在这里长眠，其中，23座为无名烈士墓。

据了解，这些烈士中只有一位找到了家人。这些烈士的籍贯，除了辽宁省外，还有黑龙江、吉林、河北、安徽、广东、广西、河南、湖北、湖南、四川、江苏、浙江、云南及山西等省区。

88岁的李素兰说，烈士陵园里有的烈士就是她给料理的后事。

抗美援朝战争期间，虎庄成立了后方医院，18岁的李素兰参加了医疗队，"战

争爆发后，为了抢救从前线转运到后方的伤病员，长大（长春至大连）铁路沿线设置了多个医疗救治点。当时虎庄镇荣军医院一所是长大铁路沿线最大的一个救治点。"5月12日，原荣军医院一所护士李素兰在家中接受了记者的采访。老人还记得，荣军医院院长由段士新团长兼任，一所有医护人员400余人，医院平均每三天通过铁路接收救治200余名志愿军伤病员。

"只要前线有伤员转运过来，我们就快速接应，一边跟着担架跑，一边先简单包扎处理。"李素兰告诉记者。

那时重伤员特别多，救治的难度也非常大，"这些志愿军战士，在朝鲜前线奋勇杀敌，身负重伤，我当时就想怎么减轻他们的痛苦，尽快治好他们。很多伤员伤势实在是太严重了，有的始终是昏迷状态，有的吐血，话都说不出来。"李素兰说，直到现在，她还时常想起当时救治伤员的紧张情景。

到1953年，在荣军医院一所，共有44名志愿军战士因伤势过重，经救治无效不幸牺牲，被安葬在虎庄镇虎庄社区四街的西山上。

这些始建于1953年的烈士墓，于2010年改造成虎庄镇烈士陵园，2014年又进行改建。大石桥市退役军人事务局相关负责人介绍，下一步将对通往烈士陵园的山路进行整修。

▼ 锦州：志愿者加入寻亲行列

解放锦州烈士陵园坐落于锦州市城北古塔区钟屯乡帽山村，在陵园的西南侧，有一片烈士墓群。墓碑上有的写着名字，有的没有名字，这里安葬着531位抗美援朝志愿军烈士。

解放锦州烈士陵园主任孙存义告诉记者，当年建陵园时，并不知道这里安葬着这么多的志愿军烈士。

"这儿一直是一片荒山，山上还有不少土坟。以前有一些村民负责看护这些土坟。1998年开始建陵园的时候，人们才发现这里有一大片烈士墓葬。"孙存义回忆道，后来经过普查发现，这里埋葬的很大一部分是抗美援朝烈士。

段占军是陵园的一名管理人员，曾全程参与陵园建设。他告诉记者，据当时统计，共有531位志愿军烈士安葬在这里。"这里曾是抗美援朝后方野战医院，也就是解放军第205医院的驻地。很多在战场受伤的战士都转运到这里医治，其中一些战士牺牲后就安葬在附近。"段占军介绍，这些烈士都有墓碑，有些是几人合葬墓，有的没有名字。

"很多抗美援朝烈士的亲属都以为牺牲的亲人安葬在朝鲜，但其实有上万名烈士安葬在了国内，只是他们的亲人还不知道。"段占军说。

那么，解放锦州烈士陵园这500多位烈士的家属又在哪里？

据介绍，这些年陵园组织了志愿军烈士寻亲活动，不少志愿者也加入了帮助寻亲的行列，如今已经找到其中十几位烈士的家属。

"每年他们都会来这儿祭扫，湖北、湖南……全国各地都有。"段占军说，"2013年，我们帮一位河南籍抗美援朝烈士找到了家属，这名家属叫李运清。当年他的父亲在战场受伤后，便被转运到锦州市医院进行救治，但是最终没有抢救过来，不幸牺牲了。我们在墓碑上发现他父亲李行林的名字，经过多方寻找，最后联系到了李运清。得知父亲的忠骨掩埋地点，李运清和家人马上来这里祭奠父亲。"

原来，在李运清1岁时，父亲当兵离开了家，之后就没了音讯，直到李运清15岁时，家里收到了一份革命烈士证明书，才得知父亲早已在抗美援朝战争中牺牲了。李运清母亲直到去世时，还一直叫着他父亲的名字。寻找父亲忠骨掩埋地成为李运清余生最大的心愿，如今他终于完成了心愿。

在这里，记者听到了很多像这样的故事。

由于种种原因，这片陵区并没有明显标志显示这里安葬的是抗美援朝烈士。

解放锦州烈士陵园调研员王学滢告诉记者，他们已经计划在这里立一块碑，让人们知道这里安葬的是抗美援朝烈士，安葬着抗美援朝英雄。

补刻，
庄重地写上英雄的名字

　　2020 年 4 月 1 日，沈阳抗美援朝烈士陵园的下沉式纪念广场中央，主题雕塑静静矗立，环形的烈士英名墙上，补刻了 2 位烈士的名字。环形的烈士英名墙寓意回归、团圆，象征和平、胜利。烈士英名按姓氏笔画排列，远远望去，就像一页页摊开的黑金色书卷，庄重肃穆。

▼ 第三次补刻

　　据沈阳抗美援朝烈士陵园宣传科科长王春婕介绍，加上此次补刻的两位烈士，

经核实，牺牲在抗美援朝战争中的烈士共计 197690 人，烈士英名墙上实际镌刻 174444 个名字，其中有 23246 人是重名烈士，重名烈士只镌刻一个名字。抗美援朝烈士包括抗美援朝战争期间牺牲和失踪的志愿军官兵、支前民兵民工、支前工作人员等，以及停战后至志愿军回国前帮助朝鲜民主主义人民共和国生产建设牺牲和因伤复发牺牲的人员。

这次是烈士英名墙的第三次补刻。第一次在 2016 年，补刻了 32 位烈士英名，修改了 7 位烈士姓名；2019 年补刻了 3 位烈士英名；2020 年补刻 2 位烈士英名。共补刻 37 位烈士英名。因各地口音不同，过去在登记烈士名字时有错漏，如"王波"被记成"王坡"，"姜凤先"被写成"姜风先"等，这些都改正了。

▼ 新旧刻字格式完全相同

4 月 1 日这一天，负责补刻的老工匠刘师傅早早地来到烈士陵园，他要补刻的

两位烈士名字分别是王锡九和朱鸿熙。

此前，刘师傅已经和烈士陵园的工作人员确定了烈士名字，他事先按照烈士英名墙的字体、行间距和相关补刻的要求制作出补刻模板。

上午9时，刘师傅来到烈士英名墙"王"姓部分前，开始一笔一画、小心翼翼、庄严郑重地镌刻"王锡九"三个字。他将模板固定在烈士英名墙上，保证横竖对齐、对称，并用专业的方法把需要补刻名字的周围做好防护，避免因补刻时产生的飞屑对其他位置的花岗岩造成破坏。临近11时，刘师傅终于完成了对两位烈士英名的镌刻。自2016年烈士英名墙首次补刻至今，这项补刻工作都是由刘师傅完成的。

说起对补刻的工艺要求，王春婕介绍，补刻需要采取手工方式进行刻录，字体为魏体，行间距为1厘米，字体大小为2厘米。补刻的每个字要求与英名墙已刻录完成的烈士名单字体、行间距、字体大小完全相同。

记者在烈士英名墙上寻找补刻的痕迹，仔细观察，发现最新补刻的两位烈士英名熠熠生辉，在现场看更新更亮，其他方面并无区别。

▼ 寄托人们的无尽哀思

在战火纷飞的岁月里，许多英烈永远地长眠在异国他乡。在沈阳抗美援朝烈士陵园的烈士英名墙上，每一位烈士的名字都寄托着人们无尽的哀思。每逢清明节，许多烈士家属都会来到烈士英名墙前祭拜，看到烈士的名字，就像看到了烈士一样。这个名字，以国家的名义来铭刻，也许是烈士留在这世上唯一的凭证。

王春婕说，往年在英名墙前祭拜的家属不在少数，前来寻找家人和战友名字的人也非常多。多年来，烈士陵园接待来电来访的烈士家属和战友有万余人之多。

"此次补刻名字的王锡九烈士家属曾经来访过。"王春婕记得，王锡九烈士的儿子已经年迈，老人曾专程从黑龙江到沈阳抗美援朝烈士陵园的烈士英名墙上寻找父亲的名字，却没有找到。回到黑龙江后，他将父亲的相关情况逐级上报，最终如愿。4月1日，烈士英名墙的第三次补刻完成后，工作人员第一时间通知了王锡九的家属。

"今年①清明节的时候，我们告知家属不能亲自来祭拜的原因，按照家属的要求，我们将鲜花送到每一位烈士英名前并三鞠躬，非常庄重。"王春婕介绍，由于受新冠肺炎疫情的影响，许多烈士家属无法前来祭拜，他们与烈士陵园取得联系，请工作人员帮忙祭扫、祭拜。

一别 68 载，
烈士侯永信终于"回家"

2019 年 4 月，中国空军专机降落在沈阳桃仙国际机场，第六批 10 具在韩中国人民志愿军烈士遗骸及 145 件遗物"回家"，随后，他们被安葬在沈阳抗美援朝烈士陵园。

辽阳灯塔市柳河镇上柳村，侯永信烈士的侄子侯甫元和侯甫吉正时刻关注着这场仪式，几年前，他们的叔叔也是通过这样的方式回到家乡的。

2014 年，第一批归国的志愿军烈士遗骸中，有一位烈士的名字叫侯永信，他就是侯甫元和侯甫吉的五叔。65 岁的侯甫吉至今都难忘寻找到叔叔时的激动心情。

侯家人是通过一次名为"寻找英雄"的活动找到叔叔侯永信的。"退役军人事务部联合多家媒体共同发起了一次名为'寻找英雄'的活动，当时我外甥在网上看到了这个消息，里面有我叔叔侯永信的名字，就告诉了我。我赶紧回家翻看家谱。"侯甫吉说，在向"寻找英雄"项目组工作人员反复确认后，终于认定侯永信就是叔叔。

据侯甫吉介绍，叔叔侯永信那一辈共有兄妹六人：大伯侯永山，二伯侯永海，三伯幼年夭折，父亲侯永礼，一个姑姑，叔叔侯永信是兄妹六人中最小的一个。

抗美援朝战争爆发后，侯永信参军上了前线，当时走得急，家人连部队番号都

① 《江两岸》系列报道的采访时间为 2020 年 4 月至 10 月，本书中凡出现"今年"或未注明年份的日期，均指 2020 年。

不知道。侯甫吉说："父亲侯永礼当年在上柳村大队工作，主要负责为前线部队运送给养。父亲在朝鲜战场一年多，只要遇到部队的战士，他总要问问弟弟侯永信的消息，但始终没有结果。"

相关
链接

交接志愿军烈士遗骸

2013 年，中韩双方达成了将在韩志愿军烈士遗骸归还中国的协议。

从 2014 年到 2021 年，双方已连续 8 年成功交接 825 具在韩中国人民志愿军烈士遗骸。

时间	批次	数量
2014 年 3 月 28 日	首批	437 具志愿军烈士遗骸
2015 年 3 月 20 日	第二批	68 具志愿军烈士遗骸
2016 年 3 月 31 日	第三批	36 具志愿军烈士遗骸
2017 年 3 月 22 日	第四批	28 具志愿军烈士遗骸
2018 年 3 月 28 日	第五批	20 具志愿军烈士遗骸
2019 年 4 月 3 日	第六批	10 具志愿军烈士遗骸
2020 年 9 月 27 日	第七批	117 具志愿军烈士遗骸
2021 年 9 月 2 日	第八批	109 具志愿军烈士遗骸

1952 年，时年 19 岁的侯永信的阵亡通知书发放到家中。村里当时就给侯永信立了衣冠冢。每年，侯家人和村里都会组织祭祀活动，给侯永信扫墓，就这样几十年过去了。"叔叔侯永信那一辈的几个兄弟姐妹都相继去世，但家里的小辈儿都知道侯永信的名字和事迹！"侯甫吉说。

灯塔市柳河镇退役军人服务站的工作人员李瑞告诉记者，早在 2014 年，侯永信烈士的遗骸就通过中韩两国"在韩志愿军遗骸交接"回到祖国了，当时就安葬于沈阳抗美援朝烈士陵园。随遗骸回国的有侯永信烈士随身的一枚印章，刻有烈士姓名，还有铁碗 1 个、子弹 5 发、鞋底 2 只和一些残缺碎片。

通过印章和档案，大家推断出他大概是灯塔市柳河镇上柳村人。

"当时'寻找英雄'活动在网上公布了侯永信烈士的印章，侯甫吉看到后，就与灯塔市退役军人事务局取得联系，确认了侯永信的身份。在当地革命烈士英名录中，也详尽记录着侯永信的入伍和牺牲时间。"李瑞告诉记者，因为侯家多次搬迁，侯永信的烈士证早已遗失，为了断定侯甫吉等人是烈士后人，沈阳军区和灯塔市武装部还派人到村委会，找村党支部原书记和其他老人核实烈士情况。

2019 年 9 月，侯永信的侄子侯甫元，侄女侯甫兰、侯甫坤作为受邀烈属代表，参加了沈阳抗美援朝烈士陵园组织的烈士认亲仪式。在长长的烈士英名墙上，"侯永信"三个字时隔近 70 年终于被刻在了碑上。家人们多年的心愿终于实现了，看着补刻的名字，禁不住泪流满面。

词条

DNA 技术识别烈士身份

2019 年，在新中国成立 70 周年前夕，沈阳抗美援朝烈士陵园里举行了一次特殊的认亲：6 名归国的在韩志愿军烈士遗骸身份得到确认，英雄与亲人时隔近 70 年后终于"团聚"。

这是中国首次通过 DNA 技术手段确定无名志愿军烈士的身份。据介绍，这次用技术手段确定烈士身份和亲属情况，是褒扬纪念工作的一个新领域、新突破，也解决了一系列技术难题。

自 2014 年以来，解放军军事科学院军事医学研究院的科研团队分期分批对烈士遗骸 DNA 样品进行采集分析。由于在战场上被掩埋，加之长年累月雨水、微生物等环境因素侵蚀，给 DNA 样品提取和分析鉴定带来极大挑战。

科研人员克服种种困难，几经科研攻关，筛选了三四百个配方，最终解决了烈士遗骸 DNA 提取这一关键性的难题，并建立数据库，为烈士身份鉴定和亲属认亲奠定了基础。

侦察员张立春　2006 年去世

入朝年龄　26 岁
入朝时间　1950 年 10 月
参加战役　上甘岭防御战
所属部队　第三十八军

故去十四年，人们仍记得朝阳街头掌鞋的老头

魏巍笔下"小老虎"
化作春泥也护花

　　他是魏巍笔下的"小老虎"，他是电影《上甘岭》中英雄连长张忠发的原型，他也是朝阳市老转盘街上的修鞋匠老张。他已经故去 14 年了，人们却仍然记得那个掌鞋的倔老头。

最爱军功章，却不提背后故事

4 月 27 日，记者打车赶往朝阳市区。出租车上，记者问司机王凤奎："您知道张立春吗？是个抗美援朝英雄。"他说："我不知道张立春……不过说到抗美援朝，以前转盘街上有个掌鞋的老头，参加过抗美援朝，但已经去世了。那老头真倔，政府给他安排清闲工作他不要，就在街上修鞋，自食其力。"说着，王凤奎竖起了大拇指。

上午 10 时，朝阳市西街小区门口，64 岁的张占平虽然腿脚不便，但仍早早出来迎接记者。谈到父亲张立春的倔，张占平笑着说："我父亲性格耿直了一辈子，只要他认为是正确的，就会坚持干下去。"

张立春生前就住在这里，家里陈设简朴。张占平说："自我父亲去世后，14 年了，这房子还保持着原来摆设的样子，我们不愿意改变。"在张占平眼中，张立春不在意吃穿，不在乎金钱，他有着老党员、老军人的初心，永葆本色。

知道记者要来采访父亲的事迹，张占平和妻子把父亲张立春生前的军功章、信件、照片都拿了出来。

指着几枚沉甸甸的军功章，张占平非常感慨："父亲生前最爱惜的就是这些军功章，时不时拿出来仔细看一看、擦一擦，自己存放，家里人谁都不能碰。他常说，这是党和人民给他的荣誉，要好好珍惜。但这些军功章背后的故事，他却从来不说。直到后来，大家发现他就是魏巍笔下的'小老虎'，我们才知道他以前的事迹。"

多次机智突袭，屡立大功

张立春生于 1924 年，21 岁参军，先后参加了四平保卫战、辽沈战役、平津战役和抗美援朝战争，荣立八次大功，荣获"英雄奖章"、二级国际勋章，获得"战斗英雄"称号。1950 年抗美援朝战争爆发，张立春积极响应号召，随所在部队第

▲ 赵玉柱接受记者视频采访

记者手记

随着时间的流逝，曾经的英雄深藏功与名，然而他们身上的精神依旧在闪光。张立春最让人敬佩的地方就是干一行、爱一行、精一行，坐在街头修鞋，他也能修出名堂来，不仅修鞋手艺好，还收了十几个徒弟。记者采访张立春的徒弟赵玉柱，他已经64岁了，从30岁时跟随师父学修鞋，他说："师父手把手教了一个月，我就出徒了。师父是个大好人，教徒弟，首先教做人，再教做事，他常常将'做人要堂堂正正，走得正，行得正'这句话挂在嘴边。"

三十八军于 10 月 19 日从辑安渡过鸭绿江，直达新义州。

在老相册中，记者发现了一张与众不同的照片，照片中的张立春身穿夹克，戴着条纹围巾、黑色礼帽，十分时髦。张占平介绍，这是张立春当侦察员时在韩国拍的照片。刚入朝时，张立春是侦察连侦察员，为了摸清敌人情况，他们要在夜晚到敌人老窝去"抓舌头"，"抓舌头"就是抓一两个敌人过来审问，了解对方情况。张立春曾经从敌人的碉堡里抓到一个美军排长，顺利完成了侦察任务。

有一次，张立春接到上级命令，必须在第二天天亮之前炸掉三所里大桥，阻击敌军。三所里大桥是一座有 25 个桥洞的大桥，敌人对此地严密防守，派有重兵警备。张立春带着一个加强班去炸大桥。他们采取声东击西的办法，先用谷草点燃了军车，吸引敌人的注意力，趁敌人注意力分散时突袭，冲上大桥，消灭桥上的敌人，然后用 5 公斤重的炸药包将大桥炸毁。这样致使敌人的机械化部队无法运动，阻击了敌人援兵。这场真实的战斗经过被编入电影《奇袭》当中，广为流传。

词条

重型装备

美军步兵一个师	志愿军一个军
各种坦克 149 辆	各种坦克 0 辆
装甲车 35 辆	装甲车 0 辆
榴弹炮 72 门	榴弹炮 0 门
各种直射炮 120 门	各种直射炮 108 门
各种迫击炮 160 门	各种迫击炮 333 门
高射炮 64 门	高射炮 24 门
火箭筒 543 具	火箭筒 81 具
联络飞机 22 架	联络飞机 0 架
各种汽车 380 辆	各种汽车 100 辆

攻克 334 高地和死守上甘岭

张立春更令人熟知的身份，是《谁是最可爱的人》中的"小老虎"。

张占平说："我父亲能够被人们所熟知，就是因为魏巍笔下的'小老虎'。"其中讲的是张立春率领部队攻占 334 高地的英勇事迹。

1951 年 1 月，攻占 334 高地的战斗打响后，我军向高地进攻屡不奏效，其中三营九连三排先后牺牲了 7 个排长。在这个紧急的时刻，团长想到了张立春，命他接任排长，并下达命令："334 高地要叫你拿下来。"张立春豪爽地说："只要脑瓜打不碎，腿打不断，你就等着胜利的捷报吧！"

张立春把攻击的时间定在零时，这是敌人最容易麻痹大意的时刻。到了零时，张立春和战士们向敌人发起了进攻，他率先冲在最前方。经过二十几分钟的战斗，他们抢占了 8 个山头，并歼敌一个连，俘敌 10 人，缴获 3 门无坐力炮、3 挺轻机枪、15 支步枪，夺取了 334 高地。在这次战斗中，张立春的手和头受了点轻伤。因为这次胜利，张立春立了大功，获得表彰。

张占平自豪地说，父亲还参加过著名的上甘岭防御战，电影《上甘岭》中英雄连长张忠发的原型人物之一就是父亲。在上甘岭防御战中，张立春带领九连战士在阵地上一守就是 30 个日夜，忍着饥渴打退敌人无数次进攻，阵地上只剩下七八个人。人在阵地在，伤员没有丢失一个，他们打出了一个光荣的称号——"打不垮的硬九连"。

相关链接

跨越半个世纪的友谊

在张立春故居的客厅里，挂着一幅魏巍的亲笔题词"你永远是最可爱的人"。2000 年，两位老人跨越半个世纪在鸭绿江畔再度相逢，魏巍赠送给了张立春这幅题字。

▼ 与魏巍相识

张立春与魏巍的第一次见面是在 1951 年。当时，张立春刚刚带领部队夺下334 高地。随军记者魏巍听说张立春是三三五团的一个排长，曾率领突击排最先摸

▲ 张立春大儿子张占平向记者讲述魏巍题字

上敌人的阵地，一口气打倒了 3 个敌人，便前来采访他的英勇事迹。

警卫员领着魏巍找到张立春。魏巍问他："了不起呀，是什么精神支撑你跟 3 个敌人搏斗？"

张立春回答："俺娘在村里当妇女队长，觉悟高着呢，娘一来信就教导俺要多立功。"

魏巍笑了："你一个摔仨敌兵，真有点小老虎的劲儿。"

事隔好几天，张立春才知道采访他的人叫魏巍。

魏巍在《谁是最可爱的人》里这样写道："他是立过五次大功的战斗英雄。这次，当他扑到敌人阵地上的时候，看到四个美国兵都把下半截身子装在睡袋里。他急了眼，来不及等后面的同志，先打死了一个，接着就扑上去，用脚踏住一个。两只手抓住另外两个家伙的头发，摁了个嘴啃泥。"这篇创作于 70 年前的战地报道文字鲜活，让"小老虎"的形象传遍了大江南北。

此后近 50 年，魏巍与张立春再没见面，也没有联系。

▼ 50 年后的重逢

翻看张立春生前的信件，记者发现了一封魏巍的来信："得知你仍然健在，看到你写给我的信，使我十分激动……"这封信写于 2000 年 10 月 13 日。

距离那次采访张立春 50 年后，也就是 2000 年，魏巍突然收到一封署名张立春的信，信上说："魏巍同志，我们已经有 50 年没见过面了。那天你采访我时外面战斗很激烈，洞子又小又黑，我也没看清你的面貌，我很想念你，什么时候我们能再见上一面呢？"随信还附有一张戴着旧毡帽的老人照片。

当年 10 月，魏巍与张立春在丹东鸭绿江断桥上终于再见面，两位老人十分激动。现在张立春家中还留存着当年魏巍夫妇与张立春的合影。照片中的张立春穿着军装，胸前挂着好几枚勋章，还是戴着那顶旧毡帽，魏巍则身穿黑色皮夹克，挽着张立春拄着拐杖的手。魏巍在回忆录里写道："我挽着他那双粗糙带点紫色的终年劳动的手，默默地漫步在大桥上。"

▼ 多次来信帮助

2000 年之后，两位老人时常写信、通电话，张立春每次去北京，都一定要见见魏巍。魏巍也无微不至地关心着老英雄的生活。

张立春在修鞋岗位上坚持了 40 多年，魏巍了解到张立春的经历，感动地说："他是个好人，一直在默默为社会奉献。"

2006 年，知道张立春患重病，魏巍又寄来了 2000 元钱和慰问信。信中写道："立春：你好！听说你病了，我很惦念。我估计你一定碰到许多困难，今寄去人民币 2000 元，请你收下。希望你早日恢复健康！"感情真挚，令人唏嘘。

张立春去世后，他的儿子第一时间打电话告诉了魏巍。魏巍因为年纪大了，不能亲自参加追悼会，所以托人送上花圈，上面写着"你是最可爱的人"。

通信兵程茂友　90岁[1]

入朝年龄　22岁
入朝时间　1952年
参加战役　上甘岭防御战和金城反击战
所属部队　第四十六军

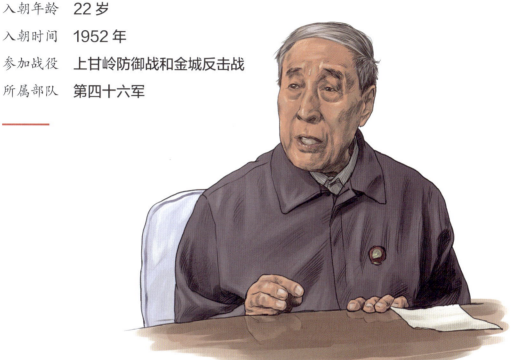

程茂友至今保留着巴金的签字留言

凯旋后含泪抹掉日记上的"遗嘱"

　　5月，沈阳的阳光正好。因为新冠肺炎疫情，程茂友已经许久没有出门了。但对于记者的采访请求，他还是毫不犹豫地答应了。对于70年前那场抗美援朝战争，程茂友有着深刻的记忆。这不仅仅因为他曾是战争的亲历者，更重要的是，他把战争中的点点滴滴都记录在了日记本中，也记在了自己的心里！

　　[1]指2020年接受《江两岸》报道组采访时的年龄，全书凡涉及受访者年龄均同此。

通信兵

除了无线电通信，有线电通信也是重要通信手段。野战电话不易受到干扰，但需提前架设电话线，适合指挥部门、后方勤务以及阵地上进行通信。在战场上，野战电话线时常被敌人炮火炸断，需要派人去查线，重新接通损坏的线路。在查线或修复线路过程中，容易发生战士伤亡的情况。

负责架线的通信兵主要负责爬杆子打拉线，打拉线可以锻炼臂力，架了一趟线路之后，手劲特别大。战争打到哪儿，电话线就要跟到哪儿。

领一个排做"活人电线杆"

在沈阳师范大学教育科学学院，作为红色思政课辅导员的程茂友还有一个名字：爷爷导员。他经常给大学生们讲革命传统，讲国防教育。他说自己心里只有一个想法：我是一名幸存者，我要让更多人知道抗美援朝精神。

抗美援朝战争的点点滴滴，已深深刻在老人的心里。

1952年，程茂友作为第三批入朝志愿军战士的一员，赶赴战场。当时，他的职务是志愿军第四十六军通信队队长。

程茂友告诉记者，在抗美援朝战争时期，战场通信联络十分困难，团以下的有线电基本难以保障，保障指挥和步炮协同通信主要靠无线电。营以下靠步话机通信，团以上靠电台。入朝后部队开始在团成立报话排，作战时根据需要临时向营连派出。

程茂友说，尽管团以上有线通信有保障，但也很困难，还是要靠战士们在敌人的炮火下拼搏。

1953年夏天，程茂友所在部队参加了金城反击战，他带领一个排，在敌人三道炮火封锁区内，用活人做"电线杆"，来保证战斗中通信的畅通。"我们当时架设和维护最艰难的一条电话线是军前指（前进指挥所或前进指挥部的简称）到一三三师前指的。为了保证线路畅通，我们要在线路间每隔一二十米就挖一个防炮洞。每个洞里安排一名电话员，带着电话线和工具，负责随时维修炸断的电话线。"程茂友回忆说。后来，他们还给这个方法起了个名字：藏猫猫战法。

在战火纷飞的战场，挖防炮洞是极其危险的事，经常挖着挖着就被敌人炮弹炸起的碎石埋上了。在朝鲜战场上，通信兵的伤亡比例很高，尤其是团以下分队的通信兵。"有一次，我们几十个人在防炮洞里待了四天四夜，电话线被炸断了69次，维修点多达200多处。"他说，炮声太响，许多战士从战场上退下来都患上了间歇性耳聋。

随身携带的小本记录了上甘岭防御战

在记者采访程茂友时，他提到次数最多的战役就是上甘岭防御战和金城反击战。

在上甘岭防御战中，程茂友所在部队在西线战场协助作战。在他随身携带的小本子上，清清楚楚地记录着当年这场战役的一些数据：美军调集第七师空降一八七团、伪二师、埃塞俄比亚营共11个团零2个营（战役中另补充9000人）、18个炮兵营，大炮300余门，坦克170辆，飞机3000余架次，兵力共6万余人。对志愿军两个连坚守的不到4平方公里的阵地，倾泻炮弹190余万发，炸弹5000余枚。最多的一天足足扔下30万发炮弹。

"当时朝鲜的铁原、平康、金化三郡被美军称为铁三角。我军占领的是平康及各中部的制高点。当地有座山名叫五圣山，它的背后就是平康平原，一旦美军越过这座山，装甲部队就可以畅通无阻。所以这个地方相当重要。"程茂友说。当时美军想要占领的就是五圣山主峰东南4公里的上甘岭地区。

当时美军想出的办法就是"超级火力"，程茂友还清清楚楚地记着这样的场景：敌人炮弹如雨倾泻，那个小山头上几乎没有树和草了，山头炸出2米深的松土，战

壕这样的地面工事早就没了，当时坚守阵地的两个连，在敌人步兵进攻前伤亡就已经达到 60%。

"在敌人猛烈炮火下，志愿军战士当时只能退入坑道中，也就是进入山洞里。"程茂友回忆，白天战士们躲在山洞里，晚上出击夺回阵地，就这样志愿军战士足足坚守了 43 天。

程茂友回忆道："我军当时共投入第十五军、第十二军，炮兵二师、七师，火箭炮二〇九团，第六十军炮团，高射炮六〇一团，各种炮 185 门，总兵力近 4 万人，战斗中共向敌人发射炮弹 190 多万发，打退敌人营以上兵力的冲击进攻 25 次，营以下的攻击 650 余次，战士们守住了阵地。"据程茂友介绍，上甘岭防御战，我军伤亡总数共计 1.15 万余人。

上甘岭防御战胜利后，我军开始打响金城反击战，战役打了近 2 个月，战斗139 次，突破了敌人 4 个师 25 公里的防御阵地，收复了 240 平方公里土地，直接打入敌人阵地纵深处！

"上甘岭防御战和金城反击战最大的意义是让敌人彻底失去了信心。倾其所有却连两个小山头都没有打下来，他们终于意识到失败只是早晚的事。"程茂友这样认为。

金城反击战也是抗美援朝战争的最后一次战役，不久，《朝鲜停战协定》签字。

金城反击战前在日记扉页写下"遗嘱"

从朝鲜战场回国，程茂友说自己带回最珍贵的东西除了一些书籍，就是一本紫红色封皮日记本。

从奔赴朝鲜战场那天开始，无论战斗多么艰苦，程茂友都坚持读书学习，记日记。在参加金城反击战前，他在日记的扉页曾写下一段"遗嘱"："亲爱的同志，当你捡到这本日记，可能我已经牺牲了，请把这本日记交给我的家人。谢谢你！"

如今这段"遗嘱"已经从日记本里抹掉了。为什么要写下这样一段话？程茂友回答：在战场上的所有志愿军战士，做好了随时可能牺牲的准备。我当时想的是，即使牺牲了，也希望祖国人民能了解这场战争，了解那些牺牲的战士。

谢国藩是程茂友的战友之一，1953 年 7 月，时任师通信参谋的程茂友随四〇七团向敌陆军一师发起进攻，谢国藩任二连报话员。战斗异常激烈，连长、排长先后牺牲，志愿军战士打退了敌人 8 次进攻。

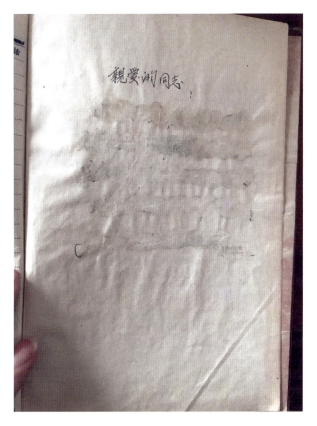

▲ 日记本扉页上被抹去的遗书

"后来步话机坏了，没办法指挥，炮弹不知道往哪儿打。关键时刻，正在 062 阵地的谢国藩拿起从美军手中缴获的报话机，大声呼喊：向 062 开炮！最后，敌人一个营全被消灭，我军胜利完成任务，报话员谢国藩荣立战功。"程茂友说。

他记得那些牺牲的战友：在盘肠大战中，三次负伤仍不下战场，最后抱着炸药包冲向敌人的罗连成班长；在马踏里东山进攻战中，用身体堵住机枪口的二排副排长谌木森。"他们才是真正的英雄！"程茂友说。

在日记本中间，贴着一张半个世纪前的珍贵签字："程忠孝（程茂友曾用名）同志，祖国人民的心永远和你在一起"。这是当年巴金到程茂友部队采访，时任师部参谋的程茂友陪着他采访，临走时，巴金在程茂友的日记本上写的话。

这些战友、这句话都成了他以后前进路上的巨大动力。

相关
链接

战场上的"爱情奇缘"

在朝鲜战场上，程茂友收获了一辈子的精神财富，也收获了一份爱情。在他眼中，他和妻子的相识相知更像一场"战争奇缘"。

"当年魏巍写了一篇通讯《谁是最可爱的人》，在国内引起巨大反响，之后大批的慰问信和慰问品送到前线。送手绢的，送花片的，还有的小孩把自己在运动会上获奖得的纪念章也送到前线。"程茂友说。

1952年他正在做防空降的演习方案，战友领了半麻袋的慰问品，从里面拿出一个紫红色的日记本给了程茂友，"当时有文化的人也不多，我喜欢写东西，就给了我这个日记本。"

程茂友打开日记本，上面赫然印着"铁路局"三个字，还有一段留言：赠给可爱的志愿军。后来程茂友才得知，这是一个正在北京女子师范学校上中专的女学生送过来的，"她的父亲是一位老铁路工人，当上劳模得了这个日记本，转送给女儿，她舍不得用就赠送到前线了。"

得知这件事，程茂友感动地回了信，两人很快成了朋友。半年时间两人通了十几封信。

抗美援朝战争结束后，程茂友有一次去北京办事，当时那个女孩已是北京师范大学物理系的大学生。程茂友去学校找她，但女孩回家了。"当时，我留了个字条告诉她我住的地址和第二天晚上要乘车回朝鲜的事，第二天她就和另一个女同学去旅馆看我，还把我送上火车。"

从此两人鸿雁传书，1955年女孩毕业后被分配到哈尔滨一所中专做物理教师，当年程茂友也随部队从朝鲜回国，部队驻扎在吉林敦化。1956年12月26日两人喜结连理。

▲ 程茂友对辽报记者讲述抗美援朝中的战斗经历

记者手记

　　在三次校对了记者的稿子后，程茂友才合上随身携带的小本子。他告诉记者，精准地还原抗美援朝战场的那些事迹，是他的责任，也只有这样，他才算不辜负那些牺牲的战友。他说自己还会坚持去学校为孩子们讲述抗美援朝的英雄故事，这是他愿意做的事，他希望通过他的努力，能让更多年轻人了解那段历史，更不要忘记那段历史。

步话机员蒋庆泉　92岁

入朝年龄　**24岁**
入朝时间　**1952年9月**
参加战役　**石岘洞北山战役**
所属部队　**第二十三军**

锦州人蒋庆泉是电影《英雄儿女》王成原型之一

和战友齐声高喊"向我开炮"

　　锦州市松山区大岭村的村口，立着一个巨大的广告牌，上面一位耄耋老人目光炯炯，旁边写着一句话"向我开炮第一人"。他就是蒋庆泉，电影《英雄儿女》主人公王成的原型之一。

　　25岁成为英雄，50多年隐姓埋名。蒋庆泉虽然没读过多少书，却也说出过"战争就是一场演义"的豪言壮语。得知记者来采访，蒋庆泉早早地站在门口等待，瘦削的身体站得笔直，厚厚的眼镜透出坚毅，92岁的志愿军老兵蒋庆泉就这样走进我们的视野……

当过"首长的眼睛"

蒋庆泉有一个属于自己的书房,大大的书桌,成排的书柜。他喜欢看书,学知识。以前住老房子时,他就有一个小书柜,里面最显眼的是四大野战军战史。

1928年,蒋庆泉出生于锦州,很早就参军入伍,曾先后参加过抗日战争和解放战争。1952年9月,蒋庆泉跟随第二十三军大部队入朝作战,担任步话机员。蒋庆泉清楚地记得自己当时通过鸭绿江大桥走进朝鲜战场时所看到的情景,"到处是火光,到处是坑"。

入朝前,蒋庆泉已经由通信员调入步话机排当步话机员了。他说,到部队锻炼一年后,当上了步话机员,这是个技术兵种,他喜欢学习知识,对各种通信技术都学得很认真。那段时间,他不出操也不站岗,一门心思地研究和练习步话机的操作与联络。

蒋庆泉告诉记者,在当时的战场上,步话机员的地位是相当高的,可以说就是"首长的眼睛","我们说炮往哪打,就往哪打!"

回忆起当年的战斗岁月,蒋庆泉用"苦"来形容,"敌人有飞机、大炮、军舰,我们没有那么高级的武器,我们只有土办法,用铁管子自制爆破筒,帽子包起火药就是炸药包。战斗打起来有时候三天三夜吃不上饭,人绑在树上睡觉,脚后跟冻烂都不知道。"蒋庆泉说,但他们当时又感觉很自豪,"那时候我们还给敌人的炸弹起外号'土豆''地瓜''花生米'……每位战士都是无所畏惧的。能上战场保卫和平,我们就是觉得骄傲!"

"一声高喊"让他变成英雄

1953年4月16日,蒋庆泉所在的第二十三军六十七师二〇一团二营五连接到

了命令：攻占石岘洞北山，扼守阵地，组织炮火大量杀伤反击之敌。而对手是美军王牌部队第七师。

25 岁的蒋庆泉刚刚在此前的一场战斗中受了伤。原本要跟二营营长下连队的步话机员有事走不开，请他临时代替。于是，蒋庆泉走上了战场。

蒋庆泉说，仗打了两天之后，五连就剩下 20 多个人了。"我们当时已经一天两夜没休息、吃饭，也没喝水。"在弹尽粮绝的时候，蒋庆泉和战友一起，朝着步话机大吼："向我的碉堡顶开炮！"随后蒋庆泉被敌人击中，受伤被俘。

多年之后，蒋庆泉才知道，当年炮兵部队出现了弹药短缺的情况，才没能及时向他的阵地开炮。

1953 年 7 月，在另一场战役中，通信连的步话机员于树昌同样激昂地喊出了"向我开炮"，最后在战斗中牺牲。当时记者洪炉将于树昌和蒋庆泉两个人的事迹融合在一起，写出了《向我开炮》一文。

后来，这篇报道被《英雄儿女》的编剧毛烽和导演武兆堤看到，他们又结合了英雄杨根思抱着炸药包与敌人同归于尽的情节，塑造出经典的英雄人物形象王成。蒋庆泉也因此成为英雄王成的原型之一。

蒋庆泉说，自己当时是和战友们一起喊出"向我的碉堡顶开炮"这句话的。"我和战友都已经做好了献身的准备，大家聚拢在我身边，我们一

词条

报话机

电影《英雄儿女》中，王成背的军用电台是 71 型报话机。71 型两瓦报话机由于体积小、重量轻、功率大、使用方便，深受前线部队的欢迎，志愿军中的通信兵基本上都和这型报话机打过交道。

影片对报话机出现故障的描述很真实，当时的军用无线电，在技术和电气元件上有很多问题，有一定的故障率。

▲ 蒋庆泉向记者展示一张抗美援朝期间的作战地形图

记者手记

　　在记者还没有赶到蒋庆泉家时，联系采访的工作人员就给记者打来电话，说蒋庆泉老人已经在门口笔直地站了半天。对于他来说，每一次讲述抗美援朝战场上的经历都像一种仪式。正如他所说，他的身上，背负着牺牲战友的嘱托，那就是将抗美援朝精神永远传承下去。他说，回忆录还会写下去，书还会读下去，抗美援朝战场的故事仍然要讲下去。那些气壮山河的英雄事迹，应该让更多的人知晓。

起喊出了这句话。"蒋庆泉说，时至今日，他都没把自己看成是英雄，"我身边有千千万万个战友，他们舍生忘死，牺牲在战场上，我还活着，所以他们才是英雄。"

蒋庆泉对这些战友无比崇敬，满怀深情。60多年前，蒋庆泉的部队过鸭绿江大桥时，他看到路边有一块木制的墓碑，写有"曹宅水之墓"几个字，曹宅水是曾和他在同一个连队战斗过的司号员。当时蒋庆泉就从队伍中跑了出去，对着墓碑敬了个军礼。

在参观抗美援朝纪念设施的时候，蒋庆泉总是特别专注，他总能回忆起那些出生入死的战友，那一幕幕激烈的战争场景……

五十载清苦生活

走下战场回到家乡，蒋庆泉将所有的战争故事都埋进记忆。

他的生活曾一度清贫，靠卖鞋垫为生。那段日子，村里也常有一些复员回乡的老兵，大家聚在一起聊当年上战场的事。每次有人问起蒋庆泉，他总是会说："我没打过多少仗。"

有一次村里放映露天电影《英雄儿女》，蒋庆泉带着儿女去看。回家后，蒋庆泉就躲在被窝里哭。而在此时，当年的记者洪炉也在尝试着寻找蒋庆泉。最终，在洪炉等人的努力下，2010年，蒋庆泉的"王成般的英雄事迹"被多家媒体跟踪报道，来自全国各地的拜访者也开始络绎不绝追寻他的那些事迹。

英雄终于重新回到了大家的视野里。

不过，直到今天，蒋庆泉也不愿意多谈自己是英雄。

但蒋庆泉对记者说"幸而有当年"，那段经历让他一辈子难以忘怀，成为他人生最大的精神财富。

蒋庆泉只上过一年半的学，但他还是学习写回忆录，写随笔。刚开始时，不会写的字就查字典，桌子上那本跟孙女要的字典被他翻得已经卷了边。当年战场上的杯子，他还留着，现在成了他的笔筒。这些跟随他多年的老物件都已经融入他的生命中。

蒋庆泉还向记者展示了他写的随笔，大多都是关于战斗的"对仗句"，"我想把我经历的那段战斗经历都写下来，留给后人看看。我希望大家不要忘了那场战争，那些英雄，那些故事。"

2010年，政府要给蒋庆泉经济补偿和特殊待遇，他谢绝了，只提出一个要求，希望得到一枚抗美援朝纪念章。

相关
链接

战场上志愿军如何通信联络

在战火纷飞的抗美援朝战场上，包括步话机员在内的无数志愿军战士在通信岗位上舍生忘死，有力地保障了各级部队的战斗及其他行动。那么，当年志愿军是如何在朝鲜战场上进行通信联络的呢？

中国人民解放军总参谋部通信部原部长崔伦曾撰写过《忆抗美援朝战争的通信保障》。文章中提到，1950年10月志愿军入朝时，志愿军总部机关只有9部短波电台，后来发展到11部。有线电通信最开始只有一个电话队，后来又建立了2个有线电通信营，到《朝鲜停战协定》签字后建立一个通信团，而在抗美援朝战场上，无线电通信是志愿军的主要通信手段。志愿军通信兵在入朝初期遇到很多困难，其中包括无线电通信装备和技术人员的缺乏，通信设备落后。

由于当时前线对军用无线电通信设备的紧迫需求，我国国内也开始自主研制无线电通信设备。当时有十几家电信企业近4000名员工不分昼夜地研制，生产了多种通信设备。电影《英雄儿女》中王成背的军用电台属于71型报话机，由南京无线电厂生产。

在抗美援朝战争由运动战转入阵地战后，我军的交通运输逐步好转，利用这个有利时机，我军加强了通信器材供应站的建设，并开始注重人才培养。1951年下半年，我军还曾在东北建立了一个通信训练队。

值得一提的是，在普及无线电设备前，志愿军的基层部队主要是通过运动通信和简易信号通信进行联络。在基层部队中，都配有专门负责联络工作的通信员。在战斗中，通信员要跑步到各单位传达上级的口头或文字命令。在上甘岭防御战中牺牲的特级战斗英雄黄继光，就是一名连队通信员。

在志愿军的连排通信联络上，还有一种小铜哨，个头不大，声音尖厉，指挥协调排、班、小组的行动非常有用。电影《上甘岭》中，通信员就是用这种小铜哨联络阵地上的战士撤回坑道。

机关枪手孙景坤　96 岁

入朝年龄　26 岁
入朝时间　1950 年
参加战役　上甘岭防御战
所属部队　志愿军第四十军

丹东人孙景坤参加上甘岭防御战

冲过十几道封锁线送弹药

　　4 月的鸭绿江畔，寒意还没有退去，江岸上的丹东市元宝区金山镇山城村，树木刚刚泛绿。曾经在抗美援朝战争中立下一等功的志愿军老兵孙景坤就住在这里。2020 年 4 月 17 日早上 8 时多，记者赶到采访时，他的女儿孙美丽早已在门口等候了。"父亲知道你们来，担心找不到，特意让我们迎接你们。"

　　孙美丽是孙景坤的大女儿，在她的记忆里，"父亲这辈子，总是替别人着想"。

老英雄隐藏功名 40 年

山城村村边路旁一栋简朴的平房里，孙景坤躺在炕上。战争时留下的 20 多处伤疤以及后来的多病，使老人现在不能行走。然而记者采访时，他坚持要坐起来，并且努力挺直了腰板。

接受我们的采访时，孙景坤已经 96 岁了，瘦削的脸庞透着刚毅，一眼就能看出他身上所特有的军人气质。

1924 年 10 月，孙景坤出生于丹东市元宝区金山镇山城村。23 岁时，在家乡担任农会副会长的他带头参加了中国人民解放军。老人胸前一枚枚军功章讲述了他的战斗历程。他先后参加解放四平战役、辽沈战役、平津战役、海南岛战役。1950 年，抗美援朝战争爆发，以美国为首的侵略军的战火烧到鸭绿江边，孙景坤告别了家人，奔赴朝鲜战场。

在第四十军一一九师三五七团的戎马生涯中，孙景坤立下赫赫战功，荣立过一等功 1 次、二等功 2 次、三等功 3 次。孙景坤打仗勇武是出名的。他是机关枪手，在解放四平的战斗中，密集的子弹冲他射击，后背的军装被子弹打烂了，半个月内就换了 4 件棉衣。

可是这些，在他 1955 年复员回乡后的近 40 年里，都无人知晓。他从不在人们面前谈起自己的功绩，而是淡然地当起了普通农民。他带领村民脱贫致富，以战争年代的好汉之勇，在和平年代继续为国家作着贡献。

人们知晓他的战功，已是上世纪 90 年代。丹东关心下一代工作委员会开展爱国主义教育活动，作为退伍军人，他应邀给青少年讲述当年战斗经历。此时的他，也深感有责任让更多的人知道抗美援朝精神，人们这才知道这位老功臣。

和 9 名战友送弹药

采访时，孙景坤对荣誉与功劳不愿多谈，谈的最多的是战斗以及那些与他拼战沙场的战友。那份情，山高水长；那份记忆，历久弥新。

在他记忆的深处，惨烈的上甘岭防御战仍久久挥之不去。烧黑的焦土，满是铁屑、弹壳的山头……几十年过去了，这些情景依然清晰如昨。

那是 1952 年 10 月 27 日的上午，已经一天一夜没有吃饭的孙景坤，正准备吃点东西，突然营长喊他过去。"你们赶紧到弹药库去扛 8 箱手榴弹、2 箱转盘枪子弹送上阵地。"营长下了命令。

孙景坤当时是七连一排副排长，他知道，要把补给送到阵地，必须要冲过敌人十几道封锁线。情况的残酷可想而知。161 高地即坪村南山，在这狭小的区域里，敌军构筑了大小地堡 60 多处，隐蔽部多个，并架设了多道铁丝网，以堑壕交通沟相连接，形成了一处坚固的环形防御体系。在上甘岭阵地，当时流传着这样一句话："谁能送进坑道一个苹果，就给谁立二等功！"可见运送供给多么危险，每走一步，都可能流血牺牲。

但是孙景坤没有时间想这些了，他马上回答："是，保证完成任务。"便冲着战友一挥手，"上！"他和 9 名战友扛起 10 箱弹药迅速冲进了枪林弹雨中。

词条

上甘岭防御战

时间　1952 年 10 月 14 日—11 月 25 日
　　　共 43 昼夜
战场范围　3.7 平方公里的阵地
轰炸后阵地状况　土石被炸松 2 米

	侵略军	志愿军
投入兵力	3 个师 6 万余人	4 万余人
投入装备	300 余门大炮 近 200 辆坦克 3000 余架次飞机 发射炮弹 190 多万发 投掷炸弹 5000 多枚	
进攻次数	600 余次	
阵亡人数	2.5 万余人	1.1 万余人

　　孙景坤和战友们肩上扛着40多公斤重的弹药，再加上饥饿、疲劳，每移动一步都非常吃力。他们所经过的道路，早已被敌人炮火封锁得连点空隙都没有，要想顺利通过那里，到达阵地，只能从山冈上加速快跑通过。

　　他和战友们一面躲避着敌人的狂轰滥炸，一面小心艰难地向前移动。终于寻找到了有利的时机，趁着敌人施放烟雾掩护伤兵的时候，孙景坤带领战友一鼓作气冲上山头。

　　记者在第四十军首长们的回忆录《四十军在朝鲜》一书中看到了对这段战斗经历的回忆：

　　两个班的敌人反扑到阵地前，勇士们用手榴弹将敌人打退。不久，敌人又上来两个班，战斗中，岳惠俭和关世江都负伤了。孙景坤鼓励大家说："七连的同志们，龙水洞战斗，我们七连15名勇士愣是打垮了敌人。我们一定要发扬龙水洞的战斗精神！"

　　他们毅然决然地坚持着，连续打退敌人3次反扑。这时，电话机里传来副连长支全胜的声音："你们打得好呀，我马上给你们请功！"

一人消灭21个敌人

　　讲起1952年10月27日发生的战斗场景，孙景坤流泪了。他用衣袖口擦了擦眼角说："很多战友，没有等到战争胜利就牺牲了。"

　　孙景坤和战友们冲过十几道封锁线到达阵地的时候，三营八连的指战员正陷入绝境——弹药不多了，阵地上只剩下副连长支全胜和五六个战士。敌人一次次地反击，支全胜和战士们把手榴弹、爆破筒拉出后，准备与敌人同归于尽。

　　孙景坤的到来，令支全胜喜出望外，他冲着孙景坤喊："现在正缺弹药，阵地上的人也不多了，你要马上投入战斗。"

　　3次进攻都被英勇的志愿军战士打垮了，敌人恼羞成怒，便组织了30多人的突击队，开始第四次反扑。战斗更加激烈、紧张，有两个敌人，借着烟雾的掩护，从侧面绕到了孙景坤的身旁，距离只有 3 米，异常危险。

孙景坤临危不惧，沉着地抄起"水连珠"，两枪就将两个敌人撂倒。这时，从左边交通沟里又爬上来两个敌人，走在前面的敌人端着一挺机枪。这时，孙景坤早已看清，转移枪口扣动扳机，"砰"的一声，击毙了敌人。连续有 21 个敌人在他的枪口下丧生。

敌人一共上来 5 次，但每一次都被打下去。阵地上，志愿军整整一个加强连，最后打得只剩下孙景坤和其他 3 位战友了。

"八连二排在七连一排的支援下，毙伤敌人 580 余人，达到了预期的目的。此次战斗，成绩卓著，影响较大，新华社曾撰稿向中外广播。"

在这场战斗中，孙景坤和支全胜、许长友、刘广禄等战友因表现英勇，荣立一等功。1953 年，孙景坤作为中国人民志愿军回国英雄报告团成员，在北京受到了党和国家领导人的亲切接见。

采访即将结束时，孙景坤示意女儿将军装拿过来。抚摸着军装上的军功章，老人沉思了片刻，随即挺直了身板，颤抖着举起右手，对着采访镜头端端正正地敬了个军礼……

相关
链接

对话女儿：眼里的父亲是啥样

孙景坤讲述他的战斗经历时，女儿孙美丽一直坐在离他不远的炕上，静静地倾听着，不时补充几句或者解释一下父亲有些含糊的表述。

她为父亲的英雄壮举感到自豪。

曾经，她对父亲有很多不理解。

▼ 父亲为啥把好事总留给别人？

孙美丽 1951 年出生的时候，父亲在战场上。直到 4 岁时，孙美丽才见到了自己的父亲。1955 年，孙景坤复员回到家乡。

孙景坤后来在山城村生产队当了 20 多年队长，带领乡亲们发展生产，建设乡村。当生产队长时，每每有单位来招工，孙景坤都会毫不犹豫地把机会让给别人而没有留给自己的子女。对此，孙美丽曾经非常不理解："为啥我应该得到的名额，却不让我去？"孙景坤总是说："我是生产队长，不能光想着自己，咱家要走一个名额，别人咋办？咱以后再走也不晚。"生产队里走了二百来人，他也没把机会留给自家。让孙美丽不能理解的还有，在生产队干活她特别卖力气，得的工分名次总在前面，可每次父亲都要仔细查看，生怕统计人员照顾孙美丽，影响不好。

▼ 回家后他为啥不提当年勇？

抚摸着胸前的军功章，在孙景坤苍老、坚毅的眼神里，流露出自豪。

几年前，孙景坤因为多病，生活一度十分困难。有些人劝他去向组织说一下他的困境，但他没有那样做。他说："当年在战场多么艰苦，特别是在朝鲜战场上，那么多战友都没有回来，为了祖国把性命都搭上了。我回来了，一家团圆了，我这点儿困难又算得了什么呢？都说我是英雄，可是跟那些牺牲的战友比，我这些功劳算什么呢？他们才是真正的英雄啊！"

▲ 穿上军装的孙景坤与记者和工作人员合影

记者手记

　　战场上的孙景坤，无论面对多么艰巨的任务，都会坚定地回答："保证完成任务。"为了这句承诺，生死早已置之度外；走下战场的孙景坤，无论社会上多少诱惑，都会淡然处之，决不躺在功劳簿上吃老本，生活如寻常百姓。他从抗美援朝战场回来后默默地做了一辈子农民，过着非常简朴的生活。那一句"我还活着，就已经很幸福了"，让多少人为之感佩。

江两岸
JIANG
LIANG AN

政治委员吕品　96 岁

入朝年龄　**26 岁**
入朝时间　**1950 年 10 月**
参加战役　**白云山阻击战**
所属部队　**第五十军一四九师四四七团**

———

辽宁省军区政治部原主任吕品讲述

殊死鏖战白云山十一昼夜

　　朝鲜汉江南岸，巍巍白云山叠翠蓊郁，这里是 96 岁的抗美援朝老战
士吕品魂牵梦萦的地方。虽然经历过抗日战争、解放战争、抗美援朝战争，
和其他战友比起来，吕品却一直认为自己的经历只能算平平淡淡，并不值
得一说。但熟悉他的人都知道，在白云山，他曾和四四七团的战友们经历
了怎样的殊死搏斗。

　　吕品家中有一本厚厚的老影集，他时常会翻开来看看，战场上的一幕
幕就又回到了他的眼前。

接到赴朝命令时部队正在搞生产

1924 年出生，1939 年入党，1987 年离休。吕品曾任辽宁省军区政治部主任、军区顾问。

从 1950 年 10 月入朝，到 1955 年回国，吕品在朝鲜战场战斗了近 4 年时间。

"接到去朝鲜战场命令时我们部队正在湖北搞生产，庄稼还没收呢。"吕品告诉记者。

当时吕品所在的一四九师在 9 月下旬结束生产后，随第五十军从湖北花园

▲ "白云山团"锦旗

车站登车，于 10 月上旬到达辽宁省西丰县平岗镇集结待命，并于 1950 年 10 月进入朝鲜。

"当时部队在安东一个造纸厂装芦苇的大院里还待了一个白天，当天晚上我们就跨过鸭绿江。我记得新义州当时一片漆黑。"吕品说。

入朝时吕品 26 岁，一直做政治宣传工作。1951 年 1 月，吕品随部队渡过汉江驻守白云山、光教山地区。"白云山当时控制着水原通往汉城的铁路和公路，位置十分重要。"吕品当时的职务是四四七团副政委兼政治处主任，也正是这个四四七团，在白云山浴血奋战 11 昼夜，打退敌人十余次进攻，毙伤千余人，被志愿军总部授予"白云山团"荣誉称号。

吕品说，这场著名的白云山阻击战是汉江南岸阻击战的重要组成部分，"1 月 25 日，三营八连夜袭水原，18 名志愿军战士突进城内，不但烧了敌人辎重车，还抓住了美二十五师的一个宪兵"。

这场持续了 11 个昼夜的战斗深深地印在吕品心中。敌人用 10 倍于志愿军的兵

词条

战歌

"四次立大功，血染战旗红。英勇顽强钉住钉，钢铁般的战士作风硬……"每当部队官兵高唱战歌《歌唱白云山》，人们就会想起那些激情的岁月。这首《歌唱白云山》正是当年著名词作家刘白羽与音乐家郑律成深入战场，共同创作出来的。

《歌唱白云山》反映的正是1951年白云山阻击战那11个昼夜的实况，后来，这首歌的创作时间也被考证为1951年3月10日至15日。

如今，当年的部队虽然已经改换了番号，但每天晚上点名时，官兵们还是要高唱这首《歌唱白云山》。对他们而言，这首战歌不再是一首普通的歌曲，而是一种精神的延续、信念的传承。

力，终日用飞机、大炮、坦克狂轰滥炸，向白云山阵地发起一次又一次猛烈进攻。"几乎每个山头都经过反复争夺。弹药供给不上，战士两天没吃饱饭，体力严重下降仍坚持战斗。子弹打光了，石头、铁锹、十字镐都能用上，大不了就跟敌人肉搏！"吕品说。

吕品在央视拍摄的纪录片《血洒汉江》里这样形容：最后，排长牺牲了，班长牺牲了，战士牺牲了，一直打到下午4点多，天快要黑了，我们还剩下一个战士，这个战士叫高喜友。这个战士打退敌人的全面冲锋，守住了阵地。

指挥找到美王牌飞行员戴维斯坠机现场

乔治·阿·戴维斯曾被美国远东空军誉为"成绩最高的喷气机王牌驾驶员"，在空战中，他驾驶的喷气机被志愿军空军战士张积慧击落，这件事一度为许多人熟知。当年，吕品还曾指挥部队战士发现了戴维斯坠机现场，并救援了张积慧。

"1952年初，我任志愿军五十军一四九师四四七团政委，我们团当时驻扎在朝鲜平安北道博川郡五龙洞。"吕品说。

1952年2月10日7时许，吕品和团里其他几位领导正在作战值班室议事，"我当时忽然听到上空飞机'嘟嘟嘟'的机关炮声，然后又是一连串的机关炮声。"在以往的空战中，一般都是一阵短短的机关炮声响过后就恢复平静，战斗时间极短。但那天不一样，"我当时感觉战斗应该相当激烈。我们正不知道怎么回事的时候，电话铃响了，三营教导员吴友先向我报告：营部驻地（博川郡青龙面三光里）附近山头，有一架飞机坠落。"吕品马上命令该营进入预设阵地，并迅速派出几组小分队，从不同方向往飞机坠落地点搜索前进。

很快电话就来了，"战士们在飞机坠毁地点发现一架美制 F-86 型飞机和一名美军飞行员残骸；还搜寻到一支左轮手枪，一条装有子弹的皮带，弹壳是镀铬的，白色锃亮；还有一支大喇叭手枪，一顶飞行帽，一枚不锈钢的证章。"吕品说。

与此同时，张积慧也被战士们发现了，"当时一营报告在营部驻地上空发现有飞行员跳伞，战士赶过去远远就看见一个身材壮实的飞行员坐在地面，仰望天空。"吕品说，最开始大家还以为是美国飞行员，"当时二连指导员艾维仁还用英语跟他喊话，结果走近一看，是咱们自己的飞行员。"这个飞行员不停地询问战士有没有看见一架美国飞机掉下来，"后来我们把他送到团部，还让炊事员给煮了一大碗面条，暖暖身子。后来才知道，他叫张积慧。"

不久前，吕品在北京再次见到了张积慧，"我们还一起吃了顿饭，回忆起当年的往事，都感触颇深。"

词条

歌唱白云山（节选）

作词：刘白羽
作曲：郑律成

高高的白云山
耸立在朝鲜汉江南
侵略者要从这里进犯
我们的英雄把他消灭在山前
炮弹炸翻了土地
我们说不准你侵犯
大火烧红了山岩
我们说不准你前进
英雄昂立在山巅
英雄的鲜血光辉灿烂
中朝弟兄齐歌唱
……

活下来就要把精神传下去

和其他老兵一样，吕品也致力于红色文化的传承，曾多次作报告、演讲，经常去学校为青少年讲述革命传统。他还与老伴儿一起为贫困地区捐款捐物。

多年来，吕品经常保持一个习惯：收集小物件，如军功章、书籍、党徽……在他眼里，这些都代表了那段峥嵘岁月。

在他家衣柜里有一件珍贵的军服，那是 2015 年他参加纪念中国人民抗日战争暨世界反法西斯战争胜利 70 周年阅兵式时穿的军服。

吕品很珍惜这件衣服。每次穿上它，他就会很自豪地向人们讲述军服上那些军功章的故事。每到这时，战友们的身影就会浮现在他的眼前。"他们牺牲了，我活下来了。我要把他们的精神传下去！"他是这样对记者说的，这些年来他也是这么做的。

"我希望通过我的讲述，能让大家都知道：今天的幸福生活，是英雄先辈们用生命与鲜血换来的。我们怎能不好好珍惜？"吕品反问道。

穿越 70 年的时间隧道，记者聆听着抗美援朝战场上那些英雄的故事，依然会为之热血沸腾。英雄们浴血奋战的英勇事迹也让作为后来人的我们更清楚地知道：为什么战旗美如画，英雄的鲜血染红了它。

相关
链接

三次参加庆典

1955 年，吕品随部队回到祖国后，在安东蛤蟆塘驻扎了一段时间。

1956 年，吕品回到了沈阳，任沈阳军区政治部干部任免科科长。

在吕品的记忆中，最值得骄傲的是三次去北京参加大型庆典。

第一次是 1954 年，作为志愿军归国代表，参加国庆 5 周年庆典。

第二次是 2015 年，作为新四军代表，出席中国人民抗日战争暨世界反法西斯战争胜利 70 周年纪念活动，并参加 9 月 3 日首都阅兵。

第三次是 2019 年，作为军队英模代表之一，参加中华人民共和国成立 70 周年阅兵仪式。

回忆起 1954 年参加庆典的情景，吕品说，那是他第一次参加首都庆典，"那一年我正好 30 岁，代表白云山团站在观礼台上，我当时激动不已，眼泪止不住地流。我特别希望那些牺牲的战友也能和我一样站在这里！"

2019 年，在中华人民共和国成立 70 周年阅兵式上，吕品激动不已。他说："在战旗方队里，我看到了五十军四四七团在抗美援朝白云山战斗中获得军队颁发的锦旗'白云山团'在飘扬，顿时感到无比自豪和光荣。

"人们永远不会忘记在朝鲜战场那些英勇杀敌的勇士们。作为一名老兵，我为伟大的祖国和伟大的军队取得的成绩而骄傲。"

在新中国成立 70 周年大阅兵上，战旗方队 100 面战旗亮相。100 面战旗集中了中国人民解放军军史上 100 个获得过荣誉称号的战斗集体。

白云山战旗是这 100 面旗帜中的一面。它既代表了当年抗美援朝战场上一段辉煌的荣誉，也是当今一个现役主力步兵团的战旗。

当年的"白云山团"更是唯一被志愿军总部授予荣誉称号的成建制步兵团。

如今，这面战旗再次回到了"白云山团"老部队的手中，成为激励官兵奋勇前进的最大动力。

除了"白云山战旗"，这 100 面旗帜里还有一些来自抗美援朝战场，比如"功勋坦克"。

在抗美援朝战争一次反攻战役中，215 坦克车车长杨阿如奉命率领 3 辆坦克配合我军进攻，后陷入绝境，杨阿如毅然让其余 2 辆坦克撤退，自己与 4 名坦克手坚持在离敌人阵地 1200 米处埋伏并战斗。他们与敌军斗智斗勇，坚持了三天三夜，

▲ 吕品接受辽报记者视频采访

　　吕品是记者采访的抗美援朝老兵中年纪比较大的一位，接受采访的方式也很特殊：通过视频采访。和其他抗美援朝老兵一样，谈起那段硝烟弥漫的记忆，就像关不住的话匣子，常常忍不住流下热泪。吕品总会说起自己三次参加阅兵仪式，这是他这辈子最自豪的一件事。而每每看着自己获得的那些勋章，都会让他不由自主地想起牺牲的战友，在他心里，那些战友才更值得拥有这些荣誉。

以 44 发炮弹的代价，击毁敌军 2 辆坦克、击伤 1 辆，击毁敌军地堡 12 个、机枪阵地 3 个、小口径炮 3 门，全胜而返。

"神炮中队"即中国人民解放军空军原第六师十六大队二中队，在抗美援朝战争中，击落以美国为首的侵略军飞机 6 架、击伤 1 架。

还有杨根思连、霹雳中队……

这些代表荣誉的战旗，每一面都凝结着英雄的鲜血，也激励着后人奋勇前行。

高射炮兵李维波　88 岁

参战时间　**1950 年**
参战年龄　**18 岁**
战斗地点　**吉林省辑安县**
所属部队　**高射炮兵第五〇四团**

————

从绥中县中学走入军校的李维波

白天三十秒、夜间六十秒进入战斗

　　88 岁的李维波静静地站在窗前，等待着记者到来。他说，虽然已经接受过无数次采访，但每一次接受采访之前，他都会有些紧张。作为亲历抗美援朝战争的老炮兵，每每谈起那段记忆，李维波都有着常人难以感受的刻骨铭心。

　　整整 70 年了，从走上战场到经历和战友的数次生离死别，立过多次战功的李维波提起那些过往的战斗，仍然会潸然泪下。

17 岁瞒着家人报名上军校

2020 年，李维波 88 岁了，回忆自己的战斗历程，老人说："1947 年，我考进了绥中县中学。1949 年 9 月，东北军事政治大学（原抗日军事政治大学）到绥中招生，我心动了。但是我当年并不知道这是一所军校，以为只是一所普通的大学，那时我最大的愿望是成为一名大学生，将来报效祖国。"

那时候的李维波已经结婚了，妻子怀着孕，"我知道家人一定不会让我去，所以我就瞒着他们偷偷报了名。"李维波这样告诉记者。他对家人谎称自己要去参加文工团下乡，只身一人背着行李到学校报到了。

"当时看到门口站岗的战士，我才知道这是一所军校。"回忆起这些，李维波说他特别庆幸当时自己的选择，"我就要成为一名军人啦！"

在大学里，李维波被分在二大队四队一排二班，学的是战车防御炮，这种炮主要用来打坦克，也是从这里他开始成为炮兵。

1950 年，抗美援朝战争爆发，李维波和 120 名同学"提前毕业"，一起走上了抗美援朝的战场。

此后的军旅生涯里，他历任中国人民志愿军高射炮兵第五〇四团炮手、排长、连长、营长、团参谋长、副团长、高炮六师副参谋长等职务，立过小功 4 次、三等功 2 次、集体三等功 2 次。

指挥四门炮击中两架敌机

抗美援朝战争期间，李维波被分配到志愿军高射炮兵第五〇四团学习苏式高射炮。"那时候的志愿军只四个团有高射炮，而且大多是老旧的日式火炮。"李维波回忆说。李维波所在的五〇四团当时驻扎在吉林省辑安县下解放村，主要负责保卫中

朝通道——辑安鸭绿江大桥和朝鲜满浦。辑安鸭绿江大桥作为中朝两国交通枢纽，战略地位非常重要，中国人民志愿军首批入朝部队，有一部分就是从这座鸭绿江大桥过境参战的。

李维波告诉记者，当时部队有规定，像他们这样的学员兵是不能上战场参战的，如果打起仗来，学员必须进防空洞。"学员兵有任何伤亡，连长是要负全责的。"李维波说，有一次，学员们正在阵地研究如何使用高射炮，敌人突然来轰炸阵地，"连长让我们赶紧进防空洞，但大家都不肯走。最后，连长没办法，脱下衣服把地上的零件一兜，抱着就走了。没有零件学习，大家也没办法，只好进了防空洞。"

1952年12月，美军出动了F-84型轰炸机，时任副排长的李维波指挥四门炮，击中了两架敌机，其中一架逃走，另一架坠毁。

"那场战斗打得十分漂亮，前后一共才20分钟，我军无一伤亡。第二天，有当地民兵发现了敌机残骸，还抓住了一名美军飞行员。"李维波现在还记得那名飞行员的名字——拉尔·喀麦隆。

这次战斗后来受到东北防空军司令部通令嘉奖，连队荣获"英勇奋战二连"称号。

炮兵进入战斗的时间论秒算

在抗美援朝战场上，李维波和战友们共战斗了近千个日日夜夜，"我们吃的苦真是常人难以想象的。"李维波这样对记者说，对炮兵来说，战斗的时间是论秒来算的，"有句话叫'白天30秒，夜间1分钟'，意思就是说，白天30秒、夜间60秒必须进入战斗状态。"

为了不耽误时间，李维波和战友们常年不脱衣服睡觉，"夏天还好，冬天就遭罪了，棉衣棉裤大头皮鞋，高射炮旁边修个简易棚子，我们就在那里面睡觉。很多志愿军战士冬天生虱子，夏天起痱子。经常一冬天都洗不上一次澡。"

饭就别提了。有一次过年，部队难得改善一次伙食，大家想包饺子吃。"当时细粮只有 1% 的供应，能吃上一顿饺子对大家来说，真是天大的幸福事。"大家把炮弹箱子翻过来做面板，包饺子，结果，饺子刚下锅，敌机就来轰炸。"炊事员也要负责搬运炮弹、救护伤员，饺子根本没人顾及。一场仗打下来，锅里的饺子都变成了片汤。尽管这样，大家还是吃得很香。"李维波说。

3 年中，李维波所在部队作战上百次，其中，激战 37 次；击落敌机 15 架、击伤 17 架、生俘飞行员 1 名；江桥只受损 1 次，影响通车 4 天。李维波先后立小功 4 次、三等功 2 次，获朝鲜授予的军功章 1 枚。

也正是因为千千万万个有着忘我精神的志愿军战士，才有了最后的胜利。

"他们才是真正的英雄"

除了战斗，让李维波动容的还有战场上的战友情。他清楚地记得当年的班长张财，那个 28 岁的小伙子如何关心爱护他。"那时候我们在炮上就位一次就要两个小时，冬天零下三十几摄氏度，下来后连鞋都脱不下来。"李维波说其他战友是站着的，但他的位置必须要坐在铁板座

词条

战争之神——炮兵

炮兵一直被认为是"战争之神"，在抗美援朝战争中，炮兵一直扮演着重要角色。从 1950 年底至 1951 年春，我国共紧急建立了 6 个炮兵训练基地，组建了 5 个地面炮师和 4 个高射炮师。

1951 年 3 月，刚组建不到一年的炮兵第六十三师入朝，这是中国首批成建制参加抗美援朝作战的高炮部队之一。至 1952 年，志愿军火炮总数已增至 1.5 万门，能够与敌人进行相当规模的炮战。

从1950年底至1951年春，我国紧急建立

6 个炮兵训练基地
5 个地面炮师
4 个高射炮师

上，"我不能跺脚，张班长时不时就过来问我冷不冷。"李维波说，后来班长自己去外面田地里捡村民不要的苞米皮搓成绳，盘了一个垫子给他。"晚上他还会过来给战士们盖被子。"

每每回忆起这些，李维波都会热泪盈眶。他说，从班长身上，他学会了如何爱护战士，如何出色地完成战斗任务，这让他一生受益匪浅。

2017年10月，李维波和志愿者一起去锦州看望老战士蒋庆泉。80多岁的他坐了3个多小时的车，两位老兵相见，一个拥抱，一个军礼，眼神里都饱含了历经战争岁月那种共同的情感。

2019年，第六批在韩中国人民志愿军烈士遗骸回到祖国，安葬仪式在沈阳抗美援朝烈士陵园举行，李维波也赶到了现场，"出门的时候，我特意整理衣服，想体体面面地去见这些战友。"李维波说，"我一直都在无限怀念牺牲在异国他乡的战友们，我希望所有人都不要淡忘那段历史、不要忘记这群最可爱的人，他们才是真正的英雄儿女。"

相隔50年，我们再拍一张照片

在李维波的相册里，有两张珍贵的照片：一张是当年李维波和战友徐振、段洪林在战场上的合影；另一张是时隔半个世纪后，三位老战友再次相聚，又一次拍下的合影。

李维波告诉记者，当年他们三个都是班长，"这张老照片是1953年在安东大孤山拍摄的，为了纪念抗美援朝胜利！"照片上的三个人身着军装，意气风发，留下了珍贵的瞬间。

李维波说，1955年，徐振在沈阳转业，段洪林和李维波在上世纪60年代曾一

▲ 1953 年抗美援朝战争胜利后合影。左：徐振；右：段洪林；
中间：李维波（当时分别是一、二、三班班长）

▲ 50 年后他们在沈阳相遇。左：段洪林；右：徐振；中间：李维波

起走上越南战场。后来在一次战友聚会上，三个人再次相遇，于是有了第二张照片。那时距离三人拍摄第一张照片已经过去50年。漫长的岁月磨去他们青春的容颜，但照片上他们眼中仍闪着属于军人的坚毅。李维波说自己很遗憾三人没有穿上军装再来一张合照。

"我们很幸运，活着走下战场，但很多战友永远留在了异乡。"李维波说。

从那场战争中活下来的他们，现在平静地生活着。但在他们内心，一直都有一种荣耀叫"抗美援朝"。

一场伟大的战争，锻造了一群伟大的士兵。当年"雄赳赳，气昂昂，跨过鸭绿江"的勇敢，面对强敌不畏惧、不退缩的勇往直前精神，留给我们一笔无价的精神财富。

▲ 李维波向记者讲述抗美援朝的战斗经历

记者手记

　　在经历了抗美援朝战场上的隆隆炮声后，李维波的听力不是很好。他说，他的耳边到现在都时常萦绕着阵阵炮声，那段经历是他一辈子难以忘怀的，而成为一名志愿军战士也是他一辈子最骄傲的事。现在，李维波还会经常去抗美援朝烈士陵园做义务讲解员，他说："志愿军战士用鲜血和生命筑成民族伟大的长城，换来了和平，我们不能忘却。我要把这种精神一代一代地传承下去，一直讲到我讲不动为止。"

工兵韩殿勉　89 岁

入朝年龄　**19 岁**
入朝时间　**1950 年 10 月**
参加战役　**金城反击战**
所属部队　**工兵二十二团**

开原人韩殿勉用身体当导线

张开双臂接通炸断电话线

　　前方战场响起了冲锋号，顷刻间，战士们的喊杀声、枪声、手榴弹的爆炸声骤然响起。参军战斗近 4 年了，22 岁的韩殿勉知道，步兵部队发起冲锋了，此时却没听到炮兵的火力支援。看着手中排查出被炸断的炮兵部队电话线，作为电话员的他第一反应就是赶紧接通，好让后方知道炮火支援的具体点位，但此时，怎么拽两头的电话线都连接不上，就差那一米多的距离啊！情急之下，韩殿勉用手分别握住线的两头，以身体当导线……

部队打到哪儿，电话线就布设到哪儿

2020 年 4 月 27 日，在铁岭开原市谷丰路建材城小区，记者向居民打听这里是否住着一位抗美援朝的老战士，几位晒太阳的老人热情地指了指前面的楼，"就住在那个楼的一楼，很好找。"果然，身穿军装、胸前挂满军功章的韩殿勉老人如约等在那里。

透过他家的落地玻璃门往里望，满墙的锦旗、奖状以及数十张老照片，墙上还有一幅书写着"炸不断的电话线"字样的艺术作品，诉说着老人非同寻常的人生经历。

记者快步走进屋。虽已 89 岁高龄，但韩殿勉精神矍铄、思维敏捷，对于自己当兵入朝作战的经历，仍然记忆犹新。

17 岁时，韩殿勉就怀揣着当兵的梦想，在乡里经过积极训练后就报名参了军。1949 年 5 月 1 日，韩殿勉正式入伍。此时，东北战事已经结束，几经整编，韩殿勉随所在部队改编为志愿军工兵二十二团，并于 1950 年 10 月入朝作战。

"我们工兵团负责鸭绿江、清川江的架桥以及抢修被炸毁的道路、修筑工事等任务。过江时，我就暗暗下了决心，一定要在战场上立战功，报效祖国和人民。"他回忆道，过江后不久，根据部队需要，韩殿勉被选拔为电话班副班长。经过短期训练，由五六个人组成一个电话班负责架线、看守总机，"地面、交通壕、山上、河里、浮桥……部队打到哪儿，我们就把电话线布设到哪儿，以确保与后方的联络通畅。那时候，电话线经常被敌军炸断，我们就得马上冒着危险去抢修。"

在两个炮火封锁区之间抢接线路

韩殿勉说，金城战役是令他终生难忘的一场战役。

1953 年 6 月 12 日，韩殿勉所在的一营接到工程兵指挥所的命令，开赴金城前

JIANG
LIANG AN

词条

▶ 步兵

直接参加作战的有 25 个军又 1 个师，是战争中最主要的作战力量。

▶ 工兵

有 15 个团入朝，担负构筑炮兵阵地、抢修公路桥梁、雨季漕渡等任务。

▶ 炮兵

地面炮兵有 10 个师共 46 个团入朝。高射炮兵 5 个师又 21 个团和 70 余个独立营完成保卫重点目标等任务。

▶ 装甲兵

在实施遮蔽射击、压制敌军炮兵、摧毁敌指挥所和通信枢纽、配合步兵作战等方面屡建奇功。

线执行军事反击作战任务。6 月 17 日凌晨，全营刚抵达三八线前沿地带，就冒着敌人的炮火，立即紧急拓宽前进道路，以便大部队能顺利通过。

根据指挥需要，他所在的电话班利用步兵部队作战的交通壕，布设了电话通信线路。"金城反击战以来，那一晚是敌人炮击最凶猛的一夜。8 点多钟，敌人一阵炮击后，前线部队的各路电话线大部分中断了。"韩殿勉接到了班长吕占一的命令，和战友陈禄一起去抢接被炸断的电话线。他们每人扛起一捆约百米长的备用电话线，拿上一部便携式电话机、一支冲锋枪、三颗手榴弹以及钳子、电工刀等工具就冲出了防空洞。

两人在敌人的炮弹爆炸声中，冒着小雨，顺着交通壕捋着线向前排查。这条电话线横贯两条公路、两条河流、三座山岭，伸向三八线中线战场乔沿山主峰六〇三高地，中间经过两个敌人的炮火封锁区，全长近 10 公里。眼前伸手不见五指，为了躲避敌人的炮火追踪，他们不能随意打开手电筒，为了寻找电话线的断点，韩殿勉和陈禄就一边捋着电话线一边往前行进。走了不久，他们还遇到了另外几组步兵和炮兵部队的电话查线员。

在敌人的炮火封锁区，每隔几分钟就会有敌人的炮弹在附近爆炸，两人一边紧张地接线，一边用电话机与营部指挥所进行试机联系，与总机通话后，又利用炮弹的闪光瞬间急速前进。

第一章 | 英雄

敌人的炮弹松一阵紧一阵地打个不停，他们好不容易接上了几个断头，突然一声巨响，一颗炮弹在韩殿勉和陈禄的身旁爆炸了。气浪把韩殿勉掀倒，石头、泥土噼里啪啦地向他身上砸去，他的头上顿时鼓起了几个包，全身多处被划破的伤口，而陈禄被震昏了过去。韩殿勉把陈禄摇醒后，两个人又跑步前进到敌人的另一个炮火封锁区，就这样两人在两个封锁区之间，不断地抢接被炸断的电话线。

电话线只差一米多的危急关头

到了下半夜，两人已接通 100 多处断线，所剩的备用线不多了。在紧张接线的过程中，他们发现之前遇到的几组电话查线员在敌人的炮击中牺牲了。

"我当时对陈禄说，我们俩不管谁牺牲，另一个人都要继续向前，保证把所有断的线路都接上。陈禄比我小一岁，也坚定地说，无论多么危险，我们一定要完成任务。"他这样告诉记者。

18 日拂晓时，韩殿勉在试机中接到了营部指挥所要求他们撤回的命令。两人顺着交通壕往回走的路上，又发现一处断线，"因为都有标记，我一看是炮兵部队的电话线，我们得赶紧给接上啊！但是线不够长，怎么拽都接不上，差一米多的距离。"

词条

▶ 铁道兵

铁道抢修部队 4 个师又 1 个桥梁团抢修被炸的铁路和桥梁。铁道工程部队 6 个师共新建铁路 210 余公里。

▶ 公安警卫部队

先后 2 个师共 11 个团入朝，担任后方警卫，押运、装卸物资和设置对空监视哨任务。

▶ 空军

抗美援朝战争中，志愿军歼击机航空兵先后 10 个师共 21 个团、轰炸机航空兵 2 个师参战，共击落敌机 330 架，击伤 95 架。

　　那时，韩殿勉已经听到前方步兵部队冲锋的呐喊声。他知道，前线发起冲锋了，但此时却没听到我方炮火的掩护。"我分析一定是炮兵营的电话线断了，联络不上，后方不知道前线冲锋的情况。我心想，我向党支部表过决心，宁可自己牺牲也要保证电话畅通。我马上告诉陈禄，如果我牺牲了，他一定要继续想办法保证电话畅通，然后迅速握住电话线的两头，用我的身体做导线来接通电话。随后，我就被电流击昏了过去。"

　　等韩殿勉醒过来时，已经是 18 日下午了，他躺在野战包扎所的防空洞里。"营教导员来看望我时，告诉我说是陈禄把我背回来的，还转达了总部对我的慰问，说我为党为祖国和人民立了大功，是炸不断的电话线。"

　　康复了几天后，韩殿勉就又返回前线。同时，他获得了由志愿军政治部授予的功臣荣誉，还获得了朝鲜民主主义人民共和国授予的二级战士荣誉勋章。1955 年 11 月，韩殿勉当选为沈阳军区的全军英模积极分子代表，在北京召开的全军英模积极分子表彰大会上，受到了党和国家领导人的接见。

　　这些年，韩殿勉时不时地回想起那段战斗的经历，他感慨地说，很怀念当时的战友，尤其是在他负伤时背他回到后方的陈禄。

相关
链接

抢救式《口述历史》留下老兵记忆

　　2020 年 4 月 27 日，在铁岭开原历史学会的办公室，学会负责人王义说，他们从 2018 年 8 月 8 日启动《口述历史》的拍摄。不到两年的时间，共拍摄约 3000G 的视频，记录了近 40 人的口述历史资料。这其中，有十余人是参加过抗美援朝战争的老战士。

　　参加过解放战争、抗美援朝战争的史忠田，志愿军老战士石连贵……王义边播放部分老战士的视频边介绍，这些老战士如今已经 85 岁以上高龄，其中令人印象最深的是"炸不断的电话线"原型、志愿军老战士韩殿勉。

"老人的事迹让我特别感动，也十分钦佩他的英勇无畏。"王义第一次采访韩殿勉是 2018 年 9 月，"小时候我觉得自己离志愿军老战士很远，都是英雄事迹材料里的人物，但是今天我们找到原型了，看到这样的老战士就在面前讲述他亲身经历的战斗过程，拍摄组的成员都感到非常兴奋。"《口述历史》拍摄组不止一次去韩殿勉家听老人讲述战斗经历，第一次就拍了 3 小时。

开原历史学会副会长张林成说，韩殿勉的身上反映出志愿军老战士那种具有高度责任感的革命精神。他当时排查出不是自己所在工兵部队的电话线，而是志愿军炮兵部队的电话线，已有多年战斗经验的韩殿勉知道，后方炮兵部队的支援有多么重要：炮位观测员需要电话通信才能知道后方炮兵阵地要进攻的具体点位数据。韩殿勉拽着断线，在没有备用线可用、战火又逼近时，就是冒着生命危险，也要接通电话线。我们的下一代要体会、学习和发扬这种精神。

这些抢救性拍摄下来的《口述历史》视频资料弥足珍贵。王义说，5 年前，开原历史学会网开办之初就建立了《口述历史》栏目，目前传上去的视频内容，点击量都非常高。"在调研中，我们发现老战士们年龄越来越大了，健在者越来越少了。这些有着丰富战斗经历的老人，是历史的宝贵精神财富，我们这么做就是为老战士留下珍贵的历史影像资料。"

▲ 韩殿勉接受记者采访

抗美援朝战场上有很多个"炸不断的电话线"故事，韩殿勉就是其中之一。采访这位年近九旬的老人前，记者曾有种种顾虑：身体是否健康、能否接受采访……但到老人家时，记者面前的韩殿勉腿脚灵便，耳聪目明。他还带记者走到他家的照片墙边，照片上的每位战友，他们的名字，有着什么样的故事，都毫不停顿地——道来。韩殿勉的儿子对记者说，父亲尤其对在战场上救过自己生命的战友陈禄念念不忘，这些年一直寻找，但至今没能找到。

汽车兵满志成　89 岁

入朝年龄　19 岁
入朝时间　1950 年 12 月
所属部队　志愿军汽车暂编四十五团

新宾人满志成危急关头推开战友

独自驾车拖走定时炸弹

2020 年 5 月 8 日，淫雨霏霏。在大连市甘井子区的大连市军休五中心，89 岁的满志成再度回望那段抗美援朝的烽火岁月，眼角有着擦不完的热泪。嘴上说着"老了，好多事情都忘了"，却依然能够准确地说出曾经战斗的时间、地点、战友的姓名⋯⋯

三个月学会开车

满志成出生于辽宁省新宾满族自治县，1949 年 1 月参加中国人民解放军。由于年纪小又有些文化，他被选中去汽车独立营学兵队，学习开汽车。

他说："那个年代，会开汽车是十分了不起的。"那时，满志成随部队住在安东的六道沟学校，正逢天寒地冻，他认真钻

研开车技巧，不到 3 个月的时间就学会了开车。

很快，朝鲜战场上烽火连天。1950 年 12 月，满志成随部队进入朝鲜。当时他所在的部队是志愿军汽车暂编四十五团。在此后的运输和战斗中，满志成先后担任班长、排长，荣立二等功一次、三等功两次。

如今，除了几枚荣誉奖章，战争留给老人的还有左耳、胳膊、腿上的三处伤疤，这都是在美机轰炸时负的伤。已是耄耋之年的老人腿脚灵便，唯一的缺憾是左耳听不见。

满志成摸着自己左耳后的伤疤，笑着对记者说："这么多年过去了，这道疤已经淡了许多。"在一次执行任务中，满志成的左耳被弹片炸伤，当时，他跑到兵站简单地包扎了一下，后来才到朝鲜人民军的医疗队治疗。"也就休息了十来天吧，赶紧回连队报到了。这在当时都是小伤，不值得一提。"

———

急中生智开车拖炸弹

摩挲着手中的一枚二等功、一枚三等功志愿军奖章，满志成说："这枚二等功的奖章是因为我拖走了一枚定时炸弹得来的。"

1951 年 5 月的一天，满志成所在连队奉命到清川江码头战地仓库装弹药运往乌开里。由于道路被炸，汽车行至安州铁路、公路交叉口，前面堵了几十台汽车。眼看汽车越聚越多，很可能遭敌机轰炸，大家都加入抢修部队的行列。

这时，抢修部队发现了一枚重型定时炸弹，埋在一个两米深的弹坑里。定时炸弹"嘀嘀嗒嗒"的响声令众人头皮发麻，一旦爆炸，这里大批汽车、物资、人员安全都将受到严重威胁。

指挥员先派了几个人下去，挖定时炸弹周边的泥土，满志成站出来请求："为了抢时间，减少伤亡，请让我用汽车拖走这枚定时炸弹。"指挥员也认为这是一个赢得时间的好办法，他激动地说："这样太危险了，但是为了胜利我祝你成功！"满志成敬了一个军礼，就跳上了最前面的一辆嘎斯51汽车，副驾驶员苏振玉把拖车绳解开，把另一端牢牢地拴在定时炸弹尾部，也跟着上了车。满志成说："有我一个人就够了！"他将苏振玉推下了车。满志成启动汽车，加大油门，起步，前进。他尽可能地减轻对定时炸弹的震动，终于在暗淡的月光下，将炸弹拖到了离公路很远的山脚下。

事隔69年，满志成再回忆这段经历，仍然说："一个人的牺牲能换来大家的安全，就是死也是值得的。"

"他们都牺牲在了马兰火车站"

采访中，每每提及牺牲的战友，满志成常常哽咽难言，为了避免老人过于激动，记者几次打断他的思绪。满志成抚摸着一张老照片，是1952年3月拍摄的，上面写着"抗美援朝战争中火线入党宣誓留影"，老人指着上面的四个人说："他们都牺牲在了马兰火车站。"

1952年9月9日晚饭后天快黑时，满志成所在连队的三排副排长杨玉林布置了当夜在龙兴里马兰火车站装卸弹药的任务。车队从伪装地开往马兰火车站，如同往日一样，汽车停靠在火车站台上，站里聚集了很多人，都在等候弹药列车。晚上9点多，弹药列车驶入车站，装卸任务进行

词条

防空哨

在抗美援朝战场上，对付敌机轰炸，最初我军没有预警系统或装置，后来为了应对敌机的狂轰滥炸，志愿军在后勤战线上创建了防空哨。

防空哨一般一公里左右设置一个。防空哨兵担任对空警戒、指挥车辆、充当向导、维护道路、收容掉队人员、盘查可疑人员、抓特务，以及抢救遇险的车辆、伤员、物资等任务。防空哨兵白天用望远镜，夜间听声音，一旦发现敌机立即鸣枪报警，一哨一哨地传递。

不过半个小时，防空哨突然鸣枪报警，很快敌人的轰炸机就飞来了，投下了数十枚照明弹，然后雨点般的炸弹纷纷落下，马兰火车站顷刻火光冲天。更糟糕的是，有的列车上的弹药被引爆。危急关头，大家毫不畏惧，奋不顾身地去抢救伤员、车辆和弹药。然而，敌人的轰炸一波接着一波，到最后，火车站被炸毁了，周围的民居也都被炸毁。在这次轰炸中，共死伤 27 人，炸毁 8 辆汽车。

第二天，连队组织人员赶赴现场，寻找战友的遗体，见到未燃尽的物资仍在冒着浓浓的黑烟。经过多次寻找和辨认，连队最终找回了 7 位战友的遗体，还有的遗体根本无法辨认。连队将他们都安葬在西平壤附近的大阳里连队汽车伪装地后山上。

满志成为战友们写下这样的诗句："泪眼蒙眬救战友，尸体模糊筋骨连。英雄牺牲异国地，遗骨难还故土田。"

相关
链接

炼成钢铁运输尖兵

崎岖的路上布满弹坑，黑夜行驶不能开灯，敌机在头顶盘旋，炸弹随时在身边炸响……面对重重困境，在打不烂炸不断的钢铁运输线上，留下了一个又一个传奇的故事。志愿军汽车兵们是如何炼成钢铁运输尖兵的？

▼ 汽车是美机攻击的主要目标

记者：志愿军汽车兵中有一句形容美国飞机的顺口溜："空中点灯，地上撒钉，路上炸坑，专打汽车兵。"敌人都有什么招数？

满志成：汽车是美机攻击的主要目标，目的是斩断志愿军前线部队的补给线。白天，敌人的轰炸机扫射车辆和物资、桥梁，阻止车辆通行。夜晚，敌机向公路空投照明弹，有时一下投好几个，照得和白天一样。如果发现公路上有汽车，敌机就会穷追猛打，炸弹、汽油燃烧弹都往下扔。他们还往路上撒空心三角钉，汽车轮胎轧到就走不了。敌机投弹时，还夹杂大量的定时炸弹和蝴蝶弹、风雷弹，专门杀伤后勤部队人员。

记者： 当时汽车兵可以打敌机吗？

满志成： 刚开始汽车兵是不能用步枪打飞机的，一旦开枪，就会暴露汽车的位置，引来敌机更猛烈的轰炸。最初，我们几乎没有防空力量，汽车兵手里没有防空武器，遇上敌机轰炸，只能躲避，不能还击。敌机异常嚣张，经常以三四十米的高度超低空飞行，有时甚至只有树梢那么高，机上的飞行员都清晰可见。1951年，来自抚顺的汽车兵赵宝印在战斗中开枪打下一架美国轰炸机，创造了在朝鲜战场上用步枪击落轰炸机的先例。此后，志愿军开始鼓励各部在条件允许的情况下，用步枪射击敌机。

▼ 汽车必须昼伏夜出

记者： 朝鲜山路崎岖，您当时开的车是什么型号的？

满志成： 我驾驶的是苏联产的嘎斯51，是一种2.5吨的六轮（后轮是双轮）轻型军用货车。

抗美援朝时，我国向苏联购买了大量嘎斯51，这些车辆其实是简装车，除了发动机等重要构件，其余部分是木头做的，包括驾驶室也是用木头做框，然后钉上铁皮。嘎斯51结构简单，却皮实耐用，轻便灵活，适合在狭窄崎岖的道路上行驶，可以长时间爬陡坡，十分适合朝鲜战场。

为躲避敌机袭扰，汽车必须昼伏夜出。朝鲜多山地，我刚进入朝鲜时，触目所及的公路，弹坑累累，道路难走。到了夜晚，为了防止暴露目标，汽车必须关灯摸黑行驶，一不留神，汽车就会坠入山涧，因此造成了大量的人员伤亡和物资损失。这样的夜路走多了，汽车兵逐渐摸索出一条夜间行车的规律：沿着车辙走。到了白天，汽车需要隐蔽起来，汽车兵也找个地方休息。

▲ 满志成给记者指认战友

记者
手记

　　满志成写诗、写回忆录，每当回忆起抗美援朝时期的往事，总
是潜然泪下。在那些将生死置之度外的日子里，他有过牺牲自己换
回大家安全的壮举，有过三天不吃饭的艰辛经历，有过寻找战友尸
体的惨痛记忆，面对艰难困苦，面对生死考验，面对生离死别，他
从未退缩。然而，随着时间的流逝，曾经的记忆越发深刻，在战场
上捡回一条命的老人总是扼腕叹息：当年牺牲的那些战友才是真正
的英雄！

卫生员黄福英　84 岁

入朝年龄　**14 岁**
入朝时间　**1950 年 10 月**
参加战役　**清川江战役**
所属部队　**后勤部队**

营口人黄福英十四岁加入卫生队

迎枪林冒弹雨救治伤员

　　在营口市西市区滨河大街，有一座中西合璧的二层建筑，里面住着的都是曾经叱咤风云、奋战疆场的老战士。其中，近 20 位参加过抗美援朝战争，他们平均年龄达 90 岁。这些老战士中，有一位 14 岁入朝作战的女卫生员，她不仅救治、转运伤员，还及时发现敌军投下但未爆炸的燃烧弹，确保了整个队部的安全。

　　2020 年 4 月 29 日，记者走进营口市光荣院，听黄福英老人讲述 70 年前在炮火硝烟中救治伤员惊心动魄的经历。

父亲为女儿报名参军

4月29日9时许，记者走进营口市光荣院，十余位老人正在一楼大厅做操。这些大多90岁以上高龄的老人，身体依旧健朗，不失军人当年的风范。

黄福英是其中唯一的一位女兵。

"我爸是军人，我参军受他很大影响。"黄福英说，小时候，父亲常年在部队，她和弟弟都是妈妈一手带大的。"1948年，我12岁的时候，妈妈因为劳累，再加上长期上火，生病去世了。我和弟弟被舅舅领回了老家盖平县（今盖州市）。舅舅家经济条件一般，再添俩孩子，日子更艰难了。"

黄福英的父亲随部队回到营口后，看到这种情况，就把黄福英姐弟俩带到了部队，开始在部队里生活。黄福英回忆说："我当时跟部队里文工团的女团员们住在一起，我爸所在的部队走到哪儿，就把我们带到哪儿。"

在部队里生活，黄福英个子长得比同龄人高出一头，刚刚14岁就已经长到了1.5米多。

1950年，黄福英父亲所在的部队新组建一个卫生队，父亲就替她报了名。"当时爸爸说，看你长这么高的个子，当兵吧，参加卫生队，给国家出点儿力。"就这样，在部队生活了两年的黄福英正式当兵了。

加入卫生队之后，黄福英跟随部队来到了安东，紧急接受了为期3个月的救护知识培训。提起那时的学习，她说："我学习非常认真，学会了很多医学护理知识，怎么包扎伤口，怎么抢救伤员，怎么给伤员上药……大夫都手把手地教我们实际操作，不仅要求我们在包扎护理方面有很强的专业技术，而且要求我们动作迅速，因为在战场上时间就是生命！"

1950年10月，黄福英背着药箱，乘上军用解放车，随着部队奔赴朝鲜新义州。

在得知女儿随部队要去抗美援朝前线时，父亲为女儿送行，"临出发前，爸爸嘱咐我很多，但是在部队开拔的那一刻，他没有回头看我。我现在理解了他那时的心情：孩子就要随着部队上前线了，既高兴又十分不舍。孩子要上战场了，怎么可能不惦记？但是女儿能为国家出力，又感到特别光荣。"

抢救奄奄一息的伤员

到了前线，黄福英和 1 名男卫生员、4 名担架队员分到一组，负责前线伤员的包扎和抢救工作。她每天背着药箱在炮火中穿梭，救治伤员，虽然年龄小，但为人机敏，手脚麻利，得到战友们的夸奖。

"父亲对我影响很大，尽管我比班里的其他卫生员年龄小，但是我非常严格地要求自己。父亲经常叮嘱我：孩子，你在部队要听班长的话，服从命令是军人的天职。在战场上一定要勇敢，不要退缩。"在朝鲜战场上，黄福英没有与敌人正面交锋，但作为一名卫生员，她每天面对的是那些在战场上受伤的战士，正是从他们身上，黄福英看到了牺牲、奉献、刚毅。

让黄福英记忆最深刻的是参加清川江战役。黄福英所在的后勤部队队部紧挨着高射炮阵地，经常遭到敌机的轰炸，"我们看到信号弹升空，就知道敌机来了，大家立即跑到防空洞隐蔽。敌机来时常常疯狂扫射轰炸，子弹、炸弹就像下雨一样。"一阵扫射轰炸过后，黄福英就得马上随着担架队员一起飞奔着去抢救伤员。每当他们穿过硝烟，找到尚有一丝气息的战友时，无限的悲愤就涌上心头。她要先给伤员喂水，再缝合伤口，最后包扎，每个环节都小心翼翼。

许多志愿军战士虽然身负重伤，但特别坚强。黄福英清楚地记得，一次敌机又来轰炸，高射炮团的战士们奋勇反击，一串炸弹落下后，一名高射炮手的胳膊被一大块弹片击伤，鲜血猛地流了出来。她和担架队员迅速跑上前，将伤员转移到防空洞内。

"他胳膊上的伤口很深，有十多厘米长。我和另一名卫生员一起将他的衣服剪开，先是止血处理，然后消毒，最后用绷带包扎好。整个过程，这名战士始终忍着疼痛，

一声没吭。"黄福英说，志愿军战士们的这种精神，深深感染了她。

发现燃烧弹保住队部

黄福英不仅抢救和转运伤员十分专业、果敢，而且非常细心。正是她的这种勇敢和细心，使她所在部队的队部和数百名战友避免了一次发生重大伤亡的危险。

"有一天，敌人的飞机轰炸过后，我刚到队部的外面，就看到远处一个东西被土掩埋了一半，开始并没有太在意，但是往回走时越想越觉得有些不对劲儿。"黄福英说，当时，她下意识地觉得自己还是应该过去，仔细看看那到底是个什么东西。

当走到那儿，近前仔细看时，黄福英吓了一跳，那个东西竟然是一枚没有被引爆的燃烧弹。

从位置上看，这枚燃烧弹紧挨着队部，而队部里当时还有数百名战友，如果它一旦爆炸，整个队部就将面临被烧毁的巨大危险，后果真是不堪设想……

黄福英马上向队部负责人报告。随后，部队找来排弹专家，小心谨慎地将这颗

词条

卫生列车

"卫生列车"由普通民用列车改装而成，用来抢救伤员，将伤员送回祖国，转送到国内各大医院。

"卫生列车"按部队编制，属于军事列车，车厢外部挂着草绿色的隐蔽网。

每列包括	医生、卫生员(护士) 检车员、乘警、炊事员

50多名工作人员

具体内设装备

1节 手术车	4节 病房车	2节 宿营车	1节 备品车	1节 餐车

每节车厢有 50 个铺位

燃烧弹运到了清川江，进行了引爆。由于她的及时发现，避免了重大伤亡，部队给她记二等功一次。

无论是在炮火中抢救伤员，还是在队部外发现燃烧弹，黄福英说她从来没有害怕过，也没想过自己如果负伤了会怎么样。她在朝鲜前线，始终记着父亲对她说过的话，一心只想着要把上级交给的任务很好地完成。

1951年，黄福英正在抢救包扎伤员时，敌军扔下的炸弹造成她头部多处受伤。她说："当时，我的整个脸都肿了起来，后来我被送回国内的后方医院养伤。"

1951年11月，黄福英被调到安东浪头机场做地勤工作。

1952年5月，她复员回到了家乡。

相关链接

最美麻花辫定格在战争年代

电影《上甘岭》《英雄儿女》等众多优秀艺术作品所塑造的英雄人物给人们留下了深刻的印象。卫生员王兰、文艺兵王芳……她们都是中国人民志愿军女兵的杰出代表。

抗美援朝战争期间，在英雄的志愿军部队里，女兵们以她们特有的坚强和勇敢，谱写了可歌可泣的英雄故事。

"抗美援朝战争是中国人民解放军历史上女兵参战人数最多的一场战争，在参战的290余万志愿军中，究竟有多少女战士？目前还没有确切的统计。但一个公认的事实是：在抗美援朝战争中，志愿军女兵功不可没。"谈起在抗美援朝战争中女兵的贡献时，中国人民解放军军事科学院原军事历史研究部副部长齐德学这样说。

20世纪50年代初，中华民族的优秀儿女组成中国人民志愿军，高举抗美援朝、保家卫国的正义旗帜，在朝鲜战场浴血奋战，与朝鲜人民一起抗击以美国为首的

侵略军，并最终获得胜利。当时，很多志愿军女战士只有十几岁，她们投笔从戎，奔赴朝鲜战场。

当年，这些女兵不畏强敌，不惜离开家人，主动要求出国作战，这是何等的英雄气概！

她们中有勇敢的白衣战士，为抢救伤员奋不顾身。在战地临时医院里，她们用稚嫩的肩膀和男同志一起扛木材、抬石头、搭建防空洞，背粮、挑水、做饭，样样参加。

她们中有优秀的文艺工作者，志愿军中有一支打不垮、拖不烂的文艺队伍，其中女文艺兵占半数。她们个个都是多面手，能编会演，能歌善舞，还经常深入前线，深入防空洞、战壕、坑道，视指战员为亲兄弟。其间，她们创作了成千上万个短小精悍的文艺节目，通过精彩表演，传达了祖国的声音，宣传了英模事迹，鼓舞了士气，成为提升志愿军战斗力不可或缺的重要因素。

她们中还有女参谋、女干事、女文秘、女文化教员、女接线员、女电报员、女编辑、女记者……她们为新中国、为朝鲜人民奉献着热血和青春。

在战场上，无论承担什么样的工作，女兵们都怀着崇高的理想和高尚的国际主义精神，以大无畏的英雄气概果断承担起保卫和平的历史使命。她们是战场上的一道风景线，最美的麻花辫和纯真的笑容定格在那个难忘的年代。

▲ 老兵们给记者讲述抗美援朝战争

记者
手记

14岁，今日处在这个年龄的孩子，读书、玩耍，被父母呵护。而黄福英14岁时，却在抗美援朝战场上救治伤员。面对记者采访时黄福英老人慈祥乐观，她指着脑门上因弹片留下的疤痕，轻描淡写地讲述着十几岁时负伤的经过，仿佛在说别人的事情。记者问她上战场前是否害怕过，是否埋怨过父亲。她说那时心思都放在学习救护上，完全没想过害怕，而父亲送她时转身的背影，让她感受到了父亲的不舍。

海采不同年龄段人群

英雄的生命开鲜花

为什么战旗美如画，英雄的鲜血染红了它；

为什么大地春常在，英雄的生命开鲜花……

伟大的抗美援朝战争已经过去 70 年了，对我们大多数人来说，它似乎有些遥远，但并不陌生。

在城市、乡村，在学校、纪念馆，在江边、桥上，我们随机采访了一些人，他们中有学生、讲解员、乡村干部、退休工人……对于"你眼中的英雄是什么样子"等问题，他们每个人都有自己的回答。

历史的风烟逐渐飘散，但人们没有忘记当年血洒疆场的英烈，抗美援朝精神在今天依然熠熠生辉，对祖国的热爱依然深植于每个中国人的骨子里。

采访地点　抗美援朝纪念馆

人　　物　抗美援朝纪念馆讲解员　王　俏

　　在我心里，英雄都有正义感：不怕牺牲，舍己为人。他们都很无私，都以集体利益为重。在从事这个职业之前，我对抗美援朝战争这段历史并不是很了解，现在我逐渐了解了抗美援朝精神，了解了那些英雄。

◀ 王俏

他们每个人都有不一样的精神，有的舍生忘死，有的积极乐观，他们充满了不畏强敌的正义精神。让我感到最震撼的是抗美援朝战争的第二次战役，涌现出那么多英雄人物和部队，可以说战绩卓著，英雄辈出，打出了国威，在国际上也有很大的影响。

抗美援朝战争不仅是前方的战斗，也有后方的密切配合，可以说，正是因为前后方的紧密合作，才取得了战争的胜利。在这场战争中，咱们辽宁作出了非常突出的贡献。

采访地点 丹东市宽甸满族自治县长甸镇河口村

人　　物 河口村党支部书记　冉庆臣

▲ 冉庆臣

河口村是当年抗美援朝非常重要的过江点之一。这里有公路桥、铁路桥，还有浮桥可以过江，所以大批志愿军从这儿过江到朝鲜。

听老人们讲，志愿军过江前，都有个誓师仪式。我父亲当年是河口村民兵连连长，村里许多人曾参加过抗美援朝支前工作，有不少人在担架队、运输队里干过。

抗美援朝战争在河口村留下了很多遗址遗迹，比如上河口断桥、防空洞……这些年来，很多老兵曾回来寻访当年的过江地点，追忆那时发生的事。

采访地点 丹东市宽甸满族自治县长甸镇于家堡子村

人　　物 于家堡子村村民　田德珍

抗美援朝的时候，我才10岁，太小，记不住多少事。我家住在大山沟里，那里

▲ 田德珍

只有两户人家，就记得当年有一些担架队的人，有时候会住在我家。有时候听大人们说，担架队又抬回来一些伤员。

父母怕我们出门不安全，总叮嘱我们在家待着。有时候，我们在山沟里能听到飞机飞来的轰轰声，也能听见山下被轰炸的声音。一听到这些声音，我们都挺害怕的。

后来战争结束了，我家也搬到了山下。有时候在地里干农活、收地豆（土豆），总能挖到一些炸弹皮。

采访地点　丹东市宽甸满族自治县长甸镇河口村
人　　物　长甸镇政府工作人员　任媚娟

▲ 任媚娟

我是丹东宽甸人。参加工作来到这里后，我才知道这个地方有这么多历史、这么多遗迹。

刚来长甸镇上班的时候，我就听咱们河口村的党支部书记讲过，这个村子在抗美援朝时期是重要的过江地点，村里的人也作过不少贡献。还听村党支部书记讲了当年在这些遗址上发生的故事。因为在这里工作，附近的遗址我大多参观过，深受感动。我们也有责任宣传这些历史，让更多人知道。

我心目中的英雄，就是特别能吃苦，有事往前冲，特别勇敢，也不怕牺牲，他们时刻为老百姓着想，为他人着想。

采访地点 丹东市毛岸英小学

人　　物 毛岸英生平业绩陈列馆小讲解员　刘笑含

▲ 刘笑含

　　我是毛岸英小学六年级的学生，从小就在这个村子里长大。从入学开始，我就受到了很多熏陶。学校会组织我们看一些抗美援朝战争的纪录片，一些参加过抗美援朝的英雄也曾经来过我们学校，给我们讲他们在战场上的故事，让我们了解了很多当时的情况。

　　我心目中的英雄，是很勇敢，为国家作贡献的人。我觉得英雄很伟大，他们用生命来保护我们，保卫我们的国家。我们应该向他们学习，学习他们那种锲而不舍、勇敢无畏的精神。我当小讲解员，也是向更多人传播英雄的精神。

采访地点 丹东鸭绿江断桥

人　　物 大学生　丁浩然

▲ 丁浩然

　　我是一名大学生，家住本溪，之前一直想到鸭绿江断桥来看看，今天特意和爸妈一起来了。

　　上小学时，我学到了不少抗美援朝的英雄故事，但对这场战争的详细过程，我并不了解。今天走上断桥，看宣传展板，知道了更多的历史背景和战争情况。

　　除了小时候学过黄继光、邱少云、罗盛教的事迹外，对咱们辽宁的英雄，我知道得不多。看来我得好好补补这段历史了。

采访地点 丹东市宽甸满族自治县长甸镇于家堡子村

人　物 于家堡子村村民　于满池

▲ 于满池

我父亲曾经给志愿军做过向导。当年志愿军来到河口，需要找向导带领部队渡江。向导必须要熟悉鸭绿江那边的地形和路线，人也得机灵点儿，组织上就找到了我父亲。我父亲把志愿军领到江边，过江，带到目的地后，部队又派人把他给送回来了。

小时候我就听人讲过，当年有很多人参与抗美援朝战争中，听到许多抗美援朝的故事，从小我就特别崇拜那些英雄。

采访地点 丹东市毛岸英小学

人　物 毛岸英生平业绩陈列馆小讲解员　刘祥宇

▲ 刘祥宇

我六年级了，刚上学的时候，老师就给我们讲战斗英雄的故事。抗美援朝有哪些英雄我并不是很了解，但在毛岸英生平业绩陈列馆做小讲解员时，我知道了一些关于抗美援朝战争的故事。对我们来说，他们都是值得我们学习的榜样，在战场上，他们把国家和人民的利益摆在最前面，不怕牺牲。他们的事迹教育和启迪了我们，等我们长大了，要把他们的精神传承下去，学好科学文化知识，努力建设祖国。

采访地点 丹东鸭绿江断桥

人　物　市民　董女士

　　对抗美援朝战争这段历史，我们了解得不多，但知道这场战争对我们是非常重要的，也知道在战场上无数战士牺牲了，他们都值得我们铭记。

　　只要有时间，我们就会带着孙子来鸭绿江断桥看一看，希望他长大了能知道这段历史，铭记烈士的事迹，懂得我们的幸福生活来之不易，将来能为建设和保卫祖国贡献一份力量。我希望更多的人能够了解志愿军的英雄事迹。

▲ 断桥边的市民董女士一家

1950年12月...

1950年9月初安东500名青年工人报名参军　东村王焕...

于龙洲替17岁的儿子报名参军　杨木川边沟村开会欢送...

1950年辽宁青年和民兵参军63383人

1951年辽宁青年和民兵参军10999人

1951年辽宁25.7万名优秀儿女参加志愿军

沈阳东北实验学校...名学生上军校

沈阳、吉林、锦州铁路局12200名职工入朝

62岁顾老汉坚决要求上前线

一切为了前线

打开历史的卷轴，一行行醒目的数字映入眼帘：抗美援朝战争期间，辽宁地区246.2万人次参加战勤工作，参加战勤工作人数占当时全省人口总数的11.7%；1950年10月至1953年7月，辽宁共动员242295名民兵和民工随军出国作战，同行的还有医务人员、汽车司机、铁路员工、翻译人员、船工等技术人员3万余人。

70年前，鸭绿江畔，英勇的辽宁儿女满腔热血，掀起了轰轰烈烈的抗美援朝运动。

在战火纷飞的前线，在为战场提供支援的后方，辽宁儿女挺身而出，全力以赴。怀着"父送子，妻送郎，兄弟争相上战场"的依依不舍，挨过饥寒交迫、深夜行军的艰难困苦，理想在枪林弹雨、生死边缘的考验中日益坚定，信仰在无数江中抢险、舍身救人的英勇无畏中升华，空袭下的抢修、轰炸中的驰骋、夜幕里的突进……种种画面交织，一江两岸，生命如歌。

辽宁儿女用青春和热情、鲜血和生命，谱写了一曲曲震撼人心的英雄赞歌。

运输线上，本溪民工队创造了"平均2分钟装一汽车，每30分钟卸一火车"的奇迹；手术台上，医生徐福绵整夜为伤病员做手术，挽救了一条条生命；前线阵地，测绘员郭忠保深夜勘测，常常绘图到天亮……

这些辽宁儿女，有着一个共同的目标：一切为了前线，一切为了胜利。

　　"志之所趋，无远弗届，穷山距海，不能限也。"无数平凡而伟大的辽宁儿女，在战争岁月中经受磨炼、经历洗礼，迸发出惊人的力量。他们用牺牲与奉献，创造了永恒的功绩。

　　伟大出自平凡，英雄来自人民。辽宁儿女，用行动书写出最精彩的历史篇章，用奋斗奏响了时代最强音。

战勤工作

参加人数　246.2 万人次

所占比例　占辽宁总人口 11.7%

———

辽宁地区各级政府增设机构

两百万人织就战勤"网络"

　　246.2 万人次参加战勤工作、74374 人参军……抗美援朝战争时期，辽宁优秀儿女挺身而出，保卫和平，反抗侵略，与全国人民一道，发扬特别能吃苦、特别能战斗的革命英雄主义精神，在战勤与保障上作出了特殊的贡献。

战勤大事记

▶ 1950 年 10 月 20 日

辽东省人民政府发布《关于战勤民工暂行供给标准及支拨手续的几项暂行规定的令》

▶ 1950 年 11 月 6 日

辽西省人民政府发布《辽西省人民战时勤务暂行办法》

▶ 1950 年 11 月 13 日

辽东省人民政府发布《关于动员民工担架等各种问题的暂行规定》和《关于建立担架候客站及实行通行证的令》

▶ 1950 年至 1953 年

东北人民政府三次制发《战勤动员办法》

辽东、辽西两省五市制定相应贯彻实施办法

战勤保障

辽宁参加各种战勤人员达
2462297 人次

占当时辽宁总人口
11.7%

辽宁输送各类技术人员
（其中有翻译、厨师、木工、船工、石匠及医务工作者等）

3 万多人
达
参加战勤任务的汽车司机 **3796** 人，汽车 **18** 万多辆。

在沈阳、旅大、鞍山
等市开办汽车学校
9301
名工人、学生、勤杂人员受训后到前线服勤

参加战勤任务的长期民工 **4.5** 万人，短期民工达 **231** 万人

全省共动员 242295 名民兵和民工随军出国作战。

1950年战争初期

辽宁共组织担架队员 **5** 万余名，民工 **4210** 名，赴朝担负战争勤务，直接支援前线。

1950年11月

组织 **1000** 副基干担架、**6703** 名担架队员赴朝执行战勤任务。

1951年1月

组织 **7** 支志愿担架团，共 **2160** 副担架、**1** 万多人赴朝执行战勤任务。

1950年11月
增设战勤机构

辽东、辽西两省和沈阳、旅大、鞍山、抚顺、本溪等市民政厅（局）设立战勤处
各县民政科设战勤股
区政府设战勤助理员
村设战勤委员

报名参军

1950年11月16日

- 辽西省 **2.3** 万名青年报名参军

1950年12月

- 沈阳 **3872** 名青年参军
- 旅大 **57135** 人参军

到1951年初

- 辽东省 **2.1** 万名青年参加志愿军
- 父母送子参军 **624** 起
- 妻子送丈夫参军 **562** 起
- 兄弟争相入伍 **342** 起

1951年

- 本溪 **10036** 人报名参军
- 抚顺 **1185** 人参军
- 鞍山 **1660** 人参军

礼敬老战士，辽宁多项做法开全国先河

辽宁省退役军人事务厅相关工作人员向记者介绍，在对志愿军老战士的待遇保障方面，辽宁多项做法在全国领先。

▶ 优先解决和改善住房：2001 年至 2002 年扩建 12480 套

全省投资 3 亿元为老残疾军人、老烈属和在乡老复员军人解决和改善住房，共新建和改扩建 12480 套。自 2008 年开始，复员军人建房及维修工作统一纳入困难群众住房保障体系。

▶ 叠加享受优抚待遇：2005 年以来连续 15 次

2005 年以来，辽宁连续 15 次提高在乡老复员军人生活补助标准。与此同时，从 2008 年开始，辽宁首开在乡老复员军人叠加享受优抚待遇的先河：对生活困难的在乡老复员军人中的残疾军人，在享受残疾抚恤金后，仍然享受在乡老复员军人生活补助。

▶ 2007 年实行"一站式"结算"一站式"服务

2007 年，制定《辽宁省优抚对象医疗保障办法》，在乡老复员军人医疗保障在参保参合的基础上，实行补助加优惠，并实现了"一站式"服务。对困难的在乡老复员军人，由退役军人事务部门资助缴纳医疗保险，住院的实行"一站式"结算，并在基础医疗保险、大病保险后实施医疗补助。

▶ 对遗属增发丧葬补助费

2008 年，辽宁明确：在乡老复员军人去世，对其遗属增发 6 个月的生活补助金，作为丧葬补助费。

▶ 遗属作为特有的优抚对象

考虑到在乡老复员军人去世后按规定停发生活补助金，部分遗属生活出现困难的实际情况，1998 年，辽宁规定：在乡老复员军人去世后，其遗属生活特别困难的，可按在乡老复员军人生活补助标准的 50% 给予补助。这在全国是独有的优待政策。

▲ 记者在河口村采访

记者
手记

　　记者前往沈阳、大连、鞍山、本溪、丹东等地，采访辽宁人民的抗美援朝支前事迹。民工队员、担架队员、汽车团成员、医务人员、译电员、机要员……这些已是耄耋之年的抗美援朝亲历者，激动地讲述着当年战斗的情形。在老人们的回忆中，在档案的记载中，在遗址遗迹的斑驳中，深深印记着辽宁人民的牺牲与奉献。我们感动于他们舍生忘死的付出，感动于他们一直以来的忠诚和担当。

报名参军

新兵年龄　18 岁至 28 岁
军校招生时间　1950 年 12 月
　　　　　　　1951 年 6 月

———

东北实验学校率先响应号召

郭忠保担心不能参军急哭了

　　工人、农民、学生、机关职员、医务工作者、技术人员……抗美援朝战争爆发后，辽宁优秀儿女迅速响应，踊跃报名参军参战。虽然他们的岗位不同，但有着一个共同的愿望：保卫和平，反抗侵略。

　　1950 年 11 月，即将从东北实验学校（今辽宁省实验中学）毕业的郭忠保积极响应学校号召，报考军校，奔赴抗美援朝战争前线。2020 年 6 月 4 日上午，在沈阳市铁西区沈辽路沈阳工业大学的家属楼内，郭忠保回忆了 70 年前报名参军的细节。已经 87 岁的他，对当年的点滴往事记忆犹新。

———

学校很多人报名，
只录取 40 人

　　"当时我们学校有很多学生报名，但是只录取了 40 人，我十分荣幸，是这 40 人中的一员。"郭忠保说，那一年，他 17 岁。

　　郭忠保出生在安东，13 岁时父亲病故，他从安东到沈阳投奔姐姐，学习成绩一直优异的他以第二名的成绩考入东北实验学校，成为后来更名为辽宁省实验中学的首批学子。

"1950 年，我初三即将毕业，正在准备考高中。6 月 25 日朝鲜战争爆发，我非常关心前方的动向，每天看报纸上的有关报道。"郭忠保说，当看到侵略军狂轰滥炸的消息后，他义愤填膺，恨不得马上去战场。

1950 年 10 月 19 日，中国人民志愿军"雄赳赳，气昂昂，跨过鸭绿江"。为了补充前方兵员，国家动员青年参军参战。

"东北实验学校在全国率先发出了号召。"郭忠保说。动员发出后，他毫不犹豫地报了名。"父亲去世早，我经历了旧社会的磨难，新中国成立后，在国家一等助学金的支持下，我才能完成学业。记得新中国成立时，全校师生举行了提灯晚会，走遍全市，迎接新中国的诞生，当时我们特别欣喜。可是刚刚过上好日子，侵略军就来了。保卫和平，反抗侵略，我们年轻人不能不冲在前面。"

参军

1950年12月和1951年6月，全国各地军校先后两次在青年学生和青年工人中大批招生，为应对抗美援朝战争和加速国防建设，国家紧急培养训练了一大批军事人才。这种大规模招收军校学生，在新中国历史上是第一次。

据资料记载，在军校这两次全国招生中，辽宁的青年学生和工人占很大比例，辽东省有1.4万余名青年学生响应祖国的召唤，踊跃报考军事干部学校。

据1950年12月统计，沈阳市有3872名青年参加了志愿军，旅大地区有57135人参军，抚顺市有3万名青年工人和学生报名参军，1950年11月19日本溪市一天就有133名青年工人和农民参加志愿军。

因为个子矮，
部队首长劝他回去

郭忠保说，自己报名参加军校的事没敢告诉姐姐，"当时我身高1.55米，体重37公斤，并不具备参军的条件。但是我决心很大，一定要参军去抗美援朝。"

1950年11月29日，东北实验学校的40名学生与来自辽阳、海城、营口等地学校选派的学生共100多人，组成了东北军区防毒训练队，开始训练。因为个子矮，穿新军装时，郭忠保把袖子挽上很大一截，衣服还是特别大，"部队首长看到这个情况，劝我回去，当时我就哭了，我说我诚心想当兵。首长看到我决心这么大，就把我留下了。"

1951 年 1 月 5 日，经过一个多月的学习训练后，郭忠保所在排被编入刚刚组建的坦克部队，他成为化学连的战士。郭忠保知道，在部队里，自己个子不高，身体条件不占优势，但他学习成绩好，连长就派他担任连队的小教员，教全连新兵学防化技术。

1952 年 6 月 27 日，被调入坦克六团指挥连的郭忠保随部队前往安东集结，7 月 1 日开赴朝鲜战场。"当时，我们途经朝鲜龟城、博川、新安州、平壤、沙里院等地，行程近 500 公里，于 7 月 4 日清晨到了朝鲜朔宁地区。"部队到达作战地域后，郭忠保被派至团司令部作战股任测绘员。

手绘 350 余份作战要图无差错

郭忠保所在的坦克六团到达朝鲜后，接管坦克二团的阵地与防务。"当时我们和坦克二团交接，期限是 10 天。因为我过去并没有接触过测绘工作，所以作战股股长让我在一周内跟二团的测绘员学习绘制作战要图。"郭忠保了解到，二团的测绘员是来自上海的大学生，他当时想，自己还是个初中生，能行吗？"但是接到了任务就不能讲条件，一周内，我向二团的测绘员学习了识别地形图、绘制作战要图、标作战符号。"

一周后，郭忠保便开始独立完成绘制作战要图。"我心想，这是个很艰巨的任务，我不能出差错。"每次作战前，郭忠保会跟随团长、参谋长去前线侦察，"制图的工作都是在晚上进行，经常绘到天亮。"

在司令部作战股工作，因为不是冲锋在最前线，战士通常很难立功，但作战股给郭忠保申报了三等功。

6月4日记者采访时，郭忠保手指着立功证书内立功事迹的文字内容给记者看，上面写着：入朝作战以来，标了350余份作战要图，没有任何错误。

朝鲜战争停战后，装甲兵部队作战总结的所有作战要图都是郭忠保绘制的。他标的作战要图现珍藏在中国人民解放军总参谋部的档案馆内。

哥仨儿一起上战场

"我父亲张明山、四叔张春山、六叔张俊山，他们哥仨儿同时从老家开原入伍参军。1950年10月，他们各自随同所在部队入朝作战。抗美援朝战争结束后，父亲和六叔分别随部队回国、复员、回到家乡，哥儿俩回来后，一直没能等到老四张春山回国的消息。直到烈士名单下来，才知道他已经牺牲在了朝鲜战场上。"2020年6月10日，在开原，讲述起父辈踊跃参军参战的英勇事迹，抗美援朝老战士张明山的儿子张林成这样对记者说。

张林成的父亲张明山出生于1926年，年少时父母双亡，靠着做童工、打短工，勉强拉扯着弟弟们生活。1948年底，辽沈战役胜利，土改工作队进入开原郭家沟村，给张家哥儿几个分了地、分了牛，这样他们兄弟几个能靠种地糊口了。

1949年5月1日，听说政府征兵，正在种地的张明山跑回家中，拉着四弟张春山、六弟张俊山一起来到开原县政府下属的三区区政府，报名参军。当天，兄弟三人都应征入伍。

1950年10月，张明山与两个弟弟各自随同所在部队入朝作战。张明山被分配在志愿军工兵二十二团一营一连，张春山在志愿军十九兵团六十四军一九〇师五六九团二营六连，张俊山在志愿军公安十八师五十三团机炮连。

张林成说，从十多岁的时候起，他就经常听父亲讲抗美援朝战争期间的事，"父亲喜欢讲，我也喜欢听。我父亲所在部队，北起鸭绿江，南到板门店，东到扭岭山，西至大、小和岛，担负了鸭绿江、清川江、临津江、大同江、新安江、黄江、北汉江等众多重要江河渡口的桥梁架设和船舶摆渡工作。"讲起父亲的往事，张林成一下子打开了话匣子。

在父亲的那段往事里，无论是在波涛汹涌的江河渡口，还是在炮火硝烟的前线战场，无论是在生活艰苦的荒山野岭，还是在凶残的敌人封锁之下，全团指战员逢山开路、遇水架桥，展现了人民工兵的风姿。

▲ 张明山的儿子张林成

粗略换算，张明山所在团在作战期间，排出的土石泥雪方，以一立方米为单位计算，可以从平壤到达北京。

1955 年 1 月，张明山所在部队完成了在朝鲜战场上战时与战备军事工程的保障作战任务，奉调回国。同年 3 月复员。张俊山也从朝鲜战场回国，返回了家乡开原。

"四叔张春山却长眠在了异国他乡。"1951 年 4 月，张春山在抗美援朝第四次战役中英勇牺牲。张林成说："后来，我四叔的一名战友给我们讲了他牺牲的经过。在第四次战役攻打汉城北山时，他和战友一起由山下向山上冲锋，刚冲到半山腰时，他不幸被敌军暗堡内重机枪射出的子弹击中，两条腿都受了重伤。他从半山腰往山下爬，最终因失血过多壮烈牺牲。"

张林成说，曾在抗美援朝战争中奋勇战斗的父辈都已故去，为了不让后人忘记那段历史，他从 2002 年开始撰写抗美援朝老战士的战争回忆录，如今已采访了60 多位老战士。

▲ 辽报记者采访抗美援朝老战士张明山的儿子张林成

9月18日，抗美援朝志愿军老战士张明山的儿子张林成给记者打来电话，电话里他难掩激动。作为志愿军战士子女，他受邀参加中国人民志愿军抗美援朝出国作战70周年纪念活动，能参加这场活动，是他期盼许久的愿望。张林成从2002年开始根据父亲及其战友的口述发表了多篇抗美援朝题材的回忆录。2012年，他以父亲抗美援朝参军参战的视角，根据父亲在志愿军工兵二十二团的作战经历，写下了抒情散文诗《战火青春的回忆》。

铁路运输

入朝时间 **1950 年 11 月**
入朝队伍 **中国人民志愿军铁道兵团**
中国人民志愿军铁路工程总队

———

用生命抢修"打不烂炸不断的钢铁运输线"

在丹东市宽甸满族自治县长甸镇河口村，一条通往朝鲜的铁路隧道旁，有一座不起眼的灰色建筑——铁路抗美援朝博物馆。

这里记录了抗美援朝战争时入朝参战的铁路职工、中国人民志愿军铁道兵团和中国人民志愿军铁路工程总队指战员的丰功伟绩，系统展示了那条"打不烂炸不断的钢铁运输线"如何创造了现代战争军事运输的奇迹。那一列列穿越硝烟的火车，满载着保障志愿军战士生命的物资给养和军械弹药到达前线；那一声声长鸣的汽笛，成为抗美援朝战场上响亮的胜利号角。

———

战场运输的绝对主角

"铁路运输是现代战争的重要组成部分，它能否及时供应作战物资，是战争能否胜利的主要因素之一。"铁路抗美援朝博物馆馆长解本胜向记者介绍。

从 1950 年 11 月开始，中国人民志愿军铁道兵团和铁路职工援朝总队相继入朝。1951 年 5 月，志愿军铁道兵团所属 3 个师 2 个独立团 2 万余人

又全部投入朝鲜战场。

"当时，我军出国作战，朝鲜资源严重不足，在战斗中又难以缴获完备武器和物资，因而大部分供应都要从祖国运往前线。朝鲜山川高、内河浅，公路和航空运输都有难度，铁路运输因而成为运输战场上绝对的主角。"解本胜说。

抗美援朝战争时我铁道军事管理总局管辖范围包括京义线的新义州到开城段、满浦线、平北线、价新线、平元线、平德线、京元线的高山至元山段、元罗线的元山至高原段，以及平南线的平壤南浦一段，总计1391公里，占干线通车线的64.8%左右。

我军运输也大致分为三线：平壤以北军事物资运输主要靠京义线、平北线和满浦线；平壤以南只

词条

铁道参战人员

18109 人立功　一级英雄**1**人　特等功**1**人　二级英雄**10**人

援朝铁道兵和铁路职工

牺牲 **1705** 人　负伤 **3231** 人

抢修、新修和复旧桥梁 **2294** 座

铁路线 **14691** 处次

车站 **3684** 处次

有京义线平壤至开城段，是我军西线部队唯一的供应路线；东部沿海元罗线元山至高原段及京元线高山至元山段是我军东线部队主要供应线。

"在抗美援朝战争中，铁路运输量之大，动用机车和火车皮数量之多，参加铁路运输的部队和铁路员工之多，在中国铁路史上都是空前的。在朝鲜战场上，全体指战员参与抢修、防护、运输，人数最多时达到 15 万余人，机车上百台，车厢上万节。三年中平均每天要出动 100 节车皮。"解本胜说。

搭建"运输大动脉"

因为敌军轰炸，中国人民志愿军铁道兵团和铁路工人入朝之前，朝鲜北方的铁路线几乎全部被炸毁，桥梁、车站、线路基本处于瘫痪状态。

"抗美援朝铁路运输是在铁路各种设施都已经基本失去功能的情况下起步的。"

解本胜说。在抗美援朝运动战时期，"炸—修—通"成为这一时期铁路运输的主要特点。当时，缺少战时铁路运输经验，加上敌人轰炸破坏，铁路运输量极低，志愿军当时供应不足，缺粮少弹，因此战术由追击战变为守卫战，从进攻转为防御。

但是铁道兵部队很快从战斗中积累经验，用"必畅通"的决心，坚持并改善了铁路运输，逐渐保证了前方的需要。"保证铁路畅通也是协同作战的组成部分，需要空军、高射炮、后勤等各兵种联合作战。当时铁道兵部队采取了统一领导指挥、密切协同作战的方针，减少中断时间，增加夜车数量。"解本胜解释，那时援朝机车司机和乘务员的口号就是"拉得多，跑得快，送得远"。1951年6月向安东排空时，一次超长牵引就达到110节。

1951年上半年，志愿军通过铁路共运送主食13144车、副食1359车、被服595车、弹药1349车、油料1741车、药品65车、其他物资2679车，同时运送伤病员2696车，约20万人。

到阵地战时期，志愿军的军用物资已经可以通过火车运送到一线的基地兵站，通车纵深达到350公里。为发挥铁路运输抢运效能，铁道兵们还创造了许多特殊行车方法。

1953年7月的金城战役，志愿军后方勤务司令部通过铁路和汽车兵团向前线共运送作战物资1.5万吨，其中炮弹7000吨70余万发、炸药124吨。

在近三年的抗美援朝战争中，铁路共发出运送部队和物资的列车385234辆（约800万吨）、运送志愿军兵员的列车31473辆，占铁路总运量的8.2%，其中运输部队的列车22133辆、运送伤员的列车9340辆，还运送了相当数量的部队回国。

奇迹！轰炸后火车还在通车

作为重点"关照"对象，敌军用于轰炸火车的炸药数量堪称惊人，但令敌人无法相信的是，即使这样轰炸，火车还在通车！

这是奇迹！而这个奇迹的创造者就来自无数铁道兵和铁路职工志愿者。

入朝初期，我军运用以前的铁路抢修经验，前线打到哪儿，铁路修到哪儿，边炸边修，但部队前进太远，后方维修力量不足，物资也跟不上。

针对这一问题，志愿军采取了"划区分管，包修包养"的方法，线路质量有了明显提高，行车时速可以达到 30 公里至 40 公里。

此外，铁道部门还采取就地取材的方针，如打捞修理钢梁，利用废料自制和改制工具及配件，拆除作用不大的支线或侧线，收集被炸钢轨再利用等。

因为援朝铁路运输是在敌机的严密封锁下进行的，列车几乎是在无照明条件下行驶，通信联络和信号灯使用也十分困难。但是广大铁道兵和援朝机组人员一起，顶着敌人炮火袭击，用鲜血和智慧保障了这条钢铁运输线的畅通。

三年里，铁道部队完成铁路抢修、新修和复旧工程共计桥梁 2294 座，延长 128884 米；铁路线 14691 处次，延长 1003303 米；车站 3684 处次，延长 161130 米；隧道 122 座次。铁路通车里程从入朝初期的 107 公里延长到 1391 公里。

据统计，铁道参战人员共有 18109 名干部、战士、职工立功，其中一级英雄 1 人、特等功 1 人、二级英雄 10 人。据统计，在抗美援朝战争中，援朝铁道兵和铁路职工共有 1705 人牺牲、3231 人负伤。

相关
链接

烟火里的辽宁人

辽宁社会科学院研究员卢骅多年来致力于对辽宁抗美援朝历史的研究，他向记者介绍，在牺牲的铁道兵指战员和援朝铁路职工中，已知辽宁籍英烈有 250 位，辽宁籍抗美援朝铁路职工牺牲人数占抗美援朝铁路职工和铁道兵团英烈总数的 14% 以上，辽宁人民为抗美援朝铁路运输作出了巨大的贡献。

▲ 车站水塔遭严重破坏，黑夜无照明抢修，制造出"活把螺丝扳手"，加快了钢轨连接。

▲ 黑夜抢修，运输平车经常掉道，新造出"复轨器"，能快速起复掉道平车。

▲ 研制出"丹型水鹤"，解决了机车上水难题。

1950 年 10 月初，铁道部与中共中央东北局、东北军区商定，在沈阳建立军运指挥机构，加强对部队集结和入朝铁路运输的指挥调度，以适应战争的需要。11 月 11 日，成立东北铁路沈阳临时指挥所（简称临时指挥所），作为东北铁路运输指挥中心，指挥各铁路局军运、部队战略集结和开进运输工作，确保志愿军人员和弹药给养按时运送到朝鲜前线。

1951 年 1 月至 2 月，由东北铁路工程总队改编的中国人民志愿军铁路工程总队各大队相继入朝。

这支队伍中聚集了各铁路局支援抗美援朝的职工，其中辽宁籍职工数量最多。在抗美援朝战争期间，先后入朝的铁路职工有 4 万多人，其中，沈阳、吉林和锦州铁路管理局有 1.22 万名职工被批准入朝，占职工总人数的 30%。

在前方战场，很多来自辽宁的铁路工人浴血奋战，他们用行动诠释了抗美援朝精神。

原安东铁路分局的曹国旺于 1951 年 2 月入朝后，曾任援朝铁路工程总队一大队二中队队长，多次冒着生命危险抢救列车，先后荣立大功两次。

锦县（今凌海市）的吴振国带领全班抢修郭山大桥，在刺骨的冰水中抢修桥基，连续奋战三天三夜。

曾任锦州铁路局黑水站值班员、代理站长的关长海，在敌人的炮火中抢救下18辆军车，荣立特等功一次。

来自铁岭县的孙连吉，两耳被震流血，耳膜破裂，右眼被震失明，仍然坚持战斗。

来自苏家屯铁路机务段的1014号机务组的事迹曾被编印成一本画册，名字为《烟火里的人》。苏家屯机务段首批入朝37人，其中36人立功。

智慧作战，这些铁路"新运法"诞生

▼ 抢22点

1952年3月以后，敌人对重要铁路桥实行隔日轮炸，时间多选在22时至24时，因此志愿军铁道部门就利用敌机轰炸的间隙，组织大量列车抢过桥梁，抢运物资。

▼ 月圆期行车

月圆期夜航机活动频繁，时间多在22时到凌晨2时，冬季月雪交辉，更利于敌机行动。为避免损失，在月圆期间，所有人员、运输车辆和物资运输列车都尽可能争取卸完，如前方紧急需要，也只能在月升前（22时前）和月落后（2时后）的敌机活动间隙，有周密计划地实行逐洞前运。

▼ 当当队

抗美援朝战争时，蒸汽机车的车头都封闭起来，以免在夜间火光暴露目标。当当队就是派人扒在火车头外面，听到防空哨的警报时，就用敲打的方法向司机发信号。

▼ 倒三江

1951年夏季，朝鲜连降暴雨，发生了40年未遇的洪水。公路被破坏，房屋坍

塌，桥梁被炸断。倒三江就是在铁路桥被洪水冲断、飞机炸断的情况下，在西清川江桥、东大同江桥、东沸流江桥头集中了 1000 多台汽车反复倒运、接运、漕运了 2000 车皮的物资，保证了路断、桥断运输不中断。

▼ 合并转运

将两组以上的列车连成一组，同时用两三个火车头牵引这条远远超过一般列车长度的长龙。这种方法可以发挥突击抢运的最大效率。

▼ "片面"运输

因为朝鲜铁路基本是单轨，敌机又大范围轰炸，许多铁路场站不能会车，我军干脆在可以通车的夜晚，将所有列车都向同一方向单向发车，每列间隔一般只有 5 分钟。这种方法收到了让人难以置信的效果，曾在一条单轨铁路上创造了一夜开往前线 47 列火车的世界纪录。

▼ 顶牛过江

主要用于那些夜里抢修的承载能力差、经不起车头重压的铁路桥，在火车过江时将车头调到列车尾部，用车头顶着较轻的车厢过桥，桥对面再用另一个车头拉走。

▼ 水下桥

在江河中架桥，桥面距离水面约二三十厘米，平时在岸上看不见桥，车队通过时，在桥两边水面上拉两道绳子，绳子上绑小红旗，指明水下桥的位置，车队沿两道绳子中间行进，就可以顺利通过水下桥。敌军飞机在空中根本看不到水下桥，从而保证了钢铁后勤补给线的畅通无阻。

人物

▼ 刘振东：创造"片面"行车提高运输效率

1950 年 10 月，时任锦州铁路分局局长的刘振东加入了抗美援朝的战斗行列。根据东北铁路特派员办事处的指示，组成东北铁路工人抗美援朝大队，首批从安东过江。过江初期，刘振东任中国人民铁路工人志愿抗美援朝第二大队大队长，后来又任朝鲜铁路定州分局局长，总局车务部部长，一直战斗到朝鲜停战后，1954 年 4 月回国。

定州分局管辖的铁路线是从朝鲜西部的新义州通往平壤的重要铁路线。中国人民志愿军的大量物资和兵员都要通过这条铁路运往前方，战略位置十分重要。刘振东率领广大援朝职工创造了许多战时运输方法，战胜了敌机的轰炸与扫射，抓紧一切时机抢修抢运，胜利完成了任务。他受到铁道军事管理总局的表扬和奖励，并荣获了朝鲜民主主义人民共和国二级国旗勋章和二级自由独立勋章。

当时敌人轰炸频繁，铁路运输单靠平行运输，即上行一列，下行一列，在车站交会的老方法已不能满足前线的需要。对此，刘振东提出了"片面"行车的方法。就是在某一区段内，向一个方向开车，较充分地利用了区间通过能力。他们还研究采取"时间间隔行车法"，在一个区间内"片面"行车时，每隔 5 分钟发一趟列车，主要由机车司机认真瞭望，既要注意前方列车，又要注意前方信号显示情况。这种方法对加速列车运行起到了很好的作用。

▼ 李庆春：搬走定时炸弹

李庆春曾先后在锦州铁路局工务工程队、铁道部第六工程局第六工程队、锦州工务段工作，历任养路工、工长等职。1950 年，年仅 24 岁的李庆春报名入朝，1951 年 2 月 11 日到达朝鲜战场。在抗美援朝三年的工作中，个人先后荣立特等功一次、二等功一次、小功一次，他所领导的班组立集体大功三次、二等功一次、三等功一次、集体小功一次以及多次受到上级的表扬和物质奖励。

李庆春入朝后，在援朝工程队一大队一中队三小队工作，被分配在路下车站做联络员。其主要任务是：监视敌机轰炸，发现被炸坏的线路、设备，立即向上级报告并及时组织人力进行抢修，保证铁路畅通。1951年2月25日23时，数十架敌机进行轰炸，投下了大量炸弹，其中一枚定时炸弹落在路下车站南头408公里100米处的上行线右侧，距离线路只有1米远。李庆春当机立断返回车站，向车站的朝鲜铁路员工讲明情况。他和朝鲜战友一起赶回现场，将定时炸弹挖出，抬到离线路300米以外的地方，清除了隐患，保证了运输的畅通和同志们的安全。

▼ 侯宗庆：独自救下五名伤员

侯宗庆是营口县（今营口大石桥市）人，入朝前是沈阳苏家屯工务段领工员，1950年12月参加抗美援朝。

1951年，朝鲜遭遇几十年不遇的洪水灾害，桥梁路基多处被洪水冲毁。为保证军运，侯宗庆根据总局的批示，积极组织抢修，配合价川郡成立了防洪委员会，郡委员长任主任委员，侯宗庆任副主任委员。他边组织人力，边收集材料，边进行抢修。7月下旬的一天，泉洞—价川间线路被洪水冲坏6处，防洪委员会组织朝鲜群众200多人，运来原木300多根，草袋子1.4万条，冒着大雨把冲坏的6处全部修好，保证了当晚通车。为了解决铁路器材不足，除当地政府动员群众收集外，侯宗庆又积极动员中朝职工利用一切休息时间到各地收集，共收集道钉500多个、鱼尾板200多块、螺丝1080多个、枕木250多根、钢轨390多根，解决了当时材料不足的困难。

1951年3月8日，价川站发生列车雷管爆炸。为了抢救伤员，他不顾车上弹片横飞、浓烟滚滚，爬到车下去抢救战友，从一个弹坑里救出5名受伤员工。在他的带动下，职工们将受伤员工全部救起。侯宗庆为抗美援朝的军事运输作出了贡献。为此，他荣立个人特等功一次、一等功一次，朝鲜民主主义人民共和国授予他三级国旗勋章及军功章各一枚。1951年他被选为归国代表，1952年出席了铁道军事管理总局首届功臣模范代表大会。

▲ 记者到铁路抗美援朝博物馆采访

记者手记

　　一条条纵横交错的铁路线为志愿军战士输送补给，更是输送"胜利的血液"。这条钢铁大动脉的畅通，是用无数人的鲜血和生命换来的。我们查阅资料，将这一条条生命之线清晰地呈现在纸上，也将一段段感人的故事讲给所有人听。看着一个个鲜活的英雄形象走出尘封的记忆，再次出现在人们面前，我们仿佛又听见抗美援朝战场上火车的汽笛声。火车载着胜利的希望，勇敢地奔赴战场，为战争胜利筑下最坚固的基石。

支前民工

开始组建 1950 年 10 月
入朝人数 东北地区 70 余万人组成大车队和担架队

创造"每两分钟装一汽车，每三十分钟卸一火车"的奇迹

本溪民工队平均年龄不到二十五岁

在抗美援朝战争期间，辽宁派往朝鲜战场大批支前民工，为志愿军提供各种战勤服务。在各地派出的支前民工队中，本溪地区的民工队显得尤为突出。由于距离抗美援朝"交通大动脉"的安东最近，本溪地区在抗美援朝战争中担负起了更多的使命。

有数据统计，抗美援朝战争期间，本溪地区共派出赴朝民工 20504 人、担架 142 副、各种车辆 619 台、骡马 1319 匹。在关系着万千战士生命的补给线上，在硝烟弥漫的战场上，平均年龄不到 25 岁的本溪民工队队员，用双手和肩膀，创造出一个又一个奇迹！

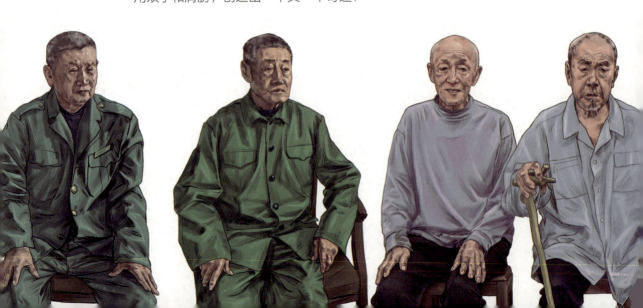

为上前线追着队伍跑

94 岁的宋庆田是本溪满族自治县碱厂镇台山村村民。在记者采访当天，宋庆田的亲家尤忠文刚好来他家串门。70 年前，两人都曾是本溪民工队的队员，用宋庆田的话说"是名副其实的'战友'"！

1950 年 11 月，本溪县组成了一支 2581 人的民工支队，下设 5 个大队，15 个中队，121 个小队，浩浩荡荡地开赴朝鲜战场。宋庆田和尤忠文就是第一批赴朝民工支队的一员。

"那年，我 22 岁，他 19 岁。"宋庆田指着尤忠文告诉记者，"当时动员大会开完，大家就报名。他没被选上，因为年纪小，身体也不好。后来我们出发了，他自己又追上来了。"

说到自己追民工队的想法，尤忠文说："就想上前线做点贡献。"

"当时我们是分成两部分入朝的。一、二、三大队一共 1158 人，在 1950 年 11 月 20 日晚上从宽甸浮桥过江入朝；另一部分四、五大队，在 1951 年 1 月初和我们在定州会合。"尤忠文说。

谈起初到朝鲜的场景，两人都记忆犹新，"到朝鲜第一天晚上，队伍没到朔州，就在山上隐蔽。行军时，怕被敌人飞机发现，我们都是白天在防空洞、山洞里隐蔽，晚上走。那时候每个人都背着一个小面袋，里面装着炒面，饿了就舔一口，但是不敢多吃，因为这都是留着救命的，饿到不行才能吃。"宋庆田说。

只能人等车，不能车等人

在抗美援朝战争初期，东北地区民工队的一个重要任务就是为火车和汽车倒运装卸物资。除了随军的部分队员，大部分本溪民工队队员在朝鲜战场主要活动区域就是

在西浦地区。这里是战场最重要的物资中转站，火车将物资运送到这里，再分别由汽车、马车运送到前线战场。这里需要大量装卸车人员。

"穿过清川江，在间里和西浦40公里距离有两个车站，本溪地区的民工队大部分都在这里执行任务。我们小队当时的主要任务就是装卸车，50公斤的面袋子，150公斤的大炮弹药，一干就是一两个小时，12个人负责卸一个火车皮。"尤忠文说，"基本工作流程就是前装后卸，前面来汽车，我们把东西给装上去；后面来火车，我们把东西给卸下来。当时有个原则：只能人等车，不能车等人。"

在朝鲜半年多的时间，本溪民工队创造了"平均每2分钟装一汽车，每30分钟卸一火车"的奇迹！

作为敌人"重点轰炸"的地区，宋庆田和尤忠文见到最多的就是敌机和炸弹"三班倒"的轰炸，"物资经常被炸毁，看着都心疼"。

民工队的队员除了要面对敌人危险的炸弹，还要面对艰苦的生活。"食宿都很困难，我们每个人自带行李，基本都睡在隐蔽工事里，铺上点稻草。"艰苦的生活条件，使很多人在回国后留下了后遗症。

藏物资躲炸弹都是"技术活"

如今，穆连臣已年过九十，住在本溪满族自治县碱厂镇赵堡村。1950年，刚刚22岁的他成为本溪民工队担架队的一员，走上了朝鲜战场。

"那时候6个人一副担架，替换着抬，抬粮食、衣服、汽油。汽油桶没办法抬，就几个人用手推着滚，几乎每个人都曾因为运汽油桶冻伤了手。"穆连臣这样告诉记者。

刚到朝鲜时看见敌机，轰隆隆地扔炸弹，把穆连臣吓坏了，他说，"敌机来了我们会有信号枪，一般响三枪：第一枪告诉大家开始隐蔽，第二枪是警告，第三枪就表示危险。"穆连臣给记者讲述了一个记忆很深的场景：有一次在执行任务时，敌机来轰炸，刚好炸到他面前的一棵树，"我记得是一棵很高大的松树，一下子烧起来，我当时吓得一动不敢动。"后来时间长了，大家都有了经验，"每五尺挖一个隐蔽坑，敌机来轰炸，我们就躲到坑里。"穆连臣说。

轰炸频繁，物资也常常被炸毁，民工队队员除了要和飞机比速度，时常还需要把物资藏起来。"我们经常找松树枝等把物资盖起来，藏到山洞里、树林里。"当时，凡是有树林的平地，几乎都堆放着经过伪装的物资。

除了伪装，还要防止物资发霉，"大家经常趁着天黑给物资倒垛，地上垫好防水的垛底，上面盖上苫布。"

1951 年，穆连臣所在的小队在朝鲜度过第一个新年，他记得："当时小队分到了一头猪，还给了点白面，那顿饭吃得可真香。"

词条

贡献数据

据本溪满族自治县档案馆统计，本溪民工队在抗美援朝战争期间

共装卸 火车	**1769**	列
汽车	**10737**	辆
马车	**1734**	辆

装卸袋装类物资 **88** 万袋　修建站台 **11** 个

修建地下工事 **400** 个　修建仓库 **232** 间

全县民工队 355 人立功受奖

除了装卸物资，民工队还需要担负其他任务：运送伤员、修桥、挖山洞、挖汽车隐蔽部、打扫战场等。

本溪满族自治县田师傅镇大堡村村民段福成已经 89 岁了，如今生活在本溪县光荣院里。当年，他参加了民工队，主要任务是在朝鲜新义州地区运送伤员。

"我们主要负责运送伤员，经常晚上坐上汽车，一直开，也不知道开多远，如果

▲ 记者在本溪采访抗美援朝期间的支前民工

记者手记　　他们并不是志愿军战士，只是一群普通人，年纪轻轻奔赴战场，在枪林弹雨间抢救伤员、修筑工事、搬运粮食，他们甚至没有发射过一颗子弹，但他们都是不折不扣的英雄。采访民工支队有很多令记者感动的地方，他们如今过着普通人的生活，很多人甚至很少提及当年的事情，但他们难忘那段岁月，更敬佩志愿军战士的英勇。

我们敬佩这些支前民工的勇气，他们也一样是抗美援朝战场上的英雄队伍。

发现敌人发射信号弹，车就停下，等安全了再走。"段福成向记者这样讲述，当时每名民工都背着粮食袋、咸菜，有的还背着锅，"一仗打下来，抬伤员照顾伤员，倒水喂饭，还负责清理战场，累得话都说不出来。"

和段福成一起生活在光荣院的本溪民工队队员还有91岁的张俊生。在朝鲜战场的那段生活他记忆犹新："没地方睡觉，大家就挤在朝鲜老乡家，三五间屋子住不下那么多人，就排队进屋，有时候干脆睡到雪地里。为了防止敌人对物资搞破坏，要经常派人站岗放哨，有时也负责挖战壕。我记得当时领导还告诉我们，要挖得又深又窄，才不会被敌人飞机扫射到。没油灯就拿敌人剩下的罐头盒做，很多人营养不良。但没有人后悔来朝鲜，这是我们的使命，我们必须完成。"

因为表现突出，张俊生立了三等功。

1951年冬，本溪县民工队胜利地完成了祖国交给的重任，回到家乡。全县民工队有1个大队、3个中队、11个小队获得团体荣誉，355人立功受奖。

1951年国庆节，本溪民工队的支前民工关文德作为优秀代表和其他志愿军战士组成了99人的英模代表团，到北京参加国庆观礼。

相关链接

《小城故事》讲述民工支队那些事儿

在记者采访中，本溪满族自治县东北抗联史实陈列馆馆长李巍动情地说："我们永远不会忘记，70年前，一群20岁刚出头的年轻人在朝鲜战场上洒下汗水和鲜血，用平凡的双手，让抗美援朝精神血脉永续。"

十年前，李巍还在本溪县档案馆工作，那时，本溪电视台与本溪县档案馆联合录制了一档名为《小城故事》的节目，其中"枫乡史话"系列报道中的一期，讲述的就是本溪县民工支队。李巍全程参与了这期节目的制作，"本溪民工队是本

131

溪地区在抗美援朝战争中作出的重要贡献之一。我们希望能让更多人知道这段历史，不要忘记民工队的英雄们。"他说。

在寻找历史事迹过程中，李巍等人查阅了大量资料，采访到了本溪民工队队长连承志、供给股股长李金杰、英雄队员关文德的儿子关宝平以及多位民工队队员。大家回忆起那段硝烟弥漫的岁月，心里都涌起别样的激情。

如今十年过去了，这段视频也成为见证本溪民工队历史的重要资料。"当年很多我们采访过的民工队队员已经不在了，但他们的精神我们必须传承下去。这段历史，这种精神，值得我们铭记，也激励着我们前进。"李巍一次次地重复着传承抗美援朝精神这样的话。

担架队

入朝时间　1950 年 10 月
参加人数　辽宁 15 万余人

队员穿行在前线与医院之间

担架紧缺背着伤员送到二线

　　他们不是军人，却随着部队去了战场；他们不是军人，却在枪林弹雨中穿梭。

　　他们是英雄，也是最平凡的人。

　　他们，就是抗美援朝战场上的担架队员。

　　担架队员有的随军作战，有的在后方工作，主要职责是转运伤员、运送粮食等物资。抗美援朝战争期间，辽宁各地的工人、农民积极加入担架队，贡献自己的力量。担架队一般要经过一个月的训练之后，再出发赶赴朝鲜战场。

来到朝鲜新义州

　　家住丹东凤城市的赫贵礼已经 89 岁了，谈起抗美援朝的经历，老人仿佛又回到了 1950 年 10 月里的那个深夜。与凤城市宝山乡白家村的其他担架队员一起，他们来到了安东市。听从部队的安排，大家坐着闷罐火车从

鸭绿江大桥过江，来到了朝鲜的新义州。

抵达新义州时，天快亮了，大家迅速下车，上山隐蔽，因为美军飞机白天会来侦察，见到人就扫射、轰炸。有的人来不及上山，就在原地找个隐蔽点趴下，不能动，动了就会被发现，遭到轰炸。即便上了山隐蔽起来，也并不是就安全了，一遇到敌机，大家都往山上跑，人特别多，其中可能混有特务，故意暴露目标，引来轰炸。

一开始时，敌军掌握着制空权，朝鲜上空被敌机控制，有的飞机低空飞行，很容易发现山上隐蔽的人。后来，志愿军部队配备了高射机枪、高射炮，美机就不敢低空飞行了，大家隐蔽起来就不太容易被发现了。

从一线到二线到后方医院

赫贵礼记得，刚到朝鲜时，眼前的新义州一片狼藉，没有一座完好的房子，也没有多少老百姓，十分萧索。敌机空袭过后，他随着担架队一起加入到抢救伤员的行列。伤员们有胳膊受伤的，有腿受伤的，也有身上好多血的……对于刚刚进入朝鲜的赫贵礼来说，这一幕非常惨烈，他内心难受极了。

白天隐蔽，夜晚行军，就这样，担架队来到了前线。作为前沿部队的担架队员，赫贵礼的任务就是从火线上抢救伤员，然后以最快的速度将他们运到兵站，再转移到后方医院。他这样描述他的工作："我负责的是一线，把受伤的战士从战场上运下来，交给二线，再由二线的担架员把伤员抬到后方医院。"

他们当时使用的担架是军用的，中间是布，紧急时卷一卷就拿走了，十分轻便。这种担架都在一线使用，两个担架队员一抬就走；如果路程远，就四个人抬，争取尽快将伤员送去救治。有时，担架紧缺，赫贵礼需要背着伤员往二线送，十分辛苦。赫贵礼解释，从一线到二线大概有一里路，而二线到医院还有十来里路，很多伤员能够坚持到医院得到救治，全靠担架队员争分夺秒。

家住凤城市凤山区张家村的李洪岳已经 90 岁了，也是抗美援朝时期的担架队员。他主要负责将伤员从二线送往战地医院进行救治。老人回忆道："当年受伤的战士特别多，我们都带着自己做的担架，木头的，非常大，比较重。在二线，一般四个人抬一个伤员，人少时就两个人抬，人多时六个人抬。"

和部队走散

李春超是凤城市凤山区张家村人，抗美援朝时，他才 16 岁。当时张家村有十几个担架队员，一同赶赴朝鲜。

刚过鸭绿江，李春超所在的队伍就遇到了空袭，当时他根本反应不过来，也不知道怎么隐蔽，眼睁睁地看着飞机由远及近，扔下了炸弹，接着就爆炸，炸死了许多人。一阵慌乱后，李春超才找到地方隐蔽。

幸运的是，他没有受伤。因为躲炸弹，他与部队失去了联系。当时，与他在一起的还有两名卫生员，她们负责照看一名伤员，李春超负责保护他们。

李春超说："没有路标，不熟悉地形，我们只能硬着头皮找部队。"找不着部队

的李春超只能往东南方向走，两天后，他们终于找到了志愿军的一支部队。他赶紧上前报名，说明自己的籍贯，怎么掉队的……这支部队才接收了他。

说起当担架队员救人的经历，李春超感到非常惭愧，他说："其实真正去战场上抬担架救人，我就去过一次。那时候我年龄小，还是个半大小伙儿，没劲儿，抬担架太吃力了，好不容易才把伤员送到兵站。"

考虑到李春超年龄小，部队认为他不能胜任抬担架的任务，后来就让他担任通信员，往返于各个阵地送文件，一直到1951年回国。

经历近百次战斗

志愿军由阵地战阶段转入穿插进攻阶段，走小路，爬高山，攻下一个山头、一个阵地再继续前进，担架队也必须在后面跟上。赫贵礼、李洪岳、李春超三位老人都曾随部队辗转于各个阵地，参加过近百次大大小小的战斗。

如今，他们的年纪大了，记忆力也衰退了。

赫贵礼现在能记住的战斗地点只剩几个了，有"白马、朔州、桂城、清川江、大宁江、万城"，抬过的伤员大概有三百多人。李洪岳说："在战场上，我们吃的穿的，和志愿军都是一样的。当年究竟运送了多少伤员，现在也记不清了。只记得有任务了，我们就上，部队在哪儿打仗，我们就跟着去，最远到了汉城。"

在战场上，敌人的炮弹打在阵地上，赫贵礼有时会被掀起的沙石打中，所幸他没受什么大伤。

有一回，赫贵礼遇到敌机扫射，他跑进防空洞躲避，结果防空洞被炸塌了。敌机走后，大家把他挖了出来，经过治疗，赫贵礼的生命得以保全，但听力从此受损。

赫贵礼的女儿赫崇芬对记者说，父亲平常不爱提起抗美援朝的事。对此，赫贵礼解释说："比起牺牲的战士们、队员们，我是多么幸运啊！死去的人才是真正的英雄，活下来的人都是幸存者。"

入朝一年后，三名担架队员从朝鲜战场返回家乡。

此后，赫贵礼在凤城市219医院担任护士，照顾了不少从前线回来的伤病员。李春超成为一名人民警察。李洪岳回乡后，当过技工、仓库管理员、市场管理员，成为一名普通的劳动者。

相关
链接

辽宁担架队员参加国庆阅兵仪式

在庆祝新中国成立70周年的阅兵仪式上，"致敬"方阵中的老兵和支前模范备受瞩目。他们身穿具有时代特征的服装，有的人胸前挂着多枚勋章，有的人坚持敬礼，有的人挥手致意，花白的头发掩不住老人们坚毅的目光……其中有三位老人来自丹东凤城市，他们曾经奔赴抗美援朝战场，是最前线运送伤员的担架队员。

跟记者说起参加国庆70周年阅兵仪式，89岁的赫贵礼非常高兴，有着讲不完的话。他说："我们去北京待了四天，工作人员特别周到地照顾我们。"

赫贵礼的女儿赫崇芬告诉记者，父亲没去过北京，能够去北京参加这么重大的盛会，他特别自豪。从北京回来以后，他让子女们把照片冲洗出来，做成一个大大的展板挂在家里。

与赫贵礼不同，已86岁的李春超曾经多次去过北京。他退休前的职业是警察，因公去过北京，也到过天安门。但能够参加庆祝新中国成立70周年阅兵仪式，李春超感到十分光荣。他的儿子李克洪陪着父亲去北京，李克洪说："去年国庆前，凤城市退役军人事务局提前半年就派人来我家看老人的身体如何，是否能参加阅兵仪式。最终在凤城选了五位抗美援朝的担架队员。在去北京的前几天，其中一位老人因病没能去上。去北京后，四位老人中，又有一位生病了，因而没能参加阅兵典礼。我们在电视上看了阅兵典礼，凤城市只有我父亲李春超和李洪岳、赫

贵礼三人参加了阅兵仪式，从天安门前走过。"

阅兵当天，李春超坐在彩车上，部队的战士帮他系好安全带。李春超说，能够作为支前代表走过天安门广场，能够见证如此盛大的典礼，他特别兴奋。

在国庆阅兵仪式上，看着那些列队飞行的飞机，许多说不出型号的大炮、坦克、导弹……赫贵礼眼花缭乱。

他感慨道："我深刻地感受到了祖国繁荣昌盛，民族振兴富强。我们在抗美援朝时期，靠着与美军相差悬殊的武器装备，取得了战争的胜利。如今，我亲眼见证了国家的强盛，我们不会再被动挨打了，人民也过上了好日子。"

谈到参加国庆阅兵仪式后的感受，李洪岳对记者说："70年来，老百姓的生活发生了翻天覆地的变化，过上了和平安宁的生活，这种幸福真是来之不易。虽然我们过上了好日子，但革命精神、革命火种仍然需要有人传递。未来，祖国的建设终究要靠年轻的一代人，希望年轻人能够多了解历史，传承革命先烈的遗志。"

词条

担架团

1951年1月14日

东北人民政府、东北军区联合发布
《关于组织志愿担架团的决定》

11 个担架团　辽东、辽西、吉林、松江、黑龙江省各组成**2**个，热河省组成**1**个

经过训练后**3**月份分批赴朝

配属每军**1**个团

每团担架**370**副　担架车**150**台

▲ 李春超接受记者采访

记者
手记

在辽宁，寻找参加过抗美援朝的担架队员并不难，当年辽宁为支援抗美援朝战争的担架队员很多。记者在辽宁省退役军人事务厅了解到，当年在朝鲜战场执行任务超过一年的担架队员，可以凭借相关证明，每个月享受到政府发放的津贴。如今 70 年过去了，当年年富力强的担架队员们都到了耄耋之年。他们从前线回来后，各自回到了自己的生活中，有的继续务农，有的成为工人……他们至今仍难忘抗美援朝战场上的人与事。

汽车运输

入朝时间	1950 年 10 月
数据初期	1300 余辆
	1953 年 2 万余辆

冒着敌机轰炸完成运输任务

杨殿生三年拿三次"万里号"

89 岁的杨殿生,现居住在鞍山市。老人精神矍铄,最喜欢给年轻人讲过去的战火风云。他说:"我干了一辈子的运输工作,最开始摸到汽车,那得从抗美援朝之前说起。"

在朝鲜运输战线的三年里,杨殿生在枪林弹雨中完成了各种复杂的运输任务,三个"万里号"的荣誉,令他充满自豪。

春节晚上跨过鸭绿江

杨殿生 1947 年参军,参加过辽沈战役,后来随解放军南下当过电话兵。在广西剿匪时,部队抽调战士到后勤部培训司机,他报名成了一名汽车司机助手。

学开车的劲头正浓时，上级来了命令，杨殿生所在连队要参加抗美援朝。

1951年初，杨殿生被部队分配到中国人民志愿军暂编汽车四十四团，给二连二排五班司机徐长斌当助手。

部队最初驻扎在铁岭北，徐长斌接手了一辆150式汽车。时间紧迫，大家迅速熟悉车辆，仅一周多的练习，杨殿生就随着部队来到鸭绿江边一个山沟里待命。

杨殿生回忆："即将赴朝，每辆汽车都装满了前方急需的作战物资。当时给我们每辆车都发一支长枪、一些子弹，由汽车司机助手保管使用，还要领取七天的食物、手电筒、急救包等。"

1951年2月6日，正是农历春节，16时许，杨殿生所在部队来到鸭绿江边，通过临时搭建的浮桥，紧张而迅速地进入了朝鲜战场。

汽车部队到达朝鲜时，天已经全黑了。杨殿生坐在汽车顶上，一眼望去，到处都是被炸毁的房屋，公路两侧布满了大大小小的炸弹坑，还有就是一座座被炸毁正冒着黑烟的断桥。

进入朝鲜，夜晚开车危险重重，不开车灯看不清道路，开着车灯又怕美机轰炸。徐长斌想出了一个办法，他把汽车停在路边，说："小杨，你坐在右侧汽车的'膀子'上，只开小灯，你看路况，或左或右听你指挥。"150式汽车左右两边都安装了大灯，杨殿生用双腿一夹，两脚蹬紧前保险杠，左手抓住机盖上的一个卡簧，两眼往前看，就这样指挥着车辆行进。

给三名司机当过助手

汽车司机助手的工作很杂：冬天时，在天亮前，汽车必须进入山沟隐蔽好，杨殿生要把水箱的水放掉，以免冻裂水箱。放完水后，怕水没放干净，他还得发动汽车一两分钟。等天黑了又要出车。天冷时，汽车里的机油都冻凝固了，必须熏烤，还得再加水，每一个步骤都要精细，否则零件坏了没地方修。

杨殿生先后给三名司机当过助手，其中一名司机叫杜森，哈尔滨人，他的汽车是苏式嘎斯 51 汽车。

有一天，他俩出发运送物资，刚走不远，杨殿生坐在车顶上，发现天上"唰唰"往下掉火星子，"这时汽车不能马上停，只能关了灯摸黑儿继续往前开。"

可是，车辆的前方刚好有一条水沟，路基下面，埋着一根直径 1.5 米左右的水泥管子，杜森摸黑儿前进，前方有往回返的车辆，空中有美机扫射，紧急情况下，他还没反应过来，车就翻了。坐在物资中间的杨殿生随着罐头箱子"噼里啪啦"地被压在水沟下面。

幸运的是，杨殿生没有掉到水里，脑袋撞到水沟边上，土是松软的，因此保住了性命。

等飞机走了，大家才把杨殿生救了出来。简单包扎了一下，赶紧送到了楠亭里的医院救治。经过三四天的治疗，杨殿生感觉好了点，他非常挂念连队的战友，于是瞒着医生，悄悄地搭乘兄弟连队的汽车，返回了连部服务站。

病好后坚持重返战场

入朝 4 个多月后，杨殿生得了一场重感冒，高烧不退，倒在了老百姓家中。经连队卫生员和医生诊断，他得的是斑疹伤寒病，不由分说地把他和行李一起带上，直奔伤病员收护大站，把他送上了回国的闷罐车。

当时的火车只有晚上才能启动，白天在山洞里隐蔽，经过两夜的行车，杨殿生才回到祖国。因为杨殿生坐了好几天的火车，又是晚上行车，到站了才知道被送往了黑龙江讷河。

在讷河治病期间，杨殿生得知前线战事紧张，非常心急，他特别挂念司机老杜、班长、排长和其他战友，主动报名再次入朝。他的申请很快就得到了批准。

再次入朝，杨殿生找到了原来的连队，这次排长直接分配给他一辆汽车，让他当司机。排长对他说："既然你病好后能主动报名返回战场，就说明你有不怕死的精神。我只要求你能把汽车开出去，装上物资往前送。你开得快或慢都行，暂时不给你定任务量，但你要按照运输量的目标努力。我相信，你为了战争胜利不怕死，什么样的奇迹都能创造。"

排长分配给杨殿生的汽车是已经牺牲的四班长的车——苏联产的嘎斯51汽车，还给他派了一名助手。就这样，杨殿生正式成为一名司机。

三个"万里号"荣誉称号

在执行任务中，杨殿生多次遇到美机空袭，好几次照明弹投放在正行驶的汽车上空，"唰"的一下，天空像是挂了七八个灯笼一样，亮如白昼。遇到这种情况，杨殿生就只能往前冲，好几次都死里逃生。

有一次，汽车行驶在朝鲜路上，遇到美机投放杀伤弹，把汽车的一个后胎炸漏了。幸好那次是杨殿生驾车从前线返回，刚好是空车，后胎是双胎，炸漏一个还可以行驶。

在朝鲜运输战线的三年里，杨殿生在美机的轰炸下完成了各种复杂的运输任务。他往前线阵地送过手榴弹、成箱的弹药、罐头、压缩饼干，在冬天还运送过猪肉冻块、棉军衣、军鞋；此外，还运送过全副武装的战士、祖国派送到朝鲜慰问志愿军的代表团，接送过志愿军和朝鲜人民军的伤病员，还往开城送过美国俘虏伤病员等。

三年里，杨殿生开的汽车没刮、没撞、没翻、没被美机炸垮，汽车没有太大的损伤，只留下一些大小不一的枪眼。

他所驾驶的汽车安全行驶三万多公里，每行驶一万公里就可以获得"万里号"的荣誉称号，并立三等功一次。杨殿生获得三次"万里号"的称号。

杨殿生非常自豪地说："获得一次'万里号'，就在汽车左门中间喷上一个五角星纪念，我的车上有三颗五角星。"

村里的公园以王福清名字命名

大魏家后石村位于大连市金州区的西部，邻近大海，翻过西边的山头，就能看到海岸线。这个平静的村庄是抗美援朝烈士王福清的家乡，村子的中央有一座公园，被命名为福清公园，公园入口不远处就是王福清烈士的雕像。

▲ 王福清烈士雕像

王福清烈士的雕像由汉白玉雕刻而成，烈士身穿棉军装，手把方向盘，目光坚定地望向前方。塑像的底座有近一人高，上面贴着黑色的花岗岩石板，前面是著名作家魏巍的题词："无私奉献的光荣战士王福清烈士纪念碑——一九八九年夏"，后面是烈士的生平。

后石村第一书记李文友告诉记者，每逢清明节，村里人都来这座雕像前祭扫，还有不少单位的党建活动安排在这里，王福清的光荣事迹感染了许多人。

王福清生于 1922 年，小学毕业后曾学习汽车修理技术，勤奋好学，乐于助人，经过努力，他当上了汽车司机。在那个年代，汽车司机是挺了不起的职业。

1950 年 10 月，王福清响应祖国号召，辞别妻女，自愿赴朝鲜参加抗美援朝战争的运输工作。

他所在的旅大汽车大队进驻灌水后，与沈阳的汽车支前大队一起被合编为战勤汽车团，以东北长白山命名，称为"白山汽车团"，隶属东北军区后勤部。

1950 年 12 月底，"白山汽车团"开赴朝鲜。1951 年 8 月，王福清参加中国人民志愿军，任汽车班班长。在战争中，他吃苦耐劳、机智果断，多次出生入死抢运弹药，多次忘我救护战友、保护汽车。他多拉快跑，所驾驶的汽车被誉为"夜夜飞"。

从 1951 年 1 月至 10 月，王福清安全行车 3.3 万公里，荣获特等功臣称号。他领导的汽车班，20 余辆汽车一个季度节约汽油 1 万余公斤。

1951 年 8 月 14 日，在执行任务中，王福清负伤被送入医院，还未痊愈就坚决要求出院。很快，他经医生的同意，带药返回前线。

1951 年 10 月 31 日晚间，王福清所在车队完成运输任务归途中，经朝鲜安州附近遇敌机轰炸，他置个人安危于不顾，迅速将十余台汽车隐蔽好，自己却来不及隐蔽，与助手毛振江同时牺牲，时年 29 岁。

如今，位于金州区向应街道关家村的金州区烈士陵园内，安葬着王福清烈士的忠骨。

2020 年 6 月 4 日上午，记者在金州区烈士陵园的东北角找到了王福清烈士之墓，碑上镌刻着烈士的生平及功绩。

王福清牺牲后，部队党委根据他的愿望，追认他为中国共产党正式党员。王福清的牺牲对他的妻女来说，是永远的伤痛。据王福清的外孙女贺星回忆，王福清的妻子后来只要听到飞机的声音，就会心悸。王福清牺牲时，女儿才 5 岁，后来支援"三线"，到甘肃兰州工作。她继承了父亲勇于拼搏、乐于奉献的精神，多次获得兰州市先进工作者的荣誉称号。

词条

汽车团

抗美援朝战争中，汽车团从后方向前线运送武器、弹药、粮秣及其他物资。

○ 1950年10月到1951年6月
每辆车每月平均完成 **1702** 吨公里

○ 1951年7月至12月
每辆车每月平均完成 **2896** 吨公里

○ 1952年
每辆车每月平均完成 **2966** 吨公里

○ 1953年1月至7月
每辆车每月平均完成 **3720** 吨公里

▲ 杨殿生接受记者采访

记者手记

　　89 岁的杨殿生精神矍铄，每天都要找老友下几局象棋。他常说，能活着回来就很幸运。1954 年春节前，部队批准杨殿生回家探亲，当兵八年了，第一次回家见到母亲，却没钱买礼物。母亲从柜子里拿出一个红包，里面有第四野战军颁发的"革命军人证书"和由中国人民志愿军司令部、政治部颁发的三次三等功的立功奖状——当时的立功奖状都邮寄给军人家属。母亲说，这是儿子最好的礼物，儿子能活着回来比什么都贵重。

海上运输

入朝时间 **1951 年 11 月**

参加人数 **旅大水产公司共抽调 45 艘渔船，330 名人员**

旅大渔民集结助力海战

渔船载运志愿军打通海上运输线

　　翻开一页页珍贵的档案资料，有的是简单的手写图纸，有的是铅笔写的思想汇报，还有盖着公章的重要文件。这些资料都在讲述着抗美援朝鲜为人知的故事——支前船队打造的海上钢铁运输线。

　　6 月 10 日，在大连市甘井子区大连湾的辽渔集团档案室里，记者看到了当年旅大水产公司（现辽渔集团）抗美援朝的英雄事迹。

渔民民兵进行海上军事训练

"抗美援朝战争爆发后，敌军情报机关多次向我国沿海地区派遣特务，妄图捕捉沿海渔民、搜集情报、破坏沿海军事设施。辽宁广大民兵积极行动，各地给渔民民兵配发了武器，组织他们进行海上军事训练。"辽宁社会科学院研究员卢骅是研究辽宁抗美援朝运动史的专家，他告诉记者："旅大水产公司的渔民们，直接参与了解放朝鲜西海域椴岛、大和岛、小和岛的战斗。"

解放椴岛、大和岛、小和岛的战斗，发生在停战谈判期间。

1951 年 7 月 10 日，朝鲜战争双方举行停战谈判。谈判中，敌军却以拥有海、空军优势为筹码，要求在军事分界线的划分上，朝方需以开城地区的土地为代价，换得他们从朝鲜西部海岛上撤军。这样的无理要求使得朝鲜停战谈判一度处于僵持状态。

朝鲜西部海域的大、小和岛及其周边的椴岛等岛屿，是敌军深入朝鲜西北部的一个重要前哨阵地。为配合停战谈判，中国人民志愿军总部命令第五十军对三八线以北西海岸敌人所占据的岛屿实施渡海作战，尽快收复这些岛屿，扫除敌人深入朝鲜西北部海域的情报基地，配合停战谈判。

330 人组编 4 个中队 14 个小分队

1951 年 10 月 16 日，旅大水产公司接到了当时旅大市政府关于征调渔船和船员赴抗美援朝前线支前作战的指示，主要任务是运送中国人民志愿军登陆作战、歼灭敌人、押运战俘。

在档案资料中，记者发现了当年船队的编制名单，旅大水产公司共抽调了 45 艘渔船（均为轻型木制机帆船），330 名船员、干部和勤杂人员，组编成 1 个大队，包括 4 个中队、14 个小分队。

队伍出发前，各级领导多次动员参战的船员们，鼓励他们勇敢参战，解决他们的后顾之忧。从记者翻阅到的许多铅笔写的思想汇报中可以看到，很多船员表示："害怕我就不来了。"

志愿军方面还制订了相关计划，对船员提出了一些要求，例如希望船工们"听从指挥，避免分散兵力、失去联系"，希望领航员"不要把我们领到浅滩、暗礁上去，在敌火力之下，沉着勇敢地把我们顺利而迅速地领到目的地去，并经常和船长取得密切联系"。

渔船载运志愿军解放椵岛

解放三八线以北朝鲜西海岸的战斗，首战是解放椵岛。

1951 年 10 月 22 日夜晚，参战的船队开赴长海县集结。10 月 28 日，船队前往安东浪头港集中整训。椵岛离陆地较近，海水较浅，因此参加战斗运输任务的船只到达长山岛后，留下了吃水较深的 20 艘大船，其余 25 艘小船抵达安东浪头港检修待命。

11 月 3 日，为麻痹椵岛的敌人，适合参战的 17 艘船到小溪岛附近待命。

11 月 5 日，解放椵岛的战斗打响，渔船载运着志愿军第一四八师指战员和武器弹药，向椵岛进发，并发起攻击。敌人以强大的火力向渔船发起阻击，企图阻止我军登陆。冒着敌人的炮火，渔船以最快的速度向岸边冲去，志愿军战士一边还击，一边登陆，迅速歼灭了岛上的敌人，很快就收复了椵岛。

战斗中，旅大水产公司共有 4 艘小船在登陆时被礁石碰伤，志愿军和民兵并无伤亡。战斗结束的第二天早晨，留在椵岛上用于运输的 84 号船遭到敌机空袭沉没，2 名船员受轻伤。

与空军联合解放大、小和岛

解放椴岛的战斗胜利，极大地鼓舞了参战人员的士气。然而，驻扎在离海岸十几公里远的大、小和岛上的敌人，依仗海军、空军优势，仍不断地向我国边境和朝鲜内地派遣特务，搞破坏活动。为了彻底清除志愿军侧后方的这股敌人，解放大、小和岛的任务迫在眉睫。

经过一番检修，渔船中适合参战的船只有41艘了。按照前线作战部队的要求，41艘船分为登陆船、炮兵火力船、救护船，组成一个火力队、两个突击队，进行了为期三天的航行和登陆作战演习。

为了保证渡海作战的胜利，志愿军还配备了迫击炮、加农榴弹炮、高射炮等重型武器，刚刚组建的中国人民志愿军空军也参加了协同作战。

11月28日，船队载运志愿军一四八师四四二团组成的登陆部队和武器弹药，向大、小和岛进发。11月30日傍晚6时30分，登陆部队向盘踞在朝鲜大、小和岛的守敌发起了进攻。晚上9时20分左右，志愿军在距离大和岛1000多米时，炮兵急袭岛上敌军。

与此同时，空军按照计划对大、小和岛实施精

词条

伤亡统计

战斗中旅大船员伤亡统计
（1951年12月5日）

船员失踪 **14** 人	重伤 **4** 人
阵亡 **1** 人	轻伤 **4** 人

战斗中旅大船只损伤统计
（1951年12月5日）

船只失踪 **2** 艘	重伤 **8** 艘
沉没 **10** 艘	轻伤 **11** 艘

确轰炸，并击落敌机 2 架、击伤敌机 3 架。

为了减轻部队的伤亡，尽快登陆，船员们不顾一切地往岸上冲，撞破了 4 艘大船、6 艘小船。晚上 10 时，志愿军的两个先锋连率先登上了小和岛，之后不久，志愿军登陆大和岛，后续部队迅速抢占滩头阵地。

在解放大、小和岛的战斗中，我军俘获敌人 208 名，击落敌机 4 架，击沉敌舰 1 艘，缴获了战防炮、无后坐力炮、迫击炮、轻机枪、重机枪、步枪等武器。

相关
链接

"海上先锋"锦旗赠给英雄民兵

在档案资料中，记者看到一份"五一年战勤功臣名表"，上面记录着特等功臣刘治先，一等功臣梁泽新等 4 人，二等功臣 10 人，三等功臣 27 人。

认真查看这份功臣表名单时，已在辽渔集团工作了半辈子的老干部处处长隋斌说："好多老同志，当年还只是普通的船员，后来都为公司作出了突出贡献。有的英雄事迹被列入《辽渔志》而彪炳史册，有的人就是我们身边最可亲可敬的老前辈。他们当年的英勇精神真是令我感动不已。"

渡海登陆作战中，民兵们与志愿军战士一起投入到战斗中，他们既是救护员，又是战斗员。在海面上，民兵们冒着枪林弹雨，救护落水的伤员；在岸边，民兵们护卫着桥板，保证志愿军顺利登陆。

151 号船在靠岸的时候，由于桥板太软，志愿军战士难以前行，中队长李全英奋不顾身跳入冬日冰冷的海水中，用自己的肩膀扛起桥板，咬紧牙关，为志愿军争取作战时间。151 号船的船员们主动救助别的船只，其他船的船员也纷纷帮助部队搬运物资、照顾伤员、救出落水人员、打捞牺牲人员遗体，充分发扬了积极互助的友爱精神。

　　老船长刘治先驾驶的 63 号船负责截击敌舰增援，战斗中，船中弹漏水，他沉着果断，一边指挥堵漏，一边喊："同志们，不要紧，只要我在，船保证没问题！"他对炮手说："沉着打，等我把船头对准敌舰，叫你们开炮再开炮。"船头摆正后，他大喊："开炮！"敌舰被击中，渐渐沉入大海。

　　炊事员宋全盛在船长患病不能出海的情况下，自告奋勇代替船长 4 次出击，击毙敌人 30 余名，俘虏敌人 10 余名。

　　12 月 2 日至 6 日，参战的渔船民兵凯旋。志愿军一四八师将一面"海上先锋"的锦旗赠给了参战的英雄民兵，以表彰他们在战斗中的功绩。

▲ 隋斌接受记者视频采访

记者
手记

　　辽渔集团老干部处处长隋斌在辽渔集团已经工作了大半辈子，他告诉记者，在海上运输队名单中有很多他熟悉的名字。比如，刘治先不仅是抗美援朝海上运输队的"特等功臣"，也是公司第一代劳动模范，他创造出"鱼群判断法"，为公司创产作出了可贵的贡献。当年参加过海上运输队的许多人，后来有的成为公司有名的船长，有的被评为劳动模范，有的走上了管理岗位。

铁道卫士

入朝时间　**1950 年 11 月**
参加数量　**15 万余人、上百台机车**

———

机车司机关云庆勇敢面对"血与火"的考验

三分钟危急关头拼死守护列车

　　有一个形象的比喻，后勤是战场上的血管，运输则被称为"战争的血液"，在抗美援朝战场上，运输与战斗几乎同等重要！

　　为了躲避敌人的轰炸破坏，保障部队的机动和作战物资的运输，1950年 11 月，中国人民志愿军铁道兵团与铁路职工志愿援朝总队相继入朝。他们肩负着祖国和人民的嘱托，怀着为正义而战的一腔热血，与敌人展开了一场场生死时速的较量。

———

新婚 7 天报名上前线

　　在关云庆的家里，摆放最多的是奖章、证书和许多老照片。从 1948 年进入沈阳铁路局苏家屯机务段，担任机车司炉、副司机等职，到 1950 年 12月参加抗美援朝，再到 1951 年 9 月回国，在朝鲜战场不足一年，关云庆就荣立特等功 1 次、集体小功 2 次，还获得朝鲜民主主义人民共和国颁发的国旗勋章和铁道部颁发的特等功奖章各 1 枚。

  跟记者聊起那段岁月，94 岁的关云庆难掩激动，他甚至没有忘记每一个细节。

  1950 年 12 月，苏家屯机务段动员机车乘务员入朝参战，当时第一批入朝机车乘务员名单里没有关云庆，"那时候有两个条件是不予批准的，独生子的不批准，刚刚结婚的不批准。"关云庆那时刚结婚 7 天，"我就找领导，说我志愿报名，我要第一批去！"

  据关云庆介绍，苏家屯机务段首批参加抗美援朝的，一共有 37 人，"每台机车组有 6 名乘务员、1 名勤务员。我被分配到 608 号机车组，担任副司机。"

很多人患上夜盲症

  谈到在朝鲜的生活，关云庆说只能用"苦"来形容，"因为入朝的通知非常急，都来不及换装，也没有领到足够给养，人就到了朝鲜战场。我们当时穿的都是机务段发的工作服，吃的也是临时发放的每人两袋炒面。虽然自己也准备了一点高粱米，可

词条

钢铁大动脉

铁路职工入朝人数约 **4** 万人

沈阳、吉林、锦州铁路管理局职工 占总人数的 **30%** 以上

三年中平均每天出动 **100** 节车皮

铁路通车里程 由入朝初期的 **107** 公里 延长到 **1391** 公里

新建铁路 **212** 公里

修复铁路 **784** 公里

是入朝后不久就吃完了，只剩下一点炒面节省着充饥。"

1951 年 2 月 5 日，是农历除夕，"当时，我们一共有 4 台机车分别在龙兴里的山洞里躲避。敌机在上空不断扫射，投定时炸弹。山洞里又冷又潮，蒸汽机车冒出的黑烟和蒸汽呛得人喘不上来气，根本睡不着觉。"关云庆回忆说。

因为睡不好，吃不好，很多人营养不良，患上了夜盲症。关云庆说："夏天更难受，为防止敌机轰炸，夜间行车机车都要挂上防控帘，因为没衣服可换，我们夏天还穿着冬天的棉衣棉裤，在火车上就像在蒸笼里干活。白天黑夜总是这一身军装，又没地方洗澡，身上爬满了虱子。"

尽管在这样的艰苦条件下，关云庆告诉记者，所有人都没有任何怨言，"我们有责任和使命，必须完成！"

守护住这条铁路线

1951 年 1 月 16 日夜晚，关云庆所在的 608 号机车组负责牵引一列军火送往前线，"在过清川江桥时，临时搭建的桥不稳定，机车拉不上去，我们就被敌机发现了。"关云庆说，当时他们好不容易才将列车开进了价川山洞，但因为敌机向山洞的另一头扫射车尾，击中了最后一节罐车，弹药开始在车厢里爆炸。

"当时特别危险，如果军火被引爆，山洞也会被炸毁，这条铁路线也会瘫痪。"关云庆当时根本来不及考虑自己的安危，"我立即让司炉开风泵烧汽，准备甩车，我往车尾跑，去提车钩。"

负责守护山洞的朝鲜同志已经先他一步提开了车钩，关云庆不放心，又把前辆车车钩提开了，确认后，才拼命跑回机车。上车后，他操作机车，利用惯性，将那节罐车推向山下，"整个过程不到 3 分钟。"

拼死守护列车这件事，让关云庆和另一位同志获得了中长铁路管理局东北铁路抗美援朝第二大队给予的特等功 1 次，朝鲜民主主义人民共和国颁发二级国旗勋章 1 枚，铁道部颁发的特等功奖章 1 枚。

"在朝鲜战场，我和我的战友都充满战斗热情，不怕吃苦受累，也不怕牺牲。虽然上不了战斗前线，但我们要坚定地守护住这条铁路线！最终我们完成了任务！"如今，对记者讲起这些，他仍然很自豪。

相关
链接

关大局：跟着部队修铁路架桥

在抗美援朝战争时期，铁道兵各师也曾有许多女兵跟随部队赴朝参战。关大局就是其中之一。

19 岁时，关大局以一名铁道兵卫生员的身份入朝，在朝鲜战斗了近两年，"那是我人生中最珍贵的一段回忆，现在想起来都历历在目。"在采访中，关大局这样对记者说。1948 年，16 岁的关大局正式入伍，成为铁道部卫生技术学校一名护士学员。半年后，关大局被分配到铁道兵团第三师医院，"我们是 1951 年 3 月入朝的，当时刚在宝鸡开完动员大会，我们就坐上火车了。"关大局告诉记者，"有三列车厢坐的都是女兵。"

　　她还记得她们到朝鲜的第一个晚上，住在山洞里，第一顿饭是用雪水煮出来的一大锅白米饭，"尽管没有菜，但当时大家吃得很香。第二天，我们在山洞里还没出发，就遇上敌机扫射。司务长在下去给大家取水喝时被敌人打中了腿，我们把他抬上火车，不久，他就牺牲了。"关大局说，周围没有村庄，没办法处理尸体，他们就用布把司务长的尸体包起来，放进了路边一个涵洞里，"我们还为他立了一个木牌，写上了他的名字。"

　　这是关大局在朝鲜第一次面对的牺牲。

　　"到了朝鲜战场，我就被编入护士排，跟随部队修铁路、架桥。"关大局描述了她们当时的装束与工作内容：每个卫生员都背着一个绿色的小包，里面装着饼干、一个炒面袋、一把军用铁锹，两人一个急救箱。"有时候我们也要跟着部队挖战壕，挖防空洞，上山伐木砍树。那时候，我还扛过木头，从山上拖到山下，当时也不知道怎么有那么大劲。"敌人轰炸频繁，行军十分困难，"有时候要在路上走一个多星期，才能到达目的地。只要飞机一来，我们就要赶紧准备担架、药品。"关大局告诉记者，很多物资都被敌机炸毁，"我们的物资十分匮乏。我记得1951年5月份的时候，我们还穿着棉衣棉裤。物资运来了，大家都要去车站'抢粮'，因为怕敌机炸。当时男同志把裤子口扎上装粮，女同志就用枕头套。"

　　朝鲜战场上，最让关大局难过的是因为药物缺乏，很多战士就牺牲在她面前。"铁道兵部队每天都在紧急抢修被敌机炸断的大桥和铁路，很多伤员都是因飞机轰炸受的伤，不是炸断了胳膊就是炸断了腿，还有被燃烧弹烧的。"说到这里，年近九旬的关大局还是忍不住流下眼泪，"现在想起这些，我心里还是很难过。"

　　后来，关大局当上了护理组长，"我们负责护理伤员，最多时要同时护理40多名伤员。伤员都住在朝鲜老乡家里，我们晚上就提着小马灯，到处找病人。"关大局说，"因为当时静脉注射都需要从腿上打，我们还要负责给伤员按摩、热敷。"

　　1952年，因为在朝鲜战场表现出色，关大局获得了个人三等功，"那时候天天跟着部队走。有人回国，我让他们帮我带的东西都是地图和字典，我就想知道自己在哪儿！"

　　1953年11月，关大局从朝鲜战场回到祖国。

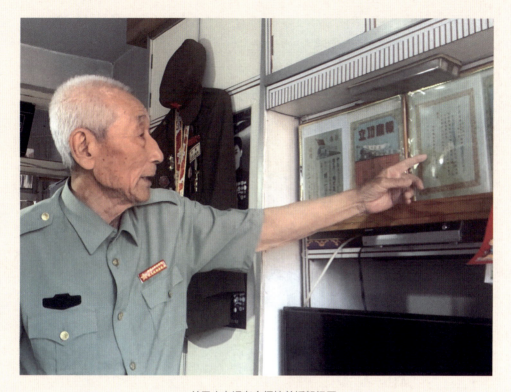

▲ 关云庆向记者介绍抗美援朝经历

记者手记

　　在关云庆家里，摆放最多的是奖状和证书，都是他在抗美援朝战场上的功绩。作为"钢铁大动脉"上的一员，铁路工人对抗美援朝的贡献不言而喻。他们开着列车驰骋在战场上，机智勇敢，不怕牺牲，用鲜血和生命保护着这条钢铁大动脉，让前线战士能够安心战斗。关云庆和关大局都说自己做得不多，战友们做得多，那些牺牲在前线的战友，才最值得被书写。他们的名字都值得被永远镌刻在英雄的丰碑上。

电力输送

架设时间　**1950 年 11 月**
线路名称　**新架设全长 16.6 公里 66 千伏的义东线**

七天七夜架成输电线路

安东"铁塔雄鹰"护卫电力生命线

"面对敌机不断低空扫射，我父亲苏发成和他的工友们不但没有中断和停止高空线路作业，而且背着 50 多公斤重的线缆等抢修器材，冒着凛冽的寒风，登上距江面近 40 米高的电杆、铁塔，在汹涌的江水上、在大桥上燃烧的枕木旁，持续开展抢修作业，进行了一场七昼夜的拉锯战。"2020 年 6 月 2 日，75 岁的苏宝山这样告诉记者，这些曾是父亲向他讲述过的抗美援朝战争时期电力抢修的情景。

1950 年 11 月 8 日到 15 日，15 日到 22 日，冒着敌机的不断轰炸、扫射，仅用了两个"七天七夜"，安东电力工人们抢修新六线、架设义东线，确保了志愿军指挥部、后勤部、军用机场、医院、兵工厂等重要机关和基地军需、民用的电力保障，创造了东北电力建设史上的奇迹。

在敌机轰炸下抢修新六线

抗美援朝战争时，苏宝山只有五六岁，但其中一些记忆还留存在他的脑海里，比如家里曾经住过志愿军。家不远就是一个高射炮阵地，自己还经常跑去玩。令他印象最深的就是那时经常找不到父亲的人影，他说："当时因为敌机轰炸，市内的工厂搬迁，老百姓也陆续疏散了，奶奶去找爸爸，可是为了执行抢修任务，他根本没有时间回家。"

1950 年 11 月 8 日 8 时许，敌军机群轮番轰炸朝鲜新义州，有多架 B-29 型轰炸机轰炸扫射鸭绿江桥，投掷了大量炸弹，安东至新义州的铁路公路两用桥被炸断，朝方一侧 8 孔桥梁落入江中；铁路桥被炸受损，朝方一侧一段钢轨被炸坏，枕木和桥板燃起大火。

此间，朝鲜新义州至安东六道沟的 66 千伏送电线路被炸毁。这条新六线是当时安东市区唯一一条电力输入通道，安东瞬间失去电力供应。

"敌机轰炸时，我父亲正在别的地方修线路，听到炸弹爆炸，炮声响起，他知道出事了，迅速赶回电业局。"此时，赴前方排查抢修的车辆刚要发动，东北电业局组成近 60 人的抢修队，赶赴江桥及新义州地区，与朝鲜 22 名抢修队员会合进行抢修。

到了现场，大家看到，桥上的电杆被炸得东倒西歪，整条电力线路都塌了下来，江桥的部分桥板已被炸飞。

苏发成和抢修队员们背着上百斤的工具和维修器材，硬是沿着悬空的钢轨爬了过去。电杆约 8 米高，杆顶距江面三四十米，迎着呼啸的北风，人在杆上作业直摇晃，一不小心就会掉进江里。

在抢修的过程中，敌机反复来轰炸扫射，炸弹炸到水里，江水溅到塔架上立即冻上了冰，维修人员每往上爬一步，都得先把冰敲碎……

"当时抢修过程中，最惊心动魄的一刻就是在位于朝鲜新义州一侧桥头附近的 2 号塔上搭线作业。"2 号电力塔高 40 米，是当时维修过程中最重要的点位，这里的

词条

义东线

安东出动 **200** 余辆马车、牛车

40 多辆汽车 / **500** 名民工运输架设物资

沈阳、鞍山、抚顺、营口
等各地电力部门派遣技术人员 **70** 余名

7 天时间完成架设任务

施工完成时间提前 **20** 小时

送电时间提前 **1** 小时 **10** 分钟

线路接通后，安东市内的电力供应就能马上恢复了。

敌人的轰炸机反复轰炸了几回。趁着敌机飞远后，苏发成等人迅速登上塔顶，进行高空作业，可是没过多久，敌人的侦察机又折返回来。

就在这个紧要关头，防空警报响起来了，苏发成看到线路马上要接通了，就向下面队友喊："我现在不能下去，只剩 3 米就能接上了，我在上面继续干完，你们赶紧隐蔽。"紧急中，冒着敌机的疯狂轰炸扫射，苏发成在工友尹勤华等人的配合下，靠着腰绳的拉力，两脚死死蹬住铁塔，用肩膀扛起瓷瓶串，用力拖拽，终于挂到了 2 号塔上。

不知不觉，抢修队员已经奋战了 16 个小时，终于在第二天早上 5 时前，修复了 2000 多米的输电线路，实现送电的目标。

苏宝山说，他曾问过父亲，当时站在塔上是怎么想的，"我父亲说，他当时根本来不及多想，只知道如果不马上把送电线路接通，之前的作业就前功尽弃了，而我军的作战指挥部、高射炮部队、后方医院等都急需电力的恢复。"

七天七夜里，新六线的高压线路曾多次被美军炸断。冒着敌机的轰炸，苏发成冲在抢修最前线，紧张而又劳累的作业使他体力不支、呕吐不止，可他凭着顽强的毅力坚持下来。四天四夜的抢修，苏发成仅睡了 8 小时。屡次历经惊险抢修过程的他，后来被人们誉为"铁塔雄鹰"。

▲ 苏发成的儿子苏宝山接受记者采访

记者手记

　　抗美援朝期间，苏宝山还是个淘气的孩子，他现在还清晰地记得，当时家里曾住过志愿军战士，家对面是一个高射炮阵地。住在电业局家属院里，他看得最多的就是电业局的叔叔大伯去抢修电力设施。1974 年，从部队转业参加工作时，苏宝山也进入了电力系统。对于他来说，和父亲在一个系统工作特别有压力。到退休时，苏宝山在电力系统 30 多个岗位工作过，他一直以父亲为标杆，尽职尽责。

开辟送电新线路

电力，是战争胜利的重要保证。尽管敌人炸坏了送电线路后我方能迅速修复，但这毕竟不是保持平稳持续送电的办法。敌人只要来轰炸鸭绿江大桥，从桥上经过的送电线路就会被炸坏。只有选择一个安全的地方，开辟一条新的送电线路，才能保证长期安全送电。为了从根本上解决这个问题，上级研究决定，抢建由朝鲜义州到安东东坎子变电所全长 16.6 公里、66 千伏的一条输送电线路——义东线。

1950 年 11 月 15 日 18 时，义东线抢建大军出发了。

为了保证电业工人按时完成任务，安东市政府动员了市、县 200 余辆马车、牛车，40 多辆汽车和 500 名民工给予支援，运送大批的电线杆等架设物资，配合电业工人架线。沈阳、抚顺、鞍山、营口等各市电力部门 70 多名技术人员也赶到安东支援。

为了抢进度，工程采用边测量边施工的方法。白天施工需避开敌机空袭，晚上施工不能使用任何照明设备，只能在黑暗中摸索着干。

苏发成带着 4 名电工和 8 名民工，接受了九连城一段线路的架设任务。他们 12 个人需要挖出 14 个坑，竖起 14 根电杆，架起 11 根电线，打下 10 根拉线。在平常的日子里，他们十几个人需要一个月才能完成这些工作量。苏发成带着全班工友起早贪黑地干。敌机不断来侦察扫射，但他们仍照常坚持工作。苦干加巧干为苏发成与工友们赢得了时间。在义东线建设大军中 20 多个班里，他们提前一天，率先完成了任务。随后，他们又帮助其他班组架设了 4 对杆子、12 根支线。

11 月 22 日，义东线架设完毕，并正式送电，施工完成时间提前 20 小时，送电时间提前 1 小时 10 分钟。

义东线的胜利竣工，有力地保证了安东地区的军需以及长时间为地方安全送电，为支援抗美援朝战争立了大功。自此，横跨鸭绿江大桥的新六线被废弃，安东再也未因美机轰炸而影响送电。

70 年过去了，中国电业工人立下的卓越功勋永载史册。

相关
链接

26 名青年重走义东线

对于架设义东线，2020 年 6 月 15 日，在接受记者采访时，国网辽宁省电力有限公司丹东供电公司党委书记、副总经理韦中华这样评价："七天七夜架设一条输电线路，这一壮举创造了东北电力建设史上的奇迹。"

苏发成、贺更新、尹勤华、康庆保、吕其章、王宝安、孟传仁、金景石……这些抢修模范是众多抢修工人的缩影，从他们身上，可以探寻到中国电业工人的奉献与拼搏。

▼ 重走义东线，在东坎子 66 千伏变电站，回顾当年抢建义东线惊心动魄的过程

70 年来，这种奉献的精神，一直在丹东电力人的身上传承着。

"党的好女儿"周琴，以她为原型的情景互动式党课《我愿再做一次党的女儿》，巡讲 40 余场，累计听课党员 2 万余人。

"电网工匠"陈润晶，38 个国家专利授权、102 项创新成果的创造者……

历数这些，韦中华说，正是不怕牺牲、攻坚克难、忠于职守、甘于奉献的义东精神的鞭策，数十年来，丹东电网涌现了一批又一批杰出代表。

为了让电网青年人切身体会七天七夜建成义东线的壮举，2020 年 4 月 29 日，国网丹东供电公司团委组织 26 名青年代表再巡义东线。

"当天早上，大家前往东坎子 66 千伏变电站，回顾当年抢建义东线惊心动魄的过程时，都非常激动。"国网丹东供电公司团委书记丁羽冉告诉记者，由于再巡义东线活动的前一天刚刚下过雨，泥泞的山路让青年人更深刻体会到当年架线多么不容易。

当天下午，青年员工们回到公司后，开垦了"义东青年林"，种下了一排紫杉树。紫杉树象征着生命不息，精神不死，这与义东精神相吻合，一代代青年人要把义东精神传承下去。小树虽然长在地里，但是义东精神扎根在几千名员工的心里。

医护人员

入朝时间　**1951 年末**
医务人员　**东北地区战勤医院**
人员数量　**6359 人**

全力以赴抢救战士生命

战地医生防空洞里自建手术室

　　在抗美援朝战场上，有这样一群人，他们虽然不像战士那样与敌人刀枪相对，但他们却像战士那样守护着英雄们的生命，救治那些战场上受了伤甚至生命垂危的将士。

　　21 岁从医科大学毕业就入朝的实习军医徐福绵、经历多次战地护理的护士刘克……在战地，他们克服困难，全力救治受伤的将士，一次次将英雄们的生命从死亡的边缘拉回来，用行动践行着医者使命。

去前线路上入了党

在去往朝鲜的行军途中,他光荣地加入了中国共产党;从新义州到前线,他艰难跋涉了两个月;自己设计并指挥工兵,一个月组建成地下手术室……91岁的徐福绵,回忆70年前那段战火硝烟中的战斗历程,依然充满激情。

徐福绵从中国医科大学毕业后,被分配到东北军区第七陆军医院,任实习军医。1951年1月,第七陆军医院接到命令,全员开赴朝鲜,参加抗美援朝战争。他随部队来到安东市,接着,又乘坐专列进入朝鲜新义州。

为了尽快赶往前线,医院院长动员大家轻装前进。由于没有防空经验,在行进过程中,他们频频遭遇美机的扫射和轰炸。躲在壕沟里,徐福绵多次与子弹擦肩而过,感觉到危险后,他跑到山上隐蔽起来。轰炸结束后,他才发现自己躲避的壕沟到处都是弹坑,很庆幸自己能躲过一劫。可是轰炸时,有一辆马车的马受了惊,拉着车就往相反的方向跑,车上全是医疗器械,队长派徐福绵前去追赶,他临危不惧,完成了这项任务。

在去前线途中,有一次,徐福绵带着急救包赶往敌机轰炸现场,发现男护士张学政受重伤,他立即实施抢救手术,精心看护了一天,张学政才脱离了生命危险。

在行军途中,徐福绵不畏艰险,英勇救人,表现突出,立小功一次。1951年4月10日,他正式加入了中国共产党。

就地取材创造条件进行手术

部队终于到达了前线指定地点——德洞,德洞位于三八线附近。

徐福绵还记得,大家刚刚落脚,后勤部的汽车就运来了药品和物资,大家紧急卸车往山洞里搬运。就在这时,美军飞机又来轰炸,大家赶紧进入山洞躲避。等飞机走了，出来一看，他眼前的村庄到处是断壁残垣。

志愿军后勤部命令在这里成立二十九兵站医院，徐福绵任手术组组长。时间紧迫，当晚就得接收伤员。徐福绵却犯了愁：没有房子，手术在哪儿进行？怎么安置伤员？

仅剩的一处房子被医疗队收拾成了临时手术室。他就地想办法，把门板拆了下来，用箱子垫起来就是手术台；上面点汽油灯，充当照明灯；护士们用白布蒙上墙，防止灰尘掉落，保证手术室的卫生。

问题重重，消毒成了又一个难题。徐福绵发现朝鲜人蒸食物用的大锅、大盆适合用来消毒。大锅是平底儿的，大盆有点儿类似蒸屉，底下带眼儿。他给记者讲解细节："把手术包往大盆里一放，往锅里加水，底下烧火，通过蒸汽消毒，一般蒸两个小时，手术包就算无菌了。"

就是在这些临时搭建的手术室里，医疗小组收治第四、五次战役中的伤员。白天，医疗队员在山上防空洞里躲飞机，天一黑，就赶紧下来，洗手消毒，在手术室里等着伤员，做手术。

一个月修建十字形地下手术室

当记者问起一晚上做多少个手术时，徐福绵说："有的大手术一个就得三四个小时，没有大手术的日子，一晚上最少也得做五六个小时的手术。"

徐福绵是手术组的组长，伤员来了之后，外面的医生和护士先包扎处理，只有重伤员才需要徐福绵进行手术。这些重伤员基本上都是四肢、胸腹部等大面积的炸伤，往往失血过多，需要输血后才能手术。

为了救治伤员，医疗队常常动员战士们献血，徐福绵自己也多次献血。他们把这些经抢救脱离生命危险的重伤员，先通过汽车，再用火车转运，移送回国内养伤。徐福绵说："当时往前线运送物资、弹药的汽车司机，必须到战地医院来接伤员。"

词条

卫生保障

到第五次战役结束时
志愿军后勤卫生保障部队已有 **2** 个伤病员分配处
134 所医院 | **13.93** 万张床位

前方兵站医院
39 个 | **2.97** 万张床位

东北军区陆军医院、疗养院
34 个 | **7.14** 万张床位

东北后方战勤医院
61 个 | **3.82** 万张床位

第五次战役结束后，医疗队随部队来到另一个阵地，挖防空洞，建成了十五大站医院，分内科、外科。

为了更好地进行手术，徐福绵还自己设计并指挥工兵修建了一个地下手术室。这个地下手术室是十字形的，4 个房间，中间有个大厅，特制了自来水箱，类似现代的洗手设备，方便手术使用。工兵不分昼夜地施工，仅用了一个月，地下手术室就建成了。

提起这个自创的地下手术室，徐福绵特别自豪："这个手术室是我的骄傲，志愿军后勤部领导曾去参观过，提出表扬。"

在抗美援朝战场上，徐福绵抢救过许多危重伤员，他的高超医术赢得了战友们的信任。

回忆中，他记得更多的是战场上战友们惨烈的牺牲、长途跋涉的艰辛、成功救活伤员的喜悦。他也得到"最大的收获"，就是加入了中国共产党。成为一名党员后，徐福绵下定决心，好好为人民服务。在此后漫长的从医生涯中，徐福绵一直特别勤勉，极少回家休息，高超的医术救活了无数病患，令人钦佩。

相关链接

刘克：背着伤员下阵地

2020 年 6 月 1 日，在省档案馆工作人员的引领下，记者来到了位于沈阳市苏家屯区的刘克的家。96 岁高龄的刘克老人思维清晰，热情好客，慈祥地拉着大家的手，问着工作和生活等情况。虽然腿脚不便，但她的谈吐间仍充满着对生活的热爱。

▼ 黄草岭战役一个一个背伤员

刘克出生于父母闯关东途中，后来一家人在沈阳市苏家屯定居下来。

1945 年 8 月，日本投降后，八路军进驻苏家屯。当时，有几名八路军女兵住在了刘克家，那是年仅 21 岁的刘克第一次接触革命队伍。当部队要撤走时，她坚决要跟着部队走，自此走上革命的道路。

1946 年 1 月，在行军途中，刘克加入了中国共产党。后来，刘克被分配到辽东军分区卫生学校学习，

▲ 刘克

毕业后成为辽东军分区一所的护士。1948 年初，刘克被调到四十二军野战医院当护士，先后在辽沈战役、平津战役中承担战地救护工作。

辽沈战役结束后，刘克与战友佟玉（时任第四十二军一二四师作战科科长）结婚了。婚礼仪式还没结束，就接到命令要参加平津战役。

1950 年 10 月，身为野战医院护士，刘克随第四十二军一二四师从河南来到吉林辑安集结，然后入朝参战。入朝不久，刘克所在的部队就参加了黄草岭战役。

战斗极其残酷。在阻击阵地上，志愿军没有任何防空设施，敌机肆无忌惮地向阵地扫射轰炸，巨大的爆炸声整日不断，灼热的弹片在令人窒息的烟尘中发出尖厉的叫声。敌机还投下凝固汽油弹，志愿军伤亡较大，刘克的任务就是救护伤员。

刘克说："战地抢救工作不分昼夜，我们有时几天无法合眼，经常在运转伤员途中睡着。"当时最困难的是担架不够用，像刘克这样的女兵必须从阵地上往下背伤员。女兵力气小，背伤员非常吃力，从阵地到包扎所大约 1 公里山路，"常常背不动，但背不动也得背，能多救一个就多救一个。"刘克说。用尽力量，冒着炮火，一个一个地背伤员，刘克一天要往返许多趟。她心中只有一个目标，那就是让受伤的战友尽快得到治疗，保住生命。

▼ 大部分战士手脚被冻伤

敌机狂轰滥炸，但志愿军仍一路奋进，进行艰苦卓绝的战斗，夺取了一个又一个阵地。战场上的困难不只是敌军轰炸造成的伤亡，更多的困难是饥饿、寒冷、弹药物资匮乏所造成的。

刘克向记者解释，从团部到各个阻击高地，所有的通道均被敌人密集的炮火严密封锁，我方物资常常无法运送到阵地，这就造成了许多战士缺衣少食，抵抗力下降，时常生病。有的战士在长途奔袭中，棉衣早已破烂，无法抵御严寒。

朝鲜的冬天非常寒冷，大部分战士的手脚都出现了冻伤，但因物资匮乏，无法得到医治。战士们想尽了各种办法，把被子撕了包扎手脚，互相依偎取暖，抗过了一个又一个寒冷的冬日。

刘克说："我和爱人佟玉一同入朝，他当时是一二四师三七一团副团长。我们虽然在一个师，却难得见上一面。"1951 年 4 月 5 日是刘克最难忘的日子，救护队经过三七一团，队长批准刘克去看望爱人，可是佟玉正要出发执行战斗任务。参谋长王凤来执意让佟玉留下，自己带领部队出发执行任务。第二天，刘克听说王凤来在朝鲜江原道伊川郡战斗中牺牲了……

▲ 刘克接受记者采访

记者手记

　　听说记者要来采访，刘克老人早早就在院子里等候。在一个多小时的采访中，老人虽然行动不便，脸上的笑容却从没消失过。很难想象，如此乐观开朗的刘克老人经历过战争与生活的磨难。1964年10月，她与丈夫转业到了沈阳。1965年4月8日，丈夫因突发脑出血去世，留下了她和三个年幼的孩子。刘克悲痛欲绝，却用柔弱的肩膀挑起了养家的重任，成为家里的顶梁柱。

机要员

入朝时间　**1950 年 10 月**
所用工具　**电台、密码本**

————

走近战场上的"幕后英雄"

山高林密处搭建工作场地

在抗美援朝战场上，不仅有战斗在前线英勇杀敌的志愿军战士，还有许多做着特殊工作的"幕后英雄"，比如翻译、机要员、阵地观察员、战地汇款员等。他们中有许多人或许并没有直接面对敌人，但他们却是这场战争胜利不可或缺的力量。

————

随身携带密码本

辽宁省档案馆原馆长孙景悦已年逾九旬，作为当年赴朝参战志愿军战士中的一员，留在他记忆中

的战斗场面并不多。当年的他，是一名机要员。孙景悦告诉记者，他现在能记住的，更多的是幽深的山洞、朝鲜老乡的房子，还有发报机永不停歇的嘀嘀声……

孙景悦是东北机要干部学校第三期学员。1948年春，孙景悦成了东北野战军机要处的一名机要员。

"1950年7月下旬，我和四野机要处的几名同志奉调随军北上，在沈阳组成了东北边防军机要科。"孙景悦说，10月中旬，到达安东后，他和另两名同志就被调到新组建的志愿军后勤一分部，与其他人员一起转往通化待命。

"接到赴朝命令时我们还在通化山区，刚刚接收了从东北军区机要干部学校毕业的8名同志及几名通信员，共同组建了后勤一分部机要科，我担任译电组组长。"孙景悦说。

接到命令后，孙景悦换上了服装，带上密码本，随入朝大部队赶赴辑安准备渡江，"我们是在一个有月光的夜晚渡过鸭绿江的，第二天早上到达朝鲜疆界。"当满目疮痍的朝鲜土地出现在孙景悦眼前时，他被刺痛了，"我当时就有一种使命感，一定要把敌人从这里赶出去！"

部队的机要工作主要以通信、情报搜集为主，机要科的安全十分重要。

"在朝鲜战场，因为工作的特殊性，领导总是把机要科驻地安排在身边。住山洞时，首长们在外层办公，我们就在洞里深处工作，住民房时我们也被安排到距离较近且易于隐蔽的地方。"孙景悦说，当时敌机常低空飞行，发现目标就轰炸扫射，"后来次数多了，我们一听声音就能分辨出来敌机是来轰炸的还是路过。"

孙景悦和同志们还给敌机分别起了名字："我们当时最痛恨的就是两种美军战斗机，一种叫'黑寡妇'，另一种叫'油挑子'。"

那时，孙景悦常常随身携带着一个密码本，上面写满了数字，每组数字都代表一个汉字。"上面大概有1万多个汉字，我大概都能记住，工作时基本不用翻本子。不过为了安全，我们的密码也是需要常常更换的。"孙景悦说。

第三次战役打响之后，机要科的工作变得更忙碌了。当时部队越过了三八线，运输供应线变长，各方面的来往电报一下子变多了。前线各军要求物资供给的急电，

志司（志愿军司令部）、志后（志愿军后方勤务司令部）关于粮食、弹药、被服等调拨的催运令，分部关于各类物资运送情况的报告，以及对各兵站、汽车团、野战医院和工兵、防空兵、民工担架工作部署情况等大量往来电报，都要求孙景悦这些机要员随到随译，保证译发电文及时送出。

昼夜不停译发电文

对孙景悦来说，第四次战役期间是他最累也最心酸的一段时间。

回首那段经历，他痛心地告诉记者："当时第三十八军、三十九军、五十军都打到了汉城以南，后勤补给跟不上。第三十八军当时从汉江南岸连发急电报告，因为缺少粮食和弹药，战士们都在用刺刀和石头与敌人拼杀，不少战士甚至饿晕在阵地上。"

词条

卫生保障

我军第一个探照灯团 **121** 团 **1950** 年组建

1951 年 又先后组建 **5** 个探照灯团

从1951年12月起先后有 **1** 个团 **5** 个营 **2** 个连赴朝参战

第一批入朝作战的
探照灯第一〇一团一营、二营
在5个多月的作战过程中先后配合空军、高射炮兵

击落敌机 **9** 架 / 击伤敌机 **12** 架

前线战情通告、物资分配、紧急运送任务电令等各类加急、特急电报日夜不断，机要处需要昼夜不停地译发电文，送阅首长或交电台发出。

当时因为电台都是手摇马达发动，受功率、距离、地形和敌机干扰等影响，所收电码往往错误较多，增加了译电的难度。

孙景悦告诉记者，"我所在的科译电员都是新手，参加工作不久，业务不够熟练。作为译电组组长，我除了必须参加急电译发工作，还要负责对每份译出的电文进行校对

改错，以确保其准确无误。"在那段紧张的日子里，他和机要处的同志们几乎没有休息的时间，"困了就在译电桌上睡，最多一次连续六七天都没睡多少觉"。

山洞里待了两个多月

三登石门里矿洞从洞口到深处有近百米，孙景悦所在的机要科在矿洞的最深处。

回忆起那时的工作，孙景悦这样向记者描述："我们用树干和雨布搭起工作场地，下有流水上有滴水，大家工作、吃饭、睡觉都在里面，分不出白天黑夜。脸被烛烟熏黑了也顾不上洗，身上长虱子也顾不得挠，大家很少去洞口见见阳光、呼吸新鲜空气。"

由山洞迁出转住民房后，机要科工作人员也都是白天进到山高林密沟深的隐蔽处，用树枝搭棚子，用炮弹箱当桌子工作，晚上回到屋里，还要把门窗挡严以防烛光外露。

"十多个人挤在一铺炕上，轮换着工作和睡觉。"孙景悦说，他们经常在桌子旁刚睡一会儿，就被唤起处理工作。

1952 年初，孙景悦因疲劳过度病倒了，被送到江东以南志愿军笏洞干休所医治。治疗一个多月后，被诊断为肺结核，又被送回北京治病。在朝鲜战场战斗了近 3 年，孙景悦回到了祖国。

"虽然抗美援朝战争已经过去 70 年，但我希望每个人都不要忘记那段历史，它不仅让我们铭记一种精神，而且让我们更深地懂得，只有我们自己变得强大了，才不会吃亏！所以我们每个人都要更努力地工作，让祖国变得更强大，才不辜负在战场上牺牲的那些英烈！"孙景悦说。

▲ 孙景悦接受记者采访

记者手记　　在抗美援朝战场上，有很多特殊的兵种并不为我们所熟悉，但他们的贡献同样不可忽略。孙景悦对记者说，在他的身边还有很多像他一样的志愿军战士，虽然没有战斗在第一线，但他们也是一群舍生忘死的战士，也一样应该被铭记在史册。采访中，几位老人数度哽咽，70年过去了，他们仍然记得战场上发生的一切。而对于我们来说，将这些珍贵的记忆逐一记录下来，也是一件非常有意义的事情。

相关链接

朝鲜战场上那些特殊的"兵"

▼ 观察员黄玉普：练就"火眼金睛"

92岁的黄玉普最珍惜的是在战场上获得的那些大大小小的奖章。

这位曾参加过解放战争、抗美援朝战争的老战士告诉记者，对他来说，这些荣誉和生命一样宝贵，因为它们真切地记录着那段难以忘怀的峥嵘岁月！

1950年10月，刚刚参加完解放云南战役，黄玉普就成为中国人民志愿军的一员，"我当时是在第三十八军一一四师三四一团团部指挥所担任阵地观察员。"黄玉普说，当时他的主要任务就是负责侦察敌军的坦克和汽车动向。

阵地观察员不仅要眼神好，而且要反应机敏，能够随机应变。

有一次，天刚亮，正在潜伏观察的黄玉普忽然发现有20多辆敌军坦克正向阵地开来，"我马上向领导汇报了情况。"黄玉普说，自己当时拿着望远镜看见战友英勇战斗，击退敌人最终保住阵地，心里激动万分。

在14个月的时间里，黄玉普身背6公斤重的无线电话机，不怕危险，哪里需要就去哪里侦察。部队根据他提供的情报，及时作出战斗部署，打了许多大胜仗。

因为勇敢机智，时任第三十八军一一四师师长的宋文洪十分器重黄玉普，"有一次，宋师长让我找连长研究作战计划，当时下着大雪，师长就把战靴脱下来让我穿。他还教我如何跟敌人拼刺刀。"黄玉普回忆道。

在第四次战役中，黄玉普所在部队遭遇敌人轰炸，"我们全连最后只剩下我和另一个战友两个人，我被埋在土里，被救出来后留下头疼的后遗症。"黄玉普说，现在他一年四季都得戴着帽子，不然就会头疼。

"在朝鲜作战，我们经常要长途行军，山谷里都没有路，我们就用脚蹬出路来。天下大雨，路很滑，一不小心就会掉到山涧里。"黄玉普说，很多战友就是这样牺

牲的。

"过江时穿着棉衣，上岸后把衣服拧一拧又得穿上。"他说，有一次，在战斗中他的右胳膊受伤感染，差点截肢，最后找到村里一位老奶奶治疗后才好起来。

为了躲避敌人轰炸，黄玉普和战友们时常要在积水的山洞里过夜，没吃没喝也是经常事，他说："渴了吃口雪，饿了就吃草根，没吃的就饿着。"就这样，黄玉普在朝鲜战场一直战斗到 1953 年。

抗美援朝战争结束后，黄玉普当时所在团选出 5 位立过功的代表，参加中央代表慰问团慰问志愿军活动，黄玉普就是其中之一。他回忆说："我记得当时去了沈阳工人俱乐部，还看了梅兰芳老师表演的京剧，特别开心。"

70 年过去了，黄玉普总会想起当年牺牲的那些战友，他说："我为他们感到光荣，我希望人们能够珍惜现在的生活，不要忘记当年战场上牺牲的那些英烈。"

▼ 陆空联络员张云江：背红色布板

在朝鲜战场浩浩荡荡的中国人民志愿军队伍中，人们总会发现一些背着红色布板的战士穿插在其中。他们就是志愿军战士口中常说的"陆空联络员"，张云江是其中一员。

张云江出生于 1932 年，曾是第五十军一五〇师四五〇团的一名步兵。1950 年 10 月，张云江随部队秘密过江奔赴朝鲜，"我们当时的这个陆空联络班一共有 6 个人，我是班长。"每名陆空联络员身上都背着一个红色的布板，他们的工作就是用布板摆出各种"符号"和飞行员沟通，指挥行动。

张云江回忆说，当时部队刚过江进入朝鲜，还没到 45 公里就遭遇了敌人，"敌人的装备比我们精良，我们当时被告知不能轻易对战，要绕小路到敌人身后，进行突袭。"张云江告诉记者，每次打完仗，很多战士都背着两三杆枪，"是缴获敌人的，但大多是打完枪里剩下的子弹就把枪扔了，那些枪的子弹和咱们的不一样。"

战地记者

入朝时间　1950 年 10 月
媒体名称　《人民日报》《新华社》《东北日报》等

———

《东北日报》派出记者和印刷人员

山洞里李春生点着蜡烛排版

　　在辽宁报刊传媒集团大厦四楼的报史陈列馆里，展陈着《东北日报》（《辽宁日报》前身）特派记者霍庆双在抗美援朝战场采访时用过的手帕，还有一台老式的轮转印刷机。辽宁日报社 88 岁的退休职工李春生向记者介绍，抗美援朝时期，他被报社派往朝鲜前线时，印刷报纸用的就是这样的机器。

　　《东北日报》作为当时东北地区具有广泛影响力和权威性的地方党报，在抗美援朝战争期间发挥了重要的舆论宣传作用，不仅派出记者到前线采访，还派出印刷人员支援前线。

———

在前线组成印刷厂

　　88 岁的李春生，退休于辽宁日报社。2020 年 7 月 2 日，在位于沈阳市北市场附近的家中，李春生回忆起 1951 年 4 月被报社派往朝鲜前线的经历，他说，这是他一生中最珍贵、最难忘的事情。

记者面前的这位老前辈，忆起 70 年前的事情，仍记忆犹新。1950 年 3 月，18 岁的李春生到东北日报印刷厂工作，成为一名拣字工人。"当时东北日报社的办公地点，就在现今三经街老报社的位置。抗美援朝战争初期，我们每天印完报纸下了夜班后，顾不上回家睡觉，就加入到炒面的队伍中，那时候大家干得热火朝天。"

1951 年 4 月，东北日报社党组织号召青年团员、党员报名赴朝支援。李春生说："当时，青年团的团员和党员纷纷报名，我听说要在朝鲜前线成立一个中国人民志愿军报社，印刷厂缺人，我就毫不犹豫地报了名。"在 100 多个报名者中，李春生成为东北日报社唯一被选派去前线的印刷人员。

当时报社工会和青年团特意开了欢送会，李春生说："印刷厂厂长送我到志愿军沈阳留守处。我们一起去前线的，还有东北画报社、新华印刷厂、沈阳造币厂印刷厂的同志，一共 7 人。"

到了朝鲜，除沈阳的 7 名战友，还有北京、广州来的 11 名同志，在前线组成了一个印刷厂。李春生说，当时印刷设备虽然简陋，但工种俱全。"我们主要任务就是印刷《志愿军报》和《内部参考》，厂房设在朝鲜成川郡君子里一个废弃的铝矿山洞中。"李春生到现在还清楚地记得，他们在前线最初工作生活的那个山洞，阴暗潮湿，洞顶漏水、地下流水，四壁也不断地往下淌水。"我们把头顶上方的位置支上雨布，脚底下铺块板子，洞中因空气潮湿，被褥两天不晒就潮得令人难以入睡。"

虽然生活条件很艰苦，但李春生觉得在前线面临最困难的事情是经常停电影响正常的印刷工作。在停电后黑暗的山洞里，李春生只能点燃一个小蜡头，插在手盘上进行拣字、排版工作。印刷报纸时要靠人力来拉机器运转，"我们把绳子拴在印刷机的轮子上来回拉，很费力，累得大家满身是汗，但是很累很苦的活大家却都抢着干。"

"这个纪念章不仅属于我"

李春生说，为了更便于出报，减少来回送稿路程上的波折，1952年，印刷厂搬到了离前线更近的桧仓，这里曾是中国人民志愿军司令部的驻地。

"那时候经常有敌机来轰炸，我们随时会面临生命危险。"李春生说，大家的组织观念都很强，"当时无论是工作环境还是各种条件都非常艰苦，但是在忙碌的工作中不知不觉就过来了，觉得很平常，因为这是我们应该做的。"

词条

新闻媒体

除发行量和影响最大的《人民日报》外

影响大的还有辽宁的
《东北日报》《辽东大众》
《辽西日报》《沈阳日报》等

战争初期，地方党报中派出战地记者的唯有处于抗美援朝前沿的
《东北日报》

1950 年 10 月中旬

《东北日报》派出 2 名战地记者到驻安东（今丹东）的 13 兵团（即后来的志愿军总部）报到，很快随兵团出国入朝。

之后，又多批次派出随军战地记者。最后一批战地记者专程采访朝鲜停战协定签字仪式。

1952 年夏秋之际，李春生获得由中国人民政治协商会议全国委员会颁发的抗美援朝纪念章。

"这枚纪念章戴在身上，很荣耀，也很自豪。但是这枚纪念章，不仅是属于我的，也是属于我们全报社的。因为我是代表我们《东北日报》在抗美援朝战争的最前沿全力做出支援。"李春生动情地说。

李春生说，很感谢报社给了他在战争中成长的机会，他也在战争中得到了锻炼，让他有机会代表报社在朝鲜战场前线为抗美援朝、为印好《志愿军报》贡献出自己的一份力量。

1952 年底，在抗美援朝前线战斗了将近 2 年的时间，李春生圆满完成了任务，回到了国内，回到了报社。在朝鲜战场上的战斗经历，成为他难以忘怀的记忆。

相关链接

孙田原拍摄了《一口炒面一把雪》

"《一口炒面一把雪》这张照片，是我在抗美援朝战场上拍的代表作品之一。战争进行到第五次战役后，我军决定进行战略性撤退，一二〇师设了部分伏兵在金化 503 高地上，堵截敌人的追赶。当时我军阻击的指战员已经在高地上坚持了 3 天 5 夜，击退了美军 7 次进攻。因为没有后方补给，只能靠'一口炒面一把雪'来充饥，我看到战士们在啃着成坨的雪，就立即用相机记录下了这一时刻。"6 月 17 日，在营口鲅鱼圈望儿山大街的亲和源养老中心，辽宁省文联原委员、著名摄影家孙田原讲述了自己在抗美援朝前方战场拍摄部分经典作品的经过。

1948 年，孙田原参加了东北画报社举办的新闻干部培训班。

"那年，我从部队被抽调到东北画报社工作。我是美术爱好者，而且早就会摄影，喜欢写文章，考试时我写了一篇《海誓》，考官说我摄影和文章都不错，录取了，去当记者吧。"就这样，在新闻干部培训班将近半年的时间里，孙田原系统地学习了美术、新闻报道和新闻摄影，之后他被派到部队成为随军记者，在辽沈战役期间开始实践。

到了 1950 年 10 月抗美援朝战争爆发时，孙田原已成为东北画报社的骨干。赴朝鲜战场时，孙田原是营职记者。"我两次到朝鲜，前后近三年的时间。第一次过江是 1950 年 10 月底，当时由国内各新闻媒体组成的记者团一同到志愿军总部报到集结，政治部把我们分派到各个部队。"

《夜渡清川江》《被我军击毁的美军野马式飞机残骸》《战火中的朝鲜妇女与儿童》《山林深处的"战乱孤儿收容所"》《被炸的大同江桥》《从消极躲飞机到积极打飞机》《战火余生的朝鲜姐弟》《敌军惨败逃窜，坦克、大炮、战车丢弃遍地》……近 3 年来，孙田原参加第三十八军、三十九军、四十军与朝鲜人民军战绩摄影报道工作，拍摄照片千余幅。

"拍摄《夜渡清川江》时，我们是蹚着带冰碴的江水过的江，敌人的炮火打得很凶，地毯式轰炸。在这个过程中，有一颗炮弹打到我旁边的石头上，爆炸后的弹片向我飞来，打到了我的身上，当时感觉到身上非常烫，我用手将弹片拔了下来，卫生员赶紧过来给我消毒包扎。"简单包扎后，孙田原继续跟着队伍向前冲，不仅负了轻伤不下火线，而且拍下了战士们疾速冲锋，去突袭美军纵深阵地的瞬间。

第五次战役后，由于编辑部的工作需要，孙田原回到国内，并带回了在朝鲜战场上拍摄的大量摄影作品。东北画报社将前方战地记者的采访报道编辑出版了一整本抗美援朝战争相关内容的专刊。

在第二次赴朝之前，孙田原还和东北日报社记者吴少琦合作完成了报告文学《阿妈妮的故事》，在《东北口报》、东北人民广播电台连载、连播，内容的主线就是以孙田原拍摄的《战火中的朝鲜妇女与儿童》中的人物展开，真实地反映了中朝军民的亲密友好关系。

▲ 李春生接受记者采访

采访李春生，记者深深感受到他是一个时常为别人着想的老人。李春生的家在沈阳北市场附近，与这位辽宁日报社的老前辈在电话中取得联系后，为了配合记者工作，老人坚持要把采访地点定在报社。考虑到老人已是 88 岁高龄，记者多次打电话劝阻，他才最终同意在家中接受采访。老人说，他组织观念一直非常强，听从组织安排，尤其是在党报工作，更要严于律己。在与老人一上午的交流过程中，记者也上了生动的一课。

大学生四年七万公里寻访抗美援朝老兵

书本上的英雄鲜活起来了

静美的鸭绿江水缓缓东去，与岁月一起悠然流过，它见证着 70 年前的那段历史，也见证着时代的变迁。

如今，在鸭绿江畔，一群与 70 年前跨江作战那些年轻人年纪相仿的大学生，正用心去寻访、亲耳去聆听辽宁人民抗美援朝的英勇事迹，原来只停留在书本上的英雄们，在这群大学生的面前鲜活起来。

从 2016 年暑假开始，辽东学院组织开展了"千名大学生行万里路寻访百位抗美援朝老兵"社会实践专项活动。以丹东为起点，1557 名大学生寻访足迹遍布全国 11 个省 28 个地级市，累计行程 68897.4 公里。通过寻访，这些大学生对抗美援朝战争的历史增加了哪些深刻印象？在寻访老兵时有哪些感人的故事？6 月 10 日，记者就此采访了 10 名参与活动的大学生。

唐诗惠　生于 1998 年

大四　辽东学院国际经贸学院学生

辽宁省大连市人

　　采访中让我记忆最深刻的是老兵与担架队的一件事。战争很残酷，很多战友牺牲，卫生队人手不够，见到身旁受伤奄奄一息的战友，3 天没吃饭的他还是冲上去抬起了担架，这份战友之间的情谊深深感动了我。

　　在寻访过抗美援朝老兵们之后，我们当代青年更应清楚自己身上的使命，明白我们现在的生活是多么来之不易，无数人的牺牲才换来了我们这么好的学习环境。我们更应该发奋

▲ 唐诗惠

努力，为了祖国的未来不懈奋斗，不辜负老兵爷爷们的殷切期望！

姜　玥　生于 1998 年

大四　辽东学院应用外语学院学生

辽宁省丹东市人

　　我是一名土生土长的丹东人。我就读的大学与朝鲜隔江相望，最难忘的是采访孙景坤爷爷。他是上甘岭战役的一等功臣，但我见到的他只是一个苍老的农民形象，朴实又真诚。在我们看他仅存的老照片时，爷爷在一旁静静地看着我们，眼睛里写

满了慈爱和期许。采访结束时，他颤抖着穿上了当年的军装，上面挂满了军功章。至今回忆起当天的画面，我都历历在目，何其有幸能与老战士见面！

姜 雪 生于 1996 年
大四 辽东学院经济学院学生

辽宁省丹东市人

　　第一次去采访一位参加过抗美援朝战争的老爷爷，我特别紧张，担心不能很好地完成采访任务。老爷爷在抗美援朝战争时是侦察连的一名排长，有一次出去执行任务时，遇到了敌机扫射，不少战友不幸被敌机投下的子母弹打中牺牲了。讲到战友的名字时，他忍不住流下了眼泪，我们也都十分难过。这也是我第一次知道什么是子母弹，第一次听战争的亲历者讲述战争的残酷。从老人身上，我更深切地体会到"爱国"两个字的分量。他们不畏艰险，不怕牺牲，为我们赢得了今天和平幸福的成长环境，他们太伟大了。

▲ 姜玥（左一）、姜雪（右二）与老师、同学一起采访抗美援朝老兵

▲ 邢钟匀（左二）与同学们一起采访抗美援朝老兵

邢钟匀　生于 1998 年

大四　辽东学院经济学院学生

辽宁省营口市人

　　大一时，我就开始参加学校组织的寻访抗美援朝老兵活动。为了尽快了解抗美援朝战争，我们上网查阅了许多相关资料，也看了一些抗美援朝题材的影视作品。

　　在寻访老兵的过程中，我和同学一起去过 4 位老战士的家里，其中两位由我负责采访。老战士基本上 90 多岁了，其中有一位生病卧床，记忆力减退，好多事情都不记得了。当看见我们这群学生时，老爷爷眼泛泪花，在那一瞬间，我仿佛一下子成长了。书本上记录的英雄形象突然鲜活起来，这是一次深刻的革命传统教育，也是从那一刻起，我意识到自己所做的事情是多么有意义。

刘雅男　生于 1999 年

大三　辽东学院管理学院学生

辽宁省大连市人

在参加此项活动之前，我对抗美援朝战争有些了解，看过有关抗美援朝的影视作品，比如《英雄儿女》《三八线》等，但并没有进行更多的学习。这也是我在参加这个活动之后努力的方向。

小时候，我就经常听爷爷提起"抗美援朝""三八线"等，随着年龄的增长，我也看了很多有关抗美援朝的影视作品，自然对这段历史越来越好奇，曾专门查阅资料来了解抗美援朝这段历史，越了解就越对志愿军敬佩，越为中国自豪。

我记得采访周婉芳奶奶，听她讲述抗美援朝时期的经历。奶奶多次情绪激动，感慨地说："你们是中国最新鲜的血液，你们要好好学习，为祖国贡献出自己的力量。"作为新时代的大学生，我们要做到奶奶期望的那样，努力学好专业知识，提高自己的知识素养，为祖国贡献力量！

▲ 刘雅男（左二）与同学们一起采访抗美援朝老兵周婉芳

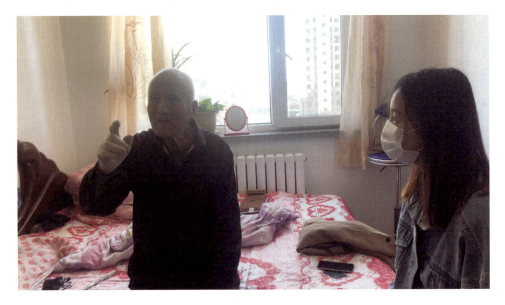

▲ 林圆圆采访抗美援朝老兵

林圆圆　生于 1999 年

大二　辽东学院经济学院学生

辽宁省大连市人

在参加这项活动之前，我对抗美援朝战争的了解只停留在书本上，随着寻访的深入，我逐渐增加了对抗美援朝历史的了解。

在寻访老兵时，我遇到了一件很特别的事。有一次，在了解完一位老兵的作战经历之后，我们一起观看了一场阅兵仪式。当国歌奏响时，那位老兵爷爷突然站起来，缓缓地举起右手敬了个礼。我看着他在耳边颤抖的手瞬间很感动。

在整个采访过程中，老兵爷爷没有说一句"我爱中国"这样的话，但他的爱国之心却在那一刻体现得淋漓尽致。抗美援朝精神时刻激励着我们当代大学生，为实现中华民族伟大复兴贡献自己的智慧和力量。

王俊楠　生于 1997 年

大四　辽东学院信息工程学院学生

辽宁省葫芦岛市人

作为一名辽东学子，每每看到丹东抗美援朝那些历史遗迹，都会让我们想深入地了解这段历史。

2019 年 10 月，我有幸和学校领导、老师前往抗美援朝纪念馆参观学习。在参观过程中，看着眼前一幅幅画面，听着讲解员声情并茂的讲解，这些都把我拉回到那段历史中。令我最为感动的是"一口炒面一把雪"的故事。

▲ 王俊楠（左二）与同学们一起采访抗美援朝老兵

▲ 佘昕懿采访抗美援朝老兵

佘昕懿　生于 1998 年

大四　辽东学院管理学院学生

辽宁省沈阳市人

　　参加活动时，我记得有一位老战士特别自豪地拿出自己所有的军功章，挨个向我讲述每一枚军功章背后的故事。他的每一枚军功章都保存得特别精心，介绍完，老人又小心翼翼地收好，可见他身为军人的使命感和荣誉感。

　　寻访让我感觉今天的和平和美好生活是多么来之不易，我要更加珍惜，这些都是老一辈用热血和生命换来的。我脑海里常记着参加活动时一位老奶奶说：和平时代不容易啊，不容易。当时她眼含热泪，这种泪水也许只有老兵们能懂得其中的深意。

杨雨晗　生于 1999 年

大三　辽东学院城市建设学院学生

辽宁省朝阳市人

　　对于当时每位参与者来说，抗美援朝战争都是一段刻骨铭心的记忆。在寻访时，我遇到一位已经 94 岁高龄的老兵，他的听力有一定障碍，但在讲到战

▶ 杨雨晗采访抗美援朝老兵

争中的经历时，他的情绪很激动。对抗美援朝时期的事，我印象比较深的有"一口炒面一把雪"，起初，我所理解的炒面是我们平时吃的炒面条，了解后才知道那时的炒面就是简单炒熟了的面粉。后来，我采访别的老兵时，我也问过相关的问题，有些老兵告诉我，有时候可能连炒面都没有。

贾雨彬　生于 1999 年

大三　辽东学院管理学院学生

辽宁省沈阳市人

当时我方后勤补给能力不足，国家也不富裕，靠卡车、火车运送物资，敌人的飞机还经常轰炸，很多人牺牲在运输途中。

通过寻访老兵，我更加认识到，如今幸福和平的生活来之不易，经历过战争苦难的人们最懂得和平的重要与珍贵。

▼ 贾雨彬采访照片

动战勤大车13.3万台 400人组成锦州工程队 2

52年辽宁钢产量94万吨 1952年辽宁水泥产量112.8

东过轨铁路车皮95833辆 辑安过轨铁路车皮665

河口过轨铁路车皮21723辆

3000名民工修建机场

8米宽200米长鸭绿江浮桥

来自总后方基地的支前报告

后盾！辽宁人民和全国人民一道，是抗美援朝的坚强后盾！辽宁是我国重要的工业基地，也是中国人民志愿军的总后方基地。在抗美援朝期间，辽宁人民通过发展生产，巩固国防，加强国民经济恢复和建设，有力地保证了前线的物资和人力需求，为赢得战争胜利作出了巨大贡献。

众志成城，万众一心。

辽宁人民克服困难恢复生产，搞技术革新。沈阳重型机械厂生产的 10 万把军镐、鞍钢生产的炮弹钢和坦克防护板、抚顺石油三厂生产的航空燃油、抚顺机电厂生产的 1.2 万个喷气式战斗机的副油箱……大批军需物资从辽宁各地源源不断地运送到前线。

捐飞机、献大炮，抗美援朝大后方掀起新中国第一次全民爱国热潮。"台安号""东北合作号""建昌号""辽阳号"……工人、农民、干部、学生等辽宁各界人士都加入到捐献的行列当中。

1951 年 6 月，辽宁人民共加工炒面 33.13 万公斤，占全国支前送炒面总数的 10% 以上。根据后勤补给计划，辽宁乃至东北人民仅一个月便筹集咸菜 75 万公斤、豆腐干 4.5 万公斤、咸肉 20 万公斤、咸鱼 55 万公斤……

各级党报担负着舆论宣传的任务，在传达上级指示精神、发动群众参军参战、支援前线，开展大规模经济建设等方面都起到了积极作用。作为东北地区具有广泛影响力和权威性的地方党报《东北日报》，开专栏、派战地记者，成为重要的舆论宣传阵地。

以实际行动支援志愿军在前线作战，辽宁广大群众开展了轰轰烈烈的爱国生产竞赛和增产节约运动。到 1952 年 10 月，工农业生产已恢复到历史最高水平，并有了自己的制造工业。

当战火燃起时，老一辈生产者站在技术革新运动前列，带头解决技术难题、克服各种困难。

孟泰，新中国第一代全国劳模。他冒着生命危险冲上爆炸的高炉，堵住漏口，排除险情。抗美援朝战争爆发后，他不顾疏散命令，守护高炉，并率先倡导开展抗美援朝生产竞赛。孟泰的名字及模范事迹，传遍了辽沈大地，也传到了志愿军各部队。如今，"孟泰精神"仍然感染着年轻一代。在鞍钢，新职工入厂，都会去参观孟泰纪念馆。

祖国人民的支援、空前的军民团结，使志愿军获得了源源不断的物资供应和精神鼓舞。

历史走过 70 年，抗美援朝的感人事迹仍被广泛传颂，抗美援朝锤炼的宝贵精神也弘扬开来。

后勤保障

建立时间　1950 年 7 月
体制形式　党政军民"四位一体"的战时后勤保障体制

———

爱国热潮助推经济发展

辽宁工农业产量大幅增长

在伟大的抗美援朝战争中，辽宁不仅派出优秀儿女参加志愿军，而且支援了大量车辆、牲畜、粮食和物资。辽宁人民"有人出人，有力出力，有钱出钱"所构筑的坚强后盾，辽宁"要什么给什么，要多少给多少"的长子担当，给予志愿军有力的支援。

———

工农业生产发展

在抗美援朝纪念馆，有一个专门的展厅讲述抗美援朝运动。该馆研究员朱进向记者介绍，抗美援朝运动是在中国共产党领导下进行的一场深入的爱国主义与国际主义相结合的群众运动。当时，辽宁不仅是我国的重工业基地，而且是抗美援朝的总后方基地。为了支援抗美援朝战争，辽宁组织了大量人力、物力，使直接从事农业劳动的人力、畜力有所减少，但是，当时辽宁的工农业生产仍在发展。

全省广大工人、农民积极响应号召，将爱国思想与实际行动结合起来，因而，辽宁在这一时期的工农业生产有了很大发展。

辽宁人民交纳公粮情况

年份	总产量（吨）	公粮（吨）	公粮占总产量比例（%）
1950年	5735611	991208	17.3
1951年	5407463	1039902	19.2
1952年	6207617	838260	13.5
1953年	6088469	1039902	17.1

（注：公粮中没有包括地方粮在内，地方粮占公粮20%左右。）

辽宁优属代耕情况

年份	1950	1951	1952	1953
烈军属总户数	293170	364243	248701	142219
受代耕户数	142045	201446	104508	50323
占比	48.5%	55.3%	42%	35.4%
烈军属土地数（亩）	337242	408019	229929	156394
受代耕土地数（亩）	138912	207212	92797	48983
占比	41.2%	50.8%	40.4%	31.3%

辽宁工业增长情况

项目	1952年为1943年（新中国成立前最高水平）的百分比	1952年为1949年的百分比
全省工业总产值	140	260
全省职工人数	127.7	201.8
钢产量	108.3	825.4
棉布	119.4	1240.5

在农业方面，抗美援朝运动初期的 1951 年，辽宁参军参战人员已有 25 万多人，占全省总人口的 1.32%，占男劳动力的 5.26%，但这一年辽宁粮谷作物总产量仍达到 540.7 万吨，比 1949 年粮食产量增加 17% 左右。1952 年，辽宁全年出动战勤人员 154.57 万人次，占全省总人口的 7.73%，占全省职工和农村男劳动力的 32.34%，这一年辽宁粮食产量达 620.76 万吨，与历史年产量最高的 1943 年相比，增加了 3.3%，比 1950 年提高 8.2%；这一年棉花年产 27 万吨，是 1949 年的 7 倍，比 1943 年籽棉最高产量增加了 2 倍多。

1952 年，辽宁开始试办初级农业生产合作社，这一年全省参加农业生产合作社和互助组的农户近 185 万户，占全省农户总数的 64.1%。

在工业方面，1952 年辽宁工业总产值为解放前最高水平 1943 年的 140%。全省工业发展除了恢复与整顿原有的工业以外，还设计和开工建设了一些新的厂矿。

掀起爱国热潮

随着工农业发展，辽宁人民的生活水平迅速提高，城乡人民收入逐年增加，购买力有了显著增长。据辽东省统计，工教人员工资 1952 年比 1949 年增加 50%。从衣着上来看，据 1952 年调查，工人家庭成员每人消费棉布达 22.5 尺，这与解放前相比有了很大提升。

据统计，1943 年辽宁每户工人购买的日用品支出仅为 6.3 元，1952 年平均每户购买日用品支出已达 40 元，增长了 5.3 倍。辽宁城乡市场日趋活跃，1952 年辽宁社会商品零售额达 18.9 亿元，比 1949 年增加 2.3 倍。其中，消费品零售额 18.1 亿元，增加 2.2 倍。

为抗美援朝支援了庞大的人力、物力、财力的同时，工农业生产也有了很大发展，抗美援朝纪念馆研究员朱进说，这是因为自 1949 年中华人民共和国成立以后，根据国内外复杂形势，中国共产党正确地领导全国人民进行了土地革命、抗美援朝等一系列伟大运动，边打边建，在斗争中不但没影响和中断我国社会主义改造和经济恢复，相反，极大地激发了全国人民伟大的爱国主义和国际主义精神，对经济恢复工作起到了巨大的推动作用。

此外，新中国成立后，广大人民群众在中国历史上第一次真正当家做了主人，从而能充分发挥自己的劳动积极性和创造性。

为了让全国人民认识到抗美援朝的意义，1950 年 10 月 26 日，中共中央发出《关于在全国进行时事宣传的指示》，当日，中国人民抗美援朝总会在北京成立。东北、华北、华东、中南、西南、西北六大行政区和内蒙古自治区，先后成立了抗美援朝总分会，各省、市成立了抗美援朝分会，具体领导各大行政区和各省、市的抗美援朝运动。通过抗美援朝爱国主义教育，极大地提高了人们的政治觉悟，增强了民族自尊心、自信心和凝聚力，中国人民以高度的爱国热情和巨大的牺牲精神，以各种方式支援抗美援朝战争。

词条

抗美援朝运动

▶ 1950 年 10 月 26 日

中国人民抗美援朝总会在北京成立

东北、华北、华东、中南、西南、西北行政区和内蒙古自治区
先后成立抗美援朝总分会

▶ 1951 年 11 月 6 日

辽东省委、省政府发出响应中央号召的指示

▶ 1951 年 11 月 26 日

辽西省委、省政府发出响应中央号召的指示

两省开展普及与深入开展抗美援朝运动

并成立省、市抗美援朝分会

组织爱国主义学习、时事报告、座谈控诉等

并通过报纸、书刊、广播、墙报、漫画、戏曲等形式宣传

开展捐款捐物、增产节约、拥军优属等活动

▲ 记者采访抗美援朝纪念馆研究员朱进（右）

记者手记　　抗美援朝运动是一次全民参与的爱国主义与国际主义相结合的群众运动。采访中，记者听到了许多感人的事情：为了增加志愿军武器装备，农民拿出自己一年辛勤劳动所得来捐献；为了方便志愿军行军作战，鞍钢在极其艰苦的情况下生产了大批军需产品；为了让志愿军战士吃好饭，筹粮队想了各种办法解决困难……在抗美援朝运动中，全民爱国热情空前高涨。

捐款捐物

发起时间　1951年6月1日
捐献数量　辽宁人民捐献战斗机 235 架

献工献薪多生产

二百三十五架飞机署上捐献者名字

　　"台安号""东北合作号""广播号""建昌号""辽阳号""李兆麟号"……在辽宁省档案馆、抗美援朝纪念馆中，记者总能看到这样的字眼，它们都是用来命名战斗机的。在抗美援朝运动中，辽宁人民给自己捐献的战斗机起了各式各样的名字，有的以市县命名，有的以行业命名，有的以人物命名。在短短一年多的时间里，辽宁人民共捐献飞机 235 架。

飞机大炮冠以捐献单位的名字

　　2020 年 4 月初，记者来到辽宁省档案馆查阅抗美援朝时期的档案资料，收获很大。这里留存着当时辽宁许多单位发布的号召捐献飞机、大炮的通知。例如：1951 年 6 月 10 日，东北区合作社发出了《关于响应抗美援朝总会号

召捐献运动的意见的通知》，制定半年内捐献 6 架"东北合作号"飞机的目标，通知里规定了具体的捐献办法；东北电台向地区内各台发出通知，其中包括《关于捐献"广播号"飞机的通知》。

在查阅众多资料中，记者了解了辽宁各地的捐献计划：建昌县要捐献"建昌号"战斗机，辽阳县要捐献"辽阳号"战斗机，台安县要捐献"台安号"战斗机……

记者不禁产生疑问：这些战斗机的名字真的会出现在战场上吗？

据抗美援朝纪念馆研究员朱进介绍，中国人民志愿军入朝作战的前 7 个月，取得了重大的胜利，但由于武器装备与敌人相比处于悬殊的劣势，特别是没有空军，没有坦克，大炮数量也有限，作战中困难重重。当时新中国刚刚成立，财政负担很重，购买先进的武器装备也面临困难。

1951 年 6 月 1 日，中国人民抗美援朝总会发出了《关于推行爱国公约、捐献飞机大炮和优待烈属军属的号召》，其中有一项就是号召全国人民捐献飞机、大炮，通过捐钱捐物来购置飞机、大炮等武器，捐献给志愿军。

朱进说，中国人民抗美援朝总会的号召中有这样一句话："各地捐献的飞机、大炮、坦克等，将冠以捐献单位的名字，作为光荣的纪念。"

六种捐献方式

1951 年 6 月 7 日，中国人民抗美援朝总会专门就捐献武器问题发出了《关于捐献武器支援中国人民志愿军的具体办法的通知》。其中明确指出，捐献运动在工厂应与增加产量、降低成本运动相结合，在农村应与深耕细作及发展家庭副业相结合，在工商界应与改善经营增加收入相结合。

辽宁社会科学院研究员卢骅多年来致力于辽宁抗美援朝历史研究，他说，辽宁人民在捐献中表现出极大的爱国主义热情，全省工厂、农村、机关、学校、街道以及工会、青联等人民团体普遍制订了捐献计划，工人、农民、学生等各界人士参与其中，涌现出许多感人的事迹。

当时辽宁人民的捐献主要有六种方式。

一、通过献工献薪献奖金捐款。工人星期天不休息，自愿献工；教师把代课费或者工薪的一部分拿出来捐献；许多集体将超额完成任务的奖金全部捐献；有的先进个人将获得的奖金捐献。

二、多打粮食，多搞副业捐献。农民通过养猪、养鸡、采蘑菇等方式，将收入捐献出来，给志愿军买武器。

三、创收、义演捐献。学生在放学后、假期里，通过打柴、打柳条等方式创收捐款。演员举行义演，商人举行义卖，以自己的方式捐款购买武器。

词条

明细表

（截至1952年5月31日）

地区	原计划捐献战斗机	捐款后折合战斗机
沈阳市	38架	57架
旅大市	22架	27架
鞍山市	9架	10架
抚顺市	8架	11架
本溪市	4架	5架
辽东省	31架	72架
辽西省	30架	53架

四、捐献贵重物品。在本溪市，有的人将订婚或者结婚纪念的金玉首饰都捐献了。

五、勤俭节约，省钱捐献。为了捐款，有的人戒了烟、不喝酒，有的人省吃俭用，把节省下来的钱捐献出来。

六、有些地方还捐献了志愿军急需的军用物资。阜新市的矿工不仅超额完成了捐献计划，总机厂的工友还把过去部队遗留的一门不能使用的平射炮修理好，作为国庆节给志愿军的献礼。

"有人出人，有力出力，有钱出钱"

卢骅收藏着一张捐款收据，票据的抬头写着"中国人民银行＿＿行代收武器捐款收据"，捐款时间为 1951 年 11 月 30 日，捐款人一栏填写"天润染织厂"，共捐款 328 万元（旧币值，其 1 万元等于新币值 1 元，以下同）。在捐款用途这一栏中，捐款人选择了购买战斗机。

记者看到，捐款用途还可以选择购买轰炸机、坦克车、大炮、高射炮和其他武器。这张捐款收据用纸普通，历经 69 年，上面的手写字迹有些模糊，却没有破损。透过这张收据，记者仿佛看到了一双双辛勤劳作的双手，将辛苦挣来的钱捐献，给战斗在前线的志愿军战士购买先进武器。

1951 年下半年，在辽宁出现了不分城市与乡村，不分阶层，有人出人，有力出力，有钱出钱，全力支援抗美援朝的动人情景。

7 月 2 日，记者在鞍钢采访时，厂史专家钟翔飞向记者介绍，当年鞍钢的爱国捐献运动轰轰烈烈，武器捐款达到 90 亿元。全国劳动模范、鞍钢著名电气专家孙照森捐献各种贵重器材，价值 1400 万元。归国华侨工程师高豫夫妇将自己从国外带回的 400 美元全部捐献给志愿军。鞍钢铸管厂动力车间把春季安全大检查中得到的 105 万元奖金全部捐献出来。鞍钢机械总厂家属委员会杨玉珍缝洗小组由 2 个人发展到 50 多人，她们从缝洗衣服的收入中捐献 2326 万元支援前方。

相关
链接

辽宁捐款捐物超过原计划近一倍

卢骅介绍，当年为了便于计算和筹划，各地人民捐献的外币和物件一律按当

▲ 捐献飞机大炮的收据

时人民币折价计算：15 亿元捐献计为一架战斗机；25 亿元计为一辆坦克；9 亿元计为一门大炮；8 亿元计为一门高射炮。

1951 年 12 月 27 日，中国人民抗美援朝总会发出通知，决定到当年 12 月底结束武器捐献运动。1952 年 1 月以后，抗美援朝运动即转为以开展增产节约为中心的各项工作，但全国人民继续捐献。

据统计，1951 年 6 月 1 日至 1952 年 5 月 31 日，全国各省市人民捐献飞机、大炮的捐款总额为 55647 亿余元人民币，折合飞机近 3710 架。其中，华东地区捐款 21320 亿余元，折合战斗机 1421 架，占全国捐款的 38.3%；中南地区捐款 12659 亿余元，折合战斗机 844 架，占全国捐款的 22.7%；华北地区捐款 7474 亿余元，折合战斗机 498 架，占全国捐款的 13.5%；东北地区捐款 6517 亿余元，折合战斗机 434 架，占全国捐款的 11.7%；西南地区捐款 4605 亿余元，折合战斗机 308 架，占全国捐款的 8.3%；西北地区捐款 2610 亿余元，折合战斗机 174 架，占全国捐款 4.7%；内蒙古地区捐款 462 亿余元，折合战斗机 31 架，占全国捐款的 0.8%。

"辽宁人民把增产捐献看成十分光荣的任务，捐献运动高潮迭起，不仅很快完成了原定计划，还一再突破捐献计划。"卢骅说。

据统计，辽宁人民共捐献战斗机 235 架，超过原计划近一倍。

沈阳市工商界原计划捐献 30 架，在完成计划后，又增加了 10 架。旅大市（今

大连）人民提出增产捐献22架战斗机组成"旅大机队"，其中，旅大市工商界决定捐献战斗机9架，到1951年10月底便完成了计划，但捐献仍继续，到1952年5月末，旅大市共捐献27架战斗机。康平县的捐献活动也十分突出，当时的康平县是辽西省下属的一个仅有20多万人口的小县，原计划捐献1架战斗机，结果完成了2架。

卢骅说，辽宁人民为志愿军捐献飞机、大炮慷慨解囊，不仅是对抗美援朝战争的重要贡献，也是一次深入普及动员的抗美援朝思想教育运动。通过这次捐献运动，人民群众的意志和情感同前线的志愿军指战员紧密联系起来，极大地激发了战士们的战斗激情。这一捐献运动是与增产节约运动结合进行的，也有力地推动了辽宁的生产建设工作。

▲ 辽宁社会科学院研究员卢骅接受记者采访

记者手记

　　提到捐献飞机、大炮，很多人首先想到的人便是常香玉。当年，常香玉卖掉运输卡车、房子，摘下金戒指，拿出多年积蓄，带领剧社半年义演 180 多场，完成了捐献飞机的心愿。捐献的飞机被命名为"香玉剧社号"。在抗美援朝战争时捐献飞机、大炮是一次全民参与的爱国运动，采访中记者听到了更多的故事：机关职员节约办公费，通讯员捐献稿费，爱国商人义卖……他们以实际行动表达着自己的心愿。

军工厂

数量统计 辽宁共有 8 个主要军工厂
总产值 到 1952 年达 1.3 亿元

——

军需物资从辽宁
源源不断运送前线

辽宁是新中国成立初期最大的工业基地，抗美援朝战争期间，辽宁各地生产制造出各种前线急需的军用物资，从空军需要的航空燃油到挖筑坑道所用的特殊钢，从战斗机的油箱到枪炮弹药……这些物资很多都是第一次生产，后方各大工厂突破性地解决生产难题，供应前线所需，为赢得战争胜利创造了有利条件。

参与生产并赴前线给予技术支援

抚顺人造石油厂生产的航空燃油、抚顺制钢厂研制生产的中空钢、抚顺机电厂生产的 1.2 万只喷气式战斗机的副油箱、抚顺矿务局机修厂生产的 10 万把军镐和军锹……抗美援朝战争期间，大批军需物资从抚顺源源不断地输送到前线。

当年，这些工厂是如何生产这些军需物资的？曾经参与生产的亲历者对当年是否有着清晰的记忆？记者前往抚顺进行采访。

7 月 10 日上午，顺着车载导航的指引，记者来到抚顺市望花区鞍山路与海城街的丁字路口，穿过一个桥洞，远远就看到抚顺石化公司石油三厂的大门，厂区内生产设备高耸林立。

▲ 王冠英展示自己保留的慰问手册

抗美援朝期间，该厂叫抚顺人造石油厂，当年战争前线所需的航空燃油就是从这里生产出来的。

在距离厂区不远的一栋居民楼内，记者见到了从石油三厂退休的王冠英，他已经 87 岁。当年，王冠英作为技术工人直接参与了生产，并报名前往朝鲜前线，参与战勤技术支援。

"1951 年 3 月，我到厂里工作，是名技术工人。当时的工作是：抚顺露天矿的顶层有一层页岩，利用这层页岩资源，首先由抚顺石油一厂进行初加工，之后到石油三厂（人造石油厂）进行精加工，然后生产出航空燃油。"王冠英向记者介绍道。

生产航空燃油一共需要五道工序：水煤气—变换—压缩—加氢—蒸馏，这样完成成品油的生产，可以装车运往前线。

王冠英负责中间一道高压加氢的工序，他说："我所在的车间是压缩车间，我开压缩机，通过 1200 马力的压缩机将氢气加到初加工过的油里，来提高油的品质和稳定性，生产航空燃油这道工序必不可少。"

当年，为完成支援抗美援朝的物资生产，人造石油厂的职工加班加点，昼夜奋战，结合爱国增产竞赛运动，积极投入到保证军需物资供应的战斗中。

1951 年，抚顺人造石油厂用精制的页岩 1 号轻柴油为原料，生产出前线急需的航空燃油，使该厂成为新中国第一个高压加氢工厂，年生产能力达 1 万吨。

1952 年 8 月，朝鲜前线急需技术人员，王冠英响应号召率先报了名。

"报名后，下了夜班，我就回家睡觉了。后来，车间派人来找我，通知我下午 2 点到矿务局报到。当时三厂就我一个人被选派到前线，石油一厂去了三个人，我们一起去朝鲜前线做战勤技术支援。"王冠英说，他与另外几名技术人员被分配到第六十八军警工营工兵二连。

王冠英向记者介绍："在上甘岭战役之前，我方缴获了一批敌军的压缩机，这个机器是用来开山打坑道的。前方的技术工人很少，不太懂机器的原理，所以专门成立一个专业班负责操控这些机器。"

王冠英和其他技术人员到前线后，对机器进行了认真研究，几天后，他们掌握了机器的原理，能正常使用了。

技术人员利用缴获的带风镐的压缩机挖坑道，速度比之前靠人工挖快了 10 倍以上。

王冠英等技术人员教会了志愿军战士如何使用这些机器。不仅他们所在的连队，别的连队遇到技术问题也会请他们去帮助解决。业余时间，他们还给连队的战士当义务教员，参与扫盲工作。

直到 1953 年 12 月，王冠英与同去的技术人员才离开朝鲜，回到了抚顺。

抚顺的中空钢用来挖坑道筑工事

从抚顺石油三厂西行约三四千米后，便到达沙钢集团东北特钢抚顺公司。

抗美援朝战争中，矿山、土建工程凿岩用的六角中空钢（钎钢）成为军用急需品。当时，抚顺制钢厂（今抚顺特殊钢股份有限公司）研制生产的中空钢在抗美援朝中得到了广泛应用，为志愿军挖坑道筑工事提供了极大的支持。

在抚顺特钢厂区内，一个黄色外墙的厂房吸引了记者的目光。据该公司党群工作科科长王凯介绍，这个厂房就是为抗美援朝前线生产六角中空钢的车间所在地。厂房长百余米，上下共有两层高大的玻璃窗，走到厂房的入口处向内张望，内部的举架很高，棚顶架着钢梁，外面的火车轨道直通厂房内部。现在，这里是公司的仓库，现场工人正在搬运着货物。

　　那时，抚顺制钢厂的工人在"一切为了祖国需要，一切为了抗美援朝"口号的鼓舞下，不计个人得失，日夜奋战，很短时间内就恢复和发展了特殊钢生产，为促进全国工业建设和国防建设作出了历史性的贡献。

　　据《抚钢史》记载，1950年12月，锻造分厂临时接到支援抗美援朝的紧急重大任务，要求在20天内完成。在正常情况下，这是根本完不成的，即使以创新纪录的效率标准计算，至少也得一个月。但最后，经过抚钢厂努力拼搏，只用了17天提前完成了，产品合格率达到98%，被东北工业部评为一级品。

　　据1951年12月1日《抚顺日报》记载，为了支援抗美援朝，促进厂内生产创造新纪录，厂外制钢街的家属在工会发动下，也开展了挑战应战活动。家属保证：每日按时做饭，不影响工人上班，家中一切活不用工人来干。为了保证本居民组职工按时上夜班，制钢街北住宅18组轧钢车间孙佐卿的老伴孙大婶，主动为大家服务，每天夜里按时叫醒夜班工人上班，受到工人与家属的尊敬和夸奖。

　　抗美援朝战争中急需的六角中空钢，在新中国成立前完全依赖进口。东北工业部把这一重要任务交给了抚顺制钢厂。抚顺制钢厂用了不到一年的时间，成功地完成了从研制到批量生产，填补了国内空白。中空钢的试制成功，也是抚钢新中国成立后技术水平的第一次飞跃，是抚钢工人的骄傲，当时受到了东北工业部的嘉奖。

相关
链接

纸糊战斗机副油箱创现代战争史奇观

　　1950年11月上旬，中国人民志愿军后勤部在抚顺设立了前线运送物资站。大批军需物资从抚顺输送到前线。抚顺人民把前线运送物资站当成支前的"后勤部"，结合爱国增产竞赛运动，积极投入到保证军需物资供应的战斗中。

　　1951年初，抗美援朝急需大量枪油、炮油等军用油。石油一厂在润滑油车间组成了军用油小组，专门研究试制军用油脂。在全厂工程师会议上，工程技术人员表示，大家都是从旧社会过来的知识分子，这是新中国成立后在党领导下承担的第一项工程，大家只能干好，不能失败。要像前方战士们那样，只有往前冲，不能做逃兵。

那时，全厂资金十分紧张，处处节约开支，冬天全厂职工没发一件棉工作服。为了增加生产，干部和工人平时自动加班加点，星期天照常上班，但谁也没要过加班费。他们还把部队给的装运费以及为兄弟厂运货、修理

词条

转产军工产品

为了支援前线，一些民用工业企业转产军工产品，使辽宁工业企业军工产品生产比例增大

到**1951**年**11**月
东北军区后勤部的加工订货工厂达 **499** 家
物资种类达 **1867** 种
其中，多数厂家分布在辽宁地区

从主要产品分类看，东北地区各厂矿为军需加工的比例
1950年占总值的**4.85%**
1951年增至**12.68%**
到**1952**年回落到**7.4%**

及劳动等给的费用，都捐献给厂里作为资金收入。在生产中，车间领导、工人都怀着满腔热忱，严格执行工艺配方，精心生产，层层负责把关，切实保证产品质量。由于石油一厂生产的军用油脂质量优良，部队使用效果好，后勤部还给予了表扬。

值得一提的是，抚顺机电厂（现抚顺挖掘机厂）在承担军工任务时，用纸糊的战斗机副油箱创造了一项现代战争史上的奇观。

1950年12月，按照上级要求，抚顺机电厂要生产抗美援朝前线所需要的喷气式战斗机的副油箱，每月需生产2500个。刚开始生产时，用的全是进口铝板，后来铝板供不上，就改用镀锌钢板。再后来，当镀锌钢板也供应不上时，又改用沾锌黑钢板代替。最后，这些材料也全都用完了，国内其他地方也没有这些材料。

全厂职工心急如焚，厂领导发动技术人员、老工人献计献策。一些老工人提出，可以试试中国民间传统的纸造油篓、酒篓的办法。经过反复研究，厂领导大胆决

定采用这种办法。大家以钢筋为骨架，以猪血做黏合剂，用纸、精纱布在外面糊上十几层，制造出了纸糊的战斗机副油箱，代替了铝板。

实践证明，这种产品不但成功，而且效果很好。全厂工人昼夜加班，一个月生产了1.2万只纸糊副油箱，保证了前线作战的需要。

至今，在中国革命军事博物馆里还陈列着一只当年使用过的纸糊战斗机副油箱。

除了这些民用工业企业转产军需产品，辽宁社会科学院研究员卢骅向记者介绍，抗美援朝期间，辽宁在军工生产方面，主要承担枪炮弹药、各类武器和军用器材的研制、生产、供应和维修等任务。当时的辽宁共有8个主要军工厂，即五一厂、五二厂、五三厂、五六厂、五七厂、"九办"、空军三厂和五厂。其中五六厂在抚顺，五七厂在辽阳，"九办"在旅大，其他都在沈阳。

沈阳的五二厂（国营七二四厂、东北机器制造厂）负责生产大口径炮弹，主要产品有60毫米和120毫米迫击炮炮弹，此外还仿制美式105毫米榴弹炮。该厂研制火箭炮炮弹和火箭炮各6种，生产出一批炸药包、爆破筒等武器，有力地支援了抗美援朝。

旅大的"九办"后改名为八一工厂、五二三厂。抗美援朝期间，该厂生产了大量火箭筒、迫击炮、冲锋枪和炸药包等武器弹药，其中生产出5种规格的火箭弹及野炮榴弹144万发，装配炸药包8400余箱，每箱24公斤，为抗美援朝作出了重要贡献。

辽阳的五七厂从1950年秋天到1951年秋天短短一年的时间内，先后恢复了TNT、废酸处理生产线，新建了硝化甘油、硝化棉、胶质炸药、无烟药、二苯胺等生产线。在正式生产后的两年多时间里，职工克服了难以想象的困难，冒着生命危险，向国家提供了1万多吨火药、炸药，令人钦佩。

"叠芯串铸"两个月铸造 10 万把军镐

抗美援朝战争爆发时，为支援志愿军，沈阳重型机器厂接到上级命令，在两个月内赶制出 10 万把军镐，用于前线挖掘战壕。厂里全体员工在接到命令后，克服不利条件，革新技术，采用"叠芯串铸"的方法，依靠人海战术，提前一天完成了任务，创造了支援抗美援朝战争的奇迹。

2020 年 7 月 2 日，长期从事工业题材文学创作的沈阳市铁西区文联主席商国华向记者讲述了这段历史，在他的指引下，记者来到位于铁西区的中国工业博物馆。在铸造馆里，有这样一幕被复原的场景：七八个志愿军战士在用军锹、军镐挖筑工事。旁边的展柜里，陈列着抗美援朝时期的一把军镐以及"叠芯串铸"的毛坯件，印证了那段历史。

宋敬泽曾在沈重工作过 10 年，后来一直从事工业遗产保护工作。2012 年，为了还原抗美援朝期间 10 万把军镐生产的过程，他与原沈重档案处孙霞一起走访了原沈重副总工程师祝德义，"祝老原来在厂里长期担任副厂长和副总工程师，我们都习惯称他为'祝老总'。他是国内重型机械制造的专家，更是见证沈重发展史的权威发言人。"

据已届耄耋之年的祝德义介绍，新中国成立后，上级从水泵厂调拨给沈重一台 1.5 吨小电炉，安装在炼钢现场，用于生产一些小型铸钢件，后来沈重造的 10 万把军镐，多亏了这台小

▲ 中国工业博物馆的铸造馆内，复原使用军锹、军镐场景图

电炉。"1950年的秋天，机械工业部下令，找我去开会。局长在会上宣布，要求我们两个月之内造10万把军镐送到前线。这么重的任务可是不得了，我回厂就赶紧向厂长汇报，马上在全厂开展总动员。那时，工厂生产还没完全恢复，修修补补还凑合，一下子接受这么艰巨的任务，我们又高兴又担心。高兴的是，上级把这么光荣的任务交给我们，是对我们莫大的信任。新中国成立初期，工人们政治热情非常高，都愿意为抗美援朝多作一份贡献。担心的是，我们两手攥空拳，要啥没啥，完不成任务怎么办？况且造军镐是军工任务，技术条件很苛刻，一共十几道工序，每一道都马虎不得。军镐既要结实好用，又要方便携带，每把军镐重量误差不能超过2两，可见标准多么严格。"

制造军镐的第一道难关就是"无米下锅"。那时，工厂发动全体工人捡拾废钢铁自己炼钢，用1.5吨小电炉解决钢水冶炼问题。

材料解决了，紧接着就是怎么造军镐的问题了。"当时，我们厂的平炉已经恢复生产，但一炉钢水30吨。造军镐是抠手活儿，全是小件，'大炮打蚊子'使不上劲。怎么样才能又快又好地完成任务呢？炼钢车间副主任祁宝仁反复试验，琢磨出了'叠芯串铸'新工艺：在一个砂箱里，一层一层叠放造军镐的砂模，像香蕉串似的一次浇铸若干个小型铸钢块，一个模块就是一个镐头的钢料。这样就减少了切割和锻造的工作量，使工期进度有了保障。"祝德义介绍，当时，厂里只有一台自制的0.5吨小锻锤，为了解决锻造能力问题，市政府统一协调，将一部分军镐锻造任务分配到全市各个企业，包括私营的铁匠炉手工打造。当时就是凭借这种人海战术，完成了常规方法根本完不成的任务。

锻造军镐雏形工序完成后，将分配出去的锻件全部收回厂内，按照技术标准进行打磨毛刺、镐头碾尖、磨扁、开刃、淬火等后续工序。军镐造完要挨个过秤称重，重量超出2两的，要打磨减重，直至达标。因为战士们是背着镐头行军打仗，太重会增加负担。经检验，每道工序全部合格后，给镐头涂上黑漆，打包装分批运到目的地，要抢在志愿军过江前分发到战士手中。至此，生产军镐任务圆满完成。

军需用品盘点

◀ 军需被服

为满足前线需要，辽宁地区新建一批被服加工企业和装具厂，1950 年 12 月到 1951 年 3 月，完成 80 万人的夏衣。到 1951 年 6 月，完成单胶鞋 200 万双、单皮鞋 40 万双、布鞋 40 万双。

▶ 医疗器械

1950 年至 1952 年，东北医疗器械厂生产手术刀、钳、镊等手术器械共 100 万件。1952 年第四季度，该厂试制成功 200 升电冰箱、400 毫安 X 光机、450 超短波治疗机三种新产品。

◀ 炊具餐具

炊具餐具是志愿军重要的军需品之一。沈阳生产的 26 厘米行军面盆、28 厘米平形锅、50 厘米氧化铝行军锅、氧化着色行军锅、大型军用锅蒸屉等产品，有力支援了部队后勤的需要。

▶ 日常用品

军需日常用品种类繁多，数量很大，如牙膏、牙刷、香皂、肥皂、毛巾等洗漱用品，钢笔、铅笔、笔记本、墨水、信封等办公学习用品，蜡烛、香烟、烟丝等消费品，都需要国内生产供应。

（图片来自抗美援朝历史研究专家卢骅收藏品）

▲ 记者采访王冠英

　　7月10日，在抚顺石化公司石油三厂的家属楼内，记者采访了从该厂退休的王冠英。采访进行到最后，王冠英兴致勃勃地从家中柜子的深处翻出一个大袋子，他小心翼翼地从袋子里一件一件地拿出物品：印有"最可爱的人"字样的搪瓷缸、军用水壶、腰带、勺子、军帽、慰问手册……70年过去了，这些物品依然保存完好。对于王冠英来说，这些是他最珍贵的回忆，也是他永远难以忘怀的记忆。

食品生产

开始时间　**1950 年 8 月**
加工种类　**干粮、罐头、香肠、豆腐干、咸菜、炒面等**

———

制罐头做炒面丰富战地伙食

辽宁成为副食加工主战场

　　在东北军事后勤史馆抗美援朝战争展区，几张老照片引起了记者的注意：一口正在做炒面的大锅，几个蹲在屋檐下吃饭的战士，这些照片生动地展示了抗美援朝战争期间志愿军在饮食方面的情况。炒面是志愿军最早的"单兵口粮"！

　　除了炒面，在抗美援朝战争期间，志愿军后勤和全国人民共同发挥了聪明才智和顽强的拼搏精神，在物资匮乏、技术落后的情况下，为前线生产了大量罐头和香肠、咸菜等副食品，保障了前线志愿军战士的饮食营养。

———

沈阳支援近 2 万公斤生猪

　　1950 年 8 月，总后勤部下达了《东北边防军后勤补给计划》。随后，辽宁乃至东北各地人民群众全面开始筹粮行动。一个月后，仅副食品就筹集了咸菜 75 万公斤、豆腐干 4.5 万公斤、咸肉 20 万公斤、咸鸭蛋 50 万个、咸鱼 55 万公斤、咸豆 5 万公斤。

　　东北军事后勤史馆馆长徐文涛告诉记者，志愿军入朝参战后，副食品

基本由东北生产，最开始供不应求。在抗美援朝战争初期，前线急需豆腐干食品，但当时东北地区每月加工能力只有 10 万公斤。"后来关内也负责一部分副食品生产，但三分之二还是由东北负责加工生产，尤其是辽宁等地。"徐文涛说。

在抗美援朝战争期间，罐头和香肠很受志愿军欢迎。当时的辽宁人宁可自己少吃肉或不吃肉，也要把育肥的年猪送去屠宰场，加工成香肠和罐头，支援前线。

有数据统计，在抗美援朝期间，仅沈阳市就提供了 1.75 万公斤的生猪，熟肉 2225 万公斤。沈阳市屠宰场还开辟了肉食加工部，当时缺乏技术人员，1951 年 1 月专门聘请了外籍技工，指导如何制作香肠和罐头。当时香肠日产量 500 公斤左右，后来增加到 1000 公斤。在沈阳等地加工的香肠、熏肉等被陆续送往前线，受到志愿军的欢迎。

在抗美援朝战争期间，东北地区共有约 9 家罐头食品厂，分布在沈阳、大连、安东、锦州等城市。早在志愿军出国作战之前，辽宁等地就已经为部队赶制了大量罐头食品，罐头主要以肉和水果为主。到 1950 年 9 月底，共生产罐头 25.4 万盒。

罐头质检员赶赴朝鲜前线

生产罐头除了要有食材，罐头的生产加工技术也是难题。当时的工艺与设备都比较落后，制作罐头盒的马口铁也极度缺乏。大多数的罐头厂没有抽空气机，罐头不能防腐，保质期只有三五个月，因此，大连地区制作的鱼罐头曾有 21% 不能食用。

为了解决这个问题，罐头厂的技术人员绞尽脑汁，采用改善原料，改善车间卫生条件，适当增加盐分等手段。一些罐头厂家还派出质量检验人员赶赴朝鲜前线，检查罐头产品，以便发现问题及时处理。

锦州市辽西食品公司在当时是一家只有 80 人的生产水果罐头的小厂，1950 年 10 月，该厂接到生产军需罐头的命令，全厂员工昼夜苦干，如期完成了任务。第五次战役期间，需要向前线送 300 万盒罐头，从 1950 年 11 月到 1953 年 6 月，该厂共生产红烧牛肉、红烧猪肉罐头 232.5 万公斤。

旅大罐头食品总厂当时也生产了大量罐头供应前线，为抗美援朝战争作出了很大贡献。

此外，为了增强志愿军战士的体质，辽宁许多罐头厂还生产了大量水果罐头。仅安东地区就供应了肉蛋食品 286 万公斤，蔬菜和水产品 910 万公斤，水果 500 万公斤。

1952 年，沈阳红星罐头厂职工收到了志愿军某部全体指战员给他们的一封信，信中写道：你们夜以继日地流汗生产着，这种爱国主义精神给了我们巨大鼓舞，我们决心在战场上获得更大的胜利，用实际行动报答你们和祖国人民。

把全国各地副食送到朝鲜

抗美援朝老战士马世勋曾在前线任物资调拨员，他告诉记者，第五次战役后，战士们的饮食供应跟上来了，每天有罐头吃，"有猪肉罐头、牛肉罐头、花生米、黄花菜干。"

除了罐头，还有各地送来的咸菜。他回忆说："比如南方晒的各种菜干，四川的榨菜，等等。"

到1953年2月，副食蔬菜类可供全军食用167天。部队生活进一步改善，有些部队还采购了啤酒、汽水以及水果、萝卜等副食品，存放在坑道内，丰富了伙食的品种。前方部队早餐还能吃上油条，喝上豆浆，很多战士都高兴地说："四川榨菜到朝鲜，黄河鲤鱼上了山，生活不断有改善，后勤真是不简单！"

相关链接

炒面挽救无数战士生命

作为抗美援朝战争中最知名的食品，炒面一度被认为是这场战争最大的"功臣"之一。纵观当时的老照片，几乎每位战士身上都背着炒面袋子。在战争最艰苦时炒面挽救了无数战士的生命。

东北军事后勤史馆馆长徐文涛告诉记者，炒面是辽宁军民对抗美援朝最伟大的贡献之一。

为了躲避敌人的狂轰滥炸，志愿军战士一般白天都不生火做饭，夜间行军打仗也难以生火做饭。第一次战役结束后，1950年11月，东北军区后勤部正式建议给志愿军提供熟食、炒面，并附赠样品给志愿军总部征求意见。

　　"时任东北军区后勤部部长的李聚奎最先想出炒面的点子，他想起西北地区有一种炒面，适合当食品提供给前线战士充饥。"徐文涛告诉记者。当时，首批赴朝的志愿军部队和民工队员中，已经配发了炒面食品，受到大家的欢迎。

　　徐文涛解释，炒面的最初配方和制作工艺有两种：一种是白面炒熟，加白糖，加开水调拌后食用；另一种是混合面制作的炒面，主要原料是玉米面，掺和大豆面或大米面等，或完全由玉米面为原料，加盐制作。也有用高粱米面制作的，而供应志愿军的炒面主要是混合面和玉米面的炒面。

　　炒面堪称我军单兵速食口粮的鼻祖，这种"面粉状的压缩饼干"易携带，易保存，一度成为志愿军战士最珍贵的保命粮。当时分管后勤工作的副司令员洪学智曾动情地说："如果没有炒面，就解决不了部队最低限度的生活保障。"

　　炒面虽好，但大量制作也是有难度的。1950年12月，中共中央东北局在沈阳专门召开了"炒面煮肉会议"，对东北局机关、各系统、沈阳市、东北军区下达了完成炒面的指标，要求从12月22日开始到1951年1月，一个月左右完成325万公斤炒面的任务，并对炒面原材料配比提出要求。但当时仅靠东北满足不了供应，北京、天津、武汉等地也开始制作炒面，一时间全国掀起了制作炒面的热潮。

　　从第二次战役开始，炒面就成了志愿军的主

词条

炒面

▶ **1950 年 11 月 8 日**

东北军区后勤部在《战地后勤工作上急需解决的几个问题》报告中，正式建议给志愿军供应熟食、炒面。

▶ **1950 年 11 月 12 日**

东北人民政府发布《关于执行炒面任务的几项规定》。

▶ **1950 年 11 月中旬**

东北人民政府调集 150 辆汽车，装载 50 万公斤炒面，从长甸河口过江，首批炒面运到朝鲜。

▶ **1950 年 11 月底**

又往前线运送 200 万公斤炒面。

▶ **1951 年 6 月**

据不完全统计，辽宁地区共加工炒面 33.13 万公斤。

要食物，到 1951 年 6 月，运往前线的炒米、炒面共达 3100 万公斤，占前线运输粮食总量的 16.7%。据不完全统计，辽宁地区共加工炒面 33.13 万公斤，占全国前线运送炒面总数的 10% 以上，其中，仅沈阳市就加工炒面 20 万公斤。

炒面虽然只是简单的食品，但在前线，吃炒面也是有"讲究"的：必须边吃边喝水，否则又噎又呛，无法下咽。战士们有的把山上积雪舀在搪瓷缸子里，加上炒面，搅拌而食；有的一口炒面一把雪同时吃；有的干脆把积雪攥成一个拳头大小的雪球，吃炒面时，先吃一口雪团，口腔湿润了，炒面自然也就不难咽了；还有的战士把炒面、雪攥合在一起，团成较大的雪球，装在棉衣外边的口袋里，这样不会融化，也不会冻得过硬，行军走路时，吃起来特别方便。很多战士美其名曰"什锦饭团"。

有户外长时间活动经验的人都知道，冰雪要加热后才能配合粮食食用，直接食用会迅速降低身体的核心体温，还会使口腔、嘴唇等处产生严重冻伤。

后来，很多战士想出一种办法：用手帕将炒面包起来，然后在上面撒一层雪，焐在胸口将其暖化了，这样就能够吃到温热还软乎的炒面了。

但长期食用炒面很容易营养不良，因为炒面炒制过程中对维生素破坏极大，所以，当时志愿军中很多战士都患夜盲症，还烂嘴角。一直到了 1952 年转入坑道作战后，战线比较固定，志愿军的饮食条件才大为改善，炒面才逐渐淡出战场。

▲ 东北军事后勤史馆馆长徐文涛接受记者采访

记者手记

　　抗美援朝战场那幅"一口炒面一把雪"的画面，不仅刻在志愿军战士们的记忆中，也极大地震撼着我们。记者从志愿军老战士和东北军事后勤史馆馆长徐文涛的介绍中，对炒面有了更详细的了解。战场上的特殊军粮让我们从更多角度看到了志愿军战士在战场上不怕困难不怕牺牲的英雄气概。战场上那些艰苦的历程，更加清晰地展示在我们眼前。追忆志愿军战士的战斗场景，也让我们更加珍惜现在幸福的生活。

钢铁生产

主要基地　鞍钢

修复数量　6 座铁矿和选矿厂、3 座高炉、6 座平炉、7 座焦炉，
　　　　　10 个轧钢厂和钢铁制品厂

新中国钢铁工业的摇篮——鞍钢

一炉一炉炼出炮弹钢

　　1950 年，中国人民志愿军跨过鸭绿江奔赴朝鲜战场；1950 年，新中国的钢铁工业正在鞍钢起步。

　　在硝烟弥漫的战场上，在热火朝天的生产中，鞍钢人创造了许许多多彪炳史册的功绩。2020 年 7 月 2 日，在鞍钢集团博物馆门口，记者见到了鞍钢厂史专家钟翔飞。在他看来，那段历史的最动人之处，并不是功劳簿上让人热血沸腾的功绩，而是其背后的曲折故事。

——

掀起技术革新浪潮

电视剧《钢铁年代》是一部以鞍钢建设为背景的年代剧，其中有一段情节：主人公尚铁龙带领工人进行技术革新，研究快速炼钢，没日没夜地在厂里工作。鞍钢厂史专家钟翔飞说："新中国成立初期，鞍钢的工人们掀起了波澜壮阔的群众性技术革新浪潮，各厂矿纷纷组织了技术革新小组，这股浪潮的起源就在小型轧钢厂。"

小型轧钢厂的设备当时十分落后，火红的轧件需要在机器里反复轧制才能成材，稍有不慎，上千度高温的轧件就会失去控制，造成人员伤亡。小型轧钢厂有位老钳工名叫张明山，他爱琢磨，想要通过发明创造改变小型轧钢厂的现状。

搞发明必须进行试验，不然永远不能成功，这就产生了一个矛盾：停产试验就会影响产量。那时正是 1950 年国庆节前夕，别的矿厂都在争创产量，小型轧钢厂因停产试验欠产三四百吨，大家的压力非常大。第一次试验，生产出来的钢材不扁不圆，许多人都打了退堂鼓。厂长严明顶住了压力，他说："即使影响产量，我们也要试验。"经过努力，第二回试验成功了。钟翔飞说，张明山发明的"反围盘"是当时全世界最先进的技术。

——

炼一炉炮弹钢要废掉一半

新中国成立初期，鞍山的钢铁产量几近全国一半。而抗美援朝战争在一定意义上说，就是打钢铁。钟翔飞向记者介绍，作为"中国钢铁工业的摇篮"，鞍钢在抗美援朝时提出了一个口号："前线第一、军工第一"。

1950 年夏天，鞍钢接到一个生产炮弹钢的任务。炮弹钢不是普通的高碳素钢，质量要求硬度高、韧性好，生产技术十分复杂。钟翔飞说，炮弹钢的生产有三项指标：钢水的碱度 ≥ 2.2，氧化钙 $\geq 40\%$，氧化铁 $\leq 12\%$。前两项指标还好控制，氧化铁

的指标就比较难控制了，如果超过了12%，生产出来的钢的硬度和韧性就达不到要求。钟翔飞说："我们当年的检测手段很落后，只能通过炉前工的肉眼来观察沸腾的钢水，从而判断是否达标，当时也只有一半的炉长才有这种好眼力。"这也就意味着，每炼一炉钢，有一半是废的。

生产炮弹钢需要严格保密，从原料到化验直至成品出厂，炼钢厂厂长马洪德组织制定了一条严密的生产线和专业人员负责制度。制好的钢锭由专列护送到沈阳五三军工厂，制成炮弹运往朝鲜前线。

决不让不合格的锹镐再过鸭绿江

钟翔飞说："在极其艰苦的情况下，鞍钢先后为抗美援朝生产了大批军锹、军镐、炮弹钢、副油箱、钢盔、坦克前护板等军需产品。"

在战场上，志愿军需要挖很多山洞来隐蔽和休整，因而急需大量的十字镐和铁锹。为了行军作战携带方便，铁锹、铁镐最好是形小体轻耐用，铁锹能翻折当镐用。

当时的东北工业部紧急向鞍钢下达生产任务。其时，生产这种军镐，国外采用模压法冲压制造，国内多为锻造。然而，鞍钢的锻造设备严重不足，前方的需要又十分急迫，时间紧、数量大，机械总厂厂长杨仿太和鞍钢工程师杨树棠结合实际，决定用铸造法生产。

通过铸造法生产的这批军锹、军镐被送到抗美援朝战场后，却发生了质量问题。志愿军战士使用时，不是军镐断头，就是军锹卷边，前线反映非常强烈，国家派人前来调查。

为什么会发生这种情况呢？钟翔飞解释，这里作怪的是碳元素，如果碳含量过高，钢质就过脆；碳含量过低，钢质就过软。技术人员需要对原材料进行检测才能解决这个问题。

当时鞍钢没有对原材料的检测手段，杨树棠就提出一个办法：用砂轮打坯料，观察火花来确定材质的性能。那时正是三伏天，为了检测坯料，工人们建了帐篷，在密封的暗室中检测所有的坯料，很多人中暑了。但他们没有退缩，因为他们有一句承诺："决不让不合格的锹镐再过鸭绿江"。

鞍钢基建队承担修建飞机场任务

有些军工任务，先前是没有办法与条件完成的，但为了前线的需要，鞍钢硬是找出了解决办法。

轧制坦克前护板，要求用200多毫米厚的合金钢板，而当时鞍钢的成材轧机是轧不出这种钢材的。但经过反复研究试验，鞍钢人还是找到了办法，以初轧机代替了成品轧机，终于生产出前线需要的坦克防护板。

1951年1月，鞍钢尚处于恢复生产阶段，土建工程公司和机电安装公司分别成立，组建起第一支基建队伍。土建施工队伍组建后，接到的第一项任务就是代表鞍钢支援抗美援朝。当年春天，由中队长、著名劳动模范王进忠率领的105名队员，组成"鞍钢工程队第二中队"开赴安东，在一片荒地上修建飞机场。在修建浪头机场时，第二中队因成绩突出受到了表扬和奖励。从安东回来后，这支基建队伍又承担起修建鞍山腾鳌飞机场的任务。

词条

钢少气多

抗美援朝战争开始时，我国经济力量有限，生产制造各种作战武器所需的钢铁奇缺，国防工业生产设备落后。但中国人民志愿军以顽强的战斗最终赢得了战争的胜利。

产量对比（1950年）

中国钢年产量	**60.6** 万吨
美国钢年产量	**8780** 万吨
中国石油年产量	**20** 万吨
美国石油年产量	**26600** 万吨
中国没有汽车工业	
美国载重汽车	**133** 万台
中国工农业总产值	**574** 亿元
美国工农业总产值	**2848** 亿元

▲ 鞍钢厂史专家钟翔飞接受记者采访

　　为支援前线，鞍钢生产军锹、军镐、炮弹钢、坦克前护板……新中国成立初期，百废待兴，要在短期内恢复生产，鞍钢人付出了极大的努力。为了支援抗美援朝，鞍钢大批量生产军需物资，做到保质保量，堪称奇迹。在此期间，智慧的鞍钢人不断攻克技术难题，不断创新，为抗美援朝战争作出了突出贡献。每一项荣誉的背后，都记录着鞍钢人不懈的努力和拼搏。

孟泰誓与高炉共存亡

2020 年 7 月 2 日，在鞍钢集团办公楼前的广场，早晨八九点钟的阳光像一层轻纱披在孟泰的铜像上，许多鞍钢人开始了一天的辛勤工作。

▼ 新职工入厂都要参观孟泰纪念馆

"老英雄"孟泰是鞍钢最早的劳模，也是新中国第一代全国著名劳动模范。在鞍钢，新职工入厂，都要参观孟泰纪念馆，学习孟泰事迹，感受"孟泰精神"。

孟泰有很多先进事迹，其中，孟泰"誓与高炉共存亡"的英雄壮举深深感动了记者。

1950 年，抗美援朝战争爆发。为了规避风险，鞍钢第一时间安排技术人员、员工家属疏散。年过五十的孟泰也在疏散之列，他让妻子带着 5 个孩子暂时疏散到弓长岭，自己留了下来，一个人带着行李搬到了炼铁厂，日夜守卫在高炉上，誓与高炉共存亡。

那时的鞍钢时常进行防空演习，根据鞍钢劳动模范周传典的回忆，每当空袭警报拉响时，别人都从高炉上往下跑，只有孟泰逆着人群往高炉上跑，手里总是紧握一个大管钳。

▼ 挺身而上排除险情

在鞍钢集团博物馆外，记者看到高高的铁炉外搭满了脚手架，正在维修中。鞍钢集团宣传部工作人员王帅告诉记者，那座高炉是鞍钢的老 1 号高炉，与当年孟泰工作时的高炉很相似。

在巨大的高炉下，人显得格外渺小。孟泰却不这么想，他总是挺身而上，时

刻准备着排除险情。

1950 年 8 月，4 号高炉突然发生巨大爆炸，炉台上浓烟滚滚。正在别的炉上干活儿的孟泰知道出事了，赶紧飞奔到现场。当时烟气太大，工人们找不到问题出在哪儿。孟泰将生死置之度外，第一个冲进烟雾中。这时又一声爆炸，在场所有人的心都揪紧了。滚烫的水滴溅到孟泰身上，他仍然继续向前摸索，终于摸到炉旁，原来是炉皮钢板被烧穿了，上千度高温的铁水从漏口涌出来，与炉外的冷却水相遇，发生了连续爆炸。经验丰富的孟泰马上关闭冷却水开关，爆炸停止了。炉前工很快堵住漏口，避免了一起炉毁人亡的重大事故。

在危急关头，孟泰冒着生命危险排除险情，在鞍钢历史上留下了不可磨灭的功绩，被大家称为"老英雄"。

▼ 率先倡导生产大竞赛

在鞍钢集团博物馆内，陈列着不少与孟泰有关的展品，孟泰用过的饭盒、手电筒、工具、背包和衣服等，还有许多珍贵的照片。记者在一处展板上看到了孟泰欢迎志愿军战士的照片。

王帅说，朝鲜战争的战火烧到鸭绿江边时，孟泰率先倡导开展抗美援朝生产大竞赛，支援抗美援朝前线。1951 年孟泰改进高炉冷却水系统水管，每天节省高炉用水 2 万吨。1952 年，孟泰等人又改进除尘器，安装喷水管，每天节省 190 万元。1953 年，孟泰班研究改进用瓦斯代替木烤铁水罐，每个铁水罐的使用率比过去提高了 27%。

1953 年，孟泰作为中国人民赴朝慰问团的成员，慰问志愿军指战员。他向志愿军指战员讲述了鞍钢的生产工艺流程，矿石如何经过高炉、平炉、轧钢千锤百炼最后成为钢材；讲述了鞍钢工人如何忘我劳动、支援抗美援朝……志愿军指战员听后十分感动，一个叫余森的志愿军战士写信给孟泰："你的名字及模范事迹，已经传遍了志愿军各部队。"

粮食供应

机构名称	**粮食管理总局**
成立时间	**1950 年 10 月**
机构名称	**中央人民政府粮食部**
成立时间	**1952 年 9 月**

国内全员贡献保证供应

穿越漫长封锁线送粮到前线

1955 年，长春电影制片厂拍过一部著名的电影《平原游击队》，整部电影只围绕一个主题——粮食。从影片中可以看出粮食在一场战争中的重要作用。在抗美援朝战争中，为保证前线的军粮供应，全国军民想出了很多解决办法。在无比艰难困苦的条件下，志愿军战士用坚定的信念和毅力挺过难熬的饥饿，后勤部队发挥聪明才智，穿越漫长补给线，将粮食送到志愿军战士手中。

全民总动员向前线供粮

新中国成立初期，中央财政部设有粮食处。1950 年 10 月，粮食管理总局正式成立。1952 年 9 月，中央人民政府粮食部成立。

抗美援朝战争爆发后，当时的粮食战线面临着两项重大任务：一是保证前线的军粮供应，二是稳定国内粮食市场。全国上下把保证前线军粮供应作为中心任务。

志愿军的粮油供应完全由国内组织供应，马料（主要是豆粕）、高粱和食用油由东北大区粮食总局负责组织供应，大米和面粉由中央在关内统一安排调拨，主要从华东、中南两大区组织专项加工调拨。

但当时，新中国刚刚成立，在军粮的运输和加工方面都面临很大困难。

据资料显示，东北人民为志愿军贡献了大量粮食，尤其是辽宁人民贡献突出，共献出粮食 356.56 万吨。

为了改善志愿军细粮供应，国家还采取了用东北粗粮换回关内细粮再护送到前线的方法。抗美援朝战争第四次战役结束后，我军专门成立了驻东北运粮办事处，授权东北粮食总局负责领导。

1952 年，中央政府粮食部曾先后召开第一次和第二次全国粮食工作会议，明确了粮食工作的方针任务，保证军需民食，稳定市场粮价。

辽宁社会科学院研究员卢骅是研究辽宁抗美援朝运动史的专家，他说，在抗美援朝战争期间，辽宁各地大力开展了爱国增产竞赛运动和农业合作化运动，使粮食和其他农作物的产量逐年增加，农民丰收后不忘记国家，踊跃地交纳公粮，用自己的实际行动支援了志愿军，展现了极高的爱国热情。

卢骅向记者详细解释，当时的辽东、辽西两个省连年完成或超额完成国家粮食征购计划。在交纳爱国公粮中，农民一致将家中的好粮、一等粮交出来，争先恐后地挑大穗交，争取提前完成交纳公粮的任务。

1951 年，据 29 个市县的统计，农民向国家交售余粮 40 万吨，超过原计划的 6.9%。

在交纳爱国公粮的过程中，涌现出一批先进模范人物，辽东省的李永和就是其中之一。

李永和是一名志愿军指战员，秋收后，他给父亲写信，动员父亲把余粮卖给国家。当时，李永和的父亲原本打算把余粮卖给一个倒卖粮食的亲戚，收到儿子从部队寄来的书信后，老人毫不犹豫地把 1000 公斤粮食卖给了当地的合作社，后来又追加了 500 公斤。

这段故事被创作为山东快书《再加一千斤》，当时广为流传。辽宁各地都掀起了积极交售公粮的热潮。

同时，辽宁各地还响应国家号召，在农村，为了增产，农民搞农业生产，发展深耕细作，一些人还积极发展家庭副业，通过养猪、养鸡、采蘑菇等方式，增产与捐赠同时进行，极大地支援了志愿军粮食供应。

艰苦卓绝的运粮大作战

在抗美援朝战争初期，举国之力筹集来的粮食却很难运送到前线。

志愿军老战士马世勋曾是志愿军后勤一分部四大站十一分站的一名物资调拨员，当年他的主要工作就是在兵站调拨物资。他告诉记者，战争年代国内的粮食运输到前线，一般先由国家粮食部门负责运送到集结地点，装上火车，待时过轨（过鸭绿江桥）。"当时有几十个物资集散地用来存放后方运来的粮食。这些粮食大多数是大米、白面、高粱米等，但是这些物资集散地经常会遭到敌机轰炸。"

1951 年 4 月，马世勋所在的物资集散地——

交纳公粮

抗美援朝时期，辽宁通过大力开展爱国增产竞赛运动和农业合作化运动，使粮食和其他农作物的产量逐年增加。

▶ **1950 年**

辽东、辽西两省农业总产值 13.23 亿元，粮食总产量 513.5 万吨，全面超过 1943 年的历史最高水平。

▶ **1951 年**

辽东省粮食总产量比 1949 年提高 16.6%。

▶ **1952 年**

辽东、辽西两省粮食总产量达 544 万吨，比 1951 年增长 14.99%。

▶ **超额完成**

辽东、辽西两省连年完成和超额完成国家粮食征购计划。1951 年，据 29 个县市统计，农民向国家交售余粮近 40 万吨，超过原计划 6.9%。

朝鲜三登遭敌军轰炸，损失了287万斤炒米炒面、33万斤豆油、19万双军鞋。"白天我们几乎不能动，晚上才能出来搬运粮食。"马世勋说。在战争初期，我军没有制空权，大量粮食损失在路上。在运动战期间，我军运送过鸭绿江的粮食有19万吨，完成前运计划的110.9%，但大多数没有运送到前线战士手中。马世勋说，最紧张的时候，粮食和弹药的补给量只达到需求量的25%。

"一方面敌机狂轰滥炸，一方面我们运输车辆太少，导致粮食前运面临困难。"马世勋说，当时敌人一个军有近7000辆汽车，而我们一个军只有100多辆汽车。因为种种原因，也很难缴获敌人的供给，"敌人的物资不是汽车运就是空投，我们很难从他们那获得物资补给。"

用衣服给伤员换大米

"第五次战役之前，前线极度缺粮。不仅有敌机轰炸，而且仓促入朝各级后勤之间联系还不是很畅通，给养跟不上快速前进的部队。"马世勋说，很多战士只能挖野菜吃，有的部队自己组成筹粮队向当地的朝鲜人筹粮，"但当时的朝鲜已经是满目疮痍，百姓也没有多少粮食。"

由于缺少粮食，志愿军非战斗减员十分严重，部队战斗力也受到极大影响。"很多战士患上了夜盲症。当时有的部队缺粮三四天，战士们只能挖土豆充饥。"马世勋告诉记者，"当时的粮食大多给伤病员吃，有时候连伤员也没粮食。我记得有支部队断粮三天，一个负责运送伤员的担架兵用自己的衣服跟当地百姓换来点大米，给伤员吃。"

到第二次战役时，平均每天每人主副食不到1公斤。到第三次战役，因为战线太长，我军整个供应线形成前面空虚、中间脱节的状态。"到三七线附近时，运输线已经长达500公里。"马世勋告诉记者。

即使这样，志愿军战士依然保持旺盛的战斗意志，"当时流行一句话'小米加步枪，粮食在前方'，很多志愿军战士想方设法自己解决粮食困难。"马世勋对记者说。

虽然后期有炒面帮助志愿军解决了吃的问题，但营养单一，吃炒面也不是长久之计，"炒面水分少，总吃会上火。当时很多战士得了口角炎，而且炒面吃多了会腹胀。"马世勋说为了解决粮食问题，志愿军想出许多办法。

除了加强防空，成立筹粮队，志愿军还印发了"野菜图谱"，号召大家一起挖野菜，就地种植蔬菜，自己加工副食。1951年5月，志愿军后方勤务司令部成立，给养物资供应体制和方法都发生重大改变，"跟进式和开设供应站的保障方法被摒弃了，改为分区供应和建制供应，建设兵站运输网，给部队发补给也是按照部队实力、标准、作战要求、地理条件、部队现有库存等发放"。

随着补给制度的改善，给养供应也逐渐好转。到1952年，粮食等物资不仅可以及时按标准供应，而且还有结余可以储备。马世勋说："那时候前线坑道里经常存着五六个月的粮食。有时候还能有余粮发给当地老百姓。为了让战士吃上鸡蛋，后方还将鸡蛋加工成粉，装进罐头盒运到前线，战士们用水一冲就可以吃了。"

到1952年，全军粮食储备已达8个月以上；到1953年2月底，全军共储备粮食24.8万吨。

为解决粮食问题立大功的"筹粮队"

抗美援朝战争初期，前线粮食紧缺，许多部队成立了筹粮队。抗美援朝老战士宁殿云当年曾担任过第五十军一○五师四十九团筹粮队的队长。

"我当时是团部宣传员，因为粮食紧缺，部队成立筹粮工作队，任命我做队长。"宁殿云说，每支筹粮队由二十几个战士组成。"我们主要负责去当地老百姓那儿筹粮。"当时部队有严格规定，不能动老百姓其他东西。

　　"志愿军党委发布了《借粮规定办法》，要求我们有组织有计划地进行借粮。"宁殿云告诉记者，当时还统一划分了借粮区域，这也是为了避免因地区贫富和远近不同，部队筹借粮食数量不一而产生混乱，加重群众负担。

　　宁殿云的主要任务就是每天和一两个战士去百姓家借粮，"朝鲜粮食产量本来就不高，加上当时战争破坏，筹粮工作困难重重。"

　　筹粮队筹到粮食后，要把盖有公章的借据付给借粮百姓，以此向政府抵交公粮。"刚开始一些当地老百姓不理解，借粮面临很大困难。后来就好很多了，很多百姓甚至主动把粮食借给我们。"宁殿云说。

　　这种就地筹粮的做法在抗美援朝战争初期起到了巨大作用。前三次战役期间，就地筹借的粮食占部队总消耗量的七成以上。整个运动战期间，我军共就地借粮12172.5万公斤，其中，第三十八军从1950年10月入朝至1951年2月的4个月中，借粮占供应量的80%。1951年朝鲜发生特大洪水，交通中断，粮食再度告急，经志愿军后方勤务司令部统一向朝鲜政府筹借粮食5800多万公斤，基本保证了供应。志愿军两次向朝鲜政府和人民筹借粮食18004万公斤，到1953年5月，已分期分批还清。

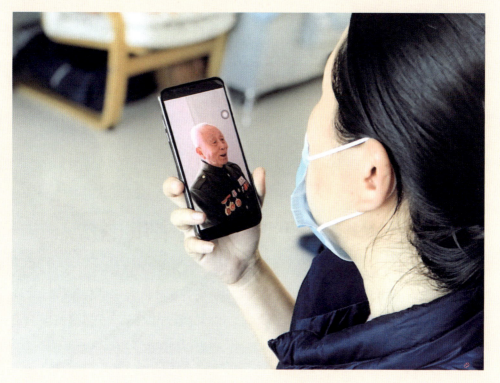

▲ 原志愿军物资调拨员马世勋接受记者采访

记者手记

　　粮食供应一直是战争最重要的后勤保障。筹粮队的故事深深打动了我，受访的志愿军老战士有的已经无法站立，有的说话很吃力，但每每提到在前线筹粮的经历，他们的眼睛里都放出异样的光芒。那段经历对于他们来说刻骨铭心。正如一位志愿军老战士所说，筹到的每一粒粮食，都无比珍贵，它们汇聚在一起，凝结成一种力量，引领志愿军战士义无反顾地奔向胜利。

电力供应

发电量 1950 年，中国人均发电量 2.76 千瓦时
供电方式 水力发电站、火力发电站、列车发电站

———

想方设法输送战争"动力之源"

水丰水电站毁了　本溪来供电

在战争中，有一种能源被大量消耗，这种能源就是电！电可谓是决定战争胜负的关键。在抗美援朝战争时，中国的电力供应基础极其薄弱，1950年中国人均发电量仅为 2.76 千瓦时。克服重重困难，提供电力供应，辽宁电业工人有力地支援了前线的战斗。

———

水丰水电站扛起"主力供电大旗"

抗美援朝战争爆发前，东北电力系统由几部分组成：中部电力系统，以丰满水电站为中心，连接沈阳、抚顺、长春、吉林和哈尔滨等地区；南部电力系统，以水丰水电站为中心，连接大连、鞍山、安东、营口等供电区；东部电力系统，以镜泊湖水电站为中心，连接鸡西、牡丹江、延边等供电区。

1949 年全国发电量只有 43.08 亿千瓦时，到 1950 年，中国人均发电量 2.76 千瓦时。当时的美国人均发电量为 2949 千瓦时。"可以说，当时中国的电力供应基础极其薄弱。"本溪市政协文史专员张达文对记者说。

抗美援朝战争爆发后，如何保证充足的电力供应成为一大问题。

"当时在安东，大部分电力来自水丰电厂。"国网丹东供电公司党委党建部副主任兼团委副书记丁冉羽告诉记者。

1937年9月，日本侵略者成立了"满洲鸭绿江水力发电株式会社"，同时开始动工修建水电站。发电厂建成后，安东供电范围发展到北至草河口，南到大东港，东至临江，西到岫岩，送电线路总长436公里。

"抗美援朝战争爆发前，安东唯一供电线路就是新六线。"丁冉羽告诉记者，这是一条由朝鲜新义州到安东六道沟66千伏的供电线路。"这条线路由水丰水电站将电源送往朝鲜新义州中央一次变电所，再横跨鸭绿江大桥（新桥）送往安东市六道沟变电所。"为防止敌机轰炸，1950年9月，安东电业局还在新桥上铺设了1400余米的备用线。

义东线送电时间提前一个多小时

1950年11月，敌机轰炸，安东、新义州电力严重受损，两条供电线路都被炸毁。

安东市停水停电，陷入瘫痪。轰炸一结束，安东电业局立即开始组织抢修。

丁冉羽告诉记者，因为线路被敌人炸得千疮百孔，新六线已不堪重负，只有开辟一条新的线路。"辽东省委与安东市委同安东电业局商议，一致决定从朝鲜义州城变电所新架设一条 66 千伏线路至安东市东坎子变电所，避开敌人的轰炸重点鸭绿江大桥，代替被炸毁的新六线，这条线路就是义东线。"

只有 7 天时间，要架设完这条跨一江、三河、多座山丘约 17 公里的线路十分困难。

"当时的抢修队长贺更新带领技术人员选择最短距离架设路线，边测量边设计，前面挖坑埋杆，后面直接登杆架线。敌机不断袭击、骚扰，白天施工经常得躲避敌机的俯冲扫射，晚上施工更怕暴露目标，连送料汽车的大灯也得蒙上红布，运料的马车摸黑前进，有时一不小心就掉进河里。"丁冉羽说。

往山上运送木杆完全靠人力，刚刚下过雨雪的山路又冻上了一层薄冰，不用说抬上几百斤重的木杆，就是空手一人也难以上山，可抢修人员将这些困难都克服了。

"有一次敌军突袭，朝鲜一侧线路材料被敌机全部炸毁，急需补充。工程指挥部当即决定，连夜运材料过江。那时大江还没封冻，又没有浮桥，只能蹚水过江。队员们从江面最狭窄的马市台一带过江，当天晚上，他们把大线和各种高压立瓶、工具装了几大马车硬是过了江！"丁冉羽告诉记者。

11 月 22 日，义东线架设完成并正式送电，送电时间比原计划提前了 1 小时 10 分钟。

本溪二电厂加入供电大军

1952 年，水丰水电站被敌机炸毁，发电重任转移到了本溪二电厂身上。"本溪只有大斜坑、柳塘、电气炉等少数变电所运行，1949 年，其他变电所才开始逐渐运行。1950 年抗美援朝战争爆发，安东当时严重缺电。水丰水电站被炸后，为解决安东的电源问题，在本溪第二发电厂北侧建了一个临时变电所，安装了 4 台 5000 千伏安电力变压器运送到林家台，再由林家台送到安东。"本溪市政协文史专员张达文告诉记者，这条线路和义东线一起运行至 1958 年安东一次变电所恢复运行，才停止供电。

记者在采访中了解到，本溪煤铁公司第二发电厂遗址位于本溪湖工业遗产群内，总占地面积 1.7 万平方米，厂内靠铁路线与溪湖专用线连接。现存西冷却塔高 29 米，上沿直径 17 米，下沿直径 38 米。东冷却塔高 46 米，上沿直径 18 米，下沿直径 38 米。发电车间（机炉主厂房）始建于 1937 年，长 53 米、宽 50 米、高 27 米，占地面积 6270 平方米，2008 年停产后荒废。在这座发电车间里，还存有本溪最早的载人电梯。

本溪煤铁公司第二发电厂于 1937 年修建，1948 年 10 月电厂设备修复，并于 1949 年后逐步恢复生产。

"战争期间，无论是后方物资生产，还是前方作战通信，都需要充足的电力。虽然我们底子薄，但无数志愿军战士和电业工人用智慧和生命守护了一座座发电站、一条条送电线，胜利完成了任务。"张达文说。

词条

电力遗址

▶ 丹东 220 千伏变电站

前身是安东一次变电所。在抗美援朝战争时期，它是当时安东市唯一一座 220 千伏变电站，作为供电枢纽承担着全市供电任务。

▶ 丹东六道沟 66 千伏变电站

前身是第三发电厂。1942 年由水丰水电站至安东一次变电所的"水东线"送电后，安东发电所停止运行，其厂址改为六道沟变电所。

▶ 丹东东坎子 66 千伏变电站

抗美援朝时期，为了保障供电不被战火影响，新架设了由朝鲜义州城变电所终到安东东坎子变电所的 66 千伏"义东线"。东坎子变电所作为重要供电节点，连接到安东一次变电所，再由其作为供电枢纽为全市供电。

相关链接

火车上的电厂

除了水力发电站和火力发电站，还有一种特殊的发电站，那就是列车发电站。它又被称为"火车上的电厂"。

▼ 快装机改造为列车电站

1950 年 10 月，北京电管局接到命令，把一台英国制造的 2500 千瓦快装机改造为列车电站，紧急驶往安东，为志愿军保卫鸭绿江大桥，为前线指挥部、雷达站和机场提供电力。这是新中国成立后最早的列车电站。

据了解，列车电站最小的机组容量为 1000 千瓦，最大的机组容量为 2.3 万千瓦，大部分机组为 2500 千瓦至 6000 千瓦。容量不同、发电方式不同、制造时间不同，每个电站的结构也有一定的差异。以当年装机容量 6200 千瓦的第 31 列车电站为例：全车共有 16 节车厢，分别是 6 节油罐车、2 节寝车、2 节办公车、1 节备品材料车、1 节维修车，最后 4 节是用油发电的发电车。

▼ 列车发电厂紧急调往安东

1952 年，抗美援朝期间，鸭绿江水丰水电站被炸，组建不久的老 2 站（修建四队）从石家庄紧急调往安东，为军用机场和高炮部队发电。从接到任务到抵达战场，列车发电厂只用了 20 小时。

截至 1955 年底，我国已有 5 台总容量为 1.3 万千瓦的列车电站投入使用。在改革开放前的那段日子里，列车电站对国家的经济发展起到了不可估量的作用。

随着电网分布日趋合理与完善，煤耗高、污染大、容量小的列车电站完成了历史使命，1982 年水利电力部宣布列车电站解散，自此列车电站退出历史舞台。

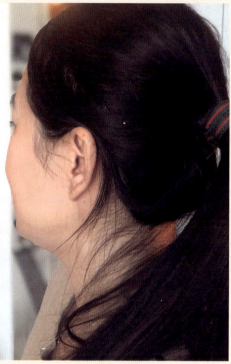

▲ 记者与国网丹东供电公司党委党建部副主任丁冉羽视频通话

记者手记

　　在抗美援朝中，安东和本溪在电力供应方面作出了巨大贡献。一张张珍贵的照片，一段段感人的事迹，走在那些落满历史尘埃的遗址遗迹旁边，我们依然能够感受到战争时期的惊心动魄。抗美援朝战争的胜利是无数人用热血和青春换来的，电力工人默默地奋战在后方，成为取得胜利最坚固的基石。一根根电线输送的不仅仅是电力，而且是必胜的信念和不屈的精神。

话务班

人员数量　**安东市电报电话局话务班共 19 名话务员**
年龄结构　**最大的 23 岁，最小的 16 岁**

话务员危险环境坚守岗位

轰炸中守护炸不断的通信线

　　站在丹东市振兴区七经街和六纬路的十字路口，向西南角望去，一幢具有历史感的红色砖楼默然矗立。这里就是安东市电报电话局的旧址。在抗美援朝战争期间，有线电话通信系统首先面临战火的考验，敌机不断轰炸扫射，电话线路多次遭到严重破坏，安东市电报电话局职工冒着生命危险坚守机台、抢修线路，保证了重要电讯的畅通。这条通信线路，是抗美援朝战争前线与后方联络的生命线。当时，人们把它称为炸不断的"中枢神经"。

难忘 1950 年 11 月 8 日的战斗

话务台前，安东市电报电话局话务班的姐妹们沉着冷静地以最快速度接转每一个长途电话……这一幕，被一张历史照片定格。

2020 年 7 月 6 日，在中国联通丹东分公司档案室的展陈柜中，记者看到了这张黑白照片。照片上话务员们的工作地点就位于安东市电报电话局旧址三楼的一间办公室。

7 月，两位同是 85 岁、当年都在安东市电报电话局工作的老人向记者讲述了他们亲历敌机轰炸保护通信线路惊心动魄的经历。

林科，抗美援朝战争时安东市电报电话局机房的设备维护人员，无论环境如何危险，他始终留守在电报电话大楼里；鲁爱平，安东市电报电话局机要台的机要话务员，她参与了整个战争期间军事情报电话的接转。

1950 年 11 月 8 日，敌机丧心病狂的轰炸，让两位老人至今难以忘怀。

"那一天，敌机在头上怪叫，爆炸声连成一片，电报电话大楼的玻璃大部分被震碎了，工作台随着炸弹声不停地晃动。我的两只耳朵也被震得嗡嗡直响，但我们没有停下来，电话的接转丝毫不能耽搁。"回忆起当天的情景，鲁爱平声调仍然十分紧张。

从 1950 年 6 月 22 日到安东市电报电话局上班起，林科一面跟师傅学徒，一面维护机房内的自动电话机械。他说："维修机房内的自动机械设备，就像修表一样，有 100 多个零件，上百根线，遇到问题要随时进行焊接调整。敌机轰炸频繁时，爆炸声十几分钟就响一次，尤其是晚上，机房 20 个人三班倒。三楼话务班小姑娘面对这么危险的情况始终坚守着岗位。"

据林科介绍，除了话务班、维修班，线路班在抗美援朝期间对确保线路通畅也起到了关键作用。

11 月 8 日，当敌机在鸭绿江大桥附近狂轰滥炸时，通信线路被炸断。杆线线路

班接到紧急任务：他们务必在 13 时前，从镇江山（今锦江山）到鸭绿江桥头架起一条通信线路。线务员张智生在另外一名人员的配合下，不顾敌机轰炸，在滚滚黑烟里架线。当他伏在电线杆上挂最后一段铁线时，敌机在他的头顶上轮番轰炸。突然，一颗重型炸弹落在离张智生 100 米左右的地方爆炸，弹片从他身边擦过，硝烟熏得他头晕目眩，与此同时，又一颗炸弹在离他 40 米左右的地方爆炸，烟尘和巨大的波浪向他袭来，他差点从电线杆上摔下来。他紧紧地抱住电线杆，终于拧完了最后一个接线头，完成了架线任务。

三次搬家确保通信安全畅通

抗美援朝战争期间，安东市电报电话局和广播电台都是敌机主要轰炸的目标。

"那时，一到晚上，敌人就在电报电话局和广播电台周围打信号弹，给敌机提示轰炸目标。"林科回忆说，为了确保通信畅通和通信设备的安全，安东市电报电话局进行了 3 次大搬家。由于机房的设备没法儿搬走，只能留人看守，林科和几名机房维护人员以及电力室的工作人员留了下来，保障电话正常运转。"朝鲜那边的枪炮声，我们听得清清楚楚，也知道侵略军打到江边了，但我们向领导保证：机在人在，即使机毁人亡也不后退，一定要保证电话线路的畅通。"林科说。

1950 年 11 月 8 日，敌机大轰炸后，安东市电报电话局进行了第一次搬家，从七经街旧址搬到八道与九道之间的水洞里。

"水洞里又潮又冷，为了防潮御寒，我们先用木板横铺在水面上，然后再用木板搭成房间，外线架好，通信设备都安装完毕后，机要台就搬到了那里，4 名机要话务员一直坚守工作岗位。"鲁爱平说，那时她们每天能接转数百通电话。

在水洞里工作到 1951 年春夏之交，这时雨水增多，河水上涨，此处已经无法保证通信设备的安全运行，机要台又从水洞搬到八道沟附近的平房内。第三次搬家是在 1951 年的冬天，年初施工的八道沟防空洞工程基本完工，通信设备全部搬入。

采用机器来回倒的办法保证通信不间断

通信设备的 3 次大搬家，都是在敌机不断轰炸、扫射而通信不间断的情况下进行的。

机务站（载波室）是通信的枢纽。"在这 3 次搬家过程中，由于机器不够用，还要保证通信不间断，工作人员采用机器来回倒的办法，即开通这部载波机，再挪另一部载波机，这样几经循环，尽管工作量增加了几倍，但确保了搬迁与通信两不误。"林科说，在架设电缆引入线时，白天因敌机轰炸不能架，只能在晚上进行，又因电力线被敌机炸断而没有电灯，大家就一只手拿着蜡烛，一只手干。

这 3 次搬家，安东市电报电话局的工人和干部所干的工作量比新建一个电报电话局的工作量还要大。敌机轰炸如同家常便饭，电话线路常常是炸了修，修了又被炸，炸了再修。

2020 年 7 月 6 日，冒着细雨，记者辗转找到了位于丹东市元宝区一座小山下的防空洞，当年，机要话务员们就在这里坚守。

整个抗美援朝战争期间，鲁爱平和林科都坚守在一线。1958 年鲁爱平调到北京工作。"机要台的 4 名同事中，现在只有我和刘玉凤还健在，我俩经常回忆 70 年前的那些事。去年我回丹东，还特意去看了我当年工作的地方。"鲁爱平说。

相关链接

电话班长王静彬创"六三制"工作法

抗美援朝战争期间，还有一条电话线路同样是前线与后方联络的命脉，连接这条生命线的就是安东铁路电话所。

"六三制"工作法

▶ 三快

快接 市内电话接线5秒，长途台接线7秒；

快送 市内电话送信号一次不超过2秒；

快撤线 市内市外电话撤线8秒，接转时间1分至4分。

▶ 三好

态度好，联系好，节约好。

▶ 三勤

勤学习，勤问，勤溜线。

▶ 三不

不闲谈，不错送电话，不接三股线。

▶ 三正确

记录正确，处理正确，应答正确。

▶ 三活

灵活运用回线，灵活操纵，灵活执行规程。

在战争条件下，通信任务繁重，尤其军事物资运输的通知丝毫不能耽搁，这对电话所是个严峻的考验。铁路电话所的电话班长王静彬带领全班人员改进通信业务，逐步研究创造出"六三制"工作法，工作效率大大提高。铁道部号召全国铁路系统学习她们的工作方法，从而有力地促进了抗美援朝工作。

2020年7月7日，在丹东火车站附近的大连铁路电务段丹东通信车间小会议室内，77岁的苏增昌老人讲述了8年前他去探访王静彬的经过。

十多年前，苏增昌从丹东铁路电务段退休后一直收集有关抗美援朝的历史资料。2012年4月，他专程赶赴北京探访了王静彬，家乡人来看望她，已经79岁的王静彬十分高兴，详细讲述了她的经历。

1933年5月，王静彬出生于安东市官电街。1947年4月，她在安东第四被服厂当工人，给解放军做被服。1949年2月，到安东铁路电话所任电话员，后任电话班长。她说，当时电话所共有23名女电话员，都是20岁左右的青年人，其中有4名党员、10名团员。

安东铁路电话所有3个市话台、2个长途台，由于整日整夜不间断地忙碌，难免出现差错。怎样才能适应战时需要，最大限度、最快捷地保证铁路运输通信的安全，这一直是王静彬认真思考的问题。

她认识到抗美援朝的通信保障工作单单靠勇敢、靠工作热情和干劲是远远不够的，最重要的是把勇敢的精神和科学的工作方法、严密的工作制度结合起来。

于是，王静彬运用平时工作积累的经验，提出一套科学的工作制度"六三制"：三快、三好、三勤、三不、三正确、三活。由此，王静彬本人创造了万次接通电话无差错的最高纪录，提高了电话所的工作效率，还为战争时的铁路运输带来了巨大效益，为战争胜利赢得了宝贵的时间。

抗美援朝期间，离鸭绿江桥仅三百米左右的铁路电话所，常常面临着敌机轰炸的危险。

1950 年 11 月 8 日上午，防空警报拉响，敌机来轰炸鸭绿江桥，电话所的小灰楼被震得剧烈颤动，工作房间的天棚墙皮被震得脱落，门窗玻璃四处飞溅，工作台摇摇晃晃。

王静彬带领着电话班的姐妹们冷静沉着地接转往来不断的电话。当听说鸭绿江大桥被炸起火，她安排好电话台的值班人员后，带领其他工友直奔江桥，和抢修队员一起冲进烟雾中灭火。大火扑灭了，王静彬受到领导和同事们的高度赞扬。

1951 年，王静彬被授予"在敌机轰炸下坚持工作岗位模范"，荣立大功一次，并被选为全国铁路劳动模范，安东铁路电话所被评为东北铁路系统模范电话所。

后来，王静彬被派往沈阳、北京等地学习，成为高级工程师。1988 年在北京北方交通大学离休。

▲ 苏增昌接受记者采访

　　采访安东铁路电话所在抗美援朝战争中作出的贡献，不得不提到当时该所电话班长王静彬，她被授予"在敌机轰炸下坚持工作岗位模范"，创新制定"六三制"工作方法，创造了万次接通电话无差错的最高纪录。为了讲述这段历史，记者辗转找到了从铁路部门退休的苏增昌。他对抗美援朝战争史做了大量研究工作。2020年7月，在王静彬曾经工作过的铁路电务段通信车间会议室，苏增昌娓娓道来。

抢修机场

开始时间　**1950 年 8 月**
数量统计　**共抢建 57 个飞机场，其中多数在辽宁地区**

民工队夜以继日抢建

两个月把机场建在大孤山

　　黄海北岸，大孤山南麓，山与海的交接处便是丹东大孤山镇所在地。2020 年 7 月，记者一行沿着鹤大高速公路来到这里，寻找抗美援朝时期的大孤山机场遗址遗迹。

　　大孤山机场是简易军用机场，供志愿军空军飞机临时起降。它修建于 1951 年，由钢板铺就，有"草原机场"之称。70 年过去了，如今的机场旧址已成为光伏发电厂和一片水田。

钢板铺就简易军用机场

1951 年，敌机不断入侵我国境内轰炸扫射，我国人民的生命财产受到严重威胁。为了捍卫领土完整，保卫人民安全，同时，解决志愿军原有机场距离朝鲜太远不能有效支援陆军作战的问题，中共中央东北局决定在大孤山附近修建一个简易机场来应急。

战争结束后，大孤山机场还保留了一段时间，1954 年之后驻防的空军和战机陆续撤走，只留下维修队驻守机场，直到 1959 年，机场正式废弃，逐渐返耕还田了。

记者来到当年机场的所在地——大孤山镇大姜村。放眼望去，稻田之间，纵横交错着水渠，阡陌相连村落间，除了远处的大孤山，视线再无阻挡。

大姜村村委会主任姜慧智告诉我们，当年的机场就位于大姜村的农场地块，占地总面积约 4500 亩，如今的机场旧址已成为光伏发电厂和一片水田。

因为机场一直保留至 1959 年，大姜村里六七十岁的村民都有相似的儿时记忆：机场上的建筑、周边的高射炮阵地、四个探照灯，等等。据姜慧智介绍，村里 92 岁的任福深老人曾经在大孤山机场工作过。

3 月始建，5 月交付

穿过几条狭窄的乡间水泥路，道路的尽头就是任福深的家。提起当年在大孤山机场工作的情况，任福深非常自豪地说："那时我是大孤山机场的军工。"

那时，大孤山附近不通电，但空军日常飞行、雷达使用、飞机修理等都需要电力，因此机场配备了发电机。任福深那时 21 岁，会开发电机，也会修理发电机，他在大孤山机场就负责这项工作。

据任福深介绍，由于当时修建混凝土机场需要的时间较长，不能迅速形成战斗力，所以机场的跑道没做硬覆盖，而是用钢板铺装而成。那些钢板上面遍布窟窿眼，直径比酒盅口略小，他猜测这是为了增加摩擦力而做的。机场的跑道长 3000 米，宽 60 米。1951 年 3 月开始工程修建，由各地抽调来的民工队修建，由部队的基建科管理。

记者翻看《东沟县志》，关于大孤山机场有这样的记载："1951 年 3 月始建，5 月交付空军使用。"

据大孤山机场建设工程的参与者隋石秀回忆，当时施工条件十分艰苦，3 月份土地还没有化冻，没有机械作业，地面的修整和沙石的运输全靠人力。修建工作时间紧任务重，为争取时间，来自岫岩、庄河、宽甸、凤城等地的民工夜以继日地抢建，只用了两个多月的时间就完成了机场的主体工程，交付志愿军空军使用。

———

两座防空洞遗址尚存

由于正处于盛夏，机场两座防空洞周边都是水田，记者只能沿着田垄近距离观察防空洞。两座防空洞的入口外形相似，水泥建筑上盖着厚厚的土层，其中一座防空洞顶被村民种上了花生。

据任福深介绍，这两座防空洞内部是当年空军作战指挥的地下指挥所。大孤山机场驻扎了志愿军空二军的两个师，飞机都是喷气式的战斗机。

词条

贡献数据

▶ **浪头机场建设**

1951 年，宽甸县直接参加建设任务的民工 3000 多人，大车 5000 台

▶ **凤城机场抢修**

1951 年 7 月，桓仁县出动战勤民工 2.1 万人次赴凤城抢修机场

沈阳于洪、北陵、东塔机场修建

每天调用民工 2 万多人，各种车辆 1000 余台

▶ **辽阳机场扩建**

动员 2 万多名民工与工程技术人员施工建设

为了保护这座机场，周边还设置了许多炮兵阵地，最远的炮兵阵地距离机场有十多公里。

姜慧智告诉记者，机场上曾经有不少建筑设施，有飞机修理库，有可供志愿军空军休息的房屋，还有排水站。排水站的作用是，到了经常下雨的季节，机场有时候会被水淹没，这时候抽水机就派上了用场。

在村头不远的水田里，远远望去，有两处不起眼的小土包。姜慧智说，那样的小土包就是当年飞机的"机窝"。

从1951年至1953年，志愿军空军飞行员从大孤山机场起飞参加轮战数十次。据任福深回忆，大孤山机场曾经涌现出了"打 F-86 能手"鲁珉等战斗英雄，当年打掉美国王牌飞行员的战斗英雄张积慧也曾作为教练官来到大孤山机场讲课。

抗美援朝战争结束后，大孤山钢板机场完成了历史使命，拆除的钢板等通用器材作为空军的储备装备封存，留下的机窝也渐渐倒塌，改成了水田，历经几十年的耕作，仅剩眼前的小土包了。

如何抢修抢建机场

丹东的浪头机场、青椅山机场、前阳机场、大堡机场、大孤山机场，沈阳的于洪机场、北陵机场、东塔机场，还有辽阳机场、鞍山机场……在辽宁，抗美援朝时期抢修、抢建了不少机场，它们见证了中国人民志愿军空军的诞生与成长。

▼ 40 天抢修安东浪头机场

抗美援朝战争时期，安东市作为最靠近朝鲜战场的国防前哨，修建可供志愿军空军起落的飞机场势在必行。当时，辽东省修建委员会将目光投到了浪头机场上。

　　安东的浪头机场是日伪时期修建的，到了 1950 年，这个旧机场因为年久失修，跑道表面的水泥已经风化，不能适应飞机的起落了。经过现场勘察后，工作人员发现机场的飞机跑道又窄又短，不适宜当时的作战方式，他们决定在旧跑道的东侧重修一条适用于各种飞机起落的跑道和滑行道。

　　浪头机场是一线作战机场，地位十分重要，修建时间紧，任务重。

　　浪头机场开始修建时，除了空军的建筑部队外，辽宁多个市县的战勤民工都参与了机场的修建，例如鞍钢基建处的抗美援朝工程队。修建期间，施工现场还遭到了敌机的空袭，但在全体参建人员的共同努力下，只用了 21 天就完成了跑道的浇筑工程。大家再接再厉，继续修建滑行道、飞机掩体等机场设施，整个机场只用 40 天就竣工了。

▼ 动员大量民工参与机场建设

　　短时间内抢修机场，投入的人力、物力都是巨大的。受当时条件所限，机械化施工程度较低，只能采取人海战术施工，为此众多辽宁人作出了极大的贡献。除了安东地区的一线机场，在沈阳、辽阳、鞍山等地，辽宁人也修建了可供志愿军空军使用的二线机场。

　　沈阳市为了保质保量地修建于洪、北陵、东塔这三座军用机场，每天要调用民工 2 万余人，各种车辆千余台。数据显示，除了动员全市机关干部、工矿职工和学校学生参加义务劳动，还动员民工共 78.3 万余人次。

　　辽阳机场是非常重要的二线机场，当时志愿军空军的参战飞机多由该机场转到安东的一线机场作战。1950 年 8 月，上级决定迅速扩建辽阳机场，要求在 20 天内完成扩建任务。这项工程任务包括修建 20 万平方米的主体跑道、滑行道、机窝等，工程量浩大，时间要求紧。为了按时完成任务，指挥部调集了一批施工机械，科学安排人力和机械，昼夜施工，仅用 17 天就竣工了。

▼ 从不耽误机场的战勤工作

林辉英是庄河市人，曾经在大孤山医院工作过，他回忆："冬季每逢下雪，孤山镇都要组织党团员、入党积极分子，扛着木锨拿着扫帚到机场去除雪。"为军用飞机场跑道扫雪，是抗美援朝战争时期辽宁各地民工承担的战勤任务之一。

为了确保战机安全起降，许多地区成立了扫雪委员会。在辽阳市扫雪委员会的指挥下，辽阳的民工以降雪为信号，随时与机场保持联系，在规定的时间内到达指定的地点，及时清除机场上的积雪，保证机场正常使用。安东市的扫雪委员会在 1952 年改称为修建委员会，抽调民工 5200 人、大车 650 台，负责机场的维修工作。

程荣福是志愿军空军的机场特设员，他曾在回忆录中写道："整个冬季，每逢下雪，方圆二三十里的人们就从四面八方涌向机场，连夜突击，清除积雪，我们从来没有因为跑道封雪而耽误过战斗机出动。"

▲ 记者采访当年大孤山机场军工任福深

记者手记

　　大孤山机场是抗美援朝战争时期临时修建的野战机场，跑道、滑行道、停机坪、机窝的牵引道全部用钢板铺成，是我国第一个钢板跑道机场。70年过去了，大孤山机场已不复存在，仅存的机场机窝、观察哨、防空碉堡如今散落在水田里、光伏电厂内，但这段历史不能忘记。采访中当地人希望能够将仅存的遗址改造为爱国主义教育基地，让更多人知晓当时辽宁人不平凡的贡献。

江两岸
JIANG
LIANG AN

宣传报道

开始时间　1950 年 11 月 1 日
报道内容　《东北日报》发表社论《新形势下的新任务》

半年时间刊发近四十篇战地通讯

炮火中《东北日报》掀起宣传新高潮

抗美援朝战争期间，辽宁地区各级党报深入进行抗美援朝的宣传教育，充分发挥舆论工具的作用。1950 年 10 月 25 日后，《东北日报》《辽宁日报》前身）每日大幅增加有关抗美援朝战争和抗美援朝运动的信息，刊发了大量时事报道、长篇通讯、评论等，将抗美援朝的宣传不断推向高潮。

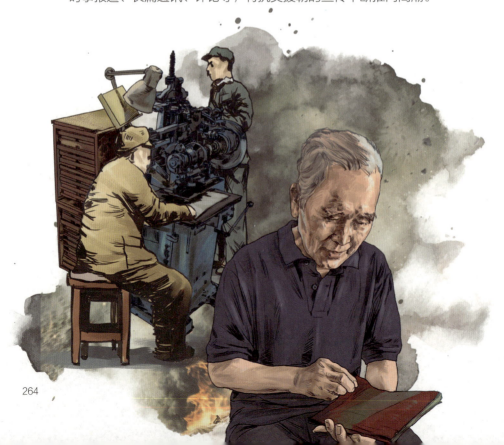

—————

开辟《朝鲜通讯》专栏

《东北日报》是中共中央在东北解放区创办的第一份地区党报和机关报，是《辽宁日报》的前身。1950 年 10 月 25 日抗美援朝战争爆发后，《东北日报》关于抗美援朝战争和抗美援朝运动的信息大幅增加，刊发了大量长篇通讯、消息、评论等。

1950 年 11 月 1 日，《东北日报》发表社论《新形势下的新任务》，明确阐述了报纸以抗美援朝宣传为主的意义。自此，《东北日报》和全国各级兄弟党报一起，将抗美援朝的宣传不断推向高潮。

记者仔细查阅 1950 年 11 月 14 日至 1950 年 12 月 14 日出版的《东北日报》，在 31 天的时间内，总共 124 个版面里，直接与抗美援朝有关的报道就达 376 篇。

1950 年 12 月，《东北日报》开辟了《朝鲜通讯》专栏，此后，连续刊发了随军记者顾雷、吴少琦、常工、方青、刘爱芝、王坪等人采写的数十篇战地通讯。时为《东北日报》记者的吴少琦，于 1950 年冬随中国人民志愿军入朝，他在抗美援朝前线采访了第一、二、三次战役，他与记者顾雷合作完成了多篇通讯报道，与《东北画报》记者孙田原采写了报告文学连载作品《阿妈妮的故事》等。

《在云山战场上》是他们发回的第一篇战地通讯，这篇通讯生动地报道了志愿军在云山战役中包围和歼灭侵略军的英雄事迹："云山战斗结束后的第二天晚上，我们乘着汽车、冒着雨赶到了战场上。这里仍燃烧着熊熊大火：山头在燃烧，汽车在燃烧，村镇在燃烧——美国侵略军用火毁灭了战场周围的一切！"

战地记者传回的报道，给《东北日报》抗美援朝的新闻报道增添了鲜活的内容。据统计，自 1950 年 12 月至 1951 年 5 月，在半年的时间里，《东北日报》刊登了近 40 篇战地通讯。这些通讯强烈的现场感和感染力，带给人们对战争胜利的极大信心。

1951 年 7 月 25 日，正值朝鲜板门店谈判进入紧张激烈阶段，时任东北日报社副总编辑的张沛收到上级的委任状，任命他为中外记者团团长，率队到朝鲜开城采访一个月。中国记者和外国记者一起组成记者团采访，这在抗美援朝战争中是第一

战时体制

抗美援朝战争开始阶段

《东北日报》实行"战时体制"

编辑部疏散方式

40 余人疏散至黑龙江等后方，留下 60 余人坚持工作，除校对、资料、社会服务部门外，余下的人组成两大组，即时事宣传组和地方新闻组。

《辽东大众》实行"战时体制"

编辑部分 3 处疏散

老弱病小撤到宽甸县，年轻力壮的编辑记者分赴辽阳、庄河、临江坚持采访，留在市内出报的迁到郊区东坎子珍珠山下办公。

《抚顺日报》实行"战时体制"

迁往距市区 15 公里的新屯公园二路 408 号办公。

1951 年 1 月，朝鲜战局逆转，报社召回疏散人员，逐步恢复正常体制。

次，记者团成员中有很多著名记者。

在开城采访期间，张沛以"本报特派开城记者"的名义，采写了《为和平而斗争》等多篇"开城通讯"，对及时揭露侵略军的真实面目、澄清事实，起到了重要的作用，引起了国内外的广泛关注。

《东北日报》最后一批派赴朝鲜的两名记者吴天明、霍庆双是专程去采访朝鲜停战协定签字仪式的。他们在报道中写道："朝鲜停战谈判，由于中朝方面的坚定努力，终于达成了协议，1953 年 7 月 27 日，朝鲜时间上午 10 时，双方在板门店停战协议上签了字。"

肖瑛回忆战地创作过程

89 岁的肖瑛，离休前任辽宁日报社原摄影美术部副主任。70 年前他勇敢地走上了抗美援朝战场。

9 月 25 日，在肖瑛的家里，这位老前辈翻出了珍藏近 70 年在《抗美援朝英雄模范集》和《战士画报》上发表的作品，向记者讲述了当时创作的过程。

1947 年，肖瑛初中毕业后参加了东北民主联军第一纵队。在解放战争和抗美援朝中，他一直在部队文工团做战地美术宣传工作。1950 年 10 月

19 日，肖瑛随自己所在的第三十八军政治部文工团美术创作组，从辑安过江。此后在朝鲜直到停战前，为了收集创作素材，他一直不断地来往于军部与前线部队之间，采访战士们的英雄事迹，并画下了数十幅反映志愿军战斗过程的英雄事迹组画和战地速写。

发表于中南军区兼第四野战军政治部出版的《战士画报》上的组画《不朽的勇士》，勾勒了汉江南岸守备战的战斗历程。这是肖瑛的战地速写，记录了志愿军战士与敌人交锋的过程，画面真实而感人，令人难以忘怀。

"这组由 7 幅速写构成的组画，是第四次战役结束后我所在的志愿军第三十八军北上整训时在朝鲜肃川郡创作的。"肖瑛清楚地记得，创作这组作品用了一个月的时间，1952 年 2 月 6 日画完，发表于 1952 年 8 月 6 日。"作品发表之后，我在朝鲜收到了这期《战士画报》，当时特别高兴。"肖瑛说。

此外，中国人民志愿军第三十八军政治部编印了《抗美援朝英雄模范集》，肖瑛的十余幅插画生动地展现了志愿军的英勇无畏，《抗美援朝英雄模范集》印发到全军，鼓舞了全军指战员的士气。

《朝鲜停战协定》签字后，肖瑛随部队回到国内。

相关链接

战火下《辽东大众》从未停发

2020 年 7 月 6 日，江城丹东笼罩在蒙蒙细雨之中。在离鸭绿江边不远的一个居民小区一楼庭院内，葡萄架上垂下一串串绿色的葡萄，旁边的软枣子树上结满了果子，翠绿的竹子高耸挺拔……潮湿的空气衬着绿意，沁人心脾。小院里这些植物都是 92 岁的战科种的。

离休于丹东日报社的战科，原名刘文明，1946 年他从《安东日报》新闻干部

▲ 战科

学校毕业后被分配到安东日报社工作，在报社工作期间他给自己起了"战科"这个笔名，沿用至今。

《安东日报》—《辽东日报》—《辽东大众》—《安东市报》—《丹东日报》，说起报社的沿革，年过九旬的战科如数家珍，他对抗美援朝期间战火下的《辽东大众》记忆尤其深刻。他说："每天，报社的全体人员在敌机不断袭扰下，冒着生命危险编发稿件，如抗美援朝的捷报、志愿军将士英勇战斗的事迹、辽东各地各行业群众抗议美军暴行的消息……一条条重要的新闻就是从鸭绿江畔北端的辽东大众报社传向辽东各地，激发了人们的斗志和爱国热情。"

《辽东大众》是中共辽东省委机关报，报社位于安东市区鸭绿江畔的北端，地处大后方的最前线，经受了战争的考验。

敌机不断轰炸安东后，辽东大众报社的正常工作受到了严重干扰。为了完成"在任何情况下都要坚持出报"的任务，报社里采、编、印、发各个部门的工作人员都坚守工作岗位，坚持出版，及时向民众传递抗美援朝消息。这份坚守，也成为抗美援朝战争坚实的后盾。

　　1950 年秋冬之际，辽东大众报社采取了临战的紧急措施，办公地点由市内搬迁到近郊的东坎子珍珠山下。为了保证采访和编辑工作正常进行，除了安东市内，编辑记者还分赴辽阳、庄河、临江等地，坚持正常采访工作。印刷厂分成三部分转移，这样就可以做到即使一个印刷点被敌机轰炸或被破坏，还有其他地点可以继续出报。

　　战科当时是特派临江的记者。"为了做好宣传报道工作，大家战胜了难以想象的困难。当时敌机经常来轰炸，记者们就在临时编辑部外挖了一些掩体和防空洞，每当遇到紧急情况，大家就迅速把稿件装进背包里，跑到防空洞中隐蔽。"当时，这些记者被人们称为"背包记者"。

　　由于敌机轰炸，安东市经常停水停电。在战争的危险环境中，疏散到九连城的印刷工人，用蜡烛、汽灯照明，曾经经历了半个多月的停电，但报纸一天也没耽误印刷出版。

　　《辽东大众》刊发的一篇篇报道，在辽东各地激起了强烈反响，各地群众对敌军的侵略暴行满腔义愤，用抓紧生产来进行声援。战科清楚地记得，当时他采写的一篇报道临江民众抓紧生产支援前线的消息在《辽东大众》头版头条刊发。在抗美援朝战争期间，无论敌机如何轰炸，空袭下的《辽东大众》从未停发过一期。

▲ 肖瑛接受记者采访

记者手记

他是一位十分谦逊的老前辈。89岁的肖瑛，离休前是辽宁日报社原摄影美术部副主任。联系采访时，肖瑛说其实自己没什么值得被采访的，所做的那些都很平常。但记者在看到这位新闻老前辈的速写剪报本后，敬佩之情油然而生。他的速写，用笔生动豪放，寥寥几笔便突出主题。他在报社工作期间，坚持深入一线，笔耕不辍，发表了大量作品。他是值得我们学习的老前辈。

防空洞

修建时间　**1950 年**
主要用途　**储备物资、防备空袭、空军地下指挥所**

————

用来存放物资防备空袭

"生命之洞"留存辽沈大地间

　　这是一次不同寻常的寻访经历：走进沈阳市和平区的一个公园里，一扇老旧铁门的背后，巨大的防空洞呈现在记者的眼前。作为有效掩蔽人员、储备物资、地下指挥的重要设施，大批战备防空洞在抗美援朝期间被利用起来，起到了极其重要的作用。

————

后方的"物资保卫处"

　　对于现在的很多年轻人来说，防空洞似乎是一个陌生的词，但作为一种为保障战时人员与物资掩蔽、人民防空指挥、医疗救护而修建的地下防护建筑，防空洞在战争中的作用可谓非凡。尤其是在抗美援朝时期，大街小巷、崇山峻岭间的防空洞为战争胜利提供了重要保障。

　　"东北地区的防空洞数量要远远多于南方，尤其是辽宁作为抗美援朝的大后方，大批防空洞被利用起来。"辽宁省委党校教授王建学告诉记者，当时在沈阳、安东，修建防空洞成为当地的一件大事。"沈阳很多现存的修建于上世纪二三十年代的老建筑下面的地下室，当年都被当作防空洞使用起

来了。"王建学说，"在抗美援朝初期，我军并没有制空权，防空洞担起了保障人民生命和战备物资安全的重任。很多在抗日战争时期修建的建筑物下面都有地下室，成为现成的防空洞。"

除了老建筑的地下室，抗美援朝时期很多工厂、学校、公园、医院、重要企事业单位也修建了防空洞。王建学说："当时许多高校食堂的菜窖加固扩建后就成了防空洞，现今的八一公园、万泉公园等地当年都曾修有防空洞。沈阳地区现存的防空洞（包括地下室）还有 100 多处。"

除了城市里的防空洞，在崇山峻岭间也有许多防空洞，"这些防空洞有的是利用原有山洞改建的，也有人工开凿挖出来的。里面通常会准备一台发电机，用来照明和通信。"王建学说。

这些防空洞当时各有作用，有的做战略指挥部，有的安置伤员，但最重要的还是存放战备物资和保障人民的生命安全。

王建学说："作为抗美援朝的大后方，辽宁是全国物资送往前线的中转站，因此需要大量存放战备物资的地方。像现在沈阳的东贸库（原东北人民政府财经委员会物资处仓库），当年就是专门为存放全国各地送来的战备物资而修建的。"

不只用来防空

抗美援朝战争时期，军用和民用物资许多存放在防空洞里，像志愿军需要的纱布、肥皂、纸张、弹药、鞋、衣服等，这些物资从防空洞里源源不断地运出，送往抗美援朝前线。位于沈阳市皇姑区塔湾街的一处防空洞，当年就是最大的一座存放战备物资的防空洞。

除了存放物资、防空袭，由于安全性高，很多防空洞也被当作地下指挥所来使用。

在丹东市振兴区汤池镇金固村二组的一个山坳里，有一座人工修建的钢筋水泥结构的地下建筑，这里就是中国人民志愿军空军曾经使用的地下指挥所。1950年，为了指挥从安东各个机场入朝作战的志愿军空军部队，特意修建了这座指挥所。

指挥所为地下建筑，整个建筑是将两个山头挖空，改造为钢筋水泥结构，墙厚约1米，十分坚固，建筑总面积达1300平方

词条

空军地下指挥所

1950年 修建

建筑总面积 **1300**平方米
使用面积 **700**平方米

整个建筑共有 **2**组房间
之间由一条长 **10**米的通道相连
大、小房间共有 **21**间

地下指挥所共有 **4**个进出口与外面相连

在整个建筑区的山顶
有 **1**处地上与地下结合的瞭望哨

米，使用面积为 700 平方米。室内建有通风与排水设施，墙以白灰粉刷，地面装有木质地板。整个建筑共有两组房间，分别位于两个山体的中心，两组房间之间由一条长 10 米的通道相连，大、小房间共有 21 间，按空军指挥机关各个部门的功能使用各个房间。

地下指挥所共有 4 个进出口与外面相连，东、西两侧各有一个进出口，北面有两个进出口。在地下指挥所外部建有供电室、取暖设施，为半地下建筑。在整个建筑区的山顶，有一处地上与地下结合的瞭望哨。它是这个区域的制高点，可观察鸭绿江对岸的情况和志愿军浪头机场的情况。

在抗美援朝中，在这座地下指挥所里，空军将领指挥志愿军空军部队作战，取得了举世瞩目的辉煌战绩。

让战斗有序进行

抗美援朝时期，为了抵御敌人空袭，在修建防空洞的同时，相关部门还向群众大量普及防空知识，除了各家窗玻璃上都要贴上防震纸条，每个人还要知道离自己家或单位最近的防空洞位置。学校、工厂也经常进行演练，让大家知晓如果遇到空袭该如何有序撤退。王建学解释说："修建防空洞的位置也是有讲究的，一定要位于城市居中位置，并且上面最好要有树木，这样可以很好地隐蔽防空洞位置。"

战备防空洞的存在可以说是极大地保障了战斗有序进行。王建学告诉记者，当时的战备防空洞之间基本上都可以通过电话联系，医院的地下防空洞更是楼楼相通，"一旦有空袭，可以保障人员调配和物资供应都能稳妥有序地进行"。

"防空洞还可以有效保障战备物资的安全，防空洞内温度低，可以使一些生鲜食品不易腐坏。"王建学具体解释道，丹东东港市一些当年留下的防空洞就被当地居民改建成保鲜仓库，存放蔬菜、水果和鲜肉等。此外，有些修建在山上的防空洞还可以将附近的几个村子连接起来，更方便沟通。

作为人民战争的一种防御形式，防空洞可以说是抗美援朝胜利的"幕后功臣"。当年为了修建防空洞，工人们克服了许多技术问题，如照明、防水、隐蔽、通气等，他们用智慧和汗水，修建改造了这一座座坚固的"生命避难所"。

王建学还告诉记者，现在防空洞的战备作用已经没有了，很多防空洞的再利用成为新的问题，"但是，对我们来说，这些防空洞见证了当年那场艰苦卓绝的战争，也见证了辽宁人民在抗美援朝中作出的巨大贡献，它时刻提醒我们不要忘记那段历史。"

寻找战备防空洞

在丹东市宽甸满族自治县长甸镇河口村，附近大大小小的山上至今仍留存着一些防空洞。由于特殊的地理位置，河口村在抗美援朝战争中具有重要的战略地位。为了将作战物资及时运往前线，需要在过江口岸处储存足够的物资，以保证前线补给。

为了寻访抗美援朝时期防空洞的遗址，记者赶往河口村。该村党支部书记冉庆臣告诉记者，在河口村附近的山上尚存7座防空洞，"庙沟、柞树沟、黄鸡沟、老周前沟、后沟、龙泉山庄沟都有防空洞。不过，因为安全问题，一些防空洞在上世纪七八十年代被封堵了。"

在村民张世金的带领下，记者开启了寻找防空洞遗址之路。走林路，爬山冈，历经近一天的艰难跋涉，终于找到一座完整的战备防空洞。

防空洞洞口还有人工开凿的痕迹，张世金告诉记者，小时候，他经常和村里的小伙伴到这附近玩，"听老人说，抗美援朝时期这里是用来存放东西的地方。"

这座防空洞洞长154米，平均洞高2.3米，平均洞宽1.6米。

据冉庆臣介绍，除了这座防空洞，在河口村七组北部山上还有一处战备防空

洞，至今保存完好。

"这两座防空洞都是在抗美援朝战争时期志愿军为储存作战物资及军民防空疏散而修建的。"他说。

河口村是志愿军过江和作战物资运往朝鲜的重要地点，当时有铁路、公路两座桥梁，并有志愿军工兵架设的浮桥与列柱桥。为防止敌机轰炸，志愿军当时在河口村山上修建了两座战备防空洞，以存放准备运往前线的作战物资，同时作为战时边境军民防空疏散之用。

这两座防空洞均位于河口村北部山上，两洞相隔约 1 公里，在山腰处开凿。据介绍，第二座防空洞洞长约 202.6 米，平均洞高 2.3 米，平均洞宽 1.8 米，两侧有耳洞 8 个。山洞开凿后没有进行装修，洞壁、通道均保留开凿后的原始状态。

抗美援朝结束后，河口村这两座防空洞被闲置，由于地处深山，人迹罕至，至今保存完好。

▲ 记者在河口村寻找防空洞

记者手记

　　作为抗美援朝胜利的重要保障之一，防空洞的作用不言而喻。在辽宁很多地方，都有留存下来的防空洞遗迹。艰难的寻找过程让我们更真切地感受到当年战斗的不易。翻过一座座山头，跨过一条条溪流，层层野草之间，那些曾在抗美援朝中发挥过重要作用的防空洞展现在眼前。人工开凿的痕迹令我们震撼。防空洞是不应该被遗忘的，战争的"幕后功臣"应该被人铭记。

运输通道

典型代表 **宽甸县长甸镇河口村**

主要贡献 **志愿军入朝作战渡江点**

伤病员口岸医院所在地和中转站

后勤输送物资重要通道

———

三十万人从这里过江

河口村建成支前"生命线"

从丹东市区前往宽甸满族自治县长甸镇河口村，一路上，清冽的鸭绿江水悠悠而过，遮不住的青山隐隐前来，一派世外桃源的好风光。70 年前，这个位于中朝边境的小村落，却是抗美援朝运动的前沿基地，大批人员和物资从这里进入朝鲜战场。

大批人员和物资由这里进入前线

G331 国道沿着鸭绿江而建，车向东北方向行驶，记者见到十多座桥梁、断桥、残存的桥墩，这些遗址都在诉说着这样的往事：渡江作战，运送物资。

翻看历史资料，记者看到这样一个细节：河口是志愿军入朝参战的渡江点之一。辽宁社会科学院研究员卢骅告诉记者："由长甸河口入朝参战的志愿军共有 7 个军 2 个师，以及炮兵第七师，加上后勤、战勤民工等，有 30 万人左右，占入朝参战志愿军总数的 1/10。"

走在河口的公路断桥上，两侧的红旗迎风招展，偶尔能看到耄耋老人临江东望，满脸沉重。

这座断桥原名清城桥，是鸭绿江上最早建成的公路桥。记者采访志愿军老战士时，"河口村"是经常被提及的地名，他们有的从这里入朝作战，有的经由这里回国养伤。河口村是中国人民志愿军入朝作战的渡江点之一，是志愿军伤病员口岸医院所在地和中转站，是东北军区鸭绿江长甸河口江防司令部所在地，是抗美援朝的前哨阵地。河口村党支部书记冉庆臣告诉记者，这些年来每年都有一些志愿军老战士回到河口，举办一些纪念活动。

据卢骅介绍，除了运送志愿军渡江作战，河口还是运输物资的重要通道。大量史料显示，抗美援朝时期，通过上河口铁路这个咽喉过轨的车皮达 21723 节，占全部过轨车的 11.8%，是一条支援抗美援朝前线的生命线。为了加快运送人员和物资，当时河口村临时增建了几座浮桥。

这里是后方的前方

在河口村桃花岛上游的 4.5 公里处，有一座小小的火车站，站内一座木结构老建筑特别引人注目，它就是当年河口火车站旧址。

1950 年 10 月，东北军区决定将原来的凤城至宽甸灌水的铁路延长，修至上河口，同时修建的还有河口火车站。当时，这座小火车站发挥了极大的作用，每天，大批物资经由这里发往朝鲜，前方的志愿军伤病员被运到这里救治或者转运治疗。

河口村内曾经建有志愿军伤病员口岸医院，卢骅领着记者来到一片红色瓦房附近，他介绍说："这个位置就是曾经的口岸医院所在地。"当年的口岸医院已然不在，原址上已建起了一排排砖瓦房。

据卢骅介绍，长甸河口是抗美援朝的前哨基地。在当地各级党委、政府领导下，人民群众参军参战，支援前线，为大军渡江、参战部队和伤病员提供各种服务，为江防部队开展战勤服务，为赢得抗美援朝战争的胜利作出了巨大贡献。

记者在采访抗美援朝的汽车兵杨殿生时，老人向记者描述了这样一个细节：他因患有斑疹伤寒病被送回祖国，到达河口火车站后，衣服和行李都进行了全面消毒，食堂提供伙食，他记得大米饭不定量，菜是大白菜炖粉条，里面还有些猪肉。"作为抗美援朝的前哨基地，河口村为支援前线提供了无微不至的服务。"杨殿生说。

根据卢骅的考证，长甸河口还是东北军区鸭绿江长甸河口江防司令部所在地。河口村的地理位置特殊，这里的铁路桥和公路桥是支援抗美援朝的生命线，时常遭到空袭。在河口村设立江防司令部，可以指挥协调高射炮兵、铁道兵、工程兵和空军部队，就近守卫鸭绿江上的江桥、电站、大坝。

7月份记者采访时，当地村民说，如今河口村的一些山头中间还能见到防空洞以及高射炮的阵地，很多防空遗址仍然保存完好。

这里是抗美援朝文化发祥地之一

70年，曾经嗷嗷待哺的婴儿变成了古稀老人；70年，曾经的硝烟在河口村已全然散去；70年，战争的沧桑在这里积淀，形成了独有的抗美援朝文化。

卢骅在河口村建了一座新的抗美援朝陈列馆。他说："长甸河口是中国抗美援朝文化的发祥地之一。"1950年8月29日，根据河口村渔民柳福州在鸭绿江运军粮途中被敌机射杀事件创作的《渔夫恨》，是中国第一部反映抗美援朝历史的曲艺作品。此后，与长甸河口相关的抗美援朝曲艺、影视作品，作为时代的主旋律，曾鼓舞了一代又一代中国人，至今仍有强大的生命力和感召力。

中国第一部反映铁路抗美援朝的电影《铁道卫士》，讲述了长甸河口抗美援朝铁路运输的真实故事，河口村和凤上线正是这部电影的主要外景拍摄地之一。同时，河口村还是《铁血大动脉》的唯一外景拍摄地，它是中国第一部反映铁路抗美援朝的大型故事片。

河口村有河口断桥遗址、铁路抗美援朝博物

词条

贡献数据

1950年10月至1953年3月

由长甸河口入朝参战的中国人民志愿军有7个军2个师，以及炮兵第七师，加上后勤、战勤民工等，共30万人左右，占入朝参战志愿军总数的1/10。

1950年10月至1953年7月

通过上河口铁路过轨的车皮达21723节，占全部过轨车的11.8%。

1950年12月

东北军区在长甸河口设立志愿军口岸医院，除接收治疗志愿军伤病员外，还是志愿军伤病员的口岸中转站。

馆、上河口车站遗址、岸英小学，还有许多抗美援朝时期的旧址、遗址。到过河口村的人，都会对抗美援朝的历史有新的认识。时至今日，要了解抗美援朝那段历史，河口村是一定要探访的一站。

在河口建一个抗美援朝陈列馆

4月11日，记者第一次去卢骅家拜访。卢骅这些年来一直致力于辽宁抗美援朝历史的研究，收藏了许多抗美援朝时期的物件。他家的客厅里堆放了各式各样的东西：生锈的步枪、扁长的消毒盒、志愿军的服装、厚厚的书籍资料……

卢骅是宽甸满族自治县人，他的父亲是一名军医，曾经参加抗美援朝战争，在战场上因为战友舍生保护才得以幸存。这段经历给卢骅的父亲留下了刻骨铭心的记忆，从朝鲜战场回来后，他总爱给孩子们讲述一些抗美援朝的故事。卢骅从小就听父亲讲这些故事，被抗美援朝精神深深感动，后来他开始深入研究抗美援朝历史。

"研究历史，我不断地寻找与抗美援朝相关的旧物件来印证。"卢骅说。他收

藏的第一件关于抗美援朝的物品就是父亲的军人证。

这些年来，卢骅走访了多个地方，寻访了多位志愿军老战士，收藏的抗美援朝物品已达几百件。

卢骅一直有个执着的想法：建一个以抗美援朝为主题的陈列馆。但选址是个问题。一个偶然的机会，卢骅作为毛丰美干部学校的客座教师来到宽甸满族自治县河口村讲授抗美援朝历史课，河口村村委会听了他的研究成果以及他收藏的物品的介绍，便提议与他合作在河口村创办一个以抗美援朝为主题的陈列馆。

经过研究，他们将抗美援朝陈列馆的地址选在河口村的桃花岛上，桃花岛景色优美，每年来参观的游客很多。经过多轮研究，确定了河口抗美援朝陈列馆的主题：以抗美援朝战争历史为背景，重点回顾宽甸县和长甸河口军民抗美援朝的历史，以表达对抗美援朝战争的纪念，对抗美援朝烈士们的缅怀，弘扬伟大的抗美援朝精神。

抗美援朝陈列馆的位置，距离河口断桥400米。卢骅把多年来收藏的宝贝陈列在馆中，他还翻阅了大量文件档案、资料、图书、图片、实物和回忆录等，精心为展馆撰写展陈大纲。

9月19日，河口抗美援朝陈列馆正式对外开放。记者看到，在450平方米的展厅中，共展示了575张历史图片、311件实物，这些展品中很多是首次对外公开。

▲ 记者（右）在河口村采访

记者
手记

　　河口村，那个桃花盛开的地方，在不到半年的时间里，记者先后4次前往采访。第一次是4月17日，我们沿着鸭绿江上的桥，一路向北，来到河口村的铁路抗美援朝博物馆。7月5日，记者跟随专家再次来到河口村，全面了解了河口村的抗美援朝历史。7月8日，记者到河口村寻找抗美援朝时期的防空洞，爬了3座山，终于找到了。9月2日，在河口公路断桥上，记者参加了一堂别开生面的党课活动。

聚焦战场后方勤务

为你自豪　无私奉献的辽宁人

不断延伸的铁轨，呼啸前行的列车，装载着粮食、棉服、弹药，装载着辽宁人的期盼和关爱，源源不断地传输到前线。

聚焦战场后方勤务，一幕幕感天动地——亲自送儿子上前线的老父亲，为战士们缝补衣物的大娘，加班加点生产的工人，甚或是砸锅卖铁无私捐献的普通百姓。他们，撑起抗美援朝物资保障的坚强后盾。

9月19日，位于丹东市宽甸满族自治县长甸镇河口村的抗美援朝陈列馆正式开馆，它讲述了河口村在抗美援朝时期的突出贡献。开馆之际，记者随机采访了一些参观者，他们无不为辽宁人在抗美援朝中作出的巨大贡献而感动。

▲ 郎显坤

郎显坤　生于 1973 年

丹东市宽甸满族自治县长甸镇河口村
党支部副书记

抗美援朝时期，全家总动员拥军，我奶奶是联络员，觉悟很高，每当部队有事需要后方群众支援时，她就挨家挨户地走动张罗，从来不嫌累。河口村是志愿军的渡江点之一，那时村里人都搬出来，把房子空出来给志愿军住，河口村人在国家需要时不计回报无私地付出。

老一辈无私奉献的精神对我个人的成长也产生了深刻的影响。正是他们作为后

盾，给了前方志愿军很大的支持。现在的河口村，村民们在茶余饭后望着滔滔江水还会触景生情，大家总会说起那段历史，感慨今天的幸福生活来之不易。现在的河口村村民依然会在国家需要时义无反顾地挺身而出，多年传承下来的民风仍在延续。

▲ 任延祥

任延祥　生于 1986 年

丹东市宽甸满族自治县长甸镇河口村村民

　　我是河口村人，我们村老一辈人常提起在抗美援朝战争时发生的事。小时候，我常常去鸭绿江断桥那里玩，知道那里是志愿军赴朝参战的重要通道。不仅仅是河口村，当时的辽宁人为抗美援朝作出了巨大的贡献，这种奉献是无私的。炒面、烀肉、努力搞生产，保障志愿军战士的生活物资，我相信每个中国人都会愿意并努力做这个后盾。

▲ 张红玉

张红玉　生于 1963 年

丹东市宽甸满族自治县长甸镇河口村村民

　　我父亲当年就是担架队的队员，我小时候，他总会给我讲一些抗美援朝的故事。当年担架队的队员负责送粮食、运伤员，工作很辛苦也很危险，但他总对我说，和志愿军战士比起来，他们做的根本不算什么。抗美援朝时期，在辽宁像我父亲这样的人很多，辽宁人民为抗美援朝作出了巨大贡献。辽宁人的奉献精神令我感动，也让我受益匪浅，他们的行为体现出一种伟大的爱国主义精神。直至现在，我依然记得父亲的话，无论发生什么，都要做祖国坚强的后盾。

我希望所有人都记得当年为抗美援朝作出贡献的人，记得那些为保卫和平、反抗侵略作出牺牲的人。要大力弘扬抗美援朝精神，让更多人受到教育。

▲ 王振甫

王振甫　生于 1952 年

丹东市宽甸满族自治县长甸镇河口村村民

抗美援朝时，我父亲一直做支前工作，工作内容主要是在鸭绿江上划船给志愿军运送物资。我听母亲讲，敌人的飞机经常来扫射，但我父亲没有惧怕，而是依然冒着生命危险运送物资。那时大家为了前线的胜利，都积极报名参加运输队、担架队。被志愿军伤员称为"伤员慈母"的徐大娘就是我们家邻居，她当时是村里战勤工作的带头人，她把志愿军战士当成自己的亲人。当年河口村是后勤保障的前沿阵地，沿江家家户户都住着战士。抗美援朝结束后还有老战士回到村里寻找曾经住过的地方。这些老战士忘不了这些村民无微不至的照顾，忘不了河口村老百姓的支持和帮助。

▲ 高燕

高燕　生于 1986 年

丹东市宽甸满族自治县长甸镇河口村

饭店经营者

我在河口村从事餐饮工作，小时候总听长辈们讲起抗美援朝时村里人动员起来支援前线的故事。

从前听这些故事懵懵懂懂的，但能感觉到长辈们做的那些事情很高尚。如今，我把这些故事讲给游客听，客人们听得津津有味。

2020 年是中国人民志愿军抗美援朝出国作战 70 周年，我的长辈是河口村的原住民，是当年历史事件的参与者，他们为战争胜利提供了坚强的后盾，是值得敬重的幕后英雄。

现在，我儿子是毛岸英小学三年级的学生，儿子放学回家经常向我讲述老师讲的有关抗美援朝的历史。在儿子的话里，我能体会到他对英雄的敬仰，一颗红色的种子在小小少年的心里生根、发芽，英雄的事迹在代代相传，正在影响一代又一代人。

▲ 夏纯满

夏纯满　生于 1967 年

丹东市宽甸满族自治县长甸镇河口村村民

小时候，我和村里的小伙伴常常去鸭绿江断桥上玩儿，看桥墩上弹痕累累，知道这是敌机给炸的。我们村里有公路桥、铁路桥，还有浮桥，村里的老人们经常讲起抗美援朝的故事。当年许多志愿军都是从河口村过江的，许多军需物资也是从河口村被运送到战场的。全国人民都为抗美援朝捐钱捐物，能把这些物资运输到前线，运送给志愿军战士，这些运输线路也是抗美援朝坚强的后盾。

▲ 牟建宇

牟建宇　生于 1992 年

丹东东港市人

这次我来河口村参观抗美援朝陈列馆，触动很大。抗美援朝时期，我们辽宁人全力以赴，给予志愿军以最大力量的支援，大家这种"心往一处想、劲往一处使"的精神，深深感染了我。抗美援朝运动中辽宁人的贡献，不仅展现了辽宁人团结的力量，也展现了中国人的凝聚力。这段历史我们应该永远铭记，要让"九〇后""〇〇后"更多地了解这段历史，激励他们勇往直前。

▲ 席艳伟

席艳伟　生于 1976 年

毛丰美干部学校工作人员

　　我以前读书的学校就在河口村，对河口地区的历史，我有些了解。听村里老人讲，河口村曾有 3 座浮桥为抗美援朝战场运兵运粮，可以说河口村就是抗美援朝战场的"小后方"。当时，辽宁是抗美援朝战场的大后方，所有辽宁人都是前线志愿军战士的强大后盾。无论是捐款捐物还是上战场，大家都很踊跃。如今，听到他们的事迹，我还会很感动。我们现在的幸福生活都是战士们用鲜血和生命换来的，所以要倍加珍惜。作为一个老兵，一名党员，在祖国需要我的时候，我一定会毫不犹豫地冲在前面。

▲ 石云清

石云清　生于 1955 年

毛丰美干部学校客座教授

　　抗美援朝是新中国成立后的第一场战争，全国人民把自己的命运和国家的命运联系在了一起，大家踊跃捐款。上海工商界一次性就捐献了 12 架飞机。豫剧演员常香玉一个月工资只有 15 元，却捐献了一架飞机。她带领剧团在半年内演出了 168 场，最终捐献了"香玉剧社号"飞机。当时的老百姓一听志愿军需要炒面，大江南北炒面香；一听需要参军参战，上千万人报名，东北组织的担架队就有 60 多万人，全国人民都是抗美援朝的后盾。

51年派出中国人民第一届赴朝慰问团　沈阳市赠送慰问

距军人饮食供应站接待 **129.64**万人次 **1951**年

年辽宁 **94**所医院 **7026**张病床　鞍山订立 **1827**

市制作慰问袋 **20.6446**万个

省农村业余剧团 **1004**个

市解决 **2483**名烈军属就业

大爱

第四章

战火淬炼的民族大爱

　　伟大的抗美援朝战争已过七十载，历史如烟而逝，但珍贵的民族大爱却永远地留存下来了。

　　今天，我们依然能够清晰地看到，在隆隆的炮声远去之时，无数中华儿女的家国情怀、大爱无疆凝聚成了中华民族的精神力量，化作永远的丰碑，高高地矗立在世界的东方。

　　70 年前，"雄赳赳，气昂昂，跨过鸭绿江"的嘹亮战歌，《谁是最可爱的人》的激昂文字以及舞台上的歌剧《大同江之歌》……这些汇聚成了激励中华儿女万众一心、同仇敌忾的昂扬力量，发出了让敌人胆寒、令世界震撼的中华民族的最强音！

　　70 年前，他们冒着枪林弹雨，奔波在烧焦的阵地上；他们冒着生命危险，竭尽全力为志愿军战士和朝鲜人民医治伤痛……这些把安危置之度外的白衣天使，在最冷的冰雪地上，传递着人间大爱、传递着来自祖国的声声问候！

　　70 年前，他们把最好的房子给朝鲜儿童做校舍，为孩子们提供最好的生活条件和学习环境，他们细致入微地照顾着孩子们，抚平战争带给孩子们的心灵创伤……这些无私奉献的辽宁人，把每一份工作都当成对抗美援朝的无声支援。铁岭龙首山峰顶，8000 多棵友谊之树永远见证与传递着这份跨越国界、跨越民族的大爱。

　　还有井然有序的战俘营，为志愿军战士送温暖的文工团……战场之外，一缕缕和平而温暖的阳光，平静中蕴含的深沉的情感，弥足珍贵。

　　直至今天，这份大爱仍在延续，很多志愿者依然在为志愿军老战士忙碌，照顾他们的生活，关爱他们的晚年，慰藉他们的心灵。

　　这是美丽的祖国，这是英雄的祖国，这是强大的祖国，在这片辽阔的土地上，到处都有和平的力量……

　　一腔热血勤珍重，洒去犹能化碧涛。抗美援朝的战火淬炼了一个民族的大爱，中华儿女用自己的方式诠释了这份特殊的情感，并最终融汇于伟大的抗美援朝精神之中。

　　今天，这份弥足珍贵的精神亦深深扎根于所有中国人的心中。这份大爱必将激励我们，为实现中华民族伟大复兴而不懈奋斗！

慰问团

赴朝时间　1951 年至 1953 年
赴朝次数　较大规模 3 次

辽宁捐献大量慰问品和慰问金

一封封慰问信写满关爱

给志愿军写慰问信，寄送礼物；自发组成献血队，为志愿军献血；订立爱国公约，制定生产目标；以老百姓喜闻乐见的方式排演节目，为志愿军加油打气；把战争中的朝鲜孤儿接来，为他们治疗，抚平战争带给他们的创伤……在抗美援朝运动中，辽宁人民表现出无私奉献的大爱情怀。

盘点辽宁地区这些"最早"

辽宁地区最早成立的输血队	最早写给志愿军的慰问信	辽宁地区最早成立的慰问志愿军组织机构	最早表现抗美援朝运动题材的话剧
1950 年 11 月 初，辽西省立朝鲜人民中学全体师生自发组成 **输血队** 为伤员献血。	**1950 年 11 月**，沈阳市第七中学全体师生为志愿军写慰问信 **1200** 多封。	**1950 年 12 月** 4 日，沈阳市总工会等 7 个人民团体联合发起组成"沈阳市各界人民慰问抗美援朝志愿部队委员会"。	由白晓创作、旅大市话剧团于 **1950** 年演出的 **《鸭绿江上》**。

辽西省 20 个县业余演员 6.6 万人

宣传抗美援朝，1950 年底，仅辽西省 20 个县，职工业余剧团达 68 个，演员 1816 人；农村业余剧团 1004 个，演员 16375 人；学校业余剧团 1210 个，演员 27422 人；歌咏队 1299 个，队员 20925 人。

辽宁地区接收3万名朝鲜难童

中朝两国政府协议，把在战争中失去双亲的孤儿接到中国抚养。

通过

安东
辑安
图们

3 个口岸接待站

接待孤儿 **21419**名
教员 **1578**名
家属 **1429**名
总计 **24426**名

东北人民政府确定
辽西省抚养朝鲜孤儿 **4000** 名
辽东省抚养朝鲜孤儿 **3000** 名

1952年 **10**月
辽宁地区分批接收孤儿 **6812**人

在营口、辽阳、瓦房店、锦州、绥中、兴城、锦西、昌图、铁岭、北镇等地设立朝鲜儿童教育园、朝鲜儿童学院。1954年又改称初等学院、中等学院。

抗美援朝战争时期
3 万名朝鲜难童
辽宁地区共接收

辽宁地区捐献大量慰问品和慰问金

中国人民不断组织慰问团，前往朝鲜慰问中国人民志愿军、朝鲜人民军和朝鲜人民。

较大的三次慰问

1951年
派出中国人民第一届赴朝慰问团

1952年
派出中国人民第二届赴朝慰问团

1953年
派出中国人民第三届赴朝慰问团

除了三次大规模的慰问活动外，当时辽宁地区两省五市和铁路、公路等部门还组织了多次赴朝慰问活动，各县人民政府在率领援朝民工担架队赴朝时，也代表各县人民慰问了先期赴朝的战勤民工。

抗美援朝战争期间，辽宁人民为志愿军捐献了大量慰问品和慰问金。

沈阳市抗美援朝分会共收到慰问袋 **206446** 个、书刊 **124506** 本、慰问信 **15** 万余封、慰问金达 **100** 亿元（旧市值，其1万元等于新市值1元）以上，赠送慰问品 **180** 多万件。

到1951年元旦前，东北各界人民慰问委员会收到慰问金 **36.43** 亿元，慰问袋 **14.15** 万个，猪肉 **131** 万公斤，香烟 **175.3** 万盒，毛巾 **64.9** 万条，还有大批肥皂、牙刷、牙膏等日用品。

相关链接

这里是志愿军的卫生勤务基地

辽宁地区是志愿军的卫生勤务基地，部队和地方医院、志愿军伤病员收容所、荣军疗养院遍布辽宁各地。为了让志愿军伤病员得到及时救治，辽宁地区设置了大量战勤医院和床位，积极培养、培训医护人员，民众自发组成献血队伍，各地建立血站、生产医疗设备，确保医疗用品供应。

▼ 设兵站线及时转运救治伤员

抗美援朝战争爆发后，为了更好地救治伤病员，各地设立兵站线，及时转运救治志愿军伤病员。在辽宁沈阳、安东、本溪、凤城、宽甸、辑安等市县城内以及灌水、临江等地设立了伤员接待转运分配处，主要负责安排志愿军伤病员的食宿及药品供应和医疗护理。以灌水兵站为例，灌水全线救治工作由六院二所负责，在长甸、灌水各设一个接收站，中途设两个招待站。工作人员初期为130人，后增防疫队43人、宣传队37人、地方医生11人，另配有担架700副、担架员4200人。

▼ 输血队是存血于民的巨大血库

由于志愿军战伤较多，需要大量血浆，各地政府、学校纷纷组成输血队，积极献血。战争初期，沈阳市有数千人报名参加输血队，其中，沈阳市第三中学有800多名学生自愿参加输血队，沈阳师范学校学生170人报名参加了输血队。由于沈阳市原有血库狭小，很难储存大量血浆，中央军委于1953年4月决定在沈阳新建一个中心血库。抗美援朝战争期间，沈阳市干部群众共献血3515瓶878750毫升。仅1952年，本溪市就有76名青年为伤员献血，共献血5684毫升。

旅大地区动员全市人民积极献血。由于受当时血液储存条件限制，献血一般都由血站和各战勤医院对献血者先化验血型，然后对每名献血者的姓名、血型、工作单位、家庭住址进行登记造册。需要时，献血登记者随时到各战勤医院或血站献血，这些献血者成了存血于民的巨大血库。

▼ 培养大量医护人员

抗美援朝战争期间，东北军区委托中国医科大学为军队代培军医 750 名，委托东北药学院为军队培养药剂本科生 88 名、药剂师 101 名，委托大连医学院代培医疗专业本科生 200 名。

辽宁地区还成立了许多临时培训机构，组织突击训练。从 1950 年 8 月至 1951 年 9 月，东北地区动员 6918 名青年学生参加军队的卫生工作。东北军区先后成立了 45 个训练医护人员的机构，这些训练机构在设备和条件十分简陋的情况下，在不到一年的时间里，就训练了 9162 名各级卫生人员（含部队送训的部分学员）。

词条

订立爱国公约运动

从 **1951** 年 **6** 月起
在全国各地兴起订立爱国公约运动

据 **1951** 年 **12** 月统计

沈阳市人民群众 **85%**
以上订立了与当前中心工作相结合的爱国公约。

鞍山市订立了 **18275** 份爱国公约。

抚顺市有 17 万余人订立了爱国公约
占全市人口 **60%** 以上。

辽东省 800 万人民参加订立爱国公约
占总人口数 **70%** 以上。

▲ 记者采访毛丰美干部学校学员

在那场浩大的抗美援朝运动中，涌现出许许多多的壮举、义举、善举，朴实的辽宁人民为了保卫和平、反抗侵略创造了无数奇迹，留下了众多佳话。英雄犹在，精神永存。在抗美援朝精神的感召下，今天，我们以实际行动表达着对志愿军战士的崇敬。有的人几十年如一日为烈士守墓；有的人自愿照顾在乡志愿军老战士，为他们送上温暖；有的人开办展览，留存历史记忆。这是大爱，永存人间。

医疗救护

医院名称　**中国人民志愿军总医院**
收治伤员　**最多时接收 6000 多人**

———

离战场最近的后方医院

轰炸声中救治转运伤病员三十四万

2020 年 8 月 6 日，记者来到了位于丹东市的中国人民解放军联勤保障部队第九六六医院（以下简称"第九六六医院"）。这里距离鸭绿江畔仅有 1 公里左右，医院住院部、门诊楼、办公楼都是白蓝相间的建筑，仿佛镶嵌在鸭绿江畔的一颗蓝宝石。

第九六六医院是一所具有光荣传统的医院，在抗美援朝战争时期，它是距离朝鲜战场最近的后方医院，1956 年被命名为中国人民志愿军总医院。

———

1956 年改名为中国人民志愿军总医院

第九六六医院的院史馆设在办公楼的一层，在不到 100 平方米的陈列馆内，展览着许多珍贵的老物件、老照片，向人们展示着这里曾经的每一段荣光。医院门诊部护士长董方研究过院史，她告诉记者："第九六六医院的历史要从 1947 年 4 月说起，当时的辽东军区卫生部附属医院（东北军区第六陆军医院的前身）组建于吉林省临江县大栗子乡。在东北解放战争中，医院参加了'三下江南''四保临江'等战役中对野战军伤病员的收容救治

工作。1948 年 10 月，医院由通化迁至安东市原满铁医院旧址，也就是我们脚下的这片土地。"

在院史馆中，记者看到医院的许多老照片。董方说，听许多老医生讲，当年的住院部是一栋栋红色砖瓦结构的平房，门诊部和办公楼是两三层楼。在上世纪 80 年代，医院进行了改建，形成了今天的规模。

抗美援朝战争时期，这座医院在救治前线转移过来的伤病员工作中发挥了重大作用。董方介绍："中国人民志愿军总医院这个名称并不是从抗美援朝战争一开始就有的。"1950 年 3 月，医院更名为东北军区第六陆军医院，直到 1956 年 3 月，医院改名为中国人民志愿军总医院。1959 年 12 月，医院由中国人民志愿军总医院改名为中国人民解放军第二三〇医院。2019 年，医院改名为中国人民解放军联勤保障部队第九六六医院。

在火车站附近设置接收站

关治礼 86 岁，是第九六六医院的退休外科医生。他在 1950 年进入医院工作，见证了医院在抗美援朝时期的历史。

关治礼出生于辽阳，曾经就读于辽阳市一中。1950 年 3 月的一天，辽东军区军校到辽阳市一中招收学生，培养部队的文化教员。关治礼是班长，带头参军，到部队学习军事文化。

朝鲜战争爆发后，东北军区调动部队前往鸭绿江畔驻守。1950 年 8 月，关治礼与部分同学一起被派往东北军区第六陆军医院，经过 3 个月的学习，成为一名护士。

抗美援朝战争爆发后，大批伤员从战场上转下来，多的时候一天达到五六千人。当时，在安东担负伤员分类转运任务的医院，只有第六陆军医院。为适应战争的需要，医院将科改为三个所，院部和三所驻安东，二所迁至凤城官家站，进行战地救护训练。10 月 22 日，二所迁至宽甸、永甸、河口待命，一所迁至灌水一线。整条接收伤病员线路长约 80 公里，分别在宽甸、长甸各设一个接收站，在灌水设转运站，中途设两个招待站。10 月 28 日开始接收宽甸、河口从朝鲜战场下来的志愿军伤员。

关治礼被派往二所，在宽甸接收伤员，他回忆说："前线下来的伤病员很多，医护人员紧缺，我们学了 3 个月就要独当一面。"战争中，医院采取各种有效措施对伤员进行抢救治疗，同时派出医疗队奔赴朝鲜战场救治伤员，医院由 3 个所增加到 6 个所，之后又改为 5 个分院，工作人员从起初的 250 人增至 1200 多人，床位从 600 张增加到 4800 张，多的时候收治伤员达到 6000 多人，保证了大批伤员得到及时处置与治疗。

许多人自愿护理伤病员

董方介绍，在抗美援朝战争期间，第六陆军医院共救治和转送志愿军伤病员 34 万余名，完成接收卫生列车 2000 多列。

在院史馆中，记者看到了许多当年志愿军使用过的物品，其中一张伤票左上角是黄色的，标有"毒气中毒"，左下角是黑色的"隔离"，右下角是红色的"紧急处理"，上面还有诊断、处置、后送（向后方转移）方法等许多选项，十分详细。董方告诉记者，如今的医院仍在使用这样的单据。

在丹东，当地人知道第九六六医院的骨科很有名。记者在院史馆的资料里看到，这里曾经创造了全国首例断臂三截再植成功的奇迹。

关治礼说："抗美援朝战争时，从前线运回来的伤病员大多是胳膊和腿受伤，还有烧伤，因为许多伤到头部、胸腹部的伤病员可能坚持不到接受救治就牺牲了。"

抗美援朝战争时期，许多技术精湛的医护人员支援前线，来到第六陆军医院，增强了医院的医疗水平。战争结束后，医院的技术骨干陆续调出，也有不少医护人员留在了这里。第六陆军医院是距离朝鲜战场最近的后方医院，关治礼回忆："抗美援朝战争

词条

战勤医院

到1950年9月28日

东北卫生部和东北军区卫生部

设医院**40**所，床位**2.13**万张

辽西省设医院**10**所

分别设于四平、梨树、铁岭、双辽、开原、昌图、昌北（今属辽宁省昌图县）、阜新、彰武、黑山

计**2000**张床位

辽东省设医院**4**所

分别位于西安（今吉林省辽源）、海龙、东丰、西丰

计**1000**张床位

期间，每天防空警报声、炸弹爆炸声不断。敌机轰炸镇江山那天，许多伤员被送来医院，医院住满了伤病员。"

抗美援朝战争时期，辽宁处在战争的后方前沿，辽宁地区的卫生系统在担负志愿军卫生勤务工作方面作出了突出贡献。

由于当时战争形势与任务的紧迫需要，根据中央军委指示和总后勤部《东北边防军后勤补给计划》要求，东北人民政府需要准备 2 万张医疗床位。1950 年 9 月 28 日，东北卫生部和东北军区卫生部初步调查了动员的战勤医院位置、床位，共落实医院 40 所，床位 2.13 万张。其中，辽西省设医院 10 所，床位 2000 张；辽东省设医院 4 所，床位 1000 张。抗美援朝战争爆发后，根据医疗任务的需要，医院和床位进行了多次调整。

当时，辽宁是志愿军卫生勤务基地。为了更好地救治伤病员，各地设立兵站线，通过卫生列车快速转运伤病员。由于志愿军战士受伤人员较多，需要大量血浆，各地学校、政府纷纷组成抗美援朝输血队，积极献血。志愿军伤病员在辽宁救治、养伤，急需大量护理员，许多人自愿到医院护理伤病员。这些志愿军伤病员痊愈后或重返前线，或复员转业。

据统计，从 1950 年 11 月起至 1953 年 12 月止，国内各军地医院接收治愈了大批志愿军伤病员，其中 56.97% 重新归队，27.26% 安置回乡生产或转业到地方工作。

相关链接

二〇四医院在前线救治 16 万伤员

在葫芦岛兴城市兴海北街附近，有一片红色外墙的老式建筑，这就是中国人民解放军第二〇四医院的旧址。抗美援朝战争期间，在敌机狂轰滥炸和机枪扫射的朝鲜战场上，这所医院全体医护人员把个人安危置之度外，奋不顾身地抢救和

转运伤员。七年间，这所医院共收容、救治并后送了 164310 名伤病员。

73 岁的张金斗是二〇四医院的最后一任院长，讲起医院的历史，他说："中国人民解放军第二〇四医院的前身是陕甘宁晋绥联防军卫生部第四后方医院。医院曾先后参加了解放战争和抗美援朝战争，为解放全中国和保卫世界和平作出了突出的贡献。"该医院 1950 年 12 月入朝时被称为中国人民志愿军西北医院（志愿军西北第四野战医院），到 1957 年 9 月，与原驻兴城的第二〇四医院换防，并互换番号回国，改称中国人民解放军第二〇四医院。

抗美援朝战争爆发后，该医院奉命由陕西省临潼出发，开赴东北。1950 年 12 月 4 日晚，全院人员在宽甸上河口过江，赶赴朝鲜。战争期间，医院在朝鲜定州、平壤、新安州等地，利用西浦至安东、定州至长甸两条兵站线，负责完成西线作战部队伤病员的收容、救治和后送任务。

"医院入朝初期，由于敌机狂轰滥炸，朝鲜一些村镇成了废墟，公路、铁路沿线很多地段弹坑累累，桥梁道路被炸毁，给医院收容治疗、后送工作造成了极大困难。"张金斗说，1950 年至 1951 年，大量收容、后送工作集中在夜间进行，白天只进行一般治疗手术、护理工作。当时的伤员很多，基本上是成批送来，经过伤检、处置后又成批往后方转走。

在朝鲜战场上，由于缺乏医疗器材和药品，给医疗、护理工作造成了很大的困难，全院医护人员想尽办法克服，许多人多次献血。在朝鲜战场的前三年，医院共抢救上千名病人，换敷料 181549 次。医院里有两个手术队进行各种手术 1915 例。1953 年，该院收治敌军伤病战俘，并到开城板门店执行交换战俘任务。

"我们医院在朝鲜待了近 7 年，为朝鲜人民医伤治病数以万计，抢救重危伤病员数以千计。在增进中朝人民友谊中，医院做了大量工作。"张金斗说。

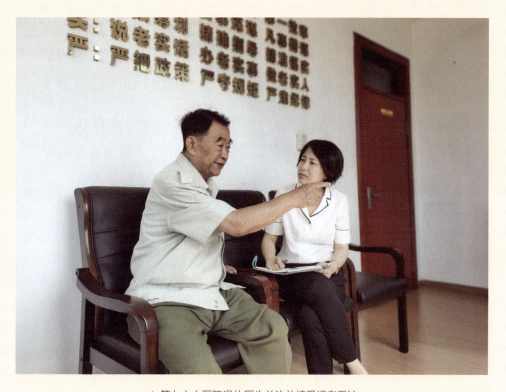

▲ 第九六六医院退休医生关治礼接受记者采访

记者手记

　　在第九六六医院的院史馆里，展陈着许多抗美援朝战争时期的珍贵照片。70 年来，抗美援朝精神一直激励着医院全体员工，也由此创造了诸多奇迹。其中包括全国首例断臂三截再植成功案例。1967年 2 月 15 日，时任医院外二科主任的梁启鹏带领医院科室医务人员，经过近 10 小时的连续奋战，为患者李树芳成功实施了断臂三截再植手术。沈阳军区给外二科记集体一等功，梁启鹏荣立二等功。

影像志

入朝时间　**1950 年 10 月**
人员构成　**随军记者、媒体记者**

战地记者一手拿枪一手拿相机
定格历史

　　在抗美援朝战场上，除了浴血奋战的将士，还有这么一批人，他们的武器不只是枪炮，还有笔与相机。他们穿行于枪林弹雨中，深入前线战场，将历史真实地记录在笔端、记录在镜头里；他们拍摄了一张张闻名遐迩的战地照片，再现了志愿军将士的果敢和献身精神，极大地鼓舞了全国人民抗美援朝的斗志，同时，照片的艺术价值也很高。他们，就是一手拿枪一手拿相机的志愿军战地记者。在这些随军的战地记者中，辽宁人很多。

因一张照片立了三等功

　　"抗美援朝战争爆发那年，我刚 20 岁，在第四野战军第四十军做摄影记者。1950 年 10 月 19 日，我们经安东市区，直奔鸭绿江大桥。"2020 年 6 月 12 日，在位于沈阳市浑南区的家中，90 岁高龄的陶天治开始向记者讲述 70 年前的那段往事。

　　他记得，出发那天乌云密布，沿街的玻璃窗

上，都贴着米字形的防震纸条，更增添了几分临战的气氛。登上鸭绿江大桥，4路纵队并进的脚步踏得桥面咚咚直响。庄严的国境线就在眼前。

陶天治说："在举足跨越那道白线时，我们的心境真是难以形容，每个人都情不自禁地回头望一眼，再看看即将离别的祖国和江城。"

在朝鲜战场上，为了能拍到志愿军指战员在前线作战的鲜活画

▲ 活捉号称"王牌军"的美国俘虏。（陶天治摄）

面，陶天治经常深入作战前线。他拍的战地新闻照片被传回国内并在媒体上发表。尤其是《活捉号称"王牌军"的美国俘虏》的新闻摄影报道，是抗美援朝战争时期陶天治拍的反映志愿军在前线活捉美军俘虏的代表作之一。这张照片获得一致好评，他也被志愿军司令部政治部授予三等功。

"这张照片摄于1953年3月26日，在紧靠板门店东侧的梅岘里东山和马踏里西山下，当时我军正向敌人占领的山头发起猛烈攻击。我赶到时，战士们正在挖洞抓俘虏，抓到俘虏后，我抢拍下了这张照片。"陶天治回忆说。

他解释，因为战争进入相持阶段，打阵地战之后，我军和敌军都在阵地上挖了坑道。当我军攻下敌军阵地后，敌军的隐蔽洞被我方炮弹掀起的泥土掩埋住，但还会有个别敌军隐藏在内。若不把他们挖出来，将是个很大的隐患。

▲ 志愿军卫生员给美军俘虏包扎伤口。（陶天治摄）

▲ 志愿军向梅岘里东山的敌人发起攻击。（陶天治摄）

照片上，正是美海军陆战队一师的士兵被挖出来时的狼狈情景：有多名美军俘虏正从工事里走出，他们灰头土脸，神情沮丧。由于战斗是在夜间进行的，所以照片的背景是黑色的。画面的左边，可以看到两名腰挂手榴弹的志愿军战士的背影。

据陶天治介绍，当时，受摄影设备所限，特别是夜间拍片时，新闻现场短时间内只能抓拍一次，"那时，闪光灯的灯泡是一次性的，如果想拍第二张，得换个闪光灯灯泡，但换灯泡的工夫，新闻现场可能就没了。"

在朝鲜战场上，陶天治拍的战地摄影作品佳作很多。《首战温井》《美空军轰炸后的云山镇》《打毁敌炮车》《美军坦克的下场》《只要放下武器》《卫生员给美军俘虏上药包扎》等，多发表于志愿军战报。这些作品，从不同侧面再现了志愿军英勇顽强的作风，表现了他们无坚不摧的强大力量，并真实地证明了志愿军优待俘虏，实行人道主义的博大胸襟。

在战斗中失去了左腿

1953 年 5 月 27 日，距朝鲜战争停战协定签字仅差两个月，我军又进行了一次阵地争夺战。天亮前，陶天治随同通讯员一起来到突击连的隐蔽洞。"在山洞里我一整天没吃没喝没动地方，一直盼到夕阳西下才钻出洞口松口气，我们打算在我方的炮击攻势过后就向敌人的阵地冲锋。"

天刚黑，我军开始攻击，陶天治刚抓拍到一名战士用轻机枪攻击敌方目标的镜头，随后，一发炮弹便在他的身边爆炸，"我顷刻之间就什么都不知道了。等我强睁开眼睛时，发现自己的左腿断了，我又一次昏了过去。等我再一次醒来时，忍着钻心的疼痛，首先把相机搂在怀里，眼泪流了下来。"为了防止失血过多，陶天治用急救包里的纱布扎上了受伤的那条腿。一个战士跑过来发现了他，将他背到营包扎所。在那里，他听到熟悉的战友易英华的声音，便把相机交给了易英华，嘱咐其保护好照相设备带回政治部，而且相机里拍的素材不能丢。嘱咐完，陶天治就不省人事了。

负伤当晚，陶天治做了简单的截肢手术，为了在转运途中伤口不被感染，截肢后没有立即缝合，造成肌肉收缩，骨头露出。回到国内后，他又经历了两次手术。

词条

战地摄影作品

▶ **抗美援朝战争初期**

东北画报社派 3 名战地摄影记者赴朝采访。

其中，梁枫的代表作有《正义战胜钢铁》《人道主义》等。

▶ **1950 年 10 月**

第四十军一二〇师摄影记者、大连人陶天治入朝。

代表作有《活捉号称"王牌军"的美国俘虏》《首战温井》《美空军轰炸后的云山镇》《美军坦克的下场》《只要放下武器》等。

▶ **1951 年春**

志愿军第四十七军摄影记者、大连人赵明志入朝。

在马良山战役中，拍摄到搜索敌人、抓俘虏、缴获敌人枪支和胜利会师等重要场面的照片。

▶ **1951 年 3 月**

第四十六军摄影组组长、大连人金铎赴朝。

代表作有《我们跨过鸭绿江》，为彭德怀拍摄的 11 张照片成为彭德怀在朝鲜战场指挥志愿军作战的代表性照片。

▲ 一口炒面一把雪（孙田原摄）

▲ 《阿妈妮的故事》以这张照片的人物
　为原型创作（孙田原摄）

▲ 前线战士缝补衣服（孙田原摄）

310

▲ 夜渡清川江（孙田原摄）

▲ 横城反击战中我军缴获的美军汽车（陶天治摄）

▲ 志愿军铁道兵团战士正在作战（孙田原摄）

用镜头记录支前第一线的辽宁人

　　抗美援朝战争时期，辽宁在发展生产、巩固国防、支援前线等方面作出了突出贡献。《东北日报》掀起了新一轮宣传报道高潮，记者深入一线，对辽宁人民开展的轰轰烈烈的抗美援朝运动进行了深入报道。

▲ 1950 年 12 月 17 日，本溪大车队装满物资出发上前线　　　　▲ 1950 年 12 月 19 日，宽甸县担架队出发上前线

▲ 1952 年 1 月 7 日，海城八里河完小学生在给志愿军叔叔写慰问信

▲ 沈阳第三机器厂第二车工部职工看《东北日报》了解时事

▲ 给入朝汽车队的工友戴花

▲ 陶天治审看记者送来的稿件

　　90 岁高龄的陶天治，戴着义肢，坐在沙发上接受记者采访。他的一条腿在战争中被炸断了，但是他的体态并不羸弱。若不是旁边放着一根单拐，记者完全没看出他腿部有问题。他讲述作战经历时声音洪亮、思路清晰。因为让老人审看稿件，记者又来到他家。打开房门时，记者看到，老人正用双臂支撑着身体进行锻炼。这是他每天坚持做的"功课"。这一刻，记者深刻地体会到了坚韧不拔这个词的含义。

战地演出

团队名称　中国人民志愿军政治部文工团
人员数量　300 余人

文艺兵邬大为 19 岁上战场

坑道里"跪着演"为战士鼓劲

在硝烟弥漫的抗美援朝战场上，有这样一支队伍：虽然没有枪支弹药，没有嘹亮的军号，但他们的战斗力同样强劲。他们穿梭于战场之上、坑道之间，鼓舞战士斗志，这支队伍就是"志愿军政治部文工团"。

每一名文艺兵走向战场，不仅仅通过才艺为战士加油鼓劲，还要随时听从命令为战地服务……在抗美援朝战场上，无数文工团员经历血与火的洗礼，成长为勇敢坚强的战士。

目睹战争的残酷

他是人们熟知的《在那桃花盛开的地方》歌曲的词作者，他也是抗美援朝战场上的一名文工团战士。

他，就是邬大为。2020 年 8 月 17 日，记者在沈阳第十六干休所采访了他。在抗美援朝战争期间赴前线演出，邬大为曾荣立三等功。对他来说，虽然战争已经过去了 70 年，但战场上的每一个细节他还记得清清楚楚。

邬大为说："1952 年 9 月 7 日，我是第二十三军文工团的战士，跨过鸭

绿江，赶赴朝鲜战场。"在刚到新义州的一瞬间，他被震惊了，"到处是废墟，江桥上是密密麻麻的弹孔，被炸烂的汽车、坦克残骸遍地。"当时在前线，几乎一天 24 小时头上都是敌人的飞机，"我那年只有 19 岁，从来没看见过这样的场面。"

邬大为说，他记得在路边看到一位朝鲜阿姨，背着孩子躲避敌机轰炸，"她背上的孩子其实已经被弹片击中，但路过的人没有人敢告诉她。直到要喂奶的时候，阿姨才发现孩子已经没了呼吸，当时就昏过去了，这件事给我留下了特别深刻的印象。"

在很多人看来，文工团战士不用去前线打仗，似乎没有太大生命危险，但邬大为告诉记者，他曾亲眼看到在身边牺牲的战友，自己也是九死一生。

"有一次，我们为防空哨的战士演出，十几个人走到半路，遭到了空袭，当时在山坡上没什么遮挡，我险些被炮弹击中。"邬大为说，炮弹就在他四周爆炸，他帮别人带的二胡也被炸断，几位战友牺牲了。

虽然时刻面临牺牲的危险，但对文工团的战士来说，能为战场上的战士演出，依然是他们最愿意做的，邬大为也不例外。

演出时遇坑道着火

对于很多前线的志愿军战士来说，文工团战士是他们"最亲的战友"，"无论到哪里演出，他们都会把自己最好的东西拿给我们，甚至不惜用自己的生命保护我们。"邬大为说。

有一次，演出小分队在一个阵地上表演，"当时，所有的战士夹道欢迎我们，副连长递给大家每人一茶缸水。那时在战场上，水是很珍贵的，我们都舍不得喝，最后还是留给了战士。"邬大为回忆说。

在昏暗的坑道里，战士们聚在一起观看邬大为和战友们的演出，那时候，通常用油灯来照明，有的地方没有油灯就用手电筒照明。邬大为说："由于坑道太矮，很多文工团战士都是'跪着演'。我们演到一半的时候，坑道口起火了，弹药就在坑道口，十分危险。"

因为坑道口着火导致坑道里缺氧，邬大为晕了过去，醒来时他已经被送到后方医院。身边的人告诉他，为了救文工团的战士，副连长和几位战士都身负重伤。

"从那一刻起，我下定决心，要一生为战士歌唱。"邬大为说。

词条

文工团

中国人民志愿军政治部文工团原为四野十五兵团文工团。

▶ 1950 年 7 月

到达安东，改名为东北边防军文工团。不久后改称中国人民志愿军政治部文工团。设戏剧队、合唱队、乐队、舞蹈队、杂技队、舞美队。

▶ 1950 年秋

文工团开始分批入朝。

平均年龄：20 岁左右。

创作曲目：歌剧《和平战士》、舞剧《罗盛教》、大型歌舞《志愿军战歌》等。

▶ 1958 年 10 月

文工团最后一批撤离朝鲜。

与朝鲜百姓依依惜别

邬大为告诉记者："前线文工团每天要去几个阵地演出好几场，演出的内容很多取材于志愿军战士的事迹。如果有战士因为站岗放哨等原因没有看到文工团的演出，我们就专门给那些战士再演一场。"

前线战场上，文工团不但为战士演出，文工团的很多女兵还身兼数职，"给战士洗衣服、缝衣服。发现战士衣服破了，没有布补她们就从自己的衣服上剪掉一块，很多女兵是跪在地上给战士缝裤子的。"邬大为说。

1958 年，邬大为作为最后一批归国志愿军回到祖国，回忆与朝鲜百姓离别和到达安东时的情景时，他对记者说："本来只有三个小时的路程，大家却走了一天半，沿途处处都是朝鲜老百姓，他们送东西并为我们唱歌跳舞。到了安东，看到的更是一片人海，到处是气球、礼炮、烟花。"

当戴上大红花，听到群众的欢呼声，邬大为痛痛快快地哭了，"朝鲜战场上那么艰苦，我没掉一滴泪，但这一刻我无法抑制自己的眼泪。我想，如果牺牲的战友也能看到这样的场景，那该多好啊！"

邬大为在朝鲜战场待了五年半，那段时间的经历成为他一生最宝贵的财富，他说："很多人觉得文工团就是到前线到战士中间演出，其实不止这些，我们也从战士身上学到了很多，这十分珍贵。他们的英勇无畏、牺牲奉献精神，让我一生铭记。"

四辆卡车拼一起当演出舞台

王曼力是国家一级编导，著名舞蹈编导。她告诉记者，抗美援朝战争过去了这么多年，她最难忘的是作为文工团的一员在战场上战斗的那段经历。

1950年10月25日，祖国号召大家抗美援朝出国作战，第十五兵团文工团被改编为中国人民志愿军政治部文工团，进入朝鲜，18岁的王曼力就是其中一员。"当时我们的队伍200余人，大多是十几岁到二十岁的初中和高中的学生，还有7名大学生。"王曼力说。

王曼力被选为舞蹈演员兼编导。当时部队文工团分为乐队、合唱队、戏剧队、舞蹈队、舞台美术队。平时，文工团要下部队做固定的演出，此

▲ 王曼力

外，还要经常分成小组去前线演出，有时8个人一组，有时4个人一组，最少时2个人一组，由连队的通讯员带着前往。

王曼力告诉记者："即使是全团性的舞台演出，布置也很简单，把军用卡车的护栏一折，四辆车对在一起，就是文工团的舞台。"

由于物资紧缺，有人甚至把自己的彩色被面剪了做成演出时的衣裙为战士们表演。到前线演出不方便携带乐器，他们就发明了"人声伴奏乐队"。所有文工团团员心中只有一个期望，战士们看过演出可以缓解紧绷的神经。

前线生活很艰苦，文工团团员也和前线战士一样，经受着严峻的考验。"几乎每天都经历敌机轰炸，朦胧夜色中演出归来时，更是常常遇到敌机狂轰滥炸。轰炸结束后，我们要立刻跳下车，赶在黎明前必须填平弹坑，否则天亮后，那些运送粮食、弹药的车辆会因弹坑阻碍，挤在山路上，成为敌机明显的攻击目标，后果不堪设想。"王曼力解释道，当时文工团的团员们也要帮厨，上山砍柴，有时还

有一些突如其来的特殊任务。她说："运来的战略物资我们要迅速赶去搬运。战士负伤，我们要帮忙包扎，我们甚至掩埋过战场上的尸体。"

在前线，很多战士对文工团的感情极其深厚，"当我们深入前沿阵地为战士们演出时，哪怕只有一个人在守卫阵地，我们也要坚持表演。"王曼力说。

"有一次，在前线隐蔽部，我们见到一个刚刚来到连队的新战士。"王曼力说，这个名叫卫冬根的小战士十分喜欢唱歌，王曼力便把自己手抄的歌本给他看，并答应离开前线时一定把歌本留给他做纪念。

当时的场景王曼力至今还记得清清楚楚，"卫冬根听到后，兴奋得满脸通红。"但是，当王曼力带着歌本再次赶到连队准备送给卫冬根时，得知卫冬根已经在两天前夜里的伏击中为保护战友英勇地牺牲了。

讲起这些，王曼力依然控制不住泪水，她说，永远不能忘记那天她和卫冬根的约定，忘不了卫冬根兴奋中眼中那闪闪的泪光。

尽管没有在战场上直面敌人，但文工团带来的精神力量，激励着无数战士奋勇杀敌。文工团演出的节目内容都是取材于战场上的真实故事，那是属于战士们的故事，表达他们的赤胆忠心、家国情怀，战士们观看演出时无不激动。

"几乎每场战役下来，文工团都要深入前线，开展阵地文艺慰问演出。战士们的欢笑声、歌声、琴声在山谷里回荡。演出结束时，战士们都会报以长时间热烈的掌声。"王曼力说，常常演到动情处，演员和台下的战士会一起放声大哭。

▲ 作曲家邬大为接受记者采访

记者
手记

在很多人的印象里，文工团战士只是在战场上为指战员唱歌跳舞、缓解压力的"文艺兵"。但真正走近这些文工团战士，会发现事实并非如此。几乎每一名文工团的战士都有自己独特的经历。他们穿梭于战场中，除了演出，还帮助挖战壕、帮助救护。硝烟弥漫的战场上，文工团的战士就像一抹亮丽的风景，点亮了冰冷的战场，温暖志愿军战士的心灵。邬大为说，在抗美援朝战场上的经历，让他立志一生都为战士歌唱。

战歌

流行曲目　《中国人民志愿军战歌》
词曲作者　麻扶摇词　周巍峙曲

年轻战士麻扶摇写下快板"诗"

一段出征誓词成了响亮号角

"雄赳赳，气昂昂，跨过鸭绿江……"每当这首《中国人民志愿军战歌》激昂的音乐响起，总会让人热血沸腾。

70 年过去了，这首被誉为"抗美援朝第一金曲"的战歌光彩依旧。在抗美援朝战场上，一首首慷慨激昂的歌曲伴随着无数志愿军战士走过最艰难的岁月，那一段段纵横沙场、旌旗猎猎的旋律，直到今天，仍然能带给人们心灵的震撼、精神的鼓舞和灵魂的洗涤。

写下出征誓词

在抗美援朝纪念馆内，陈列着一份信笺纸，蓝黑色墨水的钢笔字体遒劲有力，这是《中国人民志愿军战歌》的手稿。这首传唱许久的经典歌曲，只是当年一个名叫麻扶摇的年轻人写下的一首快板"诗"。

1950 年 6 月，中国人民志愿军出国作战前夕，连营团层层召开誓师大会。麻扶摇作为志愿军炮兵第一师第二十六团五连指导员负责写全连的出征誓词。在昏黄的油灯下，一幕幕场景涌现在麻扶摇的眼前：鸭绿江对岸滚滚战火，战士们激昂的战斗情绪……很快，"雄赳赳，气昂昂，横渡鸭绿江。保和平，卫祖国，就是保家乡"的词句涌上他的心头。麻扶摇连忙抓起了笔，一首短诗很快跃然纸上。这就是后来定名为《中国人民志愿军战歌》的原歌词。

不久，这首充满战斗激情的出征诗便在志愿军部队广泛地传播开了。麻扶摇所在连队里一名精通简谱的文化教员还为它配了曲，并在全连教唱。

1950年10月志愿军入朝时，麻扶摇所在的连队就是唱着这首歌跨过鸭绿江的。很快，麻扶摇发现，一支支后续入朝的部队都唱着与他所写的这首歌词相似而曲调不同的歌曲。

1950年11月26日，《人民日报》在第一版发表通讯《记中国人民志愿军部队几个战士的谈话》，把这首诗放在文章的开头，并将"横渡鸭绿江"改为"跨过鸭绿江"，将"中华好儿女"改为"中国好儿女"。

著名作曲家周巍峙看到这首诗后，深受触动，随即完成了谱曲。后来歌曲定名为《中国人民志愿军战歌》。

作为战歌的词曲创作者，麻扶摇与周巍峙两个人直到1990年才第一次见面。

旋律简单接地气

抗美援朝战争期间涌现出不少脍炙人口的好歌，缘何《中国人民志愿军战歌》能传唱广泛？

原沈阳军区前进歌舞团艺术指导、著名作曲家铁源告诉记者，《中国人民志愿军战歌》真实地唱出了当年志愿军战士心中的"呐喊"。

词条

《中国人民志愿军战歌》

歌词由志愿军炮兵第一师第二十六团五连指导员麻扶摇创作。

▶ **1950 年 11 月 26 日**

《人民日报》发表。

原歌词几处修改：

"横渡鸭绿江"改为"跨过鸭绿江"；

"中华好儿女"改为"中国好儿女"；

"抗美援朝鲜"改为"抗美援朝"；

"打败美国野心狼"改为"打败美帝野心狼"；

歌名改为《中国人民志愿军战歌》。

▶ **1953 年**

在全国开展的群众歌曲评奖活动中，《中国人民志愿军战歌》获一等奖。

▶ **2019 年 6 月**

《中国人民志愿军战歌》入选中宣部"庆祝中华人民共和国成立 70 周年优秀歌曲 100 首"名单。

"这首歌旋律简单，音域不宽，口语化的歌词朗朗上口，堪称一首十分接地气的经典歌曲。"铁源这样告诉记者，"最简单的旋律却是最不好写的，这首歌堪称名副其实的经典之作。它描述的景象十分符合人们的想象，而且特别易于传唱，所以当年无论是志愿军战士，还是普通百姓，几乎人人都会唱这首歌。"

铁源说，词曲创作者只有深入前线才能更深刻体会当时的战争氛围，最终写出这样昂扬的歌曲。"抗美援朝时期的很多音乐，具有浓烈的生活气息和强烈的时代精神，深刻反映出志愿军指战员战争生活的深度和广度，可以说，有感而发才能写出好歌曲，《中国人民志愿军战歌》正是这样一首有感而发的好歌！"

正如麻扶摇在回忆这首战歌创作过程的一篇文章中所说：由于这首歌的曲调强烈地表现了抗美援朝英雄岁月的主旋律，充分体现了志愿军和全国人民的坚强信念与钢铁意志，因此它不仅是一首好军歌，也是一首喜闻乐"唱"的大众歌曲。麻扶摇也一直坚持认为原署名"志愿军战士"很确切，"因为是他们以自己的英雄行为描绘了歌词的意境，用发自内心的豪言壮语表达了歌词的主题思想。他们是名副其实的真正作者。"

1954 年 4 月，《人民日报》以《中国人民志愿军战歌》的歌名再次发表。同年，在中央人民政府文化部和中国文联举办的"三年来全国群众歌曲评奖"中，一等奖评选出了 9 首歌曲，其中就有《中国人民志愿军战歌》。

为了给作者发奖，有关部门辗转查找，几经周折，终于寻找到了词作者麻扶摇。

2019 年 6 月，《中国人民志愿军战歌》入选中宣部"庆祝中华人民共和国成立70 周年优秀歌曲 100 首"名单。

——

战歌传唱久远

传唱了 70 年的《中国人民志愿军战歌》已经成了抗美援朝历史的一部分。铁源告诉记者，抗美援朝战场上，引导大家走向胜利的，其实不仅仅有那隆隆的炮声、昂扬的军号声，更有一首首悠扬婉转的歌曲，它们鼓舞着无数志愿军战士的斗志，激励着他们勇往直前。"作为军队战斗力的内在因素，一首好歌也可以成为战士们克敌制胜的精神支柱和力量源泉。"铁源说。昔日"雄赳赳，气昂昂，跨过鸭绿江"的歌声不仅唱出了军威国威，也唱出了中国人民志愿军的英勇豪气。"直到今天，听到这些振奋人心的歌曲，我内心依然为之澎湃，抗美援朝精神的传承决不能断，这种一不怕苦二不怕死的铁血精神，值得现在年轻人学习。每个人都要记住，现在的幸福生活，是靠当年在战场上鏖战的前辈用生命换来的！"

▲ 著名作曲家铁源接受记者采访

记者手记　　提到抗美援朝，人们都会提到《中国人民志愿军战歌》。它已经成为一种标识，让人们追忆起那段岁月。虽然如今战歌的词曲作者已离世，但这首歌带来的力量依旧能够澎湃在每个人的心间。当慷慨激昂的曲调响起，我们的眼前就会出现征战在抗美援朝战场上无数志愿军战士的身影。它不仅仅是一支歌曲，更是一种精神的象征。这种精神一直激励着我们"雄赳赳，气昂昂"地跨过每一道难关！

那时期流行歌曲多为抗美援朝题材

1950 年 11 月 26 日，周巍峙正在田汉家里汇报工作，偶然间看见当天的《人民日报》上刊登的《中国人民志愿军战歌》歌词。当年原词中有句是"抗美援朝鲜"，后来被周巍峙改成了"抗美援朝"，这样更加好唱。在他看来，歌词虽然很短，但内容很全面，而且很有气势。

看见歌词后的周巍峙一边在心里哼唱，一边在腿上敲打着节拍，只用了半个小时，就一口气谱完了曲，回家后又用行书重新誊写了一下，很快发表在《人民日报》的副刊上。

周巍峙曾表示，这首歌音调铿锵、节奏坚定、气势磅礴，很符合当时志愿军战士在仓促应战的情况下，齐心协力、勇往直前的情形，更真实地表现了中国人民军队的英雄气概、必胜决心。

歌曲发表后在全国开始流行，当时很多地方传唱。在很多人心中，《中国人民志愿军战歌》除了表现在侵略者面前必胜的信念和豪迈，更有一种对祖国对家乡的深深眷恋之情。

抗美援朝时期，是流行歌曲十分盛行的年代。当时流行歌曲除了《中国人民志愿军战歌》外，还有《王大妈要和平》《歌唱祖国》《抗美援朝进行曲》等，这些流行歌曲很多与辽宁相关。

记者对抗美援朝时期的歌曲做了大致的梳理。从创作内容上看，大致分为几类：歌唱志愿军战士，这样的歌曲一般短小精悍，比如《中国人民志愿军战歌》《英雄的阵地，钢铁的山》等；歌唱中朝友谊，代表作品是《飞虎山》，描写了飞虎山战役中朝鲜人民为志愿军战士送水送饭的感人事迹；歌颂后方群众，这样的作品多以合唱形式出现，比如《献粮歌》《增产为了志愿军》等；歌颂战争胜利，比如

《胜利属于英雄的人》《胜利花开遍地红》等。

抗美援朝战争爆发，为响应号召，广大青年纷纷走出工厂、农村、课堂，掀起参军参战的热潮。《当祖国需要的时候》这首歌就是这种情景的写照，歌声鼓舞了千万热血青年参加到中国人民志愿军的行列，起到了战斗动员作用。

歌曲《全世界人民团结紧》唱出了全国人民赢得这场战争的胜利信心。那欢快、明朗、乐观的曲调，感染了无数人。

女声独唱《王大妈要和平》也是当年一首脍炙人口的歌曲。王大妈是一位热爱和平的妇女，但是当战火烧到家门口的时候，王大妈不辞辛劳地到处奔走，动员青年们参加志愿军走上抗美援朝的战场。

郭兰英演唱的《我的祖国》是电影《上甘岭》的主题歌。直到今天，每当听到这首歌，还会令人激情澎湃，爱国情怀和民族自豪感充满内心。

接收孤儿

开始时间　**1950 年 10 月**
接收数量　**辽宁地区接收 3 万人**

朝鲜儿童在铁岭接受教育

"中朝友谊林" 八千棵树缀满谢意

走进铁岭龙首山的山门，顺着山路向东北方向行进，在快要到达龙爪峰的峰顶处，就能看到一块立在山路边的石碑，碑上用中朝两国文字书写着"中朝友谊林"。

种下这片山林的，是铁岭朝鲜中等学院的学生。在战火中失去双亲的朝鲜孤儿，当年被接到铁岭后受到了无微不至的关怀，他们怀着感激之情，种下了 8000 多棵友谊之树。1957 年回国之前，他们在绿树丛中立起了这块石碑，留作纪念。

铁岭挑选五处 150 间房子做校舍

2020 年 8 月 11 日，记者在"中朝友谊林"看到，如今这里已是绿树成荫，枝繁叶茂。

刘成祥是铁岭县民俗协会主席、地方史研究专家，对铁岭地区抗美援朝的历史进行过深入研究，尤其对抗美援朝战争期间铁岭县接收战争孤儿的过程，进行过大量调查走访。

　　"1952年8月，铁岭县委、县政府根据中共辽西省委、省政府的指令，承办朝鲜中等学院，准备接收在战争中失去父母的500多名孤儿入学。"刘成祥向记者介绍。

　　建学校首先是选择校舍问题，由于时间紧、要求高，来不及新建校舍，就在城内的公房中挑选。

　　几经挑选，在铁岭城中心圈定了五处：将朝鲜中等学院的校舍和院部设在环境比较清静、房舍宽敞的杨公馆（杨宇霆八弟住宅），将学院的后勤部设在银冈书院东西两个大院，与后勤部相邻的白家大院作为学生的食堂，从学生食堂向东100米处是教职工食堂，学生的宿舍则安排在清朝时期一个官吏的住宅内。

　　刘成祥说："这五个地点相邻，共有150多间房子，位于银州区的中心地区，都是最好的校舍。这些房屋经过修缮后，交给朝鲜中等学院使用。"

把朝鲜孤儿接到中国抚养

中朝两国政府达成协议，把在战争中失去双亲的朝鲜孤儿接来中国抚养。1953年，中方在安东、图们、辑安设置接待站，朝鲜孤儿过境时，由当地卫生、民政部门和接待站给朝鲜孤儿检查身体、理发、洗澡、更衣等，同时还为他们定制了服装，包括棉衣、棉裤、衬衣、衬裤、棉帽子、袜子、棉鞋等，在过境时全都换上了新装。这些饱受战争苦难的儿童，一踏进中国国境，就得到了温暖。

当时，由中国医科大学、大连医学院等抽调医生、护士，分配到各护送小组，负责孤儿途中防疫、保健和医疗工作，将他们送到指定地点。

据资料记载，当时，辽东和辽西的营口、瓦房店、锦州、绥中、兴城、锦西、昌图、铁岭、北镇等地，都设立了朝鲜儿童教育园、朝鲜儿童学院，分别安置5岁至十几岁的儿童。1954年，又改称初等学院、中等学院。

1954年8月，临时寄居在锦西、绥中等地"爱育园"的500多名14岁至17岁的朝鲜青少年，会同30余名教师，乘火车来到铁岭，住进了焕然一新的校舍。朝鲜中等学院是初级中等和高级中等混合学院，共设有语文、数学、地理、历史、化学、农业、体育、音乐、美术、中国语等课程。

离别时不舍致火车延误6分钟

每逢节日，当时的铁岭高中、师范学校及当地的两所中学经常与朝鲜中等学院的学生举行联欢会，唱歌跳舞，表演节目，交流感情，增进友谊。

为了表达对铁岭县人民的感激，每年清明节，朝鲜中等学院的师生都要到龙首山植树造林。几年来，他们在龙首山烈士墓先后植树8000多棵。为了发展中朝友谊，他们积极支援铁岭县的社会主义建设。1958年4月13日，在铁岭县城郊西部大莲

花村修建了一座"中朝妇女友谊水库"。

"当时学院的 500 多名师生和县里的 5 个民工团共 2000 多名中朝妇女，大干了十余天，完成了施工任务。"刘成祥说，这座水库的建成，凝聚着中朝两国妇女的艰辛劳动和深厚的国际主义友情。"现在水库的地点已经形成了一片美丽的荷花湖。"刘成祥告诉记者。

朝鲜中等学院的师生在铁岭县学习生活了整整 4 年，铁岭县政府为他们提供了很好的生活条件和学习环境。1956 年，120 名战争孤儿完成初级中学学业继续升学就读，还有 20 余名学生被朝鲜驻沈阳教育处选派到东北各地学习工业生产技术，成为朝鲜社会主义建设人才。1958 年，全院 520 名学生完成中等学业，举行了隆重的毕业典礼。

1958 年 8 月，朝鲜中等学院的师生要离开铁岭县返回祖国，铁岭县委、县政府向每名师生赠送了一份礼物：一双皮鞋、一双布鞋、一件毛衣、一套单衣，留作临别纪念。8 月 15 日分别时，全校师生在站台上泪流满面，与送行群众紧紧拥抱在一起，久久不愿离开。有的哭着上了车，又下来与送别的人拥抱。在车站乘务员再三催促下，火车延误了 6 分钟才启动。他们的感激之情、留恋之情，交融在一起。在这所学院学习生活的经历，成为他们人生中难忘的记忆。

相关链接

北镇腾出 334 间房屋安置战争孤儿

为了安置战争孤儿，锦州北镇古城的居民纷纷把自家住的舒适房间让出来，按照朝鲜人的生活习俗进行改造和翻修，他们自己却搬到旧屋或茅屋居住。据不完全统计，抗美援朝时期，为接收安置战争孤儿，北镇人民共自发让出房屋 334 间。

"肖广普是我的老领导，他生前曾多次向我讲起战争孤儿在北镇的安置情况。"

北镇市文化旅游和广播电视局副局长贾辉说。

虽然不是土生土长的北镇人，但贾辉在北镇工作的30年里，不仅出版了有关当地文化的专著，对北镇各个时期的历史也颇有研究。8月12日，在向记者介绍相关情况时，他提到了自己的老领导肖广普在抗美援朝时期的事情。

1952年10月的一天，北镇县机关干部肖广普受时任县长刘治臣的指派，到安东迎接朝鲜战争孤儿。贾辉说："肖老曾跟我回忆说，接到任务后他火速赶到安东，找到了坐落在鸭绿江北岸一个只有6间房的'朝鲜旅社'，那里住着负责接收朝鲜战争孤儿的工作人员。"由于战时情况异常，直到第8天，肖广普才被通知到安东市镇江山下接收战争孤儿。"肖老连夜赶到接收站，看到一处空房子里的地板上坐着一群不到5岁的儿童。这些孩子是刚从朝鲜过来的。当时情况紧急，敌机不时在安东上空盘旋投弹，为了孩子们的安全，接收站通知立即上车，把孩子们运出安东。"

1952年10月18日，运送朝鲜战争孤儿的火车到达沟帮子车站，县长刘治臣带领干部和车辆来迎接，并安置他们到已准备好的暖房住下，这批共接收了93名朝鲜战争孤儿。随后的10月20日，又接收了来自朝鲜平壤、定州、新义州3个市"爱育园"的儿童及保育人员共457名。1953年，再次接收从绥中转来的朝鲜

词条

接待朝鲜难民

- **1950年10月26日**
  宽甸县委发出《关于朝鲜境内过来的机关、学校、家属要安排好的指示》
  决定分别于牛毛坞、八河川、夹皮沟等地设立难民接待站

- **1950年11月2日**
  新义州**5000**余名伤员撤到安东(今丹东)地区
  第一批**332**人
  第二批**1800**人
  第三批**2900**人

- **1950年11月8日至21日**
  安东市接待朝鲜难民**4200**名
  接待转送战争孤儿**18750**名

儿童和教职人员 636 名。这样，北镇县先后分三批接收朝鲜儿童和职工 1186 人，他们在北镇学习生活了 6 年。

为了保证孩子们健康成长，北镇县政府每年为每个儿童在饮食及穿着上做了良好的供应。在共同生活的 6 年里，朝鲜师生与北镇人民结下了深厚的友谊。1956 年秋，十几名朝鲜青年要回国参军，欢送仪式上他们一再表示，他们生在朝鲜长在中国，回国后一定不会忘记中国人民的养育之恩，要把中国人民为他们成长而无私奉献的精神带回去，为巩固和发展中朝友谊作出毕生贡献。

1958 年春，朝鲜师生同共青团北镇县委相关人员一起，在古城通往医巫闾山风景区的公路两旁栽下了 1.5 万株杨树，并把这条路命名为"中朝友谊林荫路"。贾辉说，当这片树木成林时，来医巫闾山的人走在这条路上，常会情不自禁地说，这是朝鲜孩子们留下的，象征着中朝友谊的林荫路。

▲ 记者在龙首山采访友谊林相关历史

记者
手记　　每天，都会有很多铁岭市民到龙首山上锻炼。记者去采访时是一个工作日的上午，在山门处，看到不少来登山的市民。记者进行了随机采访，在 10 名被采访的市民中，有 8 名市民表示，在山上看到了写有"中朝友谊林"字样的石碑，对当年用爱心种下的这片树林的来历很想了解清楚。他们希望这段历史能够好好宣传，让更多的铁岭人知道家乡曾经的付出。

文艺宣传

开始时间 **1950 年 10 月 28 日**
作品数量 **文学作品超过 3000 件**

掀起新中国成立后第一个创作高潮

经典艺术作品遍地开花

　　位于丹东市英华山上的抗美援朝纪念馆，展陈着许多抗美援朝题材的文艺作品，展柜中还有不少活泼生动的宣传画、小人书、诗歌等文学作品。此外，新媒体展播平台在循环播放着经典的影视作品。抗美援朝文化的繁荣可见一斑。

鲜活的抗美援朝文艺作品

　　"雄赳赳，气昂昂，跨过鸭绿江；保和平、卫祖国，就是保家乡……"

　　70 年前，中国人民志愿军就是高唱着这首歌奔赴炮火连天的朝鲜战场。70 年后的今天，我们再听这首歌，它更像是一个意蕴深刻的文化符号，带领我们重温过去，揭开了时代的印记。

　　现在年长的人，如果从记忆中搜寻抗美援朝的文化象征，除了这首激昂的《中国人民志愿军战歌》，还有魏巍的经典报告文学《谁是最可爱的人》、电影《上甘岭》、黎民的摄影作品《中国人民志愿军跨过鸭绿江》等。

2020年8月6日，在平静的鸭绿江畔，丹东市红色文化传播中心主任曾韧向记者讲起抗美援朝的历史与文化。他说："抗美援朝文化与抗美援朝战争相伴而生，这一时期所产生的文艺作品十分鲜活，直至今天仍具有强大的生命力，堪称经典。"

曾韧细数了抗美援朝战争时期各个领域产生的著名作品，包括文学、戏剧、电影、曲艺、美术、摄影等多种形式。他说，很多文艺作品在这一时期脱颖而出，例如魏巍的《谁是最可爱的人》、杨朔的《三千里江山》、宣传画《我们热爱和平》等。

抗美援朝文艺创作的全方位性，让抗美援朝文化和精神融入当时生活各方面。那时流行的小人书、宣传画以抗美援朝的故事为蓝本；人们热衷于写信，信封、邮票、明信片都有抗美援朝的标志；人们热爱收藏纪念章，精美的纪念章上刻上了"抗美援朝"。正是这种广泛的文化传播，抗美援朝精神融入群众中，让中国数亿人团结起来。

大批人投入抗美援朝创作

辽宁社会科学院研究员卢骅热衷收藏抗美援朝战争时期的老物件，在他负责陈列的河口村抗美援朝陈列馆中，记者见到了许多版本的《谁是最可爱的人》。

卢骅说，抗美援朝战争时期的文艺创作是全社会的创作，无论是作家、诗人、画家、演艺人员，或是最朴实的百姓，都为抗美援朝战争投入了创作热情。

卢骅讲到了工人作家郭先红。郭先红是沈阳市一家国营工厂的工人，只有小学四年级文化，他通过参加工人政治文化学习班，不断提高文化水平，抗美援朝战争时期，他在《东北日报》《劳动日报》上发表了《愤怒的火焰》等文章，表达了保卫和平、反抗侵略的强烈愿望。后来，他又发表了多篇短篇小说和报告文学，被誉为工人作家。

　　抗美援朝战争时期，辽宁各地话剧院团创作了大量活报剧，在剧场、街头、厂矿演出。最早表现抗美援朝运动题材的话剧是由白晓创作的《鸭绿江上》，1950年，旅大市话剧团进行了排演。工农群众自编自演的文艺节目也有很多，民间艺人朱维山创作并演唱的《丈夫去参军》，当时影响很大，对动员青壮年参军参战有很强的号召力。在街头巷尾，常常有街头剧、活报剧等民间艺术形式上演，台词通俗易懂，观众很多。各单位也掀起了抗美援朝文艺宣传活动的高潮，创作数量最多的是美术作品，包括漫画、连环画、报贴画等。

　　"抗美援朝文艺作品的创作是新中国成立初期艺术创作的第一个高潮。"曾韧向记者解释，他手里拿着一本人民出版社出版的《硝烟中的鲜花》，这本书是对上个世纪50年代以来中国出版的抗美援朝文学作品的全面收集整理，总数超过3000件，这些作品大多发表于战争时期。

形成独特的英雄文化

　　在世界战争史上，抗美援朝战争是以弱胜强的光辉范例。曾韧说，抗美援朝战争极大地提高了新中国的国际地位，打破了美国不可战胜的神话。近些年来，关于抗美援朝战争的研究很多。

　　抗美援朝战争的胜利，离不开全国范围内开展的轰轰烈烈的抗美援朝运动。中国人民空前广泛地参与了抗美援朝运动，上自老人下至孩童，都为抗美援朝贡献出了一份力量。抗美援朝运动不仅有力地支援了志愿军在战场上的作战，而且也有力地促进了国内各方面工作的开展。

　　三年中，志愿军涌现出30多万名英模功臣和近6000个功臣集体。据曾韧统计，在53位抗美援朝特级英雄、一级英雄中，有10位是新兵，如黄继光、邱少云等。在老兵"传帮带"的优良传统下，新兵的战斗力不容小觑。那是英雄的年代，人人都崇拜英雄，人人都想当英雄，形成了独特的英雄文化。

曾韧说，2020 年是中国人民志愿军抗美援朝出国作战 70 周年，抗美援朝战争又一次成为世人瞩目的焦点，许多专著、影视作品在新时代解读那段历史，相信人们会对抗美援朝文化有进一步的了解。

相关
链接

这些精品佳作与辽宁相关

抗美援朝题材的文艺作品，不仅是激励战士们冲锋的号角，而且凝聚了中国人民战胜敌人的决心和勇气。它涵盖电影、电视剧、小说、歌曲、戏剧、散文、摄影等多个门类，诞生了一大批脍炙人口的作品，许多优秀作品的创作与辽宁有着联系。

《上甘岭》是我国第一部表现抗美援朝战争的经典影片，其中连长张忠发的原型之一——张立春，复员后一直生活在辽宁省朝阳市，是当地远近闻名的老英雄。老人 14 年前去世。

影片《铁道卫士》的外景拍摄地在丹东的河口村，至今还吸引很多人前去参观。

抗美援朝题材的电视剧创作集中于 21 世纪。2016 年播出的《三八线》是近年来播出的唯一的抗美援朝题材电视剧。该剧讲述的是 1950 年鸭绿江上的渔民参加志愿军的故事。

辽宁作家发表了许多抗美援朝题材的小说作品，作家马加是新民人，创作了《红色的果实》《在祖国的东方》，《在祖国的东方》是抗美援朝战争时期唯一描写民工抗美援朝的长篇小说。女作家白朗发表了以卫生列车为题材的长篇小说《在轨道上前进》。

在辽宁有一位工人作家郭先红，他在《东北日报》《劳动日报》上发表了《愤怒的火焰》等配合抗美援朝运动的文章，后来又发表了多篇短篇小说和报告文学

作品。

抗美援朝战争时期，辽宁的戏曲界产生了一大批优秀的新剧目。1952年，锦州市京剧团演出了京剧现代戏《黄继光》，由孙韶军等人创作。

在评剧方面，东北评剧实验剧团演出《鸭绿江怒涛》。1950年10月，安东艺术家为志愿军编演了《骨肉情深》等评剧。沈阳评剧团成立于1953年3月，建团后的第一个剧目就是《志愿军的未婚妻》。

震撼人心的战斗生活孕育出众多的优秀歌曲，这些歌曲不仅激励着志愿军的广大指战员奋勇杀敌，同时也影响着亿万中国人民。由麻扶摇作词、周巍峙作曲的《中国人民志愿军战歌》是这批歌曲的代表作，这首歌的创作地点就在辽宁安东。此外，《抗美援朝进行曲》《王大妈要和平》《歌唱祖国》《做军衣》等流行歌曲几乎都与辽宁密切相关。

在摄影方面，查看抗美援朝相关历史资料，出现频率最高的摄影作品就是黎民拍摄的《中国人民志愿军跨过鸭绿江》，拍摄地点是安东市九连城镇马市村，现在遗址尚存。与这张照片齐名的摄影作品还有随军记者金铎拍摄的《我们跨过鸭绿江》，是在安东市鸭绿江大桥桥头拍摄的。金铎是大连人。

词条

盘点"第一"

▶《上甘岭》是我国第一部表现抗美援朝的经典影片

它讲述了上甘岭战役中志愿军某部八连在连长张忠发的率领下，坚守阵地，与敌人浴血奋战，最终取得胜利的故事。

▶《三八线》是近年播出的唯一的抗美援朝题材电视剧

该剧讲述的是1950年鸭绿江上的渔民遭美军战机轰炸后，村里两个小伙子参加志愿军奔赴朝鲜、保家卫国的故事。

▶《三千里江山》是描写抗美援朝战争的第一部小说

它反映了援朝铁路工人英勇斗争的事迹，歌颂了中国人民志愿军崇高的爱国主义和国际主义精神，歌颂了中朝人民的友谊。

▶《在祖国的东方》是唯一描写民工抗美援朝的长篇小说

它以抗美援朝运动为背景，描述了东北农民如何奋勇组成民工大队，深入朝鲜前线支援中国人民志愿军的正义斗争。

▲ 曾韧接受记者采访

　　曾韧的父亲曾庆昌是中国人民志愿军第五十军一四九师的一名战士。作为志愿军战士的后代，他与丹东的志愿者长年关爱志愿军老战士，帮助老战士解决生活上的困难。曾韧身兼丹东市红色文化传播中心主任，他说："把红色资源利用好，把红色传统发扬好，把红色基因传承好是当代人的责任和使命。"前些年他走南闯北，要为抗美援朝战争中涌现出来的 52 位特级英雄和一级英雄出书立传，终于完成了著作《震撼世界的志愿军 52 位英雄纪略》。

慰问前线

赴朝时间　**1952 年 10 月**

出发地点　**沈阳八一剧场**

———

东北大鼓西河大鼓评书相声——

辽宁曲艺唱到前线

在硝烟弥漫的抗美援朝战场上，除了文艺兵为志愿军战士带来精彩演出，还有另一支特殊的队伍，为前线的战士们带去了同样珍贵的精神食粮。他们就是中国人民赴朝慰问团。

在抗美援朝战争期间，中国人民抗美援朝总会为转达祖国人民对中国人民志愿军的关怀和敬意，曾三次组织中国人民赴朝慰问团，前往朝鲜慰问中国人民志愿军和朝鲜军民。

———

慰问团赶赴前线

抗美援朝战争开始的时候，志愿军虽然取得了巨大胜利，但前线战士和朝鲜军民付出了巨大的牺牲。为从精神上鼓励志愿军战士和朝鲜军民，同时可以向国内人民宣传前方的战斗事迹，中共中央考虑组织慰问团赴朝演出。1951 年 1 月，中共中央发出《关于组织赴朝慰问团的决定》（以下简称《决定》）。

《决定》发出后，在中国人民抗美援朝总会的领导下，组成了第一届赴朝慰问团赶赴朝鲜。第一届赴朝慰问团先以省市为单位组成慰问小组，然后再以行政区域划分组成分团。由于路途远近不一，各地区组成分团的时间也不一致。除了东北地区慰问分团，初步建立起来的总团、曲艺大队和各地分团最后在天津集合，然后一起抵达沈阳，与东北地区慰问分团会合，最后赶赴朝鲜。

进行快速上下车训练

第一届赴朝慰问团在抵达沈阳后，又做了一系列编制的调整，并在沈阳为慰问团成员组织了集训，主要学习各种防空知识，下达任务，讲解注意事项，模拟战场环境演习等。

"第一届赴朝慰问团辽宁演员去的不多，到第二届赴朝慰问团赴朝时，辽宁演员成了东北地区慰问分团的主力。"沈阳市曲艺家协会主席、沈阳曲艺团业务团长穆凯向记者介绍。他对这段历史有过研究。

穆凯告诉记者："1952 年 10 月，辽宁第二届赴朝慰问团成员在沈阳八一剧场集合出发，赶赴朝鲜。这些慰问团成员聚集了当时很多业界名人，就曲艺演员来说，当时著名的东北大鼓演员霍树棠，西河大鼓演员郝艳芳，评书演员程福浓，相声演员佟雨田、汤民一等都在慰问团里。"

当时集训慰问团成员的时候，有快速上下车的训练，沈阳那时候天气已经很冷了，很多人都穿着厚厚的棉衣棉裤，上下车十分不方便。穆凯说："尤其是霍树棠老人，他当时已经 50 多岁了，还患有糖尿病，出发之前，他爱人特意给他做了一条很厚的棉裤。"

慰问团在朝鲜生活也十分艰苦，住在老乡家里。大家都是白天休息晚上出门，路上不能停车，不能开灯。

带伤演出感动战士落泪

和文工团演出一样，赴朝慰问团也是分组演出，"有时候有大演出，就是能搭台子的那种，有的就是小演出，去连队里给战士们演。"穆凯说，"当时在前线演出，战士们比较爱看的节目有东北大鼓《渔夫恨》《大战苹果园》等。"

慰问团的演员在前线演出受到志愿军战士的热烈欢迎。他们所到之处，战士们老远就整队迎接他们，许多炮身上与掩蔽部墙上都贴着"感谢祖国人民慰问"的彩色标语，战士们用热烈的欢呼与掌声来表达他们的热情。

穆凯说："当时前线演出条件非常艰苦，一些演员在演出过程中还受过伤。有一次演出，相声演员佟雨田上台的时候不小心踩空了，腿当时就受了伤，但他没有声张，坚持上台表演节目，后来实在坚持不住跪倒在台上。得知情况后，台下的志愿军战士非常感动，很多人流下了热泪。"

对于志愿军战士来说，慰问团的演员带来的是祖国人民对他们的挂念和问候，战士们心中充满感动。而对于慰问团的演员来说，能为人民心中最可爱的人——志愿军战士演出，也是让他们感到无比骄傲和自豪的一件事。

赴朝慰问团在朝鲜慰问演出的时间大多只有 2 个月左右。"慰问团成员回国后会去各地进行汇报演出，把战场上的讯息带给后方的人民。"穆凯说，"每次汇报演出，当地人民争先恐后地来看演出，用最热情的方式欢迎这些从前线回来的慰问团成员。

在人们眼中，他们也一样是英雄！"

沈阳杂技团三赴朝鲜慰问演出

曾担任沈阳杂技团指导员（书记）的张宏发，在抗美援朝战争时期带领沈阳杂技团的演员参加慰问团，赶赴朝鲜。

据张宏发回忆，抗美援朝期间沈阳杂技团一共三次赴朝慰问演出，1952年9月，第二届赴朝慰问团曾抽调沈阳杂技团10名演员和东北人艺的名家大腕组成第七分团赴朝演出，后来慰问团人手不够，又成立第九分团，张宏发就带着沈阳杂技团剩下的班底加入慰问团，赶赴朝鲜。

1953年，第三届赴朝慰问团再次赴朝鲜，沈阳话剧团、沈阳杂技团组成联合团。张宏发回忆，队伍当时从沈阳站出发，抵达朝鲜后首先慰问的就是第五十军，当时演出的话剧《光荣灯》受到了志愿军战士的热烈欢迎。

从全国来看，大规模的慰问有三次。第一届赴朝慰问团于1951年3月12日在北京组建，慰问团成员包括各党派、各团体、各界民主人士等，并带着若干个文工团、曲艺大队、杂技团共500多人。山东大鼓演员高元钧、北京相声演员侯宝林、天津相声演员常宝堃（小蘑菇）等参加了慰问团。赴朝慰问团在朝鲜开展慰问活动一个多月后，返回祖国。慰问期间，正值抗美援朝第四、第五次战役。慰问团抵达朝鲜后，立即赴前线和后方开展慰问活动，并把携带的由全国人民献赠的1093面锦旗、420余万元慰问金、2000余箱慰问品及1.5万余封慰问信，分送志愿军和朝鲜军民。慰问期间有3名慰问团成员遭敌军飞机轰炸以身殉职，其中包括著名相声演员常宝堃。

第二届赴朝慰问团于1952年10月赴朝演出，12月归国，这届慰问团的规模

词条

慰问团

1951 年 1 月 22 日中国人民抗美援朝总会发出《关于组织中国人民赴朝慰问团的通知》。

▶ 1951 年 4 月 17 日

第一届赴朝慰问团过江赴朝共 575 人，由全国各民主党派、各人民团体、各阶层、各地区、各民族和中国人民解放军代表以及文艺工作者等组成。总团下设直属分团和 7 个分团，其中第六分团为东北分团。

▶ 1952 年 10 月 20 日

中国人民第二届赴朝慰问团组成，总团下设 9 个分团，共 1097 人，由东北地区代表组成的第七分团 92 人。

▶ 1953 年 9 月 23 日

中国人民第三届赴朝慰问团组成，总团下设 8 个总分团，共 5000 多人，辽东、辽西两省五市均组成代表团参加此次慰问活动。

比第一届更大，代表性也更为广泛，共 1097 人组成。成员中包括叶盛兰、杜近芳、小白玉霜、常香玉、金焰、赵丹等知名人士。慰问团的演员们在前线演出节目时也曾遭遇许多困难，小白玉霜、杜近芳带病坚持演出。京剧演员徐志良在翻筋斗表演中把脚摔坏了，不愿休息继续坚持演出。

第三届赴朝慰问团于 1953 年 10 月赴朝，12 月 18 日回到北京。这次慰问团是在抗美援朝出国作战取得胜利的情况下组织的，全团设 8 个总分团，共 5000 余人。

在 2000 年中国文史出版社出版的《支援抗美援朝纪实》一书中，曾收录了梅兰芳回忆当年赴朝慰问的文章，讲述了当时的诸多细节。

据梅兰芳回忆，慰问团赴朝鲜战场慰问的第一场演出，就受到了战士们的热烈欢迎，观众达到 2 万人。这次演出的节目有《收关胜》《女起解》《金钱豹》等，最后是梅兰芳与马连良合作表演的《打渔杀家》。

▲ 沈阳曲艺团团长穆凯接受记者采访

记者
手记

在电影《英雄儿女》中有这样一个镜头：英雄王成的父亲、上海老工人王复标参加中国人民赴朝慰问团，来到朝鲜战场慰问志愿军战士，望着阵地上的"王成排"英雄旗帜，老人家对出征待发的战士们说："祖国人民盼望你们打胜仗啊！"这是抗美援朝赴朝慰问团的真实写照。今天，慰问团在前线感人的事迹依然口口相传。中国人民志愿军在祖国人民的亲切关怀和巨大鼓舞下，最终取得了战争的胜利。

拥军优属

代表群体　安东妇女拥军队

统计数据　做鞋 388924 双、做被 31465 床

无微不至照顾战士

她们被亲切地称为"志愿军妈妈"

在战争的大后方，有这么一群人，她们挥泪送别丈夫、儿子参军，她们积极参加爱国增产竞赛运动，她们捐款捐物为前线购买武器，她们主动当自卫队员，她们揽下了赶制军服、军鞋的任务，她们认真护理每一位志愿军伤病员……她们，就是辽宁地区的英雄妇女们，默默付出却有力地支援了前线，胜利的军功章上写下了她们的荣光。

徐大娘为志愿军设开水站

2020 年 9 月 2 日，记者一行在丹东市宽甸满族自治县长甸镇河口村采访，68 岁的村民王振甫谈到老邻居徐大娘，满口赞誉，他非常自豪地说："被志愿军伤员称为'伤员慈母'的徐大娘就是我们家邻居，以前我们住在一个大院里，她当时是村里战勤工作的带头人。"

徐大娘叫孙凤玉，但是在采访中，很多人不知道她的真实姓名。说到徐大娘，却无人不知。

徐大娘的孙子徐长有是王振甫的同学，住在河口村，他说："抗美援朝

的时候我才 1 岁多，奶奶的事迹都是后来听别人讲的，她是一名共产党员，带头做工作、发挥模范作用。奶奶的事迹令我自豪。"

据徐长有介绍，徐大娘最有名的事迹是为过往的志愿军部队设立开水站。她用平时积攒的钱买茶叶，又把最好的高粱米、大米炒成煳米，泡成水，装在碗里，放在桌上，让过往的战士们解渴、充饥。战士们深受感动，临时创作了一首快板："这个大妈真是好，队伍来了把水烧；抗美援朝到朝鲜，杀敌立功传捷报。"有一位住在徐大娘家的志愿军战士患了重感冒，多吃了几片药，吐了一地，徐大娘半夜起来给他做了一大搪瓷缸姜丝红糖荷包蛋，让他暖胃。尽管年岁不小了，但是她晚上也不闲着，常常给战士们缝补衣服，战士们亲切地叫她"志愿军妈妈"。

郎大娘为战士做棉服棉被

抗美援朝开始后，许多地区接受了生产军服、军鞋的任务。为了保证按期完成

军服、军鞋的生产任务，各级妇联担负了城乡妇女的组织动员工作。通过宣传教育，生活在后方的辽宁妇女以高涨的爱国热情和艰苦奋斗、吃苦耐劳的精神投入到支前生产中，成为一支主要的力量。

旅大市沙河口区中山公园坊的一位74岁老大娘不顾儿媳劝阻，非要参加做军服工作不可，晚上加班要她走都不肯。很多妇女在纳鞋底的时候，手都磨出了水泡，仍然不肯放下手中的活。她们说："为了志愿军穿得暖，再苦再累心里也甜。"为了解决军鞋原料不足的问题，很多妇女把家里的旧布洗干净捐献出来，有的甚至把自家的床单被单悉数捐出。

"小时候听我奶奶说，抗美援朝的时候，她们这些妇女就算家里的活计都不做了，也要完成支前生产任务，有的人在家里做棉服、棉被、棉鞋，纳鞋底，有的人去附近的工厂、医院做义工，所有的妇女都为抗美援朝作出了自己的贡献。"河口村党支部副书记郎显坤告诉记者，当年的郎大娘是村里的妇女干部，她主动将房子让出来给志愿军住，积极组织支前活动，只要志愿军有需要，她肯定冲在最前面。

于大娘把最好的屋子给志愿军住

抗美援朝前后，大量志愿军在鸭绿江畔集结、休整，准备渡江。抗美援朝纪念馆副馆长张校瑛说："每天都有许多军车驶入安东，这么多人的吃住都是安东面临的一个重大问题。在这关键的时刻，安东的妇女们自发行动起来，纷纷把自己的房子腾给志愿军住。"

在抗美援朝纪念馆中，一张"凤城县居民于大娘给志愿军写慰问信"的照片十分醒目，在相关的展柜中，还有于大娘荣获的拥军模范奖状，于大娘使用过的锥子、线板，志愿军战士写给于大娘的信。据张校瑛介绍，这位于大娘当年把自己最好的屋子腾给志愿军住。

于大娘生于1906年，家住凤城六街。1951年2月，从前线回来一批志愿军部队，由于房屋紧张，有些战士住在棚子里，见到这种情景，于大娘把自家最好的屋子让出来给志愿军战士们住，她还将家里的新被子拿出来给战士们盖。她说："这么冷的天，志愿军战士在前线奋勇杀敌，咱不能让他们冻坏了。"

一次，她给战士洗衣服，在兜里发现了 50 万元钱（旧币），当即交给部队。她还组织街道妇女给战士们做被面、补袜子、洗棉衣。在她的带领下，凤城六街的妇女们为志愿军缝制床单被面 30 多床，补袜子 100 多双，洗做棉衣、单衣 1.34 万件。

有位志愿军战士在信中写道："于大娘，离开您已经 3 天了，无时不在想念。当我们从朝鲜前线刚刚到凤城的时候，就像久别的孩子回到母亲温暖的怀抱，有了祖国人民的支援，胜利永远是属于我们的……"

词条

妇女拥军队

据不完全统计，从 **1950** 年到 **1953** 年，
安东（今丹东）市妇女为志愿军
做鞋 **388924** 双，做大衣 **10538** 件，
做被 **31465** 床，洗衣 **588952** 件，
洗被 **21450** 床

安东成立"妇女拥军队"，编成大、中、小队和小组
各区街中老年妇女成立"老妈妈服务队"

凤城六街妇女为志愿军缝制床单被面 **30** 多床，
补袜子 **100** 多双，洗做棉衣、单衣 **1.34** 万件

中央区四道桥妇女 4 天为志愿军做 **64** 床被子

振兴区花园街妇女为志愿军做被 **200** 多床

聚宝街 19 名妇女 一天洗 **523** 件被服
4 人小组每人每天洗 41 件衣服

▲ 记者采访王振甫

　　徐大娘、缴大娘、于大娘……采访中，我们听到了很多这样的称呼。当时的志愿军战士甚至不知道她们的真实姓名，却亲切地叫她们"妈妈"。作为抗美援朝战争的总后方基地，辽宁的广大妇女在支前工作中表现出了极大的热情、勇气和奉献精神，作出了突出的贡献。在采访中，河口村村民王振甫说："当时的河口村几乎每一个家庭妇女都承担了战勤支前任务，河口村的家家户户都把房子腾出来给志愿军住，给志愿军做饭、洗衣服。"

日夜不息照顾志愿军伤病员

随着战争的深入，每次战役后，前方都会送下来大批伤病员。照顾这些伤病员的任务非常繁重，都由各地的妇女们承担。

当时安东市设了多处临时医院，条件很差，妇女们吃住在医院，由护士带着实行三班倒，有的时候一个人要护理100多名伤病员。给伤病员穿衣、打饭、喂饭、端屎端尿，但没有一个人嫌弃这些工作。妇女们说："志愿军在前方不怕流血牺牲，我们有义务照顾好他们。"妇女冷淑梅就是其中的优秀代表，她是农业户，按照当时的规定，农业户妇女护理伤病员一人给一分地，她不仅不要地，还主动担负起100多名伤病员的护理任务，忙得走路都要小跑，时常累得上厕所蹲在那儿就睡着了。

安东市拥军模范缪大娘组织成立了妇女"拥军护理队"，到医院护理伤病员，她们非常认真负责，部队表彰了她们，将写有"感谢你们日夜不息的亲切关怀"字样的锦旗授予缪大娘。

相关
链接

70岁爱国老人再三要求上前线抬担架

在抗美援朝纪念馆里，有这样一面锦旗，上边写着："你的伟大爱国行动，将永远鼓舞着我们英勇杀敌，保卫可爱的祖国！"落款是中国人民志愿军某部三大队八支队。这面锦旗的主人就是著名的爱国老人宋传义。

在展柜中，记者还看到了安东市人民政府颁发给宋传义的奖状、宋传义荣获的英模代表会模范章、赴朝鲜慰问纪念章，以及他曾使用过的挖菜刀。

1950年，战火烧到家门口，宋传义眼看好不容易得到的幸福生活将被破坏，

他满腔怒火，再三要求去前线，他说："眼下扛枪打仗，还轮不到我这老头子，可运物资、抬担架，总应有我的份儿，我要求到朝鲜前线，当担架队员。"老人的爱国热情让在场的人都深受感动，可老人毕竟年近古稀，他的请求当然没被批准。

没能走上前线，丝毫没有影响老人的爱国热情。作为一名街道行政组长，他积极投身到当时的防空疏散、战勤服务工作当中。领导想动员他疏散到别处，他不肯，说："只要我还有一口气，街道工作就不能撂。"

宋传义是烈属，他的儿子牺牲在解放辽阳的战场上，当时对于农村无劳力和劳力不足的军烈属，政府规定要实行包、代、助耕的政策。当地政府和群众多次到宋传义家，要为他代耕、给他养老金，他都坚决不肯，一再说："我不用优待，我家啥也不缺，有优待的钱，你发到前方给战士买点啥，再不就拿到工厂，多造一粒子弹，好给那些牺牲流血的同志报仇。"

宋传义对待志愿军战士，就像自己的亲人一样。他说："我的儿子为革命牺牲了，志愿军战士个个都像我的儿子。"他是这样说的，也是这样做的。每当有部队经过，他都嘘寒问暖，热情接待。有一回，他把一位志愿军伤员接到家中，细心照料了两个星期，伤员很快痊愈归队了。后来这位战士来信说："宋大爷，我拿勇敢杀敌来报答您的恩情，在最艰苦的时候，我想起您来，就有了力量。"

捐献飞机大炮运动开展后，宋传义作为省、市抗美援朝分会委员，更不甘落后，他与老伴儿商量，定了一个增产节约、捐献 30 万元（旧币）的"爱国公约"。这对两位年近古稀、只能靠种地维持生活的老人来说，的确不是一件容易的事情。

宋传义心里明白，要实现这一计划，一是要节衣缩食、省吃俭用，二是要勤劳种地、争取丰收。两位老人起早贪黑，整整一个夏天不歇晌，上山挖野菜喂猪，到了秋收的时候，他一亩地收了 2.2 万斤大白菜，增产 30% 还多。光白菜地里间种的菠菜就卖了 30 万元，宋传义马上把这笔钱交到了抗美援朝分会，他还修订了捐献计划，将 30 万元改成了 60 万元。到 1952 年 6 月，宋传义共捐献了 70 万元。

在宋传义的带动下，全临江街 200 多户菜民，提前两个月完成捐献计划，共捐献 3000 多万元。

寻亲

队伍构成　**烈士陵园工作人员和社会各界人士**

数量统计　**丹东抗美援朝烈士陵园为 178 位烈士找到亲人**

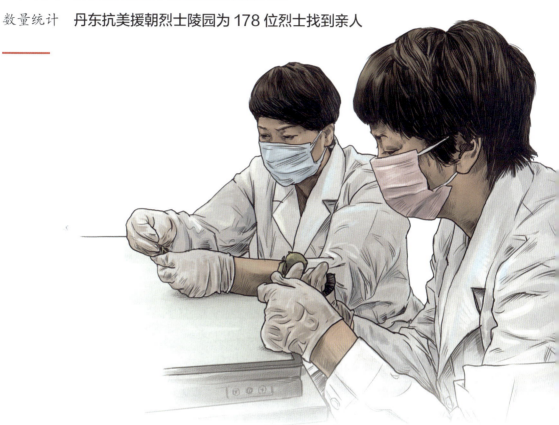

丹东抗美援朝烈士陵园启动寻亲之旅

10 年为近 200 位烈士找到亲人

在辽宁各地，有 62 处陵园安葬着在抗美援朝战场牺牲的烈士。而对于一些烈士来说，"回家"的路并没有结束，由于种种原因，亲人们并不知道他们安葬在了这里。多年来，为告慰抗美援朝烈士英灵，相关部门及社会各界为烈士寻亲的行动一直在进行，这一旅程也吸引了越来越多的人加入进来。

10 年前开启寻亲之旅

"2011 年的时候，我们为安葬在陵园里的 14 位山东籍烈士寻找到了亲人。当时他们的家属来我们这里扫墓，其中 5 位已经是古稀之年，扫墓仪式还没有开始，他们就已经泪流满面了。我记得其中有一位烈士叫柏来春，曾在第四十军一二○师三五八团一营担任参谋，1952 年 3 月在朝鲜战场牺牲。当时家人都以为他被安葬在朝鲜，觉得这辈子都不能去祭拜了。当得知亲人就被安葬在丹东，全家人都激动不已。"2020 年 8 月 15 日，记者在丹东抗美援朝烈士陵园采访，该陵园管理所所长孙大力拿出一本厚厚的剪报册，向记者介绍。

册子里面记录了 10 年来陵园为抗美援朝烈士寻亲的旅程。"从 2010 年开始，我们就启动了为抗美援朝烈士寻亲的计划。到现在，我们已经为 178 位烈士寻找到亲人。"孙大力告诉记者，10 年时间，丹东抗美援朝烈士陵园与省内外多家新闻媒体以及志愿者一起合作，将烈士名单发出，为他们寻找亲人。

"不久前，我们又为一位名叫王长贵的烈士找到了家人。"孙大力说。

"寻亲的过程很艰辛，很多烈士当年留下的名字不对，地址也不对，而且由于年头久了现在我们无从考证，这给寻亲工作带来了很大困难。"孙大力告诉记者。

77 岁老人终于找到父亲的安葬地

"很多烈士家属都来陵园寻找亲人，他们逐个墓碑地寻找，看到一些人失望而归时，我们就觉得自己肩负的责任很重。"孙大力说，为抗美援朝烈士寻亲的工作已经成为丹东抗美援朝烈士陵园的常规工作，"这项工作我们会一直继续下去，一个地方一个地方地寻找，直到帮助所有烈士找到亲人。"孙大力告诉记者，在寻亲过程中，有很多感人的故事让他难忘。

有一位烈士叫姜丙贵，他的儿子叫姜其欣。从 1953 年得知父亲牺牲的消息后，姜其欣全家一直在寻找他的安葬地，但始终没有找到。2003 年，姜其欣 91 岁的母亲去世，母亲的墓碑上刻着父亲的名字。

"我们找到姜其欣时，他已经 77 岁了，这么多年过去了，他依然没有放弃寻找。得知父亲被安葬在丹东抗美援朝烈士陵园，姜其欣一家非常欣慰，他们说，半个多世纪的寻亲梦终于圆了。"孙大力说，能帮助烈士找到亲人，内心也充满激动。

万水千山，无阻血脉亲情；杳无音信，难隔家人思念。"叶落归根是中国的传统，为了寻找亲人，接他们回到魂牵梦萦的家乡，很多烈士家属依然在苦苦寻找，而帮他们圆梦是我们的责任，也只有这样，才能告慰烈士们的英灵！"孙大力说。

家属将珍藏的烈士遗物捐献出来

在沈阳抗美援朝烈士陵园中，不仅安葬了 123 位志愿军团级以上干部和各级战斗英雄，存放了 716 具在韩中国人民志愿军烈士遗骸，还有刻着 19 万多名志愿军烈士名字的英名墙。

2020 年 10 月中旬，在沈阳抗美援朝烈士陵园纪念馆中，烈士杜耀亭的英雄事迹展板下方，工

词条

烈士遗骸归国

▶ **2020 年 9 月 27 日**

第七批共 117 具在韩中国人民志愿军烈士遗骸及相关遗物返回中国。

此次共交接 117 具烈士遗骸和 1368 件相关遗物。

此前 6 批，已有 599 具在韩烈士遗骸归国。

▶ **2021 年 9 月 2 日**

第八批在韩志愿军烈士遗骸归国，109 位志愿军烈士英灵及 1126 件相关遗物回到祖国怀抱。

作人员将刚刚征集上来的烈士遗物摆放在展柜当中。杜耀亭是一位团级干部，1953年随部队入朝作战，担任中国人民志愿军第一军第七师后勤处处长。1953年7月26日，在抗美援朝战争夏季反击战中遭敌机轰炸，不幸牺牲，被安葬在了朝鲜。

说起这些烈士遗物的征集过程，沈阳抗美援朝烈士陵园宣传科科长王春婕感慨万千："今年9月份，我们第一次找到杜耀亭的家人，在此之前，陵园并不掌握杜耀亭的遗物和家属信息。"

杜耀亭的儿子杜建国家住上海，听说沈阳抗美援朝烈士陵园的工作人员要来拜访，他早早就下定决心，要把父亲的遗物悉数捐献出来，让更多的人能够学习父亲的英雄事迹。

一枚印章、一个笔记本、一个皮箱，当杜建国把这些烈士遗物捐献出来时，王春婕真切地感受到了家属对烈士的崇敬之情，这么多年过去了，每件物品都干净整洁。她问杜建国："这个皮箱保存得太好了，真干净，一点儿都不像老物件。"杜建国说："我在书房里为我父亲留了一个位置，想他的时候，我就把这些东西拿出来，细细擦拭。"王春婕听后，眼泪止不住地流了下来。

8000余件遗物讲述烈士生前故事

一粒生锈的纽扣、一枚斑驳的名章、一个破损的水壶、一双只剩下鞋底的胶鞋、一封感人的家书……在沈阳抗美援朝烈士陵园纪念馆展出的烈士遗物中，我们透过岁月的痕迹，仿佛看到了残酷的战火，听到了愤怒的厮杀声，这里的每一件物品都在向我们讲述着"最可爱的人"的故事。

王春婕向记者介绍，烈士陵园纪念馆中目前共有8000余件烈士遗物，其中有1133件烈士遗物正在展出，这些烈士遗物有的是家属自愿捐献的，有的是工作人员千辛万苦征集而来的，还有 372 件展品是归国在韩中国人民志愿军烈士的相关遗物。

征集烈士遗物的工作需要耗费大量的精力。2020 年，沈阳抗美援朝烈士陵园组织工作人员先后到成都、上海、北京、咸阳等地，走访烈士家属，征集烈士遗物，共征集烈士遗物 79 件。

"挖掘英烈事迹，讲好烈士故事，是我们每个工作人员的奋斗目标。"王春婕说，沈阳抗美援朝烈士陵园每天都要接待很多烈士家属，有的家属来电话咨询，有的家属到陵园祭拜，工作人员在做好接待服务的同时，也会询问家属关于烈士生前的故事。通过一点一滴的搜集，如今烈士陵园的工作人员掌握了大量生动的烈士故事，他们希望这些故事能让更多的人知道。

烈士遗物征集上来之后，沈阳抗美援朝烈士陵园的工作人员会对这些遗物进行甄别和整理。他们会对每一件烈士遗物进行量尺、登记造册，建立遗物电子档案。2021 年 9 月 2 日，第八批在韩中国人民志愿军烈士遗骸归国，一起归国的还有 1226 件相关遗物。如今，沈阳抗美援朝烈士陵园共存放有 825 具在韩志愿军烈士遗骸，相关烈士遗物 8000 余件。

王春婕说，甄别、整理烈士遗物是个长期、细致的工作。为了方便管理，这项工作的每一个步骤都有专人负责，工作人员对整个工作流程进行全程录像。为了保护烈士遗物，沈阳抗美援朝烈士陵园将需要特殊保护的烈士遗物保存于恒温恒湿箱中，"不论是征集的烈士遗物，还是归国的在韩志愿军烈士的遗物，我们都以同样严格的标准进行甄别和整理工作。"

2019 年 12 月 11 日，归国的在韩中国人民志愿军烈士相关遗物首次展出。

▲ 孙大力接受记者采访

记者到丹东抗美援朝烈士陵园采访的时间是星期六，烈士陵园管理所所长孙大力没有休息，他从资料室中找出了一大摞文件、档案、报道。他向记者自豪地介绍，10 年前烈士陵园启动了为烈士寻找亲人计划，现在已经为 178 位烈士找到了亲人。他翻着一本厚厚的剪报册，逐页向记者讲述，里面有全国各地新闻媒体的寻亲报道，或大或小的剪报，都标注了发表时间。10 年寻亲之旅，有艰辛，也有自豪。

关爱

走访时间　　近 3 年

走访次数　　沈阳抗美援朝烈士陵园走访烈士家属 15 家

———

赴四川看望黄继光家属，尽心为老战士服务

辽宁人民深情致敬"最可爱的人"

70 年前，他们跨过鸭绿江反抗侵略、保卫和平；70 年后，让他们安度晚年，是对他们付出的尊重和致敬。近年来，我省相关部门在保障抗美援朝老战士的生活、住房、医疗等方面做了很多工作。

———

到黄继光老家看望其家属

2020 年 9 月，沈阳抗美援朝烈士陵园工作人员辗转来到特级英雄黄继光的家乡四川省中江县，探望黄继光烈士的家属。

黄继光 1931 年出生于贫苦农民家庭，曾在家乡当过儿童团团长和民兵，被评为民兵模范。1951 年 3 月，他踊跃报名参军，成为一名光荣的中国人民志愿军战士。在朝鲜战场上，黄继光作战勇敢，荣立三等功 1 次。1952 年 10 月，在上甘岭战役中，黄继光用自己的胸膛，死死地堵住了敌人正在喷射火舌的枪眼，壮烈捐躯。战后，黄继光被追认为中国共产党党员，追记特等功，追授"特级英雄"称号，他的英雄事迹感动了千千万万的中国人。1953 年 2 月 26 日，黄继光烈士的遗体被运送到沈阳，安葬于沈阳抗美援朝

烈士陵园内。

此前，黄继光的侄子黄拥军两次赴沈阳抗美援朝烈士陵园扫墓。第一次来祭扫的时候，黄拥军在黄继光的墓碑前长跪不起，泣不成声。2014年，黄拥军的父亲去世了，去世前多次提到要来沈阳看看哥哥黄继光，却因为身体原因没能实现。2016年，黄拥军带着父亲的心愿，与母亲、姐姐一起前来沈阳祭扫。

工作人员走进位于中江县的黄继光纪念馆，再次重温烈士的英雄事迹。黄拥军以前在黄继光纪念馆担任讲解员，近两年又负责纪念馆的陈列和布展工作。

黄继光在家行三，黄拥军的父亲行四，按照老家的风俗习惯，黄拥军称黄继光为"三爸"。黄拥军说："三爸牺牲时才21岁，爸爸总提起跟三爸小时候的事，还跟我说三爸是大英雄。三爸的形象一直在我脑海里，非常生动。"因为从事相关工作，对于沈阳抗美援朝烈士陵园开展的慰问家属活动黄拥军深受感动，他表示，要更努力地把"不怕困难，敢于胜利"的黄继光精神传承下去，要把三爸黄继光的故事讲给后人听，让更多人铭记历史，记住英雄。

帮老人圆了重回老宅心愿

家住铁岭市银州区丽盾花园小区的薛广文是一名抗美援朝老战士，94岁的他原来一直住在女儿家里。2020年接受记者采访时，老人说今年最大的喜事就是搬回了政府出资为其改造的新房。

薛广文曾经两次赴朝鲜战场。1955年，薛广文从部队复员回到地方，在铁岭市安家落户，一直从事医疗防疫方面的工作。回到地方后，各级政府部门对薛广文的生活特别关照。

薛广文说，能够搬进新家，得益于省委老干部局的精准帮扶项目。铁岭市委组织部老干部工作科通过实地走访，根据薛广文老人提出的申请对其居住房屋进行改造。

大爱

　　铁岭市委组织部老干部工作科科长董淑香说，我们接到薛广文的申请后，到现场去看了老人家的房子，非常老旧。看到父母生活在这样的房子里，子女于心不忍，便把老人接到自己家里住。和女儿生活虽然有人照料，但老人还是想回到自己的老宅。

　　为了圆老人的心愿，铁岭市委组织部老干部工作科专门为他设计施工方案，2020年8月1日房屋改造开始施工。"我们有专人负责工程改造，全程跟踪施工过程，把施工过程用照片和视频记录下来。"董淑香说。

　　每隔一段时间，负责工程进展的工作人员就到薛广文家，给老人看房屋改造的最新进展情况，看到照片和视频里自己的老宅一天天的变化，老人高兴极了。

　　9月8日，房屋改造完成，老人在子女的陪同下去新房验收。走到房门口，看着酒红色的大门，老人简直不敢相信这是自己原来生活的房子。

　　"卫生间扩大了，鞋柜是重新定制的，厨房的炉台是新的，南北阳台做了防水，还给换了推拉门，这简直太好了。"薛广文一边看，一边感叹道。

　　在老人的这次房屋改造工程里，为了解决之前漏水的问题，工程方在楼顶重新做了防水，重新铺设了地热，整体墙面刮大白，更换了门窗。

薛广文的女儿看了父亲的房子也忍不住激动地说:"没想到维修得这么到位,材料保质保量,更没想到父亲老了还能住上这么焕然一新的房子,圆了父亲多年想回到老宅的心愿。"

逐年提高多项补助标准

辽宁省退役军人事务厅相关工作人员向记者介绍,关爱志愿军老战士,我省出台了一系列政策措施。在乡抗美援朝老战士生活补助方面,月生活补助由 2019 年的 1730 元调整到 2020 年的 1980 元,其中中央财政月增加补助 150 元,省财政增加补助 100 元。企业抗美援朝老战士的生活补助金标准经过了 14 次调增,目前,全省困难企业退休抗美援朝老战士月人均生活困难补助金 2049 元,月人均收入 5808 元;困难企业退休抗美援朝军转干部月人均生活困难补助金 2338 元,月人均收入 6202 元。

在医疗补助方面,在乡复员军人医疗保障在参保参合的基础上,实行补助加优惠,并实现了一站式服务,门诊补助费每人每年 1000 元以上。对困难的志愿军老战士,由退役军人事务部门资助缴纳医疗保险,住院的在基础医疗保险、大病保险后实施医疗补助,报销比例在 90% 以上。根据省直和沈阳市规定,抗美援朝退休的复转军人在选定的定点医疗机构发生的、符合基本医疗保险政策规定范围内个人自付部分报销 90%,营口报销 100%,大连、鞍山报销 80%,其他多数城市每年组织一次体检。

在住房保障方面,2001 年至 2002 年,全省投资 3 亿元,为老残疾军人、老烈属和在乡老复员军人解决和改善住房,共新建和改扩建 12480 套。从 2008 年开始,复员军人建房及维修工作统一纳入困难群众住房保障体系。

相关链接

抢救式记录英雄事迹

抗美援朝口述历史大型系列纪录片《铭记》正在丹东电视台播出，讲述"最可爱的人"的故事。此外，大型纪录片《抗美援朝保家卫国》《为了和平》《英雄儿女》正在中央电视台播出。

丹东电视台记者张平在采访志愿军老战士韩德彩时，老人急切地说了好几遍"再晚就来不及了"。

在对志愿军老战士的采访中，记者听到最多的就是这句话。

韩德彩是志愿军王牌飞行员，1953年4月7日，他打落了第五架飞机，成为大规模喷气式战斗机战争史上最年轻的飞行员。如今已经88岁的韩德彩，提起当年的战斗经历仍然激情满怀。

2020年，记者张平一共采访了30余位抗美援朝老战士，每一位老人都给她留下了深刻的印象，他们是战场上的英雄，但是在生活中却是那么的谦逊。采访老战士蒋文，得知记者要来采访，老人家提前就换好衣服，把奖章别在胸前，早早地在院子里等候她的到来。

"这次的采访就是和时间赛跑。"张平说。工作忙到连轴转，每天的工作也像打仗一样，但张平认为这次抢救式的采访非常有意义。目前健在的抗美援朝老战士普遍都是90多岁的高龄了，经过战争的洗礼，大部分人身上都有伤患，身体状况都不太好。如果不去抢时间，恐怕很难再有机会去记录他们经历的那场战争。张平也想着尽力去多采访一些，多记录一些，让他们的事迹代代相传。

2020年9月7日，抗美援朝口述历史大型系列纪录片《铭记》在丹东电视台及所属各媒体平台播出。《铭记》是为纪念中国人民志愿军抗美援朝出国作战70周年，中共丹东市委宣传部组织丹东广播电视台、抗美援朝纪念馆和社会力量，

抢救性拍摄的抗美援朝口述历史。通过亲历者和见证人的亲口讲述，使人们对抗美援朝有更加丰富、更加全面的认知和理解，继续弘扬伟大抗美援朝精神。

"在采访对象的选择上，我们以'寻找最可爱的人''讲述最可爱的人'为主线，重点采访志愿军老战士、支前模范和铁路、电力等战线职工。"张平说。

从 9 月 7 日至今，栏目组已经播出 42 期节目，42 位英雄的故事得到传播，节目组关于抗美援朝老战士的寻访还在继续。张平说："我们想尽可能地把健在的抗美援朝老战士的故事都记录下来，但愿能给我们足够的时间。"

词条

纪录片

▶ 20 集大型纪录片《抗美援朝保家卫国》

2020 年 10 月 12 日起在中央电视台 4 套晚 8 点档黄金时段连续播出。

▶ 6 集大型电视纪录片《为了和平》

2020 年 10 月 18 日起在中央电视台综合频道晚 8 点档黄金时段播出。

▶ 6 集电视纪录片《英雄儿女》

2020 年 10 月 21 日起在中央电视台综合频道播出。

▶ 抗美援朝纪录片《英雄》

2020 年 10 月 17 日起在北京卫视播出，腾讯视频同步全网独播。

▲ 薛广文接受记者采访

记者
手记

记者采访志愿军老战士薛广文时，他的老房子正在改造中，工作人员经常给他打电话，与他沟通房子如何改造。老人住在二女儿家，子女们对父亲无微不至地照顾着。94岁高龄的薛广文，思维敏捷，非常健谈。虽然经历过战争的创伤，但与牺牲在朝鲜战场的战友们相比，他说自己是幸运的。现在生活越来越好了，他心里充满感激，在抗美援朝时自己作出了一份贡献，如今得到了这么多的帮助和关怀，让自己的生活没有后顾之忧。

志愿服务

团队名称　红馆志愿者支队、丹东一家亲慈善义工站等
服务内容　为烈士寻亲、寻访老兵、照顾健在老战士

每天戴着义肢巡查

"九〇后"五年守护一座烈士陵园

　　丹东市振安区烈士陵园的右侧角门上贴着一张白纸，上面用粗黑字体打印着一个电话号码，号码的主人正是这座烈士陵园的守护人，也是陵园唯一的义务管理员温常卿。

　　见到温常卿，先被他爽朗的笑声吸引，后又被他乐观的态度所感染，如果不是看到他走起路来一脚深一脚浅的姿势，很难将他与"残疾人"这三个字联系起来。

"九〇后""守陵人"上岗

　　说起自己的腿，温常卿一点儿也不避讳。

　　2014 年，温常卿 20 岁。"那天和朋友约好出去玩，在路上的时候就发生了车祸。"温常卿回忆起当时的情景，这样告诉记者，后来他得知肇事司机是酒后驾驶。

　　由于受到剧烈冲撞，温常卿左小腿截肢。躺在病床上，他想了很多，"少了一条腿的人生该如何继续？将来自己还能干点啥？别人会不会用不一样

的眼光看我……"温常卿说，这些都是他当时想的问题。天性乐观的他很快就从车
祸的伤痛中走出来，"起码我还活着，为了父母我必须好好活着。"他给自己定好了
人生方向，不管未来面对什么，都要活好当下。

2015 年，在养伤的过程中，温常卿听说五龙背镇的抗美援朝烈士陵园正在招聘
一名管理员，由于某些原因，这个岗位一直没招到合适的人。"充分考虑自己身体状
况后，我合计着与其在家待着，不如出去做点有意义的事儿。"温常卿说。与父母沟
通后，他主动去申请了这个公益性岗位，成为一名"九〇后""守陵人"。

每天早上 7 点多，温常卿会准时来到烈士陵园，巡查陵园是他的日常工作之一。
1.2 万平方米的烈士陵园，普通人走一圈大约需要 40 分钟，戴着义肢的温常卿走完
一圈需要近 2 小时。

采访时正值盛夏，记者跟着温常卿在陵园巡查，还没走几步就已经一身汗水，
可以想象他每天多么辛苦。"这几天下雨，还没来得及喷除草剂，你看草都长这么高

了。"他一边说着，一边弯下腰去拔新长出来的杂草。巡查完陵园，温常卿还要打扫整个陵园，他说："能守护这些英烈是一件光荣的事。"

为无名英雄扫墓

从 2015 年成为一名"守陵人"，转眼间 5 年过去了，温常卿一直坚守着。这样一份在别人眼里"寂寞"的工作，却给他带来了自豪感。

2016 年清明节，一位从北京来的老人找到温常卿。老人的父亲是一位抗美援朝烈士，被安葬在振安区的抗美援朝烈士陵园里，可是他找不到父亲的墓碑了。

温常卿解释说，陵园里有姓名可查的烈士只有 241 人，其余都是不能确定身份的无名烈士。这位老人的父亲就是这些无名烈士中的一位，由于陵园改造，有些墓碑的相对位置发生改变，再加上知道细节的老人们逐渐离世，墓碑的位置就无法确定了。

看着老人焦急的样子，温常卿也百感交集。他带着老人跑了好几个地方，寻访了多个健在的老兵，经过一番周折才找到老人父亲的大致安葬方位。看着温常卿为了自己的事情这么尽心尽力，老人感动得当场落泪。祭拜之后，老人急着乘坐当天的火车赶回北京，在路上他塞给温常卿 500

元钱作为酬谢，并拜托温常卿每年清明时节替他祭扫。

临上车前，温常卿把钱塞还给老人。他体谅老人的苦心，并承诺一定会帮老人达成心愿。他认真地在老人父亲的墓前打扫、清理，清明节也会买来祭祀用品，还会将祭扫过程拍下来，通过微信发给老人，让老人安心。

不曾忘记的战友情

记者跟着温常卿在陵园工作了一整天，除了午休时间，他一直忙碌着。其实，并没有人要求他一定要这样事无巨细地工作，是他从进入陵园第一天起给自己定下的规矩——365 天无休的全年工作制。

温常卿说："烈士陵园里安葬着 858 位抗美援朝志愿军烈士，当年他们舍身为国，作出了巨大牺牲，才有了我们今天的幸福生活。这里是他们的归宿，我要每天将这里收拾得干干净净。"

在烈士陵园工作的这 5 年，温常卿一直怀着对抗美援朝烈士的尊重和敬仰之情。来来往往的人群中，有一位老兵给温常卿留下了深刻印象。

2017 年清明节前后，温常卿接到一个陌生电话，打电话的人说自己是一名参加过抗美援朝战争的老兵，想到烈士陵园祭拜战友。挂断电话，温常卿立刻赶到陵园门口，远远地看见一个身穿军装的老人站在门口。

温常卿回忆说，老人已经 80 多岁了，从吉林来，当天带了一瓶白酒还有几束鲜花。老人坐在正对门口的石阶上，摆好酒杯，挨个斟满，一边说着往事，一边将酒一饮而尽，然后再斟满。接连几年的清明节，老人都会来陵园，陪着战友唠唠嗑儿，诉说衷肠。

温常卿说，在他当陵园管理员的这 5 年，每年都会有社会各界群众自发来到陵园，用鲜花寄托哀思，表达对历史的铭记和对和平的珍惜。

一群志愿者暖了无数老战士

在辽宁，很多志愿者组成"爱心团队"，或帮助志愿军烈士寻亲，或照顾志愿军老战士生活，或组织各种弘扬抗美援朝精神的宣传活动。他们当中有军人、学生、教师、商人……每个人都不求回报，撒播大爱，用真情和行动向那些牺牲的英雄前辈致敬，更向那段激情岁月致敬。

▼ "八〇后"志愿者的新工作：服务帮助老战士

2015 年 8 月，高磊关闭了自己的蔬果店。那时，他满心只想再找个新项目赚钱，直到父亲高建明给他打了个电话。

父亲高建明当时在辽宁省国防教育基金会当秘书长，他在电话里对高磊说："最近基金会工作多，人员又少，忙不过来，你来当个志愿者，暂时帮帮忙！"

那年清明节，父亲要高磊陪他去趟烈士陵园，当天要组织社会各界人士去祭扫烈士墓。正是那次活动，让高磊的人生发生了改变。志愿军老战士李维波和一位战友到沈阳抗美援朝烈士陵园做义务讲解员，两位 80 多岁的老人住在沈阳南部地区，要来陵园，每天要起早坐公交加步行。高磊了解到，在每年做义务讲解员的十多天里，两位老人都这样辛苦。就在那时，高磊做了一个决定：他义务接送两位老英雄。由此，他也找到了"新项目"——服务帮助老战士。

2017 年 11 月，高磊与一些同仁从家乡启程为老兵圆梦。他的计划是走遍中国，尽自己所能为健在的这些老英雄拍一张军礼照。至今，他已为 300 多位老战士拍下了暮年军礼照。他还成立了红馆（原沈阳军区后勤史馆）志愿者支队，吸引了上百人参与，走访和慰问老兵数百人。

▼ 志愿者樊洪波为 7 位烈士找到家人

1966 年出生的樊洪波干过不少"大事"，历经十余年，他数次踏访辽沈战役战场遗址，寻访当年鲜为人知的故事。其间，他用 4 年时间为埋葬在湖北赤壁的 142 位抗美援朝烈士中的 7 位辽宁籍烈士找到家人，送烈士英灵"回家"。

樊洪波说，他的长辈中出现过两位英雄：大伯樊树臣随四野部队从东北一路打到海南岛，直到去世后，家人才发现他满满一袋子的军功章和战斗纪念章；六爷樊德奎参加抗美援朝作战，牺牲在异国他乡。

2009 年，樊洪波和摄影记者黄金崑组建"重走辽西路"红色主题摄影组，没钱没支持，他们一行人风餐露宿，只为挖掘那些已被人们渐渐淡忘的红色故事，守护那些为共和国流血牺牲的烈士墓地，寻找他们的家人……这一趟，他们找到 20 多位参加过战争的老人、有确定名字的战斗遗址和烈士陵园 30 余处。

一次特殊的机会，樊洪波得知在湖北赤壁市羊楼洞乡抗美援朝烈士陵园长眠着 142 位烈士，他们的家人一直没有联系。

"当时，赤壁市公安局副局级侦查员余法海主动提出义务帮烈士寻亲。5 年时间里，他自费跋涉 17 个省，找到其中 97 位烈士家属。还有 7 张阵亡通知书是属于辽宁籍烈士的，一直没有找到亲属。因为病重，余法海无法再长途寻找，就委托我们帮他继续完成这项任务。"樊洪波说。2010 年 10 月 15 日，在当地政府工作人员的帮助下，樊洪波找到了烈士闻志忠的弟弟闻志孝；同年 10 月 28 日，烈士刘福的亲人——他的嫂子王淑珍也找到了。经过 4 年的努力，这 7 位辽宁籍烈士的亲人全部被找到。

▼ 寻找"最可爱的人"

46 岁的崔瑞是丹东一家亲慈善义工站创始人。身在丹东，又是军人出身，崔瑞对志愿军老战士十分关注。2015 年 5 月 16 日，丹东一家亲慈善义工站正式启动了寻找"最可爱的人"、讲述"最可爱的人"、图说"最可爱的人"等活动。

"当时印象最深的是老战士孙景坤。"崔瑞告诉记者，那时老人住在丹东市社会福利院，听说有人要来寻访他，他坚持换上了军装。面对崔瑞和义工们，老人讲述了自己参加抗美援朝的经历。"他的事迹强烈地震撼了我，当时就有一个想法：我要加快脚步，找到更多志愿军老战士。"此后，崔瑞和义工站的其他志愿者共联

络到近 200 位志愿军老战士，为他们过生日、送温暖，还送去临终关怀，让他们在人生的最后阶段不带遗憾地离开。

2015 年 8 月，崔瑞成立了"丹东志愿军老战士之家"，为老战士们打造交流联谊的平台。"每个月会在固定的时间和地点，让一些老战士聚集到一起，聊天、联欢。"

崔瑞说："在老战士身上，我看到他们不惧生死、不为名利的纯粹，看到他们前仆后继、以身许国的赤诚。爱国从爱英雄开始，我们要为志愿军老战士尽一份爱心！"

如今，丹东一家亲慈善义工站已壮大到 225 人。

▲ 温常卿接受记者采访

　　第一眼看到温常卿时便觉得他是一个乐观的男孩。经过一天的采访，更被他面对生活磨难不屈服的精神所感染。他没有抱怨命运的不公，而是选择自立自强，去帮助更多需要帮助的人。从一名义务守护烈士陵园的志愿者做起，身体力行地带动亲朋好友一起加入，成立敬老助残爱心服务队，现在共有 116 名注册志愿者。采访中，记者听到那些他帮助过的人对他的赞扬，也感受到他做这些事情时发自内心的愉悦。

从抗美援朝历史中汲取力量

辽宁人的大爱精神代代相传

　　抗美援朝中的辽宁儿女，有着不畏战火的铮铮铁骨，有着挺身而上的雄风锐气，有着积极向上的思想境界，更有着抚平伤痛的仁爱担当之心。如今，在辽宁，抗美援朝精神一直在延续，抗美援朝的故事仍然在传扬。

　　在毛丰美干部学校，已经开设抗美援朝专题课程；在沈阳的一些小学，开展了学习抗美援朝精神相关活动；在沈阳师范大学，进行了抗美援朝主题讲座……青年干部、小学教师、大学生们表示，一定要把这种大爱精神传承下去。

▲ 杨泽北

杨泽北　生于 1994 年

丹东东港市人　银行职员

　　我是东港市农商银行的基层员工，刚才参加现场教学，听老师讲河口断桥上发生的历史故事，很受鼓舞。小时候，我看过很多与抗美援朝有关的电影，比如《上甘岭》《英雄儿女》等，里面塑造的英雄形象深入人心，看后感触很多。

　　我家的长辈们在抗美援朝时期参加过后勤保障的相关工作。奶奶家住在凤城市的农村，当时村子里物资很紧张，但村民们支援前线时都争先恐后，有钱出钱，有力出力。奶奶说，为了给前线的战士们运送物资，村民们用家中仅有的物品拼凑了一辆独轮车。奶奶把家里的木板和面粉都捐了出去。

奶奶说，当时她还想报名去前线，后来没去上觉得很遗憾。像奶奶这辈人的大爱精神在今天仍然值得我们学习与传承。辽宁是共和国的长子，我们"九〇后"也有着深厚的长子情怀。作为年轻一代，我一定要把这种大爱精神传承下去。

▲ 闫星

闫星　生于 1999 年

沈阳师范大学 2018 级学生

　　70 年前，中国人民志愿军雄赳赳，气昂昂，跨过鸭绿江，经过舍生忘死的浴血奋战，最终赢得了抗美援朝战争的伟大胜利。

　　70 年，对于我们来说，似乎有一些遥远，但并不陌生。不同年龄段的人对自己心中英雄模样的描述都差不多，他们都有一个共同的特征：无私勇敢。他们是中华民族的英雄儿女，是祖国安全和世界和平的坚强卫士，不愧为"最可爱的人"。

　　时光流逝，精神永存。身为新时代的大学生，我们应该向他们学习，为祖国建设贡献自己的一份力量。我作为一名电子信息工程专业学生，也会好好钻研自己的专业知识，将来为祖国贡献力量。

▲ 李欣远

李欣远　生于 1992 年

丹东东港市人　银行职员

　　小时候，爷爷总会跟我讲丹东是抗美援朝的大后方、丹东人支援前线的事情，以及英勇的志愿军是怎样避开敌机轰炸跨江作战的。历史课本中，英雄人物邱少云、黄继光舍生取义的壮举也一直感染着我。

我听说，在抗美援朝时期，河口村接收了很多在战争中失去父母的朝鲜孤儿，他们在村里得到特别好的照顾和关爱，这体现的正是一种不分国界的博爱精神，值得去继承和发扬。

小时候对老一辈是英雄般地崇拜，长大后更懂得今天的幸福生活来之不易。和平年代，我们虽然不必人人都去参军，但在平凡的岗位上做好自己的本职工作，也能成就一份不平凡。

▲ 陈一晗

陈一晗　生于 1979 年
锦州义县岔路沟村第一书记

小时候，我看过很多与抗美援朝有关的电影和书籍，非常敬佩里面的英雄人物，可以说那些英雄人物的精神也一直影响着我。在单位动员去农村做第一书记的时候，我也考虑到这边的生活条件会很艰苦，但我还是报名了。我现在做的一切跟老一辈的流血牺牲相比太微不足道了。我认为我有责任将辽宁人无私奉献的大爱精神传承下去。

▲ 张霖洋

张霖洋　生于 1994 年
丹东东港市人　银行职员

我是土生土长的丹东人，抗美援朝的英雄故事从小听到大，对我的成长产生了很大的影响。

没有先烈的牺牲和付出，就没有我们今天幸福和平的生活。他们的大爱、牺牲、奉献精神值得我们学习和传承。作为新时代青年，我认为每个人心中都应有一份大爱。当国家和社会需要的时候，我一定会尽自己最大能力，奉献出我们这一代人的大爱。

▲ 王颖

王颖　生于 1990 年

丹东宽甸满族自治县人　银行职员

　　我们祖祖辈辈生活在鸭绿江边，时常听老人们讲抗美援朝的故事。上学的时候，学校每年都会带领我们去烈士陵园扫墓，也会组织我们观看一些抗美援朝的电影，像黄继光、邱少云的故事我们都很熟悉。在抗美援朝战争时期，失去双亲的孤儿在辽宁得到了很好的安置，当时设立了朝鲜儿童教育园、朝鲜儿童学院，让他们能够在残酷的战争中得以生存、学习，这些都体现了中华民族的大爱精神。

▲ 樊华

樊华　生于 1978 年

毛丰美干部学校讲师

　　抗美援朝历史是我们丹东最具特色的红色资源。这里特殊的地理位置，为我们能够开设抗美援朝专题课程提供了鲜活的案例和优越的教学场地。我们进行了深度调研和整合，抗美援朝专题课程已成为我们学校的特色课程。抗美援朝精神是爱国主义精神在抗美援朝时期的具体体现。爱国主义精神是一脉相承的，每个阶段都有具体的体现，像抗战精神，新中国成立后的孟泰精神、雷锋精神、大庆精神，包括我们学校主要宣传的毛丰美精神，都是对工作的热爱与

担当，都是把自己的"小我"融入祖国的"大我"当中，在平凡的工作岗位上作出奉献。

▲ 田一萍

田一萍　生于 1994 年

大连人　小学教师

2020 年是中国人民志愿军抗美援朝出国作战 70 周年，我们学校专门举办了主题班会。在准备这次班会的过程中，我了解到很多以前不知道的历史。在班会上，我给学生们讲述这段历史，孩子们通过自己的查阅和家长的讲解对抗美援朝有了更深入的了解。

我希望我的学生们能铭记历史，明白今天的幸福生活是无数的英雄用生命换来的，一定要珍惜。

▲ 任丽丽

任丽丽　生于 1979 年

沈阳人　小学教师

魏巍的报告文学《谁是最可爱的人》是我上学时学过的课文，老师要求我们背诵其中篇章，那时候我就被其慷慨激昂的文字所感染。现在，我也会经常把抗美援朝时期的英雄故事讲给我的学生听。我为辽宁人的无私大爱精神感到自豪，身为小学的德育老师，我有责任抓好青少年一代的爱国主义教育，让他们从小事做起，通过在学校多开展爱国主义教育活动，增强学生的民族自豪感和自信心。

▲ 朱佳欣

朱佳欣　生于 2000 年

沈阳师范大学 2018 级学生

　　我们在教科书里认识到很多知名的将领，也在相关的讲座里听到一些感人的事迹，但我们不知道抗美援朝战争有多少无名英雄为国捐躯。

　　我了解到国家对于烈士充分尊重，比如说 DNA 识别烈士身份技术，让越来越多的英雄与亲人"团聚"。与韩国达成的志愿军烈士遗骸归还协议，也让落叶真正地归根。对待烈士名字写法、字体的态度，和对于补刻烈士名字的快速反应，更是体现了我们国家的情怀与尊重。

　　我们一直把"珍爱和平"挂在嘴边，也认真地对待每一个应该被纪念的日子。从逐渐了解抗美援朝中，我更加真切地体会到：虽然现在已经远离战火硝烟，但我们不能忘掉志愿军烈士们曾经鲜活的生命。

2020 年 10 月 16 日，《辽宁日报》新媒体推出特别策划《独家记忆》，以微纪录片的形式呈现《辽宁日报》前身——《东北日报》视角下的抗美援朝报道和珍贵影像资料，在全社会产生广泛影响。特别是 9 位战地记者出生入死，真实记录志愿军战士舍生忘死、浴血奋战英雄事迹的壮举，令广大读者深受感动。

　　70 年弹指一挥间，斯人已逝，但追思从未远去。11 月 1 日是《东北日报》创刊 75 周年，值此之际，本报记者辗转采访到吴少琦、霍庆双的遗孀和后人，听他们讲述两位战地记者以笔为枪的峥嵘岁月和家风故事，向这群在朝鲜战场上塑造"最可爱的人"的新闻工作者致敬。

见证

第五章

吴少琦之子回忆父亲

他向东北民众发回第一篇战地通讯

他，在解放战争时期直面生死，深入敌后，弘扬人民子弟兵血沃中华的磅礴力量；他，在抗美援朝战争时期卧雪眠霜，以笔为枪，歌颂志愿军将士无坚不摧的英雄气概。

他就是吴少琦，《东北日报》首批特派朝鲜战场记者，一位把家国情怀融入血脉的党报新闻工作者。

吴少琦深入朝鲜战场3个月，在炮火的轰鸣声中、在子弹的呼啸声中，采写出《在云山战场上》等思想深刻的战地通讯，其中《为祖国而战，为朝鲜人民而战》至今仍被人们颂为经典。

近日，本报记者辗转采访到吴少琦之子吴双，与他共同开启尘封已久的记忆，重回当年枪林弹雨的阵地。

———

深秋的沈阳，寒云静如痴，松柏诉衷曲。

走进吴少琦曾经的住所，室内没有昂贵的摆设，书架上整齐摆放的文学书籍，散发着睿智与古朴的气息。

记者面前的吴双，穿着朴实，平易近人，黑色树脂眼镜框的后面，是遗传自父亲特有的坚毅和果敢的眼神。随着采访的深入，那些时间无法磨灭的故事，在吴双的娓娓道来中逐渐清晰。

吴少琦，1927 年出生于吉林，2013 年因病在沈阳逝世，曾任《辽东日报》《东北日报》《辽宁日报》记者，辽宁日报总编室副主任，辽宁省电视厅厅长等职务，是《东北日报》首批派往朝鲜战场的记者。

▲ 吴少琦（右）在朝鲜留影

青年时代的吴少琦，古道热肠、胸有大志，随无产阶级革命家投身革命，奔走在战火纷飞的解放战场。

据辽宁日报终身记者李宏林回忆，在四保临江战役期间，吴少琦以视死如归的勇气深入游击区，随武工队越群山、经绝壁，为东北大

▲ 吴少琦（左）在朝鲜与志愿军战友合影

地的解放鼓与呼，写出大量振奋人心的消息和战地通讯。

前往朝鲜战场的那段经历，吴少琦几乎从未向吴双提及，至离休后在他所写的自述中才有收录。此时，吴双才知晓父亲同样是一名"最可爱的人"。

在很多中国家庭里，与温柔贤惠的母亲相比，父亲在子女眼中往往是寡言和严苛的。但在吴双的记忆中，父亲吴少琦宽宽的肩膀永远是他犯错后可以依靠的港湾，父亲的乐观也是伴随他成长的永恒底色。读起吴少琦所写的自述，文字生动、松弛、平和，字里行间充满正义的力量，处处写尽他对祖国和人民的无限忠诚，以及志愿军将士誓死守卫阵地的英雄气概。

▲ 吴少琦是东北日报首批派往朝鲜战场的记者，图为吴少琦在朝鲜留下的珍贵影像

1950 年，朝鲜战争爆发。《东北日报》作为中共中央东北局机关报，派遣顾雷与吴少琦随同志愿军入朝。

"我俩对能够随军入朝作战，感到十分兴奋，有为祖国献身的决心……"吴少琦曾这样描述入朝时的心情。随后，他到安东附近访问了多所连队，看到大批决心书、请战书，一位连级干部还写下一首诗：雄赳赳，气昂昂，跨过鸭绿江……与顾雷和吴少琦同时随军的新华社记者陈伯坚，把这首诗用在新闻里发回北京，后来经过谱曲，成为脍炙人口的《中国人民志愿军战歌》。

10 月下旬的东北大地寒风凛冽，随时准备过江的吴少琦连续几夜和衣而卧，终于在 25 日前后的一天夜里，经过浮桥踏上了朝鲜的土地。

此时的朝鲜大地正在遭受美军炮火的轮番轰炸，吴少琦所在的车队随时都有可能受到袭击。第二天早饭时分，一行人刚刚抵达名叫大榆洞的小镇，便立即挖防空掩体，并在坑口插上一些树枝做伪装。刚刚回到宿舍，山头就响起警戒的枪声，就在吴少琦距离防空掩体还有三四步时，美军飞机来到了小镇上空，一位部队干部赶紧向吴少琦喊道："就地卧倒！"伴随着发动机的轰鸣声、机翼掠过天空的嘶吼声，敌机逐个低空俯冲开始扫射，随后又射下几个大火球，卡车瞬时燃起熊熊烈火……

此后不久，两人便向国内发回第一篇通讯——《在云山战场上》，这是志愿军与美军在朝鲜战场上的首次交锋，也是志愿军同美军较量的首次胜利。

在吴少琦的笔下，志愿军战斗作风顽强、战术灵活，他们以舍我其谁和视死如归的勇气，不畏任何困难、不惧强大敌人的胆魄，用一腔热血铸就正义的胜利。

在辽宁日报终身记者李宏林看来，吴少琦爬山卧雪、穿梭前线采写的战地通讯，全面及时地把战场胜利的消息传回国内，对抗美援朝社会动员起到了巨大的鼓舞作用。

吴少琦还围绕云山之战所获得的事实，写成了至今仍被人们颂为经典的《为祖国而战，为朝鲜人民而战》，生动反映了志愿军将士所具有的高度爱国主义和革命英雄主义精神，在经《人民日报》转载的同时，人民出版社还以此题为书名将其选入通讯集。这些带有鲜明历史印记的文字，不仅真实再现了 70 年前朝鲜战场的战争岁月，其背后的采访环境、稿件内容和主题凝练同样具有极高的历史价值。

1950 年 12 月初，在吴少琦采访的路上，一场险情发生了。

那时，第四十军正准备突破三八线，吴少琦随同换防部队乘坐卡车向南方进发。突然间，山头响起警戒枪声，又是敌人的飞机在伺机发动进攻，车队只能立即寻找掩体。

天黑之后，车队继续前进。半夜时分，车队走上一条山路，右侧是高山，左侧是五六米高的峭壁，峭壁之下就是清川江。吴少琦所乘车辆在悬崖一侧缓缓行驶，突然左侧的前后车轮滑到路外悬空，车身向左倾斜，连人带车栽在清川江的冰面上，随即砸碎冰面跌进水中。

吴少琦当时坐在货箱的左后方，车身向下翻时，巨大的惯性将他甩到车外，左膝严重磕伤，下半身没入冰冷刺骨的江水中。

吴双向记者回忆说，江水的寒气直冲父亲的心肺，直到后来，每每到季节更替之时，父亲的腿脚都会感到刺骨的疼痛。

在第四十军采访后期，吴少琦左膝的伤势越来越重，此时东北日报已经派出刘爱芝到朝鲜采访。虽然吴少琦准备参加完第三次战役再回国，但他最终还是听从命令，搭乘第四十军回国车队回到祖国。

回到阔别已久的东北日报，吴少琦又接连完成《美李军"生命线"的毁灭》《我

们为祖国争光了》《当我回到祖国的时候》等多篇通讯。

　　"保家卫国笔为枪。父亲在炮火连天的朝鲜战场上，与同样远离祖国的志愿军将士同浴血、共奋战，经历了生与死的考验。虽然硝烟弥漫的岁月距离我们越来越远，但是他们留下的精神财富永远值得铭记和弘扬。"吴双说。

▲ 吴少琦的儿子吴双，阅读父亲所写自述，那里埋藏着父亲前往朝鲜战场的那段峥嵘岁月

霍庆双妻子回忆丈夫

他是朝鲜停战谈判见证者

他作为最后一批被派赴朝鲜采访的记者，专程采访朝鲜停战协定签字仪式。

他一直崇英雄、敬英雄，在深入朝鲜战场后，专程前往墓地祭奠牺牲烈士。

他就是霍庆双——朝鲜停战谈判的历史见证者。

近日，本报记者来到霍庆双遗孀崔秀文家中，通过她的讲述走进霍庆双和他的"战场"。

———

北风啸啸，秋雨潇潇。

沈阳，全运南路，方正的两居室，正是崔秀文的住所。

虽然已近鲐背之年，但是老人精神矍铄，头脑清晰，嗓门洪亮。

霍庆双与崔秀文，在革命工作中相识、相知、相恋，在共同的革命理想中携手走过半个世纪。

▲ 霍庆双在朝鲜留影

▲ 霍庆双在朝鲜祭奠烈士

时至今日，崔秀文最喜欢的歌曲，依旧是那首嘹亮的《中国人民志愿军战歌》。伴随着歌声，时光也仿佛回到70年前的那段烽火岁月。

霍庆双，1930年出生于黑龙江，1947年进入东北日报社工作，历任《东北日报》编辑，《辽宁日报》编辑、总编室主任和党委副书记。

崔秀文出生在河北邯郸，16岁投身革命前往黑龙江，1948年沈阳解放后随军辗转来到沈阳，因为共同的革命理想与霍庆双相识。

"黝黑的皮肤，粗粗的眉毛，低沉的嗓音……"初见霍庆双，这个20岁出头的小伙子就给崔秀文留下了极其深刻的印象。而真正让崔秀文开始钦佩霍庆双，还是因为他爱读书、读好书、善读书的学习精神。

崔秀文回忆说，霍庆双17岁参加工作，当时的文化程度只有初中二年级。作为党的新闻工作者，他不但要成为时代的忠实记录者，更承担着引导舆论、传承文明这个光荣而伟大的使命。

霍庆双不但自学新闻理论知识，还通过不断探索逐渐掌握采访技巧，在实践中提高编辑写作能力。霍庆双在1955年所写的《我的新闻工作生涯》中这样写道："从1949年夏开始做编采工作之后，我确实做到了废寝忘食地学习，夜以继日地工作，因而业务上得到了飞速提高，从当练习生很快提为助理编辑，又提为正式编辑，从不会给通讯员写回信，到学会编采稿件，成为独当一面的编辑。"在朝鲜战场采访期间，在给崔秀文寄来的两封书信中，他也在鼓励爱人要坚持学习，尤其要写日记。

1953 年，朝鲜战争停战前夕，霍庆双作为最后一批特派记者，前往朝鲜采访停战谈判。

"使命光荣，任务艰巨！"崔秀文回忆说，那时的朝鲜半岛，依旧有零星的战斗发生，可以说是边战斗边谈判。1951 年朝鲜停战谈判开始后，志愿军战士姚庆祥在夜间执行巡逻任务时遭到美国武装人员袭击，牺牲时年仅 24 岁。

在崔秀文珍藏的相册中，老人指着一张已经泛黄的照片说："老霍一直崇英雄、敬英雄，在深入朝鲜战场后，他专程去祭奠了姚庆祥。"

回国后，霍庆双偶尔也会提及那段经历，但是口中始终说："与在战场上厮杀的战友相比我不算什么，他们才称得上是当之无愧的英雄。"

霍庆双的二儿子霍旭阳，也是在多年后整理父亲遗物时，才知晓父亲当年入朝采访的壮举。

在霍旭阳的记忆中，父亲总是在忙，忙着写稿、忙着编稿、忙着开会、忙着出差，偶尔难得的父子相聚，父亲也从未提及那段峥嵘岁月。"记忆中父亲只给我们姐

▲ 霍庆双在朝鲜留下的珍贵影像

弟讲过几次故事，那是烈火烧身的邱少云、舍身堵枪眼的黄继光、甘做螺丝钉的雷锋……"霍旭阳说。

在朝鲜战场采访期间，霍庆双共采写了3篇通讯报道，分别是《举起胜利与和平的火把》《停战后的平壤》《血腥的酷刑挡不住他们回祖国的心》。

一九五三年七月二十七日晚十点，一束火把升上了志愿军前沿阵地的山头上，接着是两束、五束、二十束……从一五五·七前沿阵地的山头上向两侧望去，一个山头接着一个山头，一个火把接着一个火把，形成一条火龙。

这段文字，摘自霍庆双所写的《举起胜利与和平的火把》。报道中，霍庆双深入志愿军前沿阵地，既详尽描写停战时志愿军阵地上的情景，更描绘出酷爱和平的志愿军战士为抵抗侵略、保卫和平，慷慨奉献一切的革命精神。

在崔秀文眼中，霍庆双与其他几名同事都是中国新闻战线上的普通一员，在革命精神的指引下，他们笔下的朝

▲ 霍庆双采写的通讯

▲ 霍庆双次子霍旭阳通过遗留的资料，知晓当年父亲前往朝鲜战场的经历

鲜战场是立体的、鲜活的，那是鲜血与烈火的交织，是肉体与钢铁的搏杀。

霍庆双离休后也闲不住，总是想方设法发挥余热，找机会做采访、写文章，比如1990年所写的《开辟农村现代化道路的系统工程——辽宁省实施"123工程"显著成效给我们的启迪》，在当时产生了广泛影响。

"有些历史，必须反复提及！"崔秀文在临近采访结束时说，"虽然战争的硝烟已经散去，但是这段烈火中凝练的民族精神至今仍是全社会最宝贵的财富。"

相关
链接

在奔赴朝鲜战场的队伍中
有9位来自《辽宁日报》前身——《东北日报》的记者

顾　雷　历任《东北日报》《人民日报》记者、新华通讯社甘肃分社社长。1950年10月中旬被派往朝鲜战场

代表作　《在云山战场上》《战胜一切困难前进！》《侵略者的形形色色》

吴少琦 历任《东北日报》记者，《辽宁日报》总编室副主任，辽宁社会科学院《学术辑刊》总编辑，辽宁人民广播电台总编辑，辽宁省电视厅厅长。1950年10月中旬被派往朝鲜战场

代表作 《在云山战场上》《为祖国而战，为朝鲜人民而战》

常 工 时任《东北日报》记者
代表作 《穿越火网》《顽强的人》

方 青 时任《东北日报》记者
代表作 《打进攻前的守备战》《"三八线"突破口》

刘爱芝 历任《安东日报》《辽东日报》《东北日报》记者、特派记者、编委，《甘肃日报》副总编辑、总编辑，《光明日报》副总编辑

代表作 《飞虎山上五昼夜》《五八〇高地前沿阵地上的战斗——记汉江前线的一角》

王 坪 时任《东北日报》记者
代表作 《"我就叫郑得胜"》《再到朝鲜》

张 沛 历任《东北日报》编委、副总编辑、总编辑、社长，《人民日报》总编室主任、编委，《经济日报》副总编辑。1951年7月25日，被中央政府新闻总署委任为中外记者团团长，率队前往朝鲜开城采访

代表作 《为和平而斗争》《"海空优势"与"防御线"》

白天明 历任《东北日报》《辽宁日报》记者、部主任、编委，辽宁人民广播电台副总编辑，辽宁电视台台长，辽宁广播电视厅副总编辑。最后一批派赴朝鲜，

专程采访朝鲜停战协定签字仪式

代表作 《二十七日上午在板门店》

霍庆双 历任《东北日报》编辑，《辽宁日报》编辑、部主任、编委、总编室主任、党委副书记，《东北经济报》总编辑。最后一批派赴朝鲜，专程采访朝鲜停战协定签字仪式

代表作 《举起胜利与和平的火把》《停战后的平壤》《血腥的酷刑挡不住他们回祖国的心》

70 年前，为了保卫和平、反抗侵略，中国共产党和政府毅然作出抗美援朝、保家卫国的历史性决策，英雄的中国人民志愿军高举正义旗帜，同朝鲜人民和军队一道，舍生忘死、浴血奋战，赢得了抗美援朝战争伟大胜利，为世界和平和人类进步事业作出巨大贡献。

　　《东北日报》是《辽宁日报》的前身，是中国共产党在东北解放区创办的第一张大区报纸。在抗美援朝战争期间，《东北日报》是离战场最近的地方党报，对整个战争进行了全方位报道。特别是先后向朝鲜前线派出 9 名记者，前后方联动，采写刊发了大量具有重要历史价值的新闻报道。

　　为纪念中国人民志愿军抗美援朝出国作战 70 周年，辽宁日报启动特别策划，历时 100 天，重新梳理《东北日报》，翻阅逾千个版面，查找近万张照片，收集 4000 余篇抗美援朝相关报道，制作出《东北日报》抗美援朝新闻报道大数据报告。

独家记忆

第六章

《东北日报》抗美援朝新闻报道大数据报告

一张报纸的独家记忆

独家性　抗美援朝期间，除新华社和人民日报社之外，《东北日报》是唯一向朝鲜战场派驻记者的地方党报。其间，《东北日报》一度实施"战时体制"，先后派出 9 名记者随军入朝，他们分别是顾雷、吴少琦、常工、方青、刘爱芝、王坪、张沛、白天明、霍庆双。《东北日报》还开辟《朝鲜通讯》栏目，充分展现中国人民志愿军奋勇战斗的英雄事迹。据不完全统计，1950 年 12 月至 1951 年 5 月的半年时间里，即刊载了近 **40** 篇战地通讯。

广泛性　《东北日报》通过时事报道，用大量篇幅宣传抗美援朝的伟大意义，歌颂人民群众声势浩大的支援活动，揭露侵略军的暴行，从国际环境到国家政策、从战斗情况到战勤准备、从群体捐献到个人事迹，全方位、立体化、全景式展现抗美援朝波澜壮阔的历史进程。

持续性　《东北日报》的抗美援朝报道自 1950 年 10 月到 1953 年 7 月《朝鲜停战协定》签订，共持续两年零九个月。这期间，《东北日报》每天都会在头版刊登抗美援朝相关报道，几乎从未中断。针对某一特殊事件的报道，不仅报道事件发生的高潮阶段，而且还会在事件过渡到平稳期时进行回顾或后续报道。

丰富性　社论是一张报纸的旗帜。从 1950 年 10 月中旬到 12 月底，《东北日报》发表本报社论 **11** 篇，还刊发了 **78** 篇评论、**602** 篇消息、**58** 篇通讯、**45** 篇理论文章，并在《社会服务》栏目中增设"答读者问""读者来信"等专栏，持续解答时事问题，呈现读者热烈反响。

海量性 据不完全统计，从 1950 年 10 月到 1953 年 7 月间，《东北日报》发表有关抗美援朝各类报道 **4660** 篇。其中，1950 年 600 篇，1951 年 1607 篇，1952 年 1704 篇，1953 年 749 篇。《东北日报》以大量报道呈现抗美援朝战争全过程，达到了坚定军民必胜信心、动员人民群众积极支援的良好效果。

影像性 除了文字报道，《东北日报》还刊发了大量图片报道，真实再现了东北人民如火如荼的抗美援朝运动，用镜头为新中国这场史无前例的保卫战留下了丰富的影像资料。目前，**216** 张独家影像资料完好地保存在辽宁日报电子图片库中。

词云

在《东北日报》刊发的 **4660** 篇抗美援朝相关报道中，有如下高频词：

"朝鲜"共出现 **743** 次，"美国"共出现 **611** 次，"志愿军"共出现 **436** 次，"人民"共出现 **416** 次，"停战"共出现 **365** 次。

通过这些高频词可以看出，当时舆论对战争的进程十分关注。

"抗美援朝""谈判""前线""捐献""战争" 等词也频繁出现。

《东北日报》的战地报道体现了党报的使命和担当，彰显出报人的初心和情怀。

照片

我们从辽宁日报电子图片库中翻查到 **216** 张拍摄于抗美援朝战争期间的新闻照片。它们再现的是同一个主题：东北人民积极投身抗美援朝运动。这些珍贵照片也是《东北日报》为这段历史留下的独家记忆。

1	4
2	5
3	

1　1950 年 12 月 13 日，鸭绿江边，安东市镇安区，边防哨兵在江边执行守卫任务。

2—4　1950 年 12 月 13 日，安东市宽甸县民兵在训练。

5　1950 年 12 月 13 日，安东市民兵昼夜巡视铁路。

6	8
7	9

6　1950 年 12 月 13 日，安东市宽甸县民兵搜山，抓捕放照明弹的特务。

7、8　1950 年 12 月 19 日，志愿军战士正在对营口县运来的生猪等慰问品登记造册。

9　1950 年 12 月 19 日，东北各地送往前线的慰问品已经装车，即将运往前线。

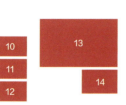

10　1950 年 12 月 19 日，东北各地向前线捐赠的手套等御寒物资正在装车运往前线。

11　1950 年 12 月 17 日，支前人员修理汽车，准备运送物资上前线。

12　1950 年 12 月 17 日，汽车上装满物资准备出发上前线。

13　1950 年，沈阳第三机器厂欢送参加抗美援朝汽车队的工友。

14　1950 年 12 月 17 日，沈阳市各界向志愿军部队捐献慰问品。

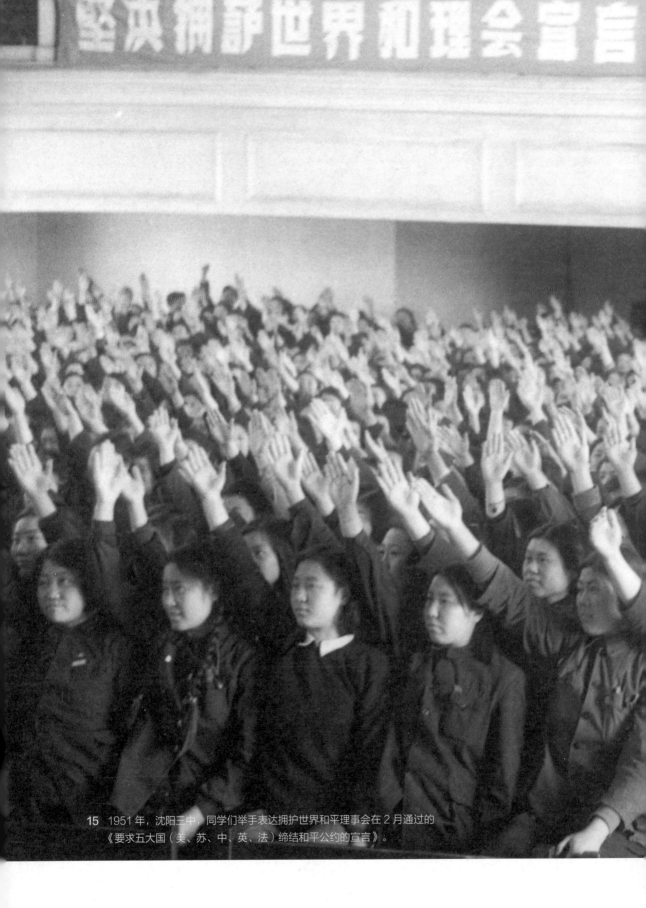

坚决拥护世界和理会宣言

15　1951 年，沈阳三中，同学们举手表达拥护世界和平理事会在 2 月通过的
《要求五大国（美、苏、中、英、法）缔结和平公约的宣言》。

16　　　　1951 年，世界和平理事会发起世界范围的和平签名运动，沈阳三中的师生一致响应并签名。

17　　　　1951 年，沈阳市铁路员工家属通过搞副业生产捐献飞机大炮支援抗美援朝。

18、19　1951 年，在人民体育场，沈阳市举行欢送青年参军的集会。

原创稿件

1950 年 11 月 1 日，《东北日报》发表社论《新形势下的新任务》，明确阐述了报纸转变重心的目的和意义。

社论是报纸的旗帜、是号角。《东北日报》当时把精心组织撰写社论作为一项极其重要的任务。仅从 1950 年 10 月中旬到 12 月底，就发表本报社论 **11** 篇。比如，1950 年 11 月 5 日，新华社发表文章《中国各民主党派发表宣言，拥护全国人民以志愿行动抗美援朝保家卫国的正义要求》，《东北日报》当天即配发题为《抗美援朝，保家卫国》的社论。

自 1950 年 10 月中旬到年底，《东北日报》围绕抗美援朝，开辟了"答读者问"专栏，针对群众的问题发表了 **21** 篇稿件。"答读者问"一篇解释一个问题，一般为几百字，短小精悍，丰富了当时的新闻宣传。

报道频道

通过统计分析发现，《东北日报》有关抗美援朝的报道频次随着战争形势和任务的变化而有所增减。

从抗美援朝相关报道的数量来看，《东北日报》1950 年 11 月刊发了 **267** 篇，1950 年 12 月刊发了 **238** 篇。在重要事件发生时，例如中国人民志愿军过江前后，中朝军队并肩作战，把侵略军赶回三八线以南等，《东北日报》都做了大规模宣传。此外，1953 年，孙占元、黄继光、邱少云、杨连弟等 4 位烈士在沈阳安葬，《东北日报》也做了集中报道。

抗美援朝战争爆发后，《东北日报》迅速派记者随中国人民志愿军出国入朝，进行战地报道。先后赴朝的 **9** 名战地记者是顾雷、吴少琦、常工、方青、刘爱芝、王坪、张沛、白天明、霍庆双。

白天明和霍庆双是专门去采访《朝鲜停战协定》签字仪式的。1953 年 7 月 29 日，《东北日报》头版刊发白天明从朝鲜开城发回的通讯——《二十七日上午在板门店》。

1953 年 7 月 31 日，《东北日报》又在头版刊发了霍庆双从朝鲜开城发回的通讯——《举起胜利与和平的火把——记志愿军一五五七阵地上的停战情景》。

1951 年 7 月 25 日，《东北日报》副总编辑张沛被国家新闻总署委任为中外记者团团长，率队前往朝鲜开城采访。张沛以"本报特派朝鲜开城记者"的名义，发回 4 篇通讯。

《飞虎山上五昼夜》是刘爱芝采写的一篇影响很大的战地通讯。这篇报道记述了志愿军某团攻占飞虎山后，连续五昼夜抗击侵略军，寸土未失的英雄事迹。

常工作品包括《穿越火网》《顽强的人》等 8 篇战地通讯，均发表于 1951 年的《东北日报》。

1951 年，方青发回《大进攻前的守备战》《"三八线"突破口》等 **6** 篇战地通讯。

顾雷和吴少琦是《东北日报》派出的第一批赴朝战地记者。1950 年 10 月中旬，他们来到当时驻安东的 13 兵团，也就是后来的志愿军总部报到，之后很快就随兵团出国入朝。顾雷、吴少琦以"东北日报随中国人民志愿军记者"的身份，迅速投入战地报道工作。他们发回的第一篇通讯，名为《在云山战场上》。

王坪发回的战地通讯包括《"我就叫郑得胜！"》《春耕战线上》等 **9** 篇，也都刊发在 1951 年的《东北日报》上。

相关
链接

《东北日报》抗美援朝新闻报道时间线

1950 年 11 月 4 日　　《东北人民纷纷表示志愿赴朝参加反侵略战争》

1950 年 11 月 12 日　　《东北廿二万铁路员工开展爱国主义生产竞赛　决以实际行动反美侵略》

1950 年 11 月 14 日　　《东北人民异口同声　拥护外交部发言人声明　侵朝军队一日不撤，合理正义的抗美援朝志愿行动就一刻不停》

1950 年 11 月 17 日　　《朝鲜人民军总部发表战报　半月来歼敌一万三千名　挫敌疯狂气焰并逼使其退至清川江以南》

1950 年 12 月 2 日　　《朝鲜人民军与我志愿部队粉碎美李匪军总攻举行反攻　跨越高山大川急进追歼逃敌》

1950 年 12 月 4 日　　《东北各界纷纷集会欢庆粉碎麦贼总攻大捷》

1950 年 12 月 8 日　　《东北各大城市人民欢狂庆祝解放平壤》

1951 年 1 月 3 日　　《中朝人民部队继续进攻　解放开城及瓮津半岛　三八线以北全部光复》

1951 年 1 月 6 日　　《汉城光复消息传来　沈市人民欢腾祝捷》

1951 年 2 月 5 日　　《汉江前线阵地屹然坚守　我志愿军粉碎美军数十次进攻》

1951 年 3 月 23 日　　《为世界和平及祖国安全而奋斗　抗美援朝东北总分会成立》

1951 年 5 月 9 日　　《经过抗美援朝教育及冬季整训　东北民兵扩大百分之六十二》

1951 年 6 月 7 日　　《东北人民抗美援朝总分会关于推行爱国公约、捐献飞机大炮和做好优抚工作的实施计划》

1951 年 6 月 25 日　　《为抗美援朝的最后胜利而奋斗——纪念朝鲜反侵略战争一

周年》

1951 年 7 月 12 日	《朝鲜停战谈判首次会议　南日将军提出三项建议　双方同时停火，确定三八线为军事分界线，撤退一切外国军队》
1951 年 10 月 19 日	《敌"秋季攻势"遭受惨败　两周我歼敌四万三千　中线我三天杀伤敌一万七千人》
1951 年 10 月 25 日	《再接再厉，争取抗美援朝的最后胜利！——纪念中国人民志愿军出国作战一周年》
1952 年 6 月 25 日	《纪念朝鲜人民抗美战争两周年》
1952 年 10 月 25 日	《向保卫祖国、保卫和平的英雄们致敬！——纪念中国人民志愿军出国作战两周年》
1952 年 11 月 13 日	《金化以北上甘岭附近争夺战激烈进行　朝中部队已歼敌一万八千余》
1953 年 3 月 9 日	《孙占元、黄继光、邱少云三烈士六日安葬　沈阳市两万余人举行追悼大会》
1953 年 7 月 27 日	《朝中代表团发表公报　朝鲜停战协定完全达成协议　双方定于七月二十七日在板门店签字》
1953 年 7 月 29 日	《朝中部队切实执行停战命令　在朝鲜战线上停止一切军事行动》

为纪念中国人民志愿军抗美援朝出国作战 70 周年，《江两岸》报道组历时近一年时间采访，刊发 80 个版，全景呈现波澜壮阔的抗美援朝历史。《江两岸》大型主题策划得到了省内外专家、学者的关注及高度评价，来自辽宁、北京、浙江、吉林、黑龙江等地的学者纷纷发表了详读《江两岸》特刊之后的感想。

第七章

专家说

JIANG
LIANG AN

辽宁日报大型主题策划《江两岸》引发热烈反响

再现抗美援朝恢宏历史画卷

为纪念中国人民志愿军抗美援朝出国作战70周年，辽宁日报启动大型主题策划报道《江两岸》。2020年9月15日，首期特刊以长卷形式讲述抗美援朝的辽宁故事，以恢宏气势全方位展现抗美援朝的辽宁贡献。此前，《江两岸》报道组用了近半年的时间进行调研和采访，走访了有关反映抗美援朝历史的展馆、遗址遗迹，采访了多位研究抗美援朝历史的专家学者，得到了许多帮助和指导。

▲ 齐德学

齐德学

中国人民解放军军事科学院

原军事历史研究部副部长

抗美援朝战争是新中国的第一场战争，中共中央在国家面临各方面严重困难的情况下，在与美国相比经济力量和军队武器装备极为悬殊的情况下，为了保卫和平、反抗侵略，决定组成中国人民志愿军。中国人民志愿军浴血奋战，最终赢得了战争的伟大胜利。这场战争打出了新中国的国威和人民军队军威，提高了中国人民的民族自信心和民族自豪感，呈现出空前的爱国热潮，创造了国家建设发展的和平环境，凝聚了伟大的抗美援朝精神。这场战争是近代以来中华民族真正屹立于世界民族之林的标志之战，谱写了中华民族历史上的光辉篇章。

为纪念中国人民志愿军抗美援朝出国作战70周年，辽宁日报推出大型主题策划，第一期的长卷内容既从总体呈现了整个抗美援朝战争，又重点突出了辽宁（当时的辽东、辽西两省和沈阳、旅大、鞍山、抚顺、本溪五市）为抗美援朝战争作出的贡献。版面设计吸引眼球，清晰、醒目。我作为辽宁人为之高兴，为之点赞！

▲ 许晓敏

许晓敏
中共辽宁省委党史研究室原副主任、一级巡视员

浏览《江两岸》版面，品读内容，给我最突出的感觉是"三个全"和"三个多"。一是全景式，多方面。报道将70年前中国人民志愿军跨过鸭绿江，投身于抗美援朝战场的壮阔史实，全景式地展现出来。二是全方位，多角度。抗美援朝不仅体现在战场上的生死交锋，还体现在背景和决策、前线和后方、国内和国外、全国和辽宁等方面，报道将这些方面通过不同的形式加以体现。三是全版面，多形式。16个版面采用一组组数字、一帧帧图片、一行行文字等形式，将中国人民志愿军不怕牺牲，敢于斗争，以血肉之躯为新中国赢得胜利和尊严的历史展现在人们面前。

辽宁与朝鲜仅一江之隔，这一地理位置决定了其在这场战争中的地位举足轻重。辽宁既是抗美援朝战场的大后方，又是全国支援抗美援朝的前线。辽宁日报的宣传以长卷模式，以一组组数据为主的导引，是突破和创新。

张校瑛
抗美援朝纪念馆副馆长、研究馆员

在朝鲜战争之初，与朝鲜毗邻的中国东北地区，直接遭受侵略军的袭击而受到战争的破坏。中共中央决定以东北地区作为抗美援朝战争的战略后方基地，由生产

▲ 张校瑛

建设转为战时体制。中国人民志愿军部队的集结、战前准备、开赴战场都从这里开始，大量的战备物资首先运到东北地区，再运往朝鲜前线。

在抗美援朝运动中，辽宁人民率先响应祖国的召唤，掀起了抗美援朝运动的高潮，在参军、参战、支前、开展爱国劳动竞赛、慰问志愿军等方面都作出了巨大贡献。

在两年零九个月的抗美援朝战争，以及停战后帮助朝鲜人民重建家园的过程中，辽宁人民经历了战火的洗礼，肩负起了祖国和人民赋予的神圣使命。在祖国和人民最需要的时刻，辽宁人民以爱祖国、爱家乡的宽广胸怀，展现出战胜一切困难、不怕牺牲、勇往直前、敢于胜利的英雄气概。

在中国人民志愿军抗美援朝出国作战 70 周年之际，辽宁日报推出了《江两岸》大型主题策划报道，以丰富翔实的史料、图文并茂的形式，突出表现了辽宁人民在抗美援朝时期作出的巨大贡献，再现抗美援朝运动的壮阔历史画卷，向广大读者进行爱国主义和革命传统教育。《江两岸》的推出，将激发辽宁人民讲好中国故事、讲好辽宁故事、讲好中国人民志愿军的故事。让辽宁人民牢记红色历史、传承红色基因、发扬优良传统，鼓舞辽宁人民大力弘扬抗美援朝精神，不忘初心、牢记使命、砥砺前行。

卢骅

辽宁社会科学院研究员、河口抗美援朝陈列馆馆长

《江两岸》以独特的视角、深邃的思考、精美的设计和壮阔的场景生动讲述了抗美援朝的辽宁故事。策划报道用一组组翔实的数据，真实再现 70 年前伟大的抗美援朝历史画卷，是《江两岸》的显著特点。用高度概括的笔法和洗练的线条，艺术地

▲ 卢骅

勾勒出 70 年前气吞河山的战争画面。图文并茂，是《江两岸》的又一特点。用连续的、整版的篇幅，全景式讲述了那些不屈不挠的英雄故事，那些争先恐后的支前队伍，那些斗智斗勇的东方智慧。众多具有时代特征的关键词，众多写实的战士、人民群众和武器装备，等等，恰当地描绘出当时的历史场景，具有很强的视觉冲击力。用朴实的语言诠释伟大的抗美援朝精神，重点用辽宁抗美援朝故事塑造志愿军将士的形象，深入浅出，也是《江两岸》的特点之一。不论是杨根思、黄继光、邱少云等著名战斗英雄，还是辽宁人民参军支前的感人故事，都彰显着那个时代大力倡导的爱国主义精神、革命英雄主义精神、革命乐观主义精神、革命忠诚精神和国际主义精神。今天，我们要实现中华民族的伟大复兴，更需要继承和大力弘扬伟大的抗美援朝精神，并紧密联系自己的思想和工作实际，把抗美援朝精神化作工作、学习和战斗的动力，为决胜全面建成小康社会、实现中华民族伟大复兴的中国梦而努力奋斗！读罢《江两岸》，耳边仿佛响起志愿军向敌阵冲锋的号角。

▲ 里蓉

里蓉

辽宁省档案馆（辽宁省工业文化发展中心）

副馆长（副主任）、研究馆员

《江两岸》大型主题策划报道鲜活、形象。其手笔之大、信息之多、手法之新令人难忘。一是手笔大。辽宁日报社紧紧围绕纪念中国人民志愿军抗美援朝出国作战 70 周年主题，以大格局、大气魄、大手笔精心组织，深度谋划，立体反映了抗美援朝战争

的历史宏图，全景展示了中国人民特别是辽宁人民保卫和平、反抗侵略的生动画面。主题鲜明，内涵丰富。二是信息多。该报道多角度向读者讲述了抗美援朝的辽宁故事、辽宁精神、辽宁力量，具有极强的启发教育意义。三是手法新。此次报道采用文、图、画，加之创设战争情境，把读者快速带入历史现场，增加了宣传的感染力。

▲ 徐文涛（右）

徐文涛

东北军事后勤史馆馆长

《江两岸》报道内容翔实，画面震撼，看完之后久久不能平静。

70年风雨历程，70年血火拼搏，70年镜鉴如初。《江两岸》是最好的爱国主义教科书！当年，我国一穷二白，我军装备低劣，但是全国人民同仇敌忾，全军将士英勇顽强，取得了抗美援朝战争的伟大胜利。对红色文化的传承我们要一直坚持下去！我希望将来能够有更多这样有教育意义的专题被报道，能够让我们更清楚地明白今天幸福生活的来之不易，尤其是对青少年有很好的激励作用。

马沈

中国人民革命军事博物馆研究馆员

抗美援朝战争中，中国人民志愿军有27个军累计290万人次参与作战，壮烈牺牲和光荣负伤者36万余人，荣立三等功以上人员达30余万人，荣立三等功以上单位5953个。

这些沉甸甸的数字背后，诉说着中国人民志愿军指战员英勇顽强、舍生忘死，用辛劳、汗水、生命和热血谱写的一曲又一曲响彻云天的革命英雄主义赞歌。英雄

▲ 马沈

的精神、英雄的壮举，是取得抗美援朝战争胜利的重要原因。

辽宁日报《江两岸》特刊，使这些英雄事迹鲜活起来、生动起来了，让这些生活在我们家乡、生活在我们中间的英雄的壮举，激荡、激励着我们的心。特别是其中大多数人的事迹是经过重新挖掘、整理，首次完整地与广大读者见面，即使是像我这样研究抗美援朝战争的人，也深受教育。报道的这些英雄事迹贴地气、振人心，令志愿军英雄的形象更加丰满，为抗美援朝精神加入新时代的诠释。报道组所下的功夫和深意，其心可鉴，其情可表，其意可嘉，值得称赞！

抗美援朝战争锻造出伟大的抗美援朝精神，弥足珍贵，它永远值得每一个辽宁人，也值得每一个中国人传颂与传承，并立志续写新的辉煌。

▲ 刘会军

刘会军

吉林大学中国区域社会史研究中心主任、历史学教授

辽宁日报推出的《江两岸》特刊，主题鲜明、线条清楚、重点突出、内涵深刻。既以简要的数字再现了 70 年前那场血与火的战争和轰轰烈烈的爱国运动，又凸显了辽宁人民在这场战争和运动中的伟大贡献。

历史是最好的教科书，爱国主义永远是中华民族的宝贵财富。辽宁日报《江两岸》特刊以图文并茂的方式展示了"最可爱的人"和"英雄儿女"在不同岗位上的一个个生动细节，让我们感动，令我们震撼。让我们情不自禁地从这里走进历史、

理解历史，激动之余，油然而生一种激昂奋进的力量。

▲ 张志勇

张志勇

东北老航校研究会副会长

抗美援朝战争中的空战是世界战争史上迄今为止最大规模的喷气式飞机空战。辽宁丹东地区是志愿军空军参加这场喷气式战斗机大战最主要的起飞点。看到辽宁日报出版的《江两岸》特刊，回想起那场伟大的战争，令我心潮澎湃、热血沸腾。

我作为新中国人民空军第一代飞行员的后代，志愿军空军英雄的事迹从小就耳濡目染，陪伴我长大。很多老英雄都是我熟识的伯伯、叔叔。辽宁涌现出不少志愿军空军英雄，除了我非常尊敬的前辈赵宝桐外，空四师十二团一大队飞行员、第一位击落 F-86 的一等功臣刘涌新烈士是辽宁人；空四师十二团三大队飞行员、一等功臣单志玉烈士是辽宁人……在抗美援朝战争中牺牲的 100 多名志愿军飞行员，大多数被安葬在辽宁地区。

辽宁是空中拼刺刀战斗基因的诞生地。志愿军空军身上表现出的血性和战斗精神，永远是人民军队的宝贵精神财富，激励着千千万万的后来者奋勇前进。

叶艳华

黑龙江大学历史文化旅游学院教授

抗美援朝战争是保卫和平、反抗侵略的正义之战，把侵略者从鸭绿江边打回到三八线，并把战线稳定在三八线附近地区，迫使侵略者在停战协定上签字。这一伟大胜利，极大提振了中国人民的民族自信心和自豪感，激发了全民族的爱国热情，

▲ 叶艳华

鼓舞了中国人民的生产积极性。这一胜利使东北乃至全国可以安心生活、安全生产，东北在第一个五年计划中成为国家建设的重点地区。

辽宁日报《江两岸》特刊对抗美援朝的报道既有深度，又有广度，也非常具有现实意义。